THOGO
BOOKS

Thorolf Gorski

# Milva Lotti
## SommerEis

Roman

Bibliografische Information der Deutschen Nationalbibliothek:
Die Deutsche Nationalbibliothek verzeichnet diese Publikation in der
Deutschen Nationalbibliografie; detaillierte bibliografische Daten sind
im Internet über www.dnb.de abrufbar.

2. Auflage

Lektorat: Edda Lange

Gestaltung und Satz: Thorolf Gorski


Herstellung und Verlag:

BoD – Books on Demand, Norderstedt

ISBN: 978-3-734-79335-6

Für all jene,
die schon einmal allein gewesen sind,
obwohl sie das so nie geplant hatten.

»Haben Sie Flugangst?«, fragt mich eine kühle Stimme von der Seite, während ich verzweifelt versuche, den Gurt von meiner Hüfte loszumachen. Ich wollte ihn bloß ausprobieren und nun bekomme ich ihn nicht wieder gelöst. Besonders vertrauenerweckend finde ich das nicht, gerade für eine deutsche Fluggesellschaft.

Ich bin in großer Not. Vor dem Start muss ich unbedingt noch einmal an mein Handgepäck, um nachzusehen, ob ich alles dabei habe, was ich benötige.

Das sind mein Personalausweis, mein Reisepass, meine Geburtsurkunde, meine Meldebestätigung und mein Visum. Fünf Dinge. Mindestens sieben Mal habe ich sie gezählt. Nun befürchte ich, dass die Meldebescheinigung eine alte und damit die Verkehrte sein könnte.

Zur Erinnerung daran habe ich mir die Zahl ›5‹ auf den Handrücken geschrieben, mit einem Kugelschreiber. Die beklierte Hand sieht wenig erwachsen aus. Und schon gar nicht weiblich, eher kindisch. Ganz im Gegensatz zu meinem Kleid.

Eben war ich noch auf einer Hochzeit und nun bin ich spontan in einem Flieger gelandet und befinde mich auf einer Art Flucht.

Glauben Sie mir, ich bin nicht angemessen angezogen für einen Flug. Ich trage ein bodenlanges Schleppenkleid, Modell ›Meerjungfrau‹, mit ellenlangem Bogenschleppen-Saum. Es ist ärmel- und trägerlos, weshalb ich andauernd befürchten muss, dass bei einer ungeschickten Bewegung meine Möppies herauspurzeln. Mein Rücken ist bis zur Mitte frei. Deshalb klebt meine Haut am Ledersitz der Boing.

Es ist aus zartem Chiffon in der Farbe Flieder geschneidert, der eigentlich Glätte und Sanftheit auf der Haut verspricht. Das war gelogen. Er kratzt nämlich ein wenig. Dafür sieht das Kleid schön aus – zumindest bei einer Sommerhochzeit am Strand - vor allem mit der zierlichen, weinroten Schärpe. Deren Schleife drückt sich beim Sitzen ungemütlich in meinen Unterrücken. Auch die Korsage drückt, besonders oben herum. Mein Busen sieht aus, wie in einem Dirndl, weil die Schale des Kleides alles hochschiebt.

Es ist nun einmal ein Stehkleid und keineswegs ein Sitzkleid. Eines, mit dem man lediglich flanieren sollte. Vom Rand des Altars hinunter zum Beispiel. Oder auch vom Brautwagen aus bis zum seidenen Strandzelt und darin dann maximal zwischen den Stehtischen umher. Niemals jedoch auf der Tanzfläche. Bereits bei den ersten Takten würden die Gäste auf der Schleppe herumtrampeln und es zu einem beinfreien Kleid machen, das wenig nach Meerjungfrau, sondern nach abgeranzter Jungfer aussähe. Das wäre unschön und zudem äußerst peinlich.

Dieser Gefahr bin ich unverhofft entgangen und mein derzeitiges Problem ist viel akuter: der Gurt. Den bekomme ich nicht mehr auf.

Ergeben sehe ich durch die kleinen Fenster nach draußen und wünsche mich zurück zur Hochzeitsfeier am Elbstrand in Övelgönne.

Der Abend ist sonnig. Der Himmel hat eine ähnliche Färbung wie mein Kleid angenommen. Es ist kaum bewölkt. Zum Glück. Aber von schönem Wetter darf man sich im Allgemeinen nicht täuschen lassen. Das sagt die Erfahrung.

Von dicken Wolken lasse ich mich auch nicht mehr ins Bockshorn jagen. Allgemein versuche ich es zu vermeiden, Meteorologisches orakelartigen Einfluss auf meine Gedanken nehmen zu lassen.

Das Sprichwort »Ins Bockshorn jagen« stammt aus dem Umstand, eine Person auf das Horn eines Bocks zuzujagen. Aber ich schwöre, ich war nicht auf der Jagd. Viel eher bin ich der Bock. Ich wurde in dieses Flugzeug hineingezwungen. Wahrscheinlich vom Schicksal. Aber deswegen bin ich nicht weniger bedient.

Der widerspenstige Sicherheitsgurt gibt nun sein Quäntchen zu diesem Zwangscharakter hinzu.

»Geht es Ihnen gut?« Die Stimme neben mir klingt besorgt.

Am Gurt rüttelnd gebe ich ein bebendes »Ja-aaa« von mir, viel hektischer als gewollt und versehentlich auch lauter als geplant.

Die Dame, der die Stimme gehört, zieht ihren Kopf in ihren Rüschenkragen zurück wie eine Schlange.

Entsetzt halte ich inne und sehe sie an. Dabei bleibt mein Blick eine Weile auf ihrem wirklich unglaublich langen Hals liegen. Ihre Nase und Ohren sind auffallend klein und eben. Sie sehen auf natürlichem Weg gewachsen aus, das kann ich mit Bestimmtheit sagen. Ich bin nämlich Schönheitschirurgin. Neuerdings habe ich mich in meinen Beruf zurückbegeben. Zumindest annähernd.

Was mich stocken lässt, ist, dass ich Schlangen nicht über den Weg traue. Sie haben keine Gesichtszüge, bewegen sich in Zeitlupe, um dann blitzartig nach vorn zu schießen und kurzen Prozess zu machen.

Frauen, die wie eine Schlange aussehen, finde ich daher suspekt. Männer übrigens auch. Reptilienrelikte am menschlichen Erscheinungsbild sind allgemein kein gutes Zeichen. Dann sind die Gene alt. Eine alte Seele ist in Ordnung, ein altes Wesen, alte Weisheiten, alte Werte - alles super. Aber rudimentäre Gene? Medizinisch gesehen: nicht gut.

Ich möchte aufstehen und ein paar Reihen hinter mir Platz nehmen, am liebsten in der anderen Sektion hinter der Trennwand. Dort sitzt jemand, der mir um einiges lieber ist. Dort bin ich ganz bestimmt sicher vor Schlangen. Allerdings nicht vor frustrierten Seekühen. Ich spreche von einer sehr renitenten Mitbürgerin, die mir den Platztausch gleich nach dem Einstieg verwehrt hat. Sie sieht aus wie ein Manati, ist rund und stämmig. Ihre Augen sind klitzeklein, ihre Füße sehen aus wie zwei runde Fluken, ihr Gesicht ist behäbig und es ist am Kinn behaart. In Schwere und Gemächlichkeit kommt sie der Seekuh gleich. Nun aber sitze ich neben der Schlange.

»Issst ja gut!«, zischt sie spitz. »Ich bin ja direkt neben Ihnen.«

Mir wird unbehaglich. Den Gurt lasse ich erschrocken in meinen Schoß fallen.

*In der Falle*, denke ich. *Dreizehn Stunden Flug und ausgeliefert ...*

»Ist es nun Flugangst?«, will sie einen Augenblick später wissen. Ihre Augen sind sehr groß. Wahrscheinlich ist ihre freundliche Hartnäckigkeit eine Taktik. Ich denke unweigerlich an die Schlange Kaa. Die kam damals genau so langsam wie diese Dame auf das Dschungelkind zu. Hier fehlen bloß die Spiralen in ihren Augen, die mich hypnotisieren sollen.

»Wissen Sssie«, beginnt sie gedämpft zu sprechen, »ich habe auch immer ein wenig Bedenken beim Fliegen.« Dabei schlängelt sie ihre schlanke Hand langsam aus einer Falte ihres Chanelkleides. Ihr Blick bleibt starr auf mich gerichtet. Ihre Mimik ist wie eingefroren. Ihre Augen fixieren mich. Die andere Hand zieht etwas hervor, das unverkennbar ein Schlangenmuster trägt.

*Oh Gott! Sie ist wirklich eine! Sie ist ein Mutant! Ich kenne das aus dem TV.*

Mein Blick fällt zu dem Schlangenmuster hinunter, von dem ich dachte, es sei Teil ihrer wahren Gestalt, und ich muss eingestehen, dass meine Nerven schlicht und ergreifend blank liegen. Es ist ihre Handtasche, die übrigens wunderbar zum CC-Kleid passt.

Anders als erwartet beginnt ihr Gesichtsnerv eine Regung: ein süffisantes Lächeln, unter dem sie den Verschluss der Tasche aufschnappen lässt. Sie zieht ein kleines Fläschchen daraus hervor.

»Ressscue Tropfen?«, bietet sie mir an und hält die Flasche hoch, wie Chanel No.5. »Die helfen mir. Meissstens.«

Ich lehne dankend ab. Wer weiß schon, was da drin ist. Selbst beim Original habe ich keine guten Erinnerungen daran. Während dessen ärgere ich mich, dass ich nicht zumindest den Fensterplatz bekommen habe. Wenn der Flieger abschmiert, wäre ich nach wie vor gern die Erste, die das rettende Eiland im Ozean entdeckt, damit ich an der richtigen Seite rausspringen kann. Aber daran ist nun nicht mehr zu denken.

Ich fühle mich ausgeliefert und gehe im Kopf durch, wie wahrscheinlich es ist, dass mein Flieger niedergeht. Stochastik gehört nicht zu meinen Stärken. In Mathe habe ich genau bis zum Eckenrechnen alles verstanden. Das war in der vierten Klasse. Zum Zeitpunkt der Bruchrechnung in der siebenten Klasse wurde das Eis dünn. Allerdings retteten mich die Vergleiche mit Tortenteilen. Bei den gemischten Zahlen wie 126 300/45 bin ich dann misstrauisch geworden und Tags drauf habe ich aufgehört zu denken.

*Was soll das für ein Tortenstück sein?*

Die Zahlen Eins, Zwei, Drei ... - alles entspannt.

Nachkommastellen - vorstellbar.

Brüche hingegen sind für mich bereits höhere Mathematik und gemischte Zahlen gehören, meiner Meinung nach, in ein Physikerstudium.

Nun können Sie sich vorstellen, unter welcher Anstrengung ich die Landetangente dieses Fluges zu kalkulieren versuche. Mir steht kalter Schweiß auf der Stirn.

Weshalb ich zu einem Mittel wie Mathematik greife? Weil Kaa mich aufmerksam beobachtet, ganz so wie ein Beutekaninchen. Das sind extreme Bedingungen. Und wer mich kennt, wird wissen, da greife ich instinktiv zu extremen Mitteln.

Insgesamt betrachtet ist dieser Flug ähnlich extrem. Ich verstehe gar nicht, weshalb mich das Schicksal immer wieder in Flugzeuge treibt, wenn etwas aus dem Lot geraten ist. Ich bin Hamburgerin und gern in Hamburg.

Mein letzter Flug war der zu meiner Schwester nach Nizza. Für den sehr verspäteten Rückweg habe ich die Bahn genommen. Und dann habe ich mich dem gramerfüllten Gesicht meines Mannes, seinem Weh und Ach stellen müssen und gleich im Anschluss den Unannehmlichkeiten unserer Scheidung.

Weil er es vermasselt hat, reichte er die Scheidung ein - auf mein logisch dargebrachtes Drängen - und ich konnte alles behalten. Tat ich auch. Sogar seinen Namen.

Einen klangvollen Namen wie Lotti gibt man nicht besonders gern her, und Sie werden mir zustimmen, wenn ich Ihnen sage, wie mein Mädchenname lautet: Hohl.

Kleeblatt oder Hübsch, vielleicht Osterhof – das sind wohlklingende Namen, aber eine Dame namens Hohl? Das senkt den Flirtfaktor um mindestens 80%. Man verliebt sich nämlich nicht in hohle Dinger. Es sei denn, ihr Vater ist unglaublich reich und in meinem Fall ist der Vater eben nicht herausragend reich.

Nun, sogar Ralphs schicken Lammwoll-Anzug habe ich behalten. Er gab ihn nach richterlichem Beschluss her, ebenso wie seinen unsäglichen, weißen Seidenschal, der ohnehin ruiniert war. Irgendwie wollte ich ihn aber behalten, weil er so etwas wie mein Spion gewesen war. Deshalb habe ich ihn besonders lang, dafür besonders schonend, von seinen Flecken befreit.

Eines muss klar sein: Ich wollte die Kleidungsstücke nicht behalten, um deren Stoff des Nachts mit den bitteren Tränen einer Verlassenen zu durchweichen. Ich wollte sie nur, um sie bei der Kochwäsche schrumpfen zu sehen.

Normalerweise möchte man ja Rache nehmen und heckt Schlachtpläne aus, die den Ehebrecher in die Knie zwingen. Aber Ralph entpuppte sich neben den berechtigten Vorwürfen als völlig ungeeignete Zielscheibe.

Zu Zeiten unserer Ehe war das vollkommen anders. Aber ich konnte ihm schlecht den Freund ausspannen. Das kam des Freundes wegen schon mal gar nicht in Frage. Menschen, die Schnecken essen, sind mir ebenso suspekt wie Menschen, die wie Schlangen aussehen.

Seinerzeit war ich kurz davor gewesen, mir einzugestehen, dass ich an Möglichkeiten minderbegütert war. Also rief ich meine Freundin Ulli an. Und ausgerechnet sie musste dann etwas ziemlich Treffendes dazu sagen, dass meine willentlich ausgetriebenen Knospen für den Rosenkrieg im Keim erstickte: »Milva«, sagte sie, »womit willst du denn gegenanstinken? Du hast jetzt zwei Talente zu viel für Ralph. Und eines zu wenig.«

Ich blickte an mir hinunter, als sie das so forsch formulierte.

»Dort wo er nun seinen Kopf niedergehen lässt, ist bei dir

im wahrsten Sinne nichts.«

Für diese Ansprache war ich stinksauer und ich habe zwei Monate nicht mit ihr gesprochen, was ihr nicht auffiel, weil wir eher sporadisch - oder wie sie sagt - sporalisch in Kontakt stehen. Eine dieser Freundschaften, die mit wenig auskommt, sogar ohne Vorwürfe.

Mit meinem besten Freund Reza hab ich auch eine Weile nicht mehr gesprochen. Die Kameradensau hätte mich vorwarnen können. Er wusste, dass mein Mann mich am anderen Ufer betrügt.

Zugegeben, er hat versucht, mich zu warnen. Aber nicht deutlich genug. Ich finde, konkrete Situationen bedürfen konkreter Aussagen. Das machen wir sonst auch so. Wir geben uns stichhaltige Schlagworte, die deutlich warnenden Charakter haben. Aber »Ich hab was geseeeeeeeeehennnn!« via SMS finde ich nicht aussagekräftig genug, um mir mitzuteilen, dass er Ralph mit Schnecken-Frank hat herumknutschen sehen.

*Na, was solls? Was ändert es jetzt?*

Ebenso undeutlich wie Rezas Hinweis ist die Durchsage des Piloten. »Meine Damen und Herren, ich begrüße Sie an Bord ...« klingt bereits heruntergeleiert. Mehr verstehe ich nicht, denn die Schlange Kaa hat mich weiterhin im Visier.

»Esss geht gleich losss. Wir starten gleich«, sagt sie und lässt dabei einen Hauch Beunruhigung in ihrer Stimme mitschwingen. Ihre langen Finger streichen achtsam das akkurate Haar zu den Seiten ihres Gesichtes fort. Es sieht aus, als wäre sie soeben vom Casting für Shampoo-Werbespots gekommen. Es ist sehr verwunderlich, welche Zerbrechlichkeit dies ihrer interessanten Schönheit verleiht.

*Schlangen sind glatt und schön und unberechenbar.*

Während der Pilot etwas Nuschelndes sagt und die Flugbegleiterinnen die Sicherheitsinstruktionen von sich geben, beobachte ich die falsche Schönheit dabei, wie sie ihre Beine nervös aneinander reibt. Sie sehen unter dem Stoff ihres Sommerkleides irgendwie noch immer aus wie Schlange.

Mir wird kodderig. Ich schaue verzweifelt hinter mich. Weiter hinten sieht es sicherer aus.

Sicher fühlte ich mich auch in Anwesenheit meines Scheidungsanwaltes. Er ist groß gewachsen, hat dunkles krauses Haar und graue Schläfen. Wenn man ihm nur lang genug dabei zusieht, wie er Paragrafen studiert und sich bei Geistesblitzen entschlossen an die Schläfen fasst, dann findet man ihn sexy.

Ich wollte mich ursprünglich niemals von Ralph scheiden lassen, aber die Umstände ließen nichts anderes zu. Also ließ ich mich in den Ablauf einer Scheidung und die brillanten Worte meines Anwalts einwickeln. Gut gewählte Worte finde ich ebenso anziehend – egal worum es geht. Solange ich das Gefühl habe, ein Mann weiß genau, wovon er spricht, bin ich beeindruckt. Fängt sein Wissen an, fadenscheinig zu werden, fällt alle Erotik ins Wasser. Bleibt er allerdings am Ball, hänge ich an seinen Lippen.

An denen meines Anwalts hing ich auch eine Weile, bis ich ihn dann küsste. Ich bin mir gar nicht sicher, ob es verboten ist, seinen Scheidungsanwalt abzuknutschen, aber es half ungemein, denn er legte sich danach für den Lamm-Anzug und auch für alles andere dermaßen ins Zeug, als gäbe es kein Morgen mehr.

Sowohl das Familiengericht als auch Ralph fanden es hinterher nur logisch, alles herauszugeben. Ihm blieb nichts, als eine Jeans und zwei T-Shirts. Und der Wagen. Ein wirklich schnelles Ding, dessen schwergängige Pedale nichts für

Frauenfüße sind. In der Hinsicht ist Ralph ein echter Kerl.

Der Pilot offenbar auch, denn er drückt nach gemächlichem Anrollen auf dem Rollfeld so sehr auf die Tube, als würden wir zum Mond starten.

Während ich mich an meines Physiklehrers Worte zu Raketenstarts und spezifischen Impulsen entsinne (spezifischer Impuls = Schub * Brennzeit / verbrauchtes Treibstoffgewicht), landet die Schlangenhand auf meiner. Ihre Finger sind kühl und viel länger als meine, weshalb es sich anfühlt, als würde sie meine in einen Käfig stellen.

Ich bekomme Angst, nicht zuletzt vor dem Ausgang dieses Fluges, und mir schießen wilde Gedanken darüber durch den Kopf, wie ich hier hergekommen bin.

»Meine Tropfen wirken nicht!«, ruft Kaa beinahe panisch aus. Ihre Augen sind dabei so weit aufgerissen, dass sie wie Beistellteller aussehen.

Ich antworte ihr laut: »Sie wirken schneller, wenn Sie zwei Flaschen davon trinken ... uuuoaah!«

Als wären Senkrechtstarts alltäglich, stemmt sich die Boing springend gegen die Schwerkraft und wir ziehen steil aufwärts.

Mein Magen ist nicht ganz so schnell und klebt noch auf der Startbahn. Ich fürchte den Moment, in dem er hinterhergeschnellt kommt, und ich suche hektisch in der Klemme im Sitz vor mir nach einer Spucktüte. Sie versteckt sich hinter den Sicherheitsinstruktionen.

Ich ziehe daran.

Sie landen hinter mir, zusammen mit ein paar Luftraum-Einkaufsmagazinen.

Die Spucktüte rutscht auch heraus und fällt seitlich in den Gang hinab. Noch muss ich sie nicht benutzen, aber vielleicht ist es gleich soweit. Wir preschen in den Himmel über Hamburg.

16

*Zu viel Aufregung.*
*Zu viel ist schief gelaufen.*
*Ich sitze in der Falle. Was für eine Farce ..!*

## Kapitel Zwei
## Spezialagentin Milva Lotti

Es ist alles Rezas Schuld.

Der kleine Knackarsch hatte sich in der Zeit nach meiner Scheidung, in der wir vorübergehend nicht miteinander sprachen, ein Smartphone zugelegt. Ich nehme an, aus Langeweile fing er zu chatten an, um seine Sammlung von Jagdtrophäen anzureichern.

Von da an konnte er von überall aus Verabredungen treffen, sehen, wer gerade in der Nähe war, und loslegen. Das machte ihm ziemlichen Spaß, bis er Dr. Rolig traf. Dieser Mann war interessant für ihn und schien Reza so zu faszinieren, dass er mich, trotz verhängter Funkstille, pausenlos anrief. Er versuchte es sogar mit unterdrückter Nummer, aber ich ging nicht ran.

Schließlich wich der Fuchs auf mein Sorgentelefon aus. Damit konnte ich nicht rechnen. Er rief ins Telefon: »Ich will reden! Ich hab einen Job für dich.«

Zwar hatte ich nach der Scheidung ganz gut abgeschnitten, aber Geld wird natürlich irgendwann einmal knapp. Gleichzeitig wird das Nervenkostüm auf wundersame Weise dünner.

Mein Sorgentelefon ist eine Einnahmequelle, aber eine andere als diese war mir nicht geblieben. Tatsächlich sind die Anerkennungen meiner Klienten ja freiwillig, also war ich von ihren Spendierhosen abhängig. Als Nebenverdienst wirklich angenehm, auf Dauer aber kein gutes Hauptgeschäft, das muss man sagen.

Deshalb kümmerte ich mich jetzt mehr um die Probleme betrogener Frauen. Hier zog ich die Zügel und begann für sie zu spionieren. Freizeit hatte ich mehr als genug.

Es war bereits erstaunlich, was Menschen bei düster aussehenden Karten und guten Tipps überwiesen. Aber es ist unfassbar, was Frauen mit zu brechen drohenden Herzen ausgeben, wenn ihre Schnüffelei und Taktik nicht mehr gegen die Verschleierungen ihrer Hallodris ankommt.

Nun wusste ich von Reza alles über die männlichen Künste der Vertuschung, also war ich gut ausgestattet, um ein Nischenprodukt anzubieten: Beschiss-Agentin. Keine, die billige Verabredungen trifft, um sich dem Lüstling zu nähern, ein Tête-à-Tête als Secret Lover einzurichten und im entscheidenden Moment: »Zack, du wurdest erwischt, Don Juan!« mit drei Fotos vom fast begonnenen Akt hinauszurennen. Viel zu unfallträchtig. Außerdem war nicht jeder Mann mein Typ.

Nein, nein. Ich ließ mir Beschreibungen von Arbeitsplatz und Aussehen geben. Fotos über Whatsapp waren auch sehr hilfreich, und dann ging die Spionage los.

Manchmal ging es zu Hotels, in denen ihre Schnecken zu warten schienen. Anderenfalls fasst man es kaum, wie lässig sich manche mit Küsschen auf offener Straße trafen. Meist in der Nähe des Hauptbahnhofs. Dann ging es Richtung Alster und ganz viele brachten die Konkubine sogar zur Feenteichbrücke. Das ist eine spitzbogenartige Steinkonstruktion, erbaut von Bauingenieur Franz Ferdinand Carl Andreas Meyer. Sie überspannt seit 1884 die Mündung des Feenteichs, der in die Alster fließt, und ist Teil einer wirklich schönen Aussicht. Dazu sagt man ihr Romantisches nach.

Als Passantin getarnt, bekam ich regelmäßig mit, wie die Männer die herzerwärmende Feenteich-Sage auspackten, dass der Kuss auf dieser Brücke ewige Liebe versprach.

Beim ersten Mal fand ich es ehrlich gesagt sehr ausgewählt. Dann habe ich diesen von Sagen umwobenen Umstand gegoogelt und herausgefunden, dass es gar nicht stimmte, was sie erzählten. In Wirklichkeit sagt man nur dem Kuss bei Vollmond auf der Feenteichbrücke die Geburt der ewigen Liebe nach.

Bereits beim Mal darauf überspannte die falsch erzählte Geschichte meine gegoogelten Kenntnisse. Ich tat so als würde ich das Selfie eines einsamen Singles in der Randkulisse machen und schoss stattdessen Fotos mit der Rückenkamera meines eigenen Smartphones. Schöne, kleine, schlau konstruierte Geräte, auch für Frauen in den Startvierzigern.

Nun, Reza bot mir einen Job an. Ich stockte, statt den Hörer aufzulegen.

Reza arbeitet als Textillaborant.

Ich ziehe Kleidung lieber an, statt auseinanderzudividieren, aus was sie bestanden oder in welcher Chemikalie sie getränkt waren. Also, ich wollte wirklich nicht in ein FKK-Leben hineinbugsiert werden, schon gar nicht aus einer Not heraus. Eher arbeitete ich als Baumchirurgin und klebte Pflaster auf Baumstämme.

Weil ich nicht sofort wieder auflegte, schob er schnell hinterher: »Du kannst in deinen alten Beruf zurück.«

»Ich muss immer Brechen, wenn ich ...«

»Milva!«, unterbrach er mich ungeduldig. »Als Assistentin. Du brauchst einen Job!«

Da hatte er recht, ich gab es nur nicht besonders gern zu. »Das stimmt so nicht.«

»Dann sag mir, wie lange du Miete und Leben so weiter betreiben kannst wie jetzt, wenn kein Geld hereinkommt.«

Ich überlegte kurz. Meine Eltern haben mir beigebracht, dass man ein gewisses Polster niemals unterschreiten sollte, um sich sicher und frei zu fühlen. Nun, ich bewegte mich am Rand dieses Polsters. Also rang ich mich seufzend durch und antwortete dumpf: »Willst du es in Tagen oder Stunden wissen?«

Sein Lachen als Antwort gefiel mir gar nicht.

»Was ist es?«, wollte ich wissen.

»Eine Stelle beim Doktor.«

»Bei welchem Doktor?«

»Meinem Doktor.«

»Ach, dein Wunderheiler.«

»Milva, er ist renommiert! Er ist Hautarzt und richtet die Models für große Modefirmen her. Noch ne Frage? Das könnte deine Rückkehr bedeuten. Alle haben deine Arbeit geschätzt. Ich besorge dir auch eine Jahrespackung Spucktüten für den Anfang. Das kann doch nicht sein. Wir haben dich nicht umsonst auf die teure Schule geschickt.«

»Die teure Schule war die Uni in Kiel und meine Eltern haben das Studium bezahlt«, berichtigte ich ihn.

»Ja, und jetzt enttäuschst du sie gehörig. Die Armen! Sie haben sich abgearbeitet, um dir dein Studium zu bezahlen, damit du es gut hast.« Er weckte mein gut verstecktes, schlechtes Gewissen. »Und Herr Doktor hat außerdem ebenso dort studiert. Außerdem findet er Hamburgerinnen elegant. Schwester Petrine, hat sich selbst rauskatapultiert. Also ist ne Stelle frei.«

»Wer bitte ist Schwester Petrine?«

»Eine aufständische Hilfskraft, die sich für Deus ex Machina gehalten hat. Und Punkt.«

»Verstehe.« *Eine Wunderbraut ohne Wunder*, dachte ich. Danach schwieg ich.

»Geh nach Hause, Milva. Das Spionieren ist nichts, als ein ausgeprägtes Voyeurismus-Hobby.«

»Das zufällig Geld bringt«, ergänzte ich stolz.

»Ja, ab und zu. Und es mag ja auch Spaß machen. Trotzdem denke ich, dir werden geregelte Arbeit und ein festes Einkommen gut tun. Das Sorgentelefon kannst du ja weiterführen. Es wäre nicht das erste Mal, dass du deine Sprechzeiten neu arrangierst.«

Wieder hatte er recht. Mir wurde zum dritten Mal klar, weshalb ich es vermieden hatte, mit ihm zu sprechen. Wenn man empört ist, sucht man sich jene Gesprächspartner unter seinen Bekannten aus, die mit einem empört sind. Und wenn man bemitleidet werden will, steuert man diejenigen an, die besonders zart besaitet sind. Und wenn es direkt werden sollte, dann solche, die ihrem Herzen mit einem zusammen Luft machen. Nur bei Wahrheiten, die Anlass zur Annahme von verfahrenen Lebensweisen geben, sucht man sich mit Absicht jemanden, der die Fahne nach dem Wind dreht.

Ich gab versuchshalber klein bei: »Wie ist der Doktor so?«

»Ein wenig verdreht im Kopf und er kann nicht richtig sprechen.«

»Wie bitte?«

»Seine Eltern haben ihn als Kind durch siebzehn Länder geschleppt, also kann er aus jedem Land ein bisschen. Er hat keine Muttersprache. Die sollte eigentlich schwedisch sein, aber sein Schwedisch ist Südschwedisch. Klingt ein wenig dänisch. Also, ehrlich gesagt klingt es sogar ein bisschen behindert auf der Zunge. Er sagt er sei ein Bayer aus Schweden. Ich behaupte, er ist ein schwedischer Sachse.«

»Du liebe Zeit, sächsisch versteht man so schwer.«

»Eben!«

»Und was spricht er nun?«

»Rolig.«

»Rolig?«

»Ja, das ist sein Name. Jakob Rolig. Er hat seine eigene Sprache. Wenn du hinhörst, und zuhören kannst du deines

Sorgentelefons wegen ja so gut – deshalb habe ich auch sofort an dich gedacht - dann verstehst du ganz genau, dass er zwar einfach spricht, dabei aber vielschichtig ist. Und du liebst doch brillante Worte.«

Er machte eine kurze Pause.

Ich überlegte mit gerunzelter Stirn, wie das gehen sollte, einfach und dabei vielschichtig. Das klang für mich nach einem Orakel.

»Gut, seine Worte klingen auf den ersten Blick nicht besonders gut. Grammatik kann er auch nicht ...«

»Oh man, Reza!«

»Ja, aber warte, seine Grammatik setzt sich aus Deutsch, Englisch und Arabisch zusammen. Eigentlich lässt er bloß Deklinationen und Artikel weg.«

Mir stand der Angstschweiß auf der Stirn.

»Ehrlich Milva, es ist ganz leicht. Man muss sich nur darauf einlassen. Und das kannst du ja.«

Ich schwieg. Reza wusste ganz sicher, dass es in mir ratterte.

»Überleg es dir. Und jetzt viel Spaß bei deiner Sprechstunde.« Es klickte und dann saß ich schweigsam da. *Mein Deutsch ist super, aber mein Englisch lückenhaft und mein Arabisch praktisch nicht vorhanden. Wie sollte ich da ..?*

Langsam erhob ich mich und wankte, von Informationen und Gedanken über Rückkehr in meine Branche überflutet, ins Badezimmer. Es ist ein wenig zu gelb gekachelt, aber so ist das in Winterhuder Dunkel-Klinker-Bauten.

Ich legte den Stöpsel in den Abfluss der Wanne, goss ein wenig Badeöl hinein und drehte den Wasserhahn auf. *Erst ganz heißes Wasser, dann kaltes, ein Schäufelchen Salz und wieder warmes Wasser, um unverbrannt in die Wanne zu steigen*, ging ich im Kopf durch, da klingelte das Festnetztelefon in meiner Hand.

Mir war nicht danach.

Ich brauchte ein wenig heile Welt, denn darin nehme ich für gewöhnlich Dienstag-Mittags ein Bad. Ich setze mich danach auf meinen Balkon im ersten Stock oder sehe vom Fenster aus seelenruhig dabei zu, wenn Einparkende den Hintermann anditschen und so tun, als wäre nichts geschehen.

Seit meiner Scheidung zähle ich die Tage nicht mehr. Ich sehe nur, wie sich die Jahreszeit ändert. Und manchmal denke ich darüber nach, meinen Hamster Gérôme im Wald freizulassen. Sein Leben in Freiheit ist eine schöne Vorstellung, bis zu dem Moment, da er Opfer eines Uhus wird. Zudem meide ich ländliche Regionen und bleibe dort, wo Menschen sind.

Ich tat, was mir gefiel in meiner kleinen, heilen Welt.

Ein Drama-Gespräch war nun wirklich nicht das, was ich beim Badengehen wollte. Andererseits war mein Sorgentelefon meine einzige Einnahmequelle.

Missmutig drehte ich das Wasser also wieder ab, verließ das Badezimmer mit klingelndem Telefon in der Hand und ging zu meinem Berater-Sessel.

»Hallo, hier ist Milva. Was kann ich für dich tun?«

Natürlich weinte jemand am anderen Ende. Das gehört dazu bei einem Sorgentelefon. Die Menschen rufen nicht an, um mir zu sagen, wie schön unkompliziert sie meine SEPA finden. Nein, sie rufen an, weil sie Sorgen haben und diese sind zumeist mit Tränen verbunden.

»Ich saß gerade mit meinem Mann im Auto«, schluchzte eine Stimme, hörbar versucht, gefasst zu wirken. Es war Marlene Roudette, eine Halbfranzösin ohne Französischkenntnisse, die sich vor vier Jahren glücklich verheiratet hatte und seit einem guten halben Jahr unglücklich war, weil sie vermutete, ihr Mann würde Fremdgehen.

Bevor ich mich in meinem Beraterstuhl zurücklehnte, hob ich meinen halb abgesenkten Po noch einmal an, um zu meinem Multimedia-Mobiltelefon zu laufen. Es lag im Flur auf dem Garderobentisch. Ich griff es mir und entsperrte es mit einer gekonnten Zick-Zack-Linie über das Display. Dann tippte ich auf die Verwaltungs-Applikation und erhielt eine Liste meiner Klienten. Rechts am Rand tippte ich den Bereich zwischen Q und U, um R zu treffen und landete in den R-Namen. Ein paar Schwenks mit dem Daumen weiter erreichte ich die digitale Kartei von Frau Roudette:

MARLENE ROUDETTE, GEB. 26. MAI 1980, HALBFRANZÖSIN

- KEINE FRANZÖSISCHKENNTNISSE, EINGEBILDETE PARIS-ABSTAMMUNG
- LEGT VIEL WERT AUF DIE ANREDE MADAME (ZU JUNG FÜR MADAME)
- ABI 1998; DIPL. SOZ. PÄDAGOGIN
- 2 KINDER
- ABGEBROCHENE LIEBE SEIT 7 MONATEN
- MANN: RENÉ, 37, KURZES HAAR, DUNKELBLOND, JUNGES DIPLOMATENGESICHT

Neben den Notizen erschien ein Foto von ihrem Ehemann, das sie mir beim letzten Mal per elektronischer Nachricht hatte zukommen lassen.

»Hallo Marlene. Was ist denn passiert, Madame?«

Sie holte zwei Mal kurz Luft. »Ich will, dass du mich entliebst.«

»Was meinst du mit entlieben?«

»Ich habe mich mit René im Auto gestritten. Und dann sind mir die Worte ausgegangen. Wir haben uns im Kreis bewegt, wie immer, wenn mir die Worte und ihm die Lust fehlen, aber noch alles ungeklärt ist.«

Ich legte eine taktische Pause ein. »Was ist ungeklärt?«

»Na ja«, greinte sie. »Erst war ungeklärt, wer von uns beiden nach dem Halten das Auto als Erstes verlässt.«

»Nachgeben ist schwer. Aber klug, manchmal.«

»Überhaupt nicht« widersprach sie. »Wäre ich zuerst ausgestiegen, hätte ich die Kinder aus dem Kofferraum holen und mich beherrschen müssen.«

»Aus dem Kofferraum?«

»Wir haben neue Kindersitze eingebaut, die in unseren Pampersbomber passen. Das nach hinten rausschauen beruhigt die Kinder, weil sie uns nicht die ganze Zeit sehen und deshalb nicht zu uns wollen. Sie vergessen, dass wir da sind und träumen auf der Straße.«

»Aber bei einem Streit hören sie euch, oder nicht?«

*Und wenn euch jemand hinten draufbrettert, sehen sie den Kühlergrill direkt an, der sie platt macht ... Also, ich weiß ja nicht.*

»Ja, unsere Kleine hat sehr geweint, als René mich angeschrien hat. Dabei habe ich ihn nur gefragt, was ein Kleid aus dem Phönix-Center auf seiner Kreditkartenrechnung macht.«

»Was hat er geantwortet?« Ich tippte ein X neben Renés Namen ein. Ein X bedeutet auffälliges Verhalten.

Marlene schluchzte derweil und schien sich dann um ihre Kinder zu kümmern. Also wartete ich ab, bis sie von sich aus fortfuhr.

»Er ist total ausgerastet und meinte, ich sei geisteskrank, dass ich die Abrechnung kontrollieren würde. So könne er mir keine Überraschungen mehr machen.« Dann weinte sie bitter.

Ich wartete einen Moment. »Gibt es ein Päckchen im Schrank, das du übersehen haben könntest?«

Ein kurz angebundenes und enttäuschtes »Nein« kam mir zur Antwort.

»Hat er es vielleicht bei der Arbeit deponiert?«

Noch ein »Nein!«, diesmal bitter, gepaart mit einem weiteren Schluchzen.

Und dann packte Marlene aus: »Was macht er denn auf der anderen Seite in Harburg? Ihr Name ist wahrscheinlich Denise. Schön, dass er sich gerade eine Frau mit französischem Namen aussucht.«

»Rüpel!«, bestätigte ich, wenngleich unklar blieb, ob die Geliebte wirklich einen solchen Namen trug. Sie konnte auch Regine oder Lorna heißen.

Plötzlich begegnete mir Marlene mit unvorhergesehener Abgeklärtheit: »Ich bin nicht dumm, Milva. Er hat mich mit den Kindern in unserer Ausfahrt stehen lassen, hat gesagt er wolle auf der Autobahn nachdenken und ist davon gebraust.« Ihre Stimme wurde trocken. »Er ist im Atlantic.«

»Woher weißt du das?«

»Weil mein Handy im Auto liegt und mein iPad sagt, mein iPhone sei im Atlantic.«

*Praktisch!* »Willst du, dass ich hinfahre?«

»Ja! Weißt du, wir haben dies beide sterben lassen, bis alles nur noch im Kreis lief. Mir ist egal, wie oft mein Herz zerrissen wurde oder wie oft ich allein im Dunkeln aufgewacht bin, ohne ihn. Als ob ich das nicht merken würde, dass er sich nachts davonschleicht, um mir hinterher zu erzählen, er hätte drei Stunden lang Zigaretten geholt, die seinen Hals nach Laura Biagiotti riechen lassen. So ein Arsch!«

»Also wirklich!« *Wie klassisch dämlich sind manche Männer eigentlich? Klassischer Duft ganz klassisch am Hals.*

Marlene entschuldigte sich sofort: »Pardon! Die Ausdrucksweise. Die Kinder.«

Räuspernd quittierte ich und begann zu tippen:

- SPEZIALAGENTIN MILVA LOTTI
  AUF STREIFE IM ATLANTIC
- LAURA BIAGIOTTI AUSFINDIG MACHEN

»Ich fahre hin!«

»Oh Milva, das ist meine Rettung. Ich will das so nicht mehr. Erstens will ich sie sehen, du musst also Fotos machen und zweitens: Finde heraus, ob wir noch eine Chance haben, bevor ich mich entliebe.«

*Als ob das so einfach geht*, dachte ich. Die Fotos waren schnell gemacht, wenn ich mich in die Nähe der Rezeption setzte. Wenn er vor etwa zwanzig Minuten losgefahren war, dann brauchte sein Frustakt maximal dreißig Minuten. Eventuell zuzüglich eines Gespräches über die Plagen seiner Ehe und ein wenig Kuscheln, hatte ich etwa fünfundvierzig Minuten Zeit. Zum Atlantic benötige ich zwölf Minuten. Es blieben also nur noch dreiunddreißig, bis er zufrieden grinsend aus dem Fahrstuhl trat, um durch die Eingangshalle zur Tiefgarage zurückzugehen. Ich musste mich beeilen. »Lass mich nur machen. Ich schicke dir, was du haben willst.«

»Das kannst du nicht.«

»Wie bitte?«

»Liebe mit im Angebot?«

»Die ist leider aus, fürchte ich. Aber die Fotos bekommst du, Marlene. Verlass dich auf mich. Schick mir dreihundert Euro. Und wenn es zu deinen Gunsten ausgeht, noch einmal dreihundert«, forderte ich frech.

Madame heulte »drei- und fünfhundert« und schob ein unbeherrschtes »Ich will sie sehen!« hinterher, als ich mich von ihr verabschiedete.

Ich griff mir also meine Sonnenbrille, denn draußen war eitel Sonnenschein, und machte mich auf den Weg.

Als ich am Hotel *Atlantic Kempinski* ankam und An der Alster 72-79 parkte, hatte ich nur noch siebzehn Minuten bis zum errechneten Abgang von Monsieur René. Für Parkgebühren hatte ich keine Zeit, legte also mein täuschend echtes Apotheken-Lieferanten-Schild in die Windschutzscheibe und eilte in die Eingangshalle des Hotels. Dort gab es bequeme Sessel und flache Tische, nur leider keine Frauenzeitschrift. Also blätterte ich in Politmagazinen herum und behielt dabei meine Uhr, den Fahrstuhl und die Treppe im Blick.

René brauchte ziemlich lange. Vielleicht war er beschnitten, das hatte ich Marlene nie gefragt.

Jemand kam, um mich zu fragen, ob ich alles hätte, was ich bräuchte. Aus dem Hanseatischen ins Deutsche übersetzt bedeutet das: »Kaufen Sie etwas? Wenn nicht, raus.«

Ich bat darum, mir einen Tee zu bringen.

Man brachte ihn mir Sekunden später an den Platz. Ich muss schon sagen, für 6,90 Euro war der Tee recht dürftig ausgestattet mit einem kleinen Kakao-Nuss-Keks und einem Alu-Löffel, der nach Metall schmeckte. Das Porzellan jedoch war exquisit.

Ich verbrannte mir die Lippen beim Nippen und stellte ihn schnell wieder auf den Tisch zurück, um mich politisch fortzubilden. In Wirklichkeit las ich bloß Passagen und hoffte, ein paar hübsche Bilder beim Umblättern zu finden, die mein Auge erfreuten. Weil sie jedoch bloß hohe Tiere aus der Politik abbildeten und mir schnell langweilig wurde, begann ich nachzudenken.

Marlene hatte gesagt, sie wolle entliebt werden. Wie sollte so etwas gehen? Ich meine, das führt doch niemand für einen durch. Man entliebt sich von allein, zum Beispiel wenn etwas Unfassbares geschieht, das alles in einem erstarren lässt. Oder man wacht eines Morgens auf und bemerkt, dass man nicht mehr liebt. Und dann muss man die Erste sein, die geht. Eigentlich.

Marlenes René liebte vielleicht nicht mehr, aber als Erstes aussteigen wollte er offenbar auch nicht. Jedenfalls nicht so richtig. Bloß in selbst geschaffenen Laura Biagiotti-Zeitzonen. Ich verstehe nicht, weshalb Menschen einander so feige entfleuchen, wo sie doch einmal alles füreinander bedeutet haben.

Das Ende meiner Ehe war nicht minder schön gewesen. Einen optimalen Trennungsverlauf gibt es nun einmal nicht. Aber es war kurz und konsequent vonstattengegangen.

Frauen wie Marlene standen schon mehrere Male vor dem Aus ihrer Beziehung. Zumindest die Betroffenen dieser Stadt riefen mich dazu immer wieder an. Und keine von Ihnen will einen Schlussstrich ziehen, weil sie alle behaupten sie und ihr Mann würden es verdienen, glücklich zu sein. Es mag sein, dass ihre Mühen belohnt werden sollten. Aber nicht mit Demütigungen und Ignoranz, sondern mit Freiheit. Sie alle wissen es. Aber sie haben Angst vor Freiheit. Weil sie es mit Alleinsein gleichsetzen. Seltsam, oder?

Sie sind Opfer ihrer Genetik, fürchte ich. Wenn der Nestbau eingeleitet ist und erst einmal ein Ei darin liegt, sind sie verloren. Gibt es keine Eier, sei es nun aus biologischen oder aus Karrieregründen, dann erschaffen sie welche. Sie erdenken sie. Und wenn sie sie häkeln, ganz egal. Das Ei, das eine Familie mimt, muss her!

Zieht der Herr dann öfter und länger umher und beginnt sich über das Nest zu beschweren, versuchen sie es zu verschönern. Damit sind sie so beschäftigt, dass sie darauf bestehen ihre hoch polierten Nestränder hätten es verdient, bewohnt zu werden, und zwar gemeinsam und glücklich für alle Zeit. Jeden Tag laufen sie dabei gegen Mauern und verschwenden ihre Lebenszeit. Das ist, wie Regenbögen jagen, um einen Topf voller Gold zu finden.

Was sie nicht verstehen, ist, dass das Ende des Regenbogens nicht existiert. Er ist rund.

Weil unsere Männer Menschen sind, verhalten sie sich komplexer als Vögel. Und vor allem sind sie meist schon vor den Jungen flügge.

Andererseits gibt es auch betrogene Männer. Ihre Antwort auf Fremdgänge ist bestenfalls Revierverhalten. Nur, weil viele umgestiegen sind auf geistiges Revierverhalten mit Erwartungen und Forderungen, die ihren Wünschen entsteigen, Wünsche aber nicht einfach so erfüllt werden, schon gar nicht, wenn Abneigung im Spiel ist, nützt die schönste und ausgeklügeltste Herleitung nichts. Auch hier läuft ein genetisches Programm, das gegen konventionelle Vernunft gewinnt. Denn wenn sich jemand entliebt, dann steht er wieder auf Anfang.

Ich hatte mein Telefon schon wieder in der Hand, um mir Notizen zu meinen Gedanken zu machen und speicherte sie in meiner Kartei unter Ratgeber.

Mittlerweile dampfte mein Tee nicht mehr so sehr und ich wagte einen Schluck. Aus Vorsicht geriet er etwas zu schlürfend, sodass sich zwei andere Gäste zu mir herumdrehten. Ich tat so, als wäre ich es nicht gewesen und senkte die Tasse in meinen Schoß hinab. Dann schaute ich auf die Uhr, unsicher, ob ich René beim Denken und Tippen verpasst haben konnte. Allerdings lag ich falsch, denn wenn mich nicht alles täuschte, kam er soeben aus dem Restaurant spaziert. Ausgelassen, gut gekleidet und mit einem unglaublich schönen Luxuswesen am Arm.

Sie war vielleicht gerade fünfundzwanzig. Die Haut zart wie Porzellan, die Arme schlank und lang, die Figur fest und griffig mit gut gewachsenen Brüsten und einem modischen Tattoo, das sich unter ihrem ärmellosen Kleid auf der Schulter blicken ließ. Die Haare dunkel und glatt, die Wangenknochen weit gestellt mit großen blauen Augen, deren Augenwinkel sich zu den Seiten nach oben neigten. Das bestach ungemein und vertuschte, dass ihre Lippen eine Kollagen-Spritze brauchten. Sie ging in eleganten Ballarinas neben Marlenes Mann her, löste sich dann von seinem Arm und begab sich zur Treppe, während René etwas an der Rezeption zu klären schien. Ich taufte sie auf den Namen Laura, des Parfüms wegen.

Meine Gelegenheit war gekommen, ein Foto von ihr zu machen. Ich muss schon sagen, sie sah aus wie bei einem Fotoshooting, als sie sich leicht schmollend auf der Treppe herumdrehte und mit der Fußspitze im Teppich zu bohren begann, während sie wartete.

Meine Finger gingen auf dem Touchscreen auseinander, um sie heranzuzoomen. Sie war wirklich sehr attraktiv. Arme Marlene. Nach zwei Kindern war ihr Busen sicher nicht mehr so fest wie der von Laura.

Ich war vor Kurzem neununddreißig geworden und ging mit langsamen Schritten auf die Vierzig zu, aber wenn René mein Mann gewesen wäre, dann hätte ich mir bei dem Erhalt solcher Fotos keine Hoffnung mehr gemacht. Für Marlene gab es nur zwei Möglichkeiten: Entweder sie ließ zu Hause die Französische Revolution Einzug halten, um in andere Lebensumstände zu gehen, oder sie nahm sich das Irdische, um verfrüht in ein anderes zu entfliehen. Tendenziell war ich für die erste Variante, bei den Fotos hätte ich persönlich jedoch zum Schierlingsbecher geneigt.

René stieß dazu. Sie gingen gemeinsam die Treppe hinauf. Dummerweise bekam ich nur Profil- oder Frontalbilder von ihr. Ich wollte Marlenes Leben erhalten und eine Rückenansicht fotografieren. Mein Telefon hochzuhalten und zu klicken, wäre zu auffällig gewesen, also schnappte ich mir meine Tasche und ging ihnen hinterher.

Sie waren bereits oben an der Treppe angelangt, als sich ein guter Aufnahmemoment ergab und jemand überraschend von unten durch die Halle rief: »Hey, wo wollen Sie denn so eilig hin? Sie haben Ihren Tee noch nicht bezahlt!«

Alles verfolgte den Blick des Kellners und traf dabei auf mich. Auch oberhalb der Treppe drehte man sich herum. Ich zog schleunigst das Telefon herunter. In diesem Moment drückte ich den Auslöser ein letztes Mal. In der Miniaturansicht sah ich, dass ich schon wieder das Gesicht erwischt hatte. Und zwar ein empörtes.

»Haben Sie mich etwa fotografiert? René, ich glaub, die hat mich fotografiert. Was soll das?« Beide kamen einen Schritt die Treppe herunter. Verlegen ließ ich das Telefon in meiner Tasche verschwinden.

*Jetzt bloß nicht panisch reagieren*, dachte ich.

»Haben Sie meine Freundin fotografiert?«, drängte René nach einer Antwort. Von unten tönte es mahnend: »Der Tee!«

Ich hob den Finger und bat René damit um einen Moment Geduld. Dann zog ich meine Geldbörse hervor und warf dem Kellner eine Zehneuronote über das Geländer. »Der Rest ist für Sie«, warf ich scharf hinterher und beachtete das flatternde Geld nicht weiter. Ich drehte mich René und seiner Sexpuppe zu und begann, die Treppen hochzugehen. Flucht nach vorn ist immer die bessere Lösung. Dabei setzte ich ein breites Grinsen unter meine Sonnenbrille und stieg hurtig zu ihnen hinauf.

»Hören Sie«, sagte René ungemütlich, »ich muss Sie bitten, die Bilder augenblicklich zu löschen. Sie verstoßen gegen meine Persönlichkeitsrechte.«

»Gegen meine auch!«, gab Laura quengelnd hinzu. Ihr Tonfall ließ auf wenig Horizont schließen, ihre Hüftknochen und ihr flacher Bauch, die ich durch das Kleid sehen konnte, jedoch auf eine exzellente Beckenbodenmuskulatur. Als ich endlich bei Ihnen ankam, hob ich ihnen beide Hände zu einer beschwichtigenden Geste entgegen. »Haben Sie keine Bedenken. Ich habe lediglich versucht zu sehen, wie sich ihre schöne, junge Frau in einem Rahmen macht. Ich habe kein Foto gemacht. Natürlich nicht.«

Beide sahen mich ungläubig an.

»Mein Name ist Rolig. Und ich habe Ihnen etwas Unglaubliches mitzuteilen.«

»Was kann das sein? Wir kennen Sie nicht. Kennst du sie, Kassandra?«

*Natürlich, Laura heißt Kassy...* beinahe hätte ich die Augen verdreht.

Kassy antwortete, indem sie ihre Haare zu sehr für eine erwachsene Antwort von links nach rechts warf. Ihr Haar verlor dabei jedoch weder Fülle noch Form. Und genau da fand ich einen spontanen Ansatz: »Kassandra! Was für ein schöner, klassischer Name für eine so hübsche, junge Frau.«

»Oh, danke«, quiekte sie und kräuselte kokett die Lippen.

»Mein Mann ist für Coco Chanel tätig. Er ist Dermatologe und richtet die Models für Chanel her.«

Kassandra schien nicht besonders schlau zu sein, aber sie wusste, wenn jemand im Begriff war, ihre Schönheit zu küren. Sie schnappte beim Klang des französischen Modelabels nach Luft.

René hingegen wurde energisch: »Was hat das zu bedeutet? Hat sie jemand geschickt? Ich kenne Ihren Mann nicht. Hab nie von ihm gehört. Und ich möchte mich davon überzeugen, dass sie keine Aufnahmen von uns gemacht haben.«

Er kam einen halben Schritt auf mich zu. René war nicht

besonders groß, aber er war trotzdem größer als ich, zumal er eine Stufe über mir stand.

Selbstsicher stellte mich mit ihm auf eine Stufe. Jetzt logen wir eben beide. Und zwar ungehörig.

»Kassandra, Liebes.« Ich stieg mit ausgestreckten Armen zu ihr hinauf und war damit über Renés Kopf angelangt. »Wir sind seit geraumer Zeit auf der Suche nach einer jungen Dame wie Ihnen. Für eine Werbekampagne. Als ich Sie gesehen habe, unten an der Treppe«, ich wies atemlos mit dem Finger an Renés Nase vorüber in die Lobby, »da habe ich mich beinahe an meinem Tee verschluckt.«

Sie kicherte. »Oh?«

Mit geöffnetem Mund nahm ich meine Sonnenbrille ab und ließ den Blick erst um ihr Gesicht kreisen und dann an ihrem Körper hinabgleiten. »Woher kommen Sie, Kleines?«

Ihr Blick schoss einmal kurz zu René hinüber, bevor sie antwortete: »Aus Harburg.«

*Aha, keine echte Hamburgerin!*, urteilte ich, sagte jedoch nichts. Meine Lippen pressten sich zusammen und gingen zu einem diabolischen Lächeln über, das meine Wangen hochschob. »Ein Elbkind, wie erfreulich.« Ich nahm ihren Arm und zog sie die Treppe hinauf fort. »Gut, dass Sie ganz in der Nähe wohnen. Ich wäre untröstlich, wenn Sie von weit herkämen, vielleicht bloß auf der Durchreise wären. Mädchen wie Sie findet man hier nur selten. Und ich würde es mir nie verzeihen, hätte ich Sie nicht angesprochen. Deshalb bin ich Ihnen die Treppe hinauf gefolgt«, versicherte ich.

»Oh.«

Theatralisch atmete ich ein, so als sei ich unglaublich zufrieden. Dann ergriff ich ihre Hände. »Sie müssen mir versprechen, dass wir uns in den nächsten Tagen zu einem Check sehen. Das muss bei neuen Models sehr sorgfältig gemacht werden und so früh wie möglich. Sie sind noch so frisch. Das Elbklima tut Ihnen gut, nehme ich an?« Für den nächsten Satz senkte ich meine Stimme, beugte mich näher zu ihr und bleckte die Zähne: »Jeder Tag ist ein verlorener Tag. Wir altern so rasch.«

So, als hätte sie etwas Schreckliches gesehen, sagte sie wieder: »Oh!«

René kam dazu: »Was ist nun mit den Fotos. Machen Sie hier keine Geschichten.«

»Oh!?«, mahnte sie ihren Liebhaber mit aufgestellten Lidern. Als er meine Hand von Kassandras herunternehmen wollte, wiederholte sie ihr Wort, drehte ihre Hände flugs herum und hielt meine fest, wie die letzte Rettung auf einem sinkenden Schiff. Oder anders: Sie hielt den Hauch einer Zukunft als Model fest und hatte sie kurzerhand gegen vermutlich mittelmäßiges Vögeln eingetauscht. So bekam René uns nicht auseinander. Ich hatte gewonnen.

Er lachte, schaute zur Seite und wischte sich mit Daumen und Zeigefinger über die Lippen, wie es Männer tun, die mit ihrem Kahn auf Grund liefen. Dann startete er einen Appell, der sie von mir lösen und mit ihm ins Hotelzimmer gehen lassen sollte. Leider sind Männer sehr ungeschickt, wenn ihnen die Glocken im Kopf bimmeln.

»Kassy, du glaubst doch nicht im Ernst, dass du gerade als Model entdeckt worden bist?«

Kassys Gesichtsnerv zeigte, was er konnte: Ihre schmalen Brauen gingen ruckartig tief bis zum Nasenbein hinunter, ihre Lider sperrten sich weit auf, ihre Nasenflügel klappten und der Atemzug ging wie ein Silberglanz an ihrem Hals entlang. Dann stieß sie ein »OH!!?« der Extraklasse aus, löste ihren Klammergriff von meinen Händen und stapfte förmlich auf René zu, ganz und gar nicht elegant.

»Was fällt dir ein?« empörte sie sich und schubste ihn zurück. Er wich auf die Treppe aus, hielt sich am Geländer fest und begann damit, sich stotternd zu entschuldigen. Ohne Erfolg.

Sie schnaubte einmal und machte sich größer über ihm.

Als Mann wollte er sich dies sicher nicht gefallen lassen und stieg wieder zu ihr hinauf.

Doch Kassandras Lust auf ihn schien gebrochen zu sein. Sie holte mit ihren schlanken Armen aus und schubste ihn ein weiteres Mal, diesmal an der Schulter. »So schön bist du auch wieder nicht, du Hammel!«

Ich amüsierte mich im Stillen über ihren ungewöhnlich ländlichen Ausdruck und sah, wie René das Geländer verfehlte und einige Stufen nach unten fiel.

Für dieses Haus war das schon ein ausgewachsener Skandal.

Kassy stapfte hinter ihm her, fischte mit flinkem Griff den Zimmerschlüssel aus Renés Brusttasche, eine kleine Plastikkarte in Kreditkartengröße, wirbelte herum und kam zu mir zurück. Dabei schüttelte sie ihren hübschen Kopf und ihre Schultern einmal leicht und ließ René damit hinter sich.

Bei mir angekommen, griff sie entschlossen nach meinem Arm und zog mich zügig den Flur entlang. »Wir müssen darüber sprechen«, sagte sie energisch.

»Über ihn? Den Hammel? Mehr gibt es nicht zu sagen, oder?« Ich verkniff mir ein Lachen.

»Über Chanel«, korrigierte sie nachdrücklich. Im Gehen schaute sie dann unentschlossen auf die Schlüsselkarte in ihrer Hand. Plötzlich blieb sie stehen und wandte sich noch einmal hauchend um: »Oh!« Ich glaube sie meinte: »Warten Sie!«

Die Karte in die Luft hochhaltend zwitscherte sie so als würde sie um etwas Alltägliches bitten: »Welches Zimmer, René? Welches Zimmer?«

Dieser war dabei, seinen Kopf klar zu bekommen und seine Körperhaltung wieder herzustellen. Gequält antwortete er: »2-0-7«

»Ah.« Auf halbem Weg zurück, die Karte wie eine lieb geschriebene Postkarte vor sich haltend, drehte sie sich ihm noch einmal zu. »Zwei vorne ist zweiter Stock, oder?«

Auf das Geländer gestützt nickte er, den Blick nach unten gerichtet. Ob nun vor lauter Scham, das kann ich nicht sagen.

Kassandra kam also gänzlich zu mir zurück und führte mich zügig den Gang entlang, der Beschilderung folgend.

Das Zimmer, das wir betraten, war keine Luxussuite. Dennoch war es geräumig und in gutem Zustand. Es roch sauber und vom präzisionsfaltengezierten Doppelbett glänzten uns teure Betthupferl entgegen. Golden eingepackte, feinste Schweizer Schokolade. Ich bin immer wieder beeindruckt von der Schweiz. Es ist erstaunlich, was komplett ländliche Regionen hervorbringen. Ganz ähnliche Gedanken hatte ich, was Kassandra anging.

Statt direkt auf das Bett zu springen, wie sicher ursprünglich geplant, machte sie sich am Schreibtisch zu schaffen. Sie rückte geschäftig einen Sessel heran und stellte mir den Schreibtischstuhl bereit, um zu einem Gespräch über ihre Zukunft Platz zu nehmen. Das tat ich, allerdings auf der Bettkante. »Kommen Sie erst einmal hierher ins Licht. Ich möchte Sie näher betrachten.«

Gehorsam ließ sie den angebotenen Stuhl los und kam zu mir ans Bett herangetreten. Ich bewunderte ihre fließenden Bewegungen und musterte ihr Gesicht. Sie schien zu verstehen, was vor sich ging, denn als ich die Hände öffnete und zu ihrem Kinn hinaufführte, ließ sie ihre Halsmuskulatur locker werden und mich ihr Gesicht befühlen.

Es war wirklich lang her, dass ich jemanden so professionell unter die Lupe genommen hatte. Sie hatte praktisch keine Hautunreinheiten. Ihre Poren waren hanseatisch verschlossen, der Teint rosig. Es gab zwei Leberflecken, die nicht als Schönheitsmal durchgingen und an unpopulären Stellen saßen. Die mussten weg. Ein weiterer hingegen eignete sich gut und konnte meinetwegen bleiben.

Nach einer Weile gab ich ihr Kommandos:

»Bitte ziehen Sie die Nase kraus. Jetzt die Brauen zusammen. Dann nach oben. Legen Sie Ihre Stirn in Falten, als würden Sie sich wundern. Und nun die Wangen ansaugen, so, als würden Sie Rouge auf ihnen verteilen. Ich hoffe Sie nehmen immer Puderrouge. Die Paste ruiniert Ihr exzellentes Hautbild. Das klebt die Poren zu.«

Schließlich verlangsamte ich meine Bewegungen. Dann riss sie die blauen Augen auf und sprang vom Bett. »Sekt!«, rief sie aus.

Innerhalb von Sekunden war die Minibar geöffnet, aus der sie zwei Piccolos holte. Sie öffnete beide rapide und reichte mir einen davon. Gläser gab es offenbar leider nicht, also nippte ich bloß daran. Sie selbst trank den Piccolo ganz aus, in einem Zug.

*Echtes Landblut!*, dachte ich.

Gleich darauf setzte sie sich zurück an ihren Platz. »Okay, weiter. Entschuldigen Sie, das ist alles so aufregend.«

»Kann man sagen«, entgegnete ich tonlos und nahm einen leichten Hauch von alkoholisiertem Atem wahr.

Sie biss sich mit geschlossenen Augen auf die Wangen und fragte dann umständlich »Ist das so richtig?«

»Ja genau, Sie machen so ein Gesicht ... alles bestens«, versicherte ich und ließ meine Finger an ihren Liedern entlang fahren. Sie schlug die Augen danach wieder auf. Erwartungsvoll und eisblau sah sie mir entgegen. Doch ein

Urteil gab es noch nicht. Der Grund dafür: Ich hatte keinen Schimmer, wie ich aus dieser Misere herauskommen sollte. Vorlaut hatte ich des unbekannten Doktors verheißungsvollen Namen genannt, um meinen Kopf aus der Schlinge zu ziehen. Spezial Agentin Milva Lotti hatte zu früh geschossen.

Nun saß ich da und brauchte ein neues Manöver. Also bat ich Kassandra aufzustehen, mir Arme und Beine, Gang und Weiteres vorzuführen, und weil ich danach noch immer nicht wusste, was ich unternehmen sollte, bat ich sie, sich im Stehen vor mir zu drehen. Meine Hände gingen dabei an ihren Hüften herum, und ich dachte und dachte und sie drehte und drehte sich. Sie sagte, ihr würde schwindelig werden. Erst lachend und kurz darauf ganz so, als meinte sie es ernst.

Und dann hatte ich einen Geistesblitz!

Kassy fiel auf das Bett und versuchte zu lachen: »Oh, mir ist ganz duselig. Das ist alles so aufregend.«

»Ich gebe Ihnen meine Nummer, Kleines. Rufen Sie mich nächste Woche Dienstag an, gegen 16 Uhr.«

»Huh. Oh! Ich bin ...« Den Rest verstand ich nicht mehr, weil bereits die Tür hinter mir zu fiel und ich mich auf dem Weg zur Treppe befand. Meine Nummer hatte ich ihr flink auf einen Block des Hotels geschrieben und neben sie aufs Bett geworfen.

Nahezu hastig ging ich die Treppe hinunter und sah den kessen Kellner auf allen Vieren mit einer Fliegenklatsche unter einer schweren Anrichte herumfischen. Wahrscheinlich nach meinem Zehner. Bei seinem Anblick wurde mein Gang schwunghafter.

Er blickte mir missmutig nach, als ich ihn passierte, um den Weg zum Ausgang durch das Foyer zu beschreiten.

»Gutes Gelingen und einen schönen Tag« warf ich ihm

gen Boden zu. Und schon war ich raus. Zumindest aus dem Hotel.

Marlenes Ehe war gerettet. Ich schickte ihr zwei Rückenbilder und schrieb, dass die Angebetete hässlich war und früh verlassen wurde, wie ein Kuckucksei. Und dass ich den Verkehr verhindert hatte. Zumindest das war ehrlich gewesen.

Sie überwies mir sogar 600 Euro mit dem Verwendungszweck: »Er ist wie ausgewechselt.«

Was auch immer René dazu getrieben hatte, in Marlenes Nest zurückzukehren und offenbar zu bleiben, es war gut so, wie es war.

Als sie etwas später unvermittelt weitere 200 Euro überwies, war ich überzeugt davon, dass sie ein drittes Kind gemacht hatten und ich hoffte inständig für Marlene, dass es kein einfaches Versöhnungskind, sondern ein Kind der besonnenen Liebe war. ... Das wünsche ich übrigens jedem Kind, das das Licht der Welt erblickt.

## Kapitel Drei
## Das Odysseus-Syndrom

Ich musste so schnell wie möglich Reza erreichen, also wählte ich seine Nummer. Leider lief mein Versuch auf eine Nachricht auf dem virtuellen Anrufbeantworter hinaus:

»Hallo Reza. Ich hab es mir überlegt. Ich will den Job. Stell mir den Doktor vor. Bitte schick mir einen Termin zum Brunch.«

24 Stunden später erhielt ich eine Nachricht, die den kommenden Samstag um 11:30 Uhr für ein Treffen zum Brunch bestimmte. Das war mir recht. Samstags schlief ich bis mindestens 9:00 Uhr und brauchte etwa eine Stunde im Bad. Also war ich um elf sozusagen taufrisch.

Ich übte schon einmal, Punkt 9:00 Uhr aufzustehen. Am darauffolgenden Tag klappte es ganz gut. Um 09:03 Uhr quälte ich mich aus dem Bett und schleppte mich ins Badezimmer. Dann duschte ich wenig damenhaft bis 09:46 Uhr und trocknete mich zehn Minuten lang ab, inklusive eincremen. Um 10:02 Uhr erschien mein Nachbar von gegenüber in Slip-Robe am Fenster, sodass ich circa 20 Minuten brauchte, um meinen Kaffee zu machen. Ich habe zwei davon. Einen schicken, bei dem ich in die Fenster sehen kann, und einen echt schlimmen, der von seinem Balkon aus in mein Schlafzimmer gucken kann, wenn ich unachtsam mit dem Vorhängen bin.

Um 10:22 Uhr klingelte unglücklicherweise das Sorgentelefon. Während der nackige Nachbar alles zeigte, was eine Dame meines Alters zu schätzen weiß, nahm ich den drängelnd klingenden Anruf von Anna Schäfer an.

Sie war ein allein aufgezogenes Kind, das niemals zu ihrer Schwester gedurft hatte. Die Eltern waren früh gestorben und sie hatte Jahre lang Essen vor eine Tür gestellt, die sich ausschließlich zum Hineinholen geöffnet hatte, nicht jedoch zu alltäglichem Austausch. Also war Anna eine einsame junge Dame. Sie wusste nicht genau, worin ihre Isolation begründet lag, aber sie nahm sie hin – seit jeher – und vermutete eine schlimme Krankheit an ihrer Schwester Elisa. Aber um Elisa ging es heute nicht. Ganz im Gegenteil. Sie hatte einen Mann kennengelernt.

»Oh Anna, wie erfreulich! Was ist das für ein Mann?«, wollte ich wissen und zückte meine digitale Kartei. Ein Fingerdruck auf die alphabetische Navigation auf der rechten Seite brachte mich in die Nähe von S wie Schäfer. Warum das nicht buchstabengenau funktioniert, weiß ich nicht. Also wischte ich auf dem Display ein wenig aufwärts, um zu Annas Karteikarte zu gelangen:

ANNA SCHÄFER, *26.06.1986 /
VISUELLES MARKETING BEI IKEA

- VON SCHWESTER ELISA ISOLIERT /
  ELTERN VERSTORBEN
- GUTMÜTIGES, TRÄUMERISCHES WESEN /
  SCHAFFUNG MATERIELLER STILLLEBEN
- LEICHTE ANSÄTZE DEPRESSIVEN VERHALTENS /
  KOMPENSATION MIT PERFEKTIONISMUS
- KANN SICH SCHWER EINLASSEN,
  SUCHT NACH VERTRAUENSVOLLEM
  ANLAUFPUNKT
- BENÖTIGT DAS GEFÜHL, GEBRAUCHT ZU WERDEN,
  GELTUNGSBEDÜRFNIS UND BEDÜRFNIS NACH
  ANERKENNUNG AUSGEPRÄGT

Anna beschäftigte sich nicht gern mit komplexen Strukturen menschlichen Zusammentreffens. Deshalb hatte sie einen Beruf gewählt, in dem sie einsam stehende Zimmer für Besucher herrichten konnte. Allerdings litt sie unter Kritik und war süchtig nach Lob aus der oberen Etage. Sie war erst zufrieden, wenn andere zufrieden waren, daher unterlag sie der ständigen Anstrengung nach Perfektionismus, wenn sie ihre Stillleben kreierte. Auf den Fotos ihrer Ausstellungen sah es immer nach heiler Welt aus. Unberührt, eingefroren und konserviert. Und jeder Wechsel von Artikeln und Kollektionen kratzte an ihrem inneren Frieden. Dann brach sie zusammen und nahm die Aufgabe jedes Mal aufs Neue an wie Odysseus.

Meist befürchtete sie, allein zu sein, war mutlos und orientierungslos, wenn sie anrief. Kein Wunder, wenn man mich fragt, denn stets im Schatten zu stehen, macht Angst vor der Sonne. Wir konzentrierten uns also, dem Odysseus-Syndrom gerecht werdend, stets darauf, sie von Fesseln zu befreien und in ein neues Land zu schicken. Ein Schreckmoment allerdings genügte, sie wieder an den Ausgangspunkt zu katapultieren.

Was sie mir heute auftischte, war, wie erwartet, ganz ähnlich von Angst geprägt.

»Ich habe Micha vor etwa drei Monaten kennengelernt. Er war sehr schnell dabei, sich für uns zu engagieren. Ein echter Gentleman, der lieber Tee als Bier trinkt, so wie bei unserer ersten Verabredung. Ich komme mir ja immer unmodern vor, wenn ich mir keinen Hugo oder anderen Softalkohol bestelle. Aber als er Tee vorschlug, war ich erst einmal perplex.«

»Klingt spannend. Wie ging es weiter?«

»Ich hätte wissen müssen, dass etwas nicht stimmt. Er ist total anhänglich und lieb und tritt als Beschützer auf, wo er nur kann. Sein Leben war wegen irgendetwas aus der Bahn geraten und er baut sich gerade alles wieder auf. Zum Beispiel hatte er kaputte Tapeten in der neuen Wohnung.«

»Hat er sie nicht übertapeziert?«

»Nein.«

»Hm?« Ich brauchte ein wenig mehr Information. Allerdings schienen mir kaputte Tapeten für den Anfang nichts Verdächtiges zu sein. Also entschied ich mich dafür, nach Beschaffenheit und Art der Tapete zu fragen.

»Raufaser«, war die knappe Antwort.

»Und dann?«

Anna schlug einen Tonfall an, der leise empörtes Misstrauen in sich trug. »Dann hat er keine neue Bahn an die Wand gemacht, sondern eine Schmucktapete genommen.«

»Das ist ja ...«

»Ja, Milva. Schmuckstreifen gehören in ein Gesamtkonzept. Aber er hat sie verwendet wie ein Pflaster für die aufgerissene Stelle des Vormieters.«

Ich war mir noch nicht sicher, wie schlimm das sein konnte. Allerdings vermutete Anna überall subtile Vorzeichen für irgendetwas, das Trennungen nach sich zog, auf das so kein normaler Mensch kommen konnte. »Hast du ihm bei der Einrichtung geholfen?«

»Genau. Ja, habe ich. Micha ist sehr sauber und sortiert. Er mag stille, elegante Arrangements. Aber dann kam sein Schmuckstreifen.«

»Nur fürs Verständnis. Es handelt sich nicht um eine Borte, wie man sie in Kinderzimmern vorfindet, nein?«

»Nein! New York, Rio de Janeiro, Paris, Tokyo, Mailand, Berlin, Mexiko, Los Angeles, Chicago, Barcelona, ...« sie zählte etwa zwölf weitere Metropolen auf, und dann kam: »Ein etwa 110cm breiter Tapetenstreifen in dunklem Braun, so wie die Farbe von Kolonialstilmöbeln. Darauf all die Städte in Braunabstufungen, von Mokkatönen bis hin zu Beige.«

Ich konnte an ihrem Atem hören, dass sie die Arme vor sich verschränkt hatte, wie die Zeugin einer Missetat und dabei leicht mit dem Kopf nickte und auf Bestätigung wartete. »In Wortwolken, Milva. Alle Metropolen der Welt«, schob sie nach. »Ich hätte wissen müssen, dass er Fernweh hat.«

»Eine Tapete, die Fernweh ausdrückt? Ich stelle sie mir eigentlich ganz dekorativ vor.«

»Oh, sie hat ganz außerordentlich mondänen Dekorationsgehalt, das stimmt. Und sie passt auch zu den Möbeln. Allerdings hat er sie ohne mich ausgesucht.«

»Wenn seine eigene Note gut zum Konzept passt, ist doch alles bestens.«

»Eben nicht. Er hat sich beraten lassen, von einem Typen namens Andy, in diesem Tapetenladen.«

Die Berichterstattung kombinierend, schluckte ich einmal kräftig. Mir schwante etwas, von dem ich eigentlich nichts mehr hören wollte. Niemand konnte Anna besser verstehen als ich, wenn sie mir nun erzählte, dass sie befürchtete, dass ihr Micha sich seit der Beratung mit Andy herumtrieb. Und das tat er tatsächlich. Ein Schluck Apfelschorle sollte mir den schalen Beigeschmack von der Zunge wischen.

»Er trifft sich mit Andy. Letzte Woche habe ich ihn im Fitnessstudio überraschen wollen. Er geht immer spät zum Sport, weil er in Ruhe schwimmen will. Das Studio war so gut wie leer. Da schwimmt man wirklich am entspanntesten. Also habe ich mir meine Schwimmsachen geschnappt und wollte ein paar Bahnen mit ihm zusammen schwimmen.«

Wut flammte in mir auf. Mir war klar, dass sie diejenige war, die an jenem Abend am meisten überrascht worden war. Ebenso war klar, bei was sie Micha im Pool hatte zusehen müssen. Ich wollte sie stoppen und einwerfen: »Lass die Tapete Tapete sein und konzentriere dich auf deine Arbeit, Anna. Sachen packen und Kanäle zudrehen. Sofort!« aber soweit kam ich nicht, weil ein ganzer Schwall an Berichterstattung sich über mich ergoss wie eine kalte Dusche. Männer und Wasser, Ehebruch, Verrat ... Was sie sagte, hallte wie weit entfernt in mir nach. Dann weinte sie und ich wollte sagen: »Du kannst nichts unternehmen.« Aber auch dazu kam ich nicht, denn Frau Anna hatte offenbar beschlossen, zum Gegenschlag auszuholen und sich durchzusetzen. Und der Nebenbuhler war ihr dabei auf ganz und gar ungewöhnliche Weise behilflich gewesen: Er hatte sie schockiert in der Tür zu den Duschen gesehen, war schnell dahinter gekommen, dass sie dahinter gekommen war und auf Konfrontation gegangen. Und so hatte sich in nur einer Woche etwas entwickelt, das unaufhaltsam zu einem tragischen Höhepunkt gelangen musste. Für Micha.

»Andy kam mir nach der Arbeit auf der Straße entgegen – ich glaube nicht, dass es Zufall war. Er muss auf mich gewartet haben. Dann hängte er sich penetrant an mich und redete pausenlos auf mich ein. Ich bin einfach weiter gegangen. Oh Milva, das war eine Schmach! Er brachte mich zur Weißglut mit seinem Gerede über etwas Besonderes zwischen ihm und Micha und als ich mich wild entschlossen herumgedreht habe, um ihm gehörig eine runterzuhauen, konnte ich ihm plötzlich keine mehr knallen.«

»Was hast du denn getan?«

»Ich habe tief in seine Augen geschaut und gesehen, wie einsam er ist. Seine Augen sind hellblau. Sein Blick ist wie die Wasseroberfläche eines Ozeans, die nur ganz selten aufbricht. Während er auf mich eingeredet hatte, dass Micha etwas in sich trägt, das ihn fasziniert und dass er bei meinem Anblick im Schwimmbad darauf gekommen ist, dass ich dieses Etwas bin, das ihn an Micha fasziniert, war der Schreck darüber so groß, dass ich mich herumdrehen wollte und, ... naja, dann konnte ich es eben nicht. Weil in diesem Moment die Oberfläche in seinen Augen aufbrach und ich gesehen habe, dass er selbst nicht verstand, was vor sich ging. Er war so ehrlich. Das hat alles weggespült, was ich an Wut und Verzweiflung aufgebaut hatte.«

Anna legte eine kurze Pause ein, um zu schluchzen. Während dessen saß ich da und wunderte mich, die Augen nachdenklich von links nach rechts rollend. Ging es hier um Grenzgang? Um Betrug? Um etwas, das ich nicht in Erwägung zog? Konnte es sein, dass dieser Andy sich über die Brücke Micha in Anna verliebt hatte? War so etwas möglich? Eher absurd.

So, als hätte ich laut gedacht, antwortete Anna darauf: »Er liebt, was ich in Micha auslöse und bin.«

»Das ist ungewöhnlich«, gab ich zu. »Normalerweise würde ich dazu übergehen dir zwei Möglichkeiten ans Herz zu legen.«

Sie atmete verheult ein: »Welche wären das, Milva?«

»Nummer eins: Du ziehst dich zurück von Micha, weil dir die Hände gebunden sind, sofern er sich nicht auf eine monogame Beziehung mit dir einlassen kann und seine Zuneigung zu Andy ausleben muss. Auf kurz oder lang ist das eine Verbindung, die keine Frau nachvollziehen kann und die eine Beziehung nicht überlebt. Normalerweise tritt der Nebenbuhler allerdings nicht auf. Schon gar nicht mit einer solch entwaffnenden Offenheit, die nun dich ins Licht der Zuneigung bringt und zu einem offenbar notwendigen Teil dieses Gespanns werden lässt. Nur sind deine Möglichkeiten begrenzt. Das würde bedeuten, dass du alles ertragen musst, Micha dafür behältst und damit dafür sorgst, dass Andy seine Zuneigung zu dir mit Micha ausleben kann. Das ist schon sehr seltsam. Kommt mir vor wie die Symbiose zwischen Wirt und Parasit. Allerdings gibt es auch Juwelwespen, die ihre Opfer zu willenlosen Zombies machen – dabei geht es jedoch um Arterhaltung. Das kann man von den beiden Jungs ja nun nicht behaupten.«

Ein erstaunlich ruhiges »Hmm« verriet mir, dass sie Möglichkeit Nummer zwei von mir hören wollte. Ich lieferte das Gewünschte: »Nummer Zwei: Feuer gegen Feuer. Gift gegen Gift.«

»Huh?«

Ich holte einmal tief Luft und schnaubte schweren Herzens: »Schau mal, Anna. Natürlich könntest du ganz ähnlich vorgehen und dir einen Liebhaber suchen. Arrangier die Treffen so, dass Micha euch überraschen muss. Dazu brauchst du natürlich Nerven und genügend Wut, um dich darauf einzulassen. Das ist sehr intrigant und kann natürlich alles sprengen. Im schlimmsten Fall bist du Micha los und er geht zu seinem Liebesknaben. Und gegebenenfalls bemerkt dein temporärer Liebhaber, dass er Mittel zum Zweck war. Das gefällt Männern nicht. Eigentlich gefällt das niemandem besonders. Auch er wird sich davonmachen. Im besten Fall allerdings merkt Micha, was er dir angetan hat und kann es eins zu eins an sich spiegeln. Tut er es nicht, bringst du ihn dazu, so wie manche einen Hund mit der Nase in den Haufen stoßen. Bei Hunden ist das vollkommen verkehrt, weil sie nicht verstehen, was das soll. Sie ekeln sich nicht vor ihrem Haufen, haben kein Gefühl oder Bezug dazu. Es ist also sinnbefreit. Im Vergleich ist das bei Menschen anders, weil wir reflektieren, vergleichen und abwägen. Nur ist es ja so: Dein Gefühlsleben ist wie Porzellan. Eine solche Schocktherapie an anderen durchzuführen bedarf Nerven aus Stahl, Abgedroschenheit und Gemeinheit. Und du bist ganz und gar nicht gemein, Anna. Hand aufs Herz: Könntest du dir eine Affäre anlachen?«

Anna atmete erleichtert aus, so als hätte ich ihr eine Absolution erteilt, wo gar keine hingehörte.

Meine Augen wurden groß.

»Milva?« Ihr Tonfall ließ einen fast entschuldigenden Warnruf durchklingen.

Meine Augen wurden größer.

»Was, wenn der Liebhaber, die Affäre, so gewählt ist, dass Micha nicht gehen kann und auch die Liebschaft bleiben muss?«

»Wie soll das gehen? Hast du Zauberkräfte?«

»Nein, das meine ich ernsthaft«, beteuerte sie wundersam verheißungsvoll. Und dann kam der Kracher: »Milva, ich habe mit Andy geschlafen.«

*Um Himmels willen, was ...?* »Mit Andy ...?« Verwirrt holte ich meine digitale Kartei hervor. Das, was Anna dann schilderte über spontanes Küssen anstelle von Ohrfeigen und über einen erhebenden Nachmittag mit einem vermeintlich Seelenverwandten, der sie über den Umweg ihres Partners zu begehren behauptete und sich nun die Umleitung sparte, war ein vollkommen neuer Aspekt im paarungsbereiten Verhalten sexuell Motivierter. Hatte ich ihr zu einem Affärengegenschlag geraten, meinte ich doch eine vierte Person, eine Marionette. Sodass jede Beziehung für sich bleiben konnte. Auf diese Weise blieb der arme Tropf natürlich verschont. Glück für ihn. Aber ich befürchtete die vorprogrammierte Apokalypse für alle drei in diesem Querschlag. Klar war, so blieben die heimlichen Triebhaftigkeiten nun innerhalb dieser Triangel. Micha betrog Anna in der Gewissheit, dass Anna es nicht wusste. Anna betrog Micha mit seinem Liebhaber. Und Lover Andy war fein raus und hatte seine sexuelle Aktivität um 100% erhöht. Einfach bloß durch blaue Augen und Hartnäckigkeit. Ich war platt und tippte:

• DREIECKSBEZIEHUNG MIT DEM LIEBHABER IHRES FREUNDES (ANNA + MICHA + / - ANDY)

Um den Überblick nicht zu verlieren, ergänzte ich eine Dreieckszeichnung, deren Ecken ich wie folgt beschriftete:

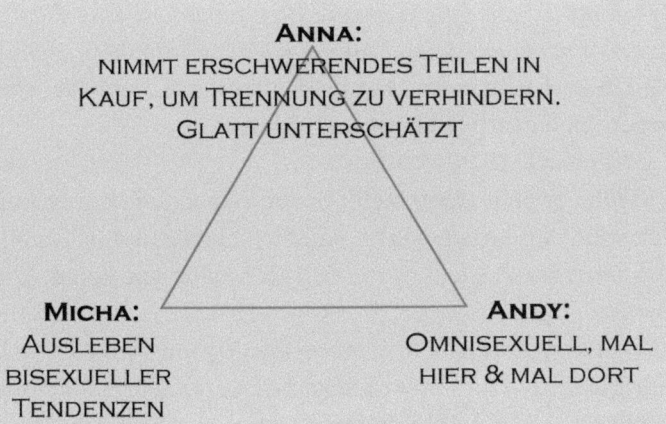

**ANNA:**
NIMMT ERSCHWERENDES TEILEN IN KAUF, UM TRENNUNG ZU VERHINDERN. GLATT UNTERSCHÄTZT

**MICHA:**
AUSLEBEN BISEXUELLER TENDENZEN

**ANDY:**
OMNISEXUELL, MAL HIER & MAL DORT

»Ich werde es Micha sagen. ... Ich meine, wir - wir werden es Micha sagen. Er kann nicht aussteigen. Andy sagt, er sei süchtig nach Sex mit ihm. Ich verstehe wirklich, weshalb das so ist. So etwas habe ich noch nie erlebt. Ich konnte einfach ich selbst sein. Meistens ist es ja etwas ruckelig, das erste Mal im Bett. Aber das?! Und Micha liebt mich«, schob sie nach, als würde sie sagen wollen: Damit ist alles zu allen Seiten abgesichert.

*Micha liebt es, sich frei bewegen zu können und sich dabei die Haut nicht zu verbrennen. Zudem heimlich.*

»Oh Anna. Was wird sein, wenn Andy nun aussteigt? Und wenn Micha dann einknickt oder ihm hinterher rennt. Wenn er süchtig nach Sex mit Andy ist, dann ... Sex kann ein wirklich starkes Machtinstrument sein. Unberechenbar, wenn es als Waffe zum Einsatz kommt.«

»Wenn Andy abspringt, dann bin ich wieder mit Micha allein. Aber das wird er nicht. Und dass Micha abhaut, das wird ganz sicher nicht passieren. Eben weil der Sex mit Andy so unbeschreiblich ist.«

*Rakete!*, dachte ich und dann schwenkte ich um in Mitleid: *Oh Anna,... geh und kümmere dich darum, Elisas Tür aufzubekommen, um deine Familie wieder zusammenzuschweißen.* Sie lebte in einer Märchenwelt mit ganz und gar schauergeschichtenartigen Entwicklungen.

»Was macht dich so sicher?«

»Wenn er geht, dann bleibt er auch irgendwie durch Andy. Ich weiß, das klingt skurril. Aber ich glaube, das ist für mich das perfekte Beziehungsmodell. Ich habe gar keine Angst mehr.«

*Das ist neu! Halt trotzdem meine Nummer bereit*, dachte ich. *Wenn sich dies hier auflöst, bist du am Ende.* Allerdings sagte ich: »Mein Telefon kann Gruppen-Anrufe. Falls sich irgendeine Schwierigkeit ergeben sollte, könnt ihr auch zu zweit oder zu dritt anrufen. Bis zu sieben Personen gehen.«

Wie am Ende eines jeden Anrufs fragte Anna ob fünfzig Euro Mitte des Monats in Ordnung seien.

Ich quittierte mit einem »Natürlich«, wollte sie aber noch nicht auflegen lassen. »Was geschieht als Nächstes? Wann wollt ihr es ihm sagen?«

»In zwei Stunden im *Frau Müller*.«

Die Bar kenne ich. Das ist in der Langen Reihe in St. Georg.

»Sollte etwas schiefgehen, können wir uns dort betrinken.

Das macht es dann vielleicht einfacher.«

*Für wen, Anna?! Meine Güte, was ist denn nur mit dir geschehen?* Ich war erstaunt, mit welchen Wendungen sie neuerdings ganz leichtfertig umzugehen schien.

Als sie auflegte, saß ich noch eine Weile stumm da und hörte dabei zu, wie das Telefonat erst in ein langes Tuten überging und mein Telefon dann - intelligent, wie es war - die Verbindung kappte.

Auf meine Notizen niederstarrend, beschloss ich, selbst herauszufinden, wie es weiterging. Ich kannte ihr und Michas Gesicht durch Pärchenfotos, die mir Anna über Whatsapp geschickt hatte. Erstens musste ich wissen, wer dieser ozeanäugige Andy war und ich wollte auf das Schlimmste vorbereitet sein. Aber zuerst brauchte ich einen klaren Kopf. Also zog ich mir eine leichte Jacke an und machte mich zu Fuß auf den Weg durch Winterhude, um die Alster herum bis nach St. Georg.

Bis zu dem geplanten Treffen im *Frau Müller* war noch genügend Zeit, um etwas zu essen. Gerade als ich am Krankenhaus entlang in die Lange Reihe hineinging und darüber nachdachte, vorher noch in das Restaurant *Turnhalle* zu gehen, rief Reza mich an. »Milva, du kannst sofort beim Doktor vorstellig werden. Hast du es dir überlegt? In der Praxis geht es drunter und drüber.«

»Reza, ich ...«

»Fahr jetzt dort hin. Alte Rabenstraße, Ecke Harvestehuder Weg, leicht zu finden, die Praxis. Im Eckhaus.«

Stöhnend drehte ich mich herum und schaute über die Außenalster. Die Straßen, die Reza mir nannte, lagen genau gegenüber auf der anderen Seite des Gewässers. Ein Boot war nicht in Sicht und ich sah meine Spionagemission bereits schwinden. »Reza, das ist echt ein Stück weit weg. Ich wollte mich wirklich dort vorstellen, sogar bald, aber kann ich nicht einen Termin Ende der Woche ausmachen mit dem Doktor? Was ist mit dem Brunch?«

»Nein. Jetzt oder nie. Ein junger, schöner Assistenzarzt hat sich beworben. Der darf auf keinen Fall dort anfangen. Das ist deine Pflicht als Freundin. Tu es! Sofort!« Damit legte er auf.

Tatsächlich hatte mit dem Brunch gerechnet und geplant am Dienstag dann Kassandra einzuladen, in die Praxis zu kommen. Ich hätte den Doktor mental darauf vorbereitet. Wie, das wusste ich zu dem Zeitpunkt noch nicht, aber ich hätte es getan. Allerdings war ich für ein Vorstellungsgespräch gar nicht vorbereitet. Meine Locken hingen schlapp an den Seiten herum, meine Kleidung war wenig elegant, zwar hanseatisch fein, aber eher Sonntag-Nachmittag-Alleinsein-fein. Und ich war nur mäßig geschminkt.

Gut, einem Schönheitschirurgen machte ich nichts vor, auch nicht mit teurer Kosmetik, die ich mir bald gar nicht mehr leisten konnte.

Also gut, was sollte es denn? Ich ging ein Stück die Lange Reihe hinunter und fand bald ein Taxi, das mich zu besagter Praxis brachte.

Das Eckhaus war Ende des 19. Jahrhunderts im Neorenaissance-Stil hier erbaut worden. Es war schön, dass ein paar Perlen den Krieg überlebt hatten. Vor allem hier. Glücklicherweise lag es ein Stück weit vom »ruppigen Eindringling« entfernt, einem Kastenbau aus den 1970ern. Ich glaube, der füllte ein Bombenloch. Mit anerkennend hochgezogenen Augenbrauen ließ ich das Taxi hinter mir fortfahren und ging die Treppen hinauf. Wer hier eine Praxis hatte, der musste unglaublich renommiert sein.

Den kleinen Vorgarten durchquerte ich mit festen Schritten. Wenn ich Reza glauben schenken durfte, woran bei der Adresse kein Zweifel bestand, dann war Dr. Rolig wirklich gut in seinem Job. Das war ich auch einmal gewesen. Alle schworen auf meine unkonventionellen Herangehensweisen und einfachen Lösungen. Aber das war lange her. Und vor allem bevor ich begonnen hatte, mich vor dem menschlichen Inneren zu ekeln.

Meine Tätigkeitsfelder als Assistentin oder Sprechstundenhilfe im Geiste begrenzend, durchquerte ich den kleinen Vorgarten auf einem Weg aus breitem Steinpflaster. Meine Schuhe klackerten aufgebracht darauf. Weshalb, das wusste ich nicht, denn ich war die Ruhe selbst. In meinem Studium und auch später in der Klinik hatte ich viel mit hohen Tieren zu tun gehabt. Sie beeindruckten mich wenig.

Der Treppenaufgang hinter der schweren Eingangstür allerdings schaffte dies schon. Die Geländer mussten bei Hofe geschnitzt und von Ludwig XIV persönlich abgenommen worden sein. Ich war aus meinem Vorleben mit einigen reichen Häusern Hamburgs vertraut, dies hier aber stellte die meisten davon in den Schatten.

Oberhalb gab es eine Galerie, auf der eine riesenhafte Engelsstatue mit einem ausgestreckten Arm stand. Auf der Galerie angelangt steuerte ich instinktiv eine große, mit Schnitzereien und Goldverzierungen besetzte Tür an. Mein Haar nach hinten schüttelnd griff ich beherzt zur Messingklinke, drückte die Tür auf und ging ein paar Schritte in einen großen Empfangssaal hinein, der zu einem Büro umfunktioniert worden war. Überall lagen Akten auf Kommoden und weit hinten vor drei weiteren Türen saßen fünf Männer und eine kleine, dickliche Frau in Kostüm und Anzügen über den Tisch gebeugt. Ihre Gesichter waren matt. Ihre Blicke waren verdrießlich, so als planten sie die Übernahme der Vereinigten Staaten. Eine verwaiste Zigarette entließ einen dünnen Faden blauen Rauches Richtung Decke, der sich zu einer Zeile Neonröhren emporschlängelte. Allesamt hielten in ihrer Unterhaltung inne, richteten sich räuspernd auf und blickten zu mir, als die große Tür hinter mir ins Schloss fiel.

Getrieben zu einem damenhaften Knicks begrüßte ich sie und erwartete ein Widerhallen meiner Stimme, doch nichts kam zurück: »Guten Tag. Mein Name ist Milva Lotti. Ich möchte zu Doktor Rolig.« Das Gesagte wurde von den Aktenstapeln verschluckt.

Man betrachtete mich sekundenlang, ohne dass ein Wort fiel. Nichts bewegte sich, außer dem einsamen Rauchfaden, der mir zu versuchen schien, sich in meine Richtung zu schlängeln wie auf der Suche nach einer Freundin.

Die Frau war es, die mich mit einem Fingerzeig des Saales verwies und mit gequälter, brüchiger Stimme sagte: »Die andere Tür. Der Engel zeigt darauf.«

»Verstehe«, antwortete ich peinlich berührt, machte rückwärtsgehend einen Diener und verschwand dorthin, wo ich hergekommen war.

Draußen auf der Galerie holte ich tief Luft. Die waren total gruselig. Selbst die Luft ist grauselig trocken gewesen und hatte einen beklemmenden Geschmack auf meiner Zunge hinterlassen. Dann richtete ich meine Kleidung und ging vorsichtig der Richtungsanzeige des Engels hinterher. Im Vorbeigehen sah ich missmutig an ihm hinauf. Sein starrer, verklärter Blick blieb auf die Treppe gerichtet, sein Finger zeigte jedoch umso deutlicher an meiner Nase vorüber zu einer kleinen Tür, die niemand für den Eingang zu einer Hautarztpraxis hätte halten können. Sie sah aus wie der Zugang zu einer Abstellkammer, bestenfalls zu einem Kabuff für eine Magd.

Genau genommen hätte ich allerdings darauf kommen müssen, weil ich nichts anderes als eine Magd hier sein wollte: die Dinge zu verrichten, die der Doktor nicht tun wollte.

Die Tür zu dem vermeintlichen Kämmerlein stand einen Spalt offen. Der Knauf war mit Krankenhauspflaster geflickt. Ein weiterer Streifen davon hielt eine Mullbinde vor den Türschnapper, damit sie geöffnet blieb. Von drinnen sprangen mir Satzfetzen entgegen.

*Eine schöne Pleite,* dachte ich und legte mir ein paar Schimpfworte für Reza zurecht. *Modelables*... Vielleicht stellt er ein paar Proben für Hautprodukte aus oder hortet sie in einem kleinen Schrank. Wie groß kann eine Praxis sein, die hinter einer solchen...

Falsch gedacht. Ehrlich, solcherlei Türen werden missverstanden. Genau so wie im Leben. Die großen sind Blickmagnet und versprechen Prunk und Tand, erfolgreiche Karrieren nach vorzüglichen Vorstellungsgesprächen - große Träume hinter großen Türen. Deshalb übersehen wir die kleinen, weil unsere Blicke von trügerischem Glanz und Idealen umspült werden.

Hinter dieser klitzekleinen Tür tat sich ein dunkel gestrichener Eingangsflur auf, der rechter Hand vom Dielenboden bis unter die hohe Decke mit wild bemalten, bunten Ölgemälden versehen war. Am Ende sah ich einer Wand entgegen, an der Bilder Motive aus der Gründerzeit hingen. Sie wurden von rechts mit Sonnenlicht beschienen. Sicher, dass ich diesmal richtig war, beschritt ich vorsichtig den Flur und sah davon ab »Hallo« zu rufen. Die Stimmen verrieten mir, dass mindestens zwei Frauen in dem Raum am Ende auf mich warteten und das Geräusch meiner Schuhe musste ihnen verraten, dass ich kam.

Zwei Damen saßen hinter einem Empfangstresen aus weiß lasiertem, grob geschliffenem Holz. Die eine war unverkennbar eine Sprechstundenhilfe mit Instrumenten in der

Kitteltasche, die andere wiederum eindeutig eine junge Kosmetikerin, erkennbar an ihrer mesobehandelten Haut und ihrem Puppen-Make-up.

Es war die Sprechstundenhilfe, deren Namenschild Angelopolous preisgab, die aufstand, mich freundlich begrüßte und mich um meine Karte bat, während die andere auf ihrem Hocker sitzen blieb, leise ihre Unterhaltung wieder aufnahm und sich dabei plappernd die Fingernägel feilte, als wäre ich gar nicht da.

*Was für ein ungleiches Paar*, dachte ich. Aus Reflex reichte ich Frau Angelopolous dabei meine Gesundheitskarte.

Sie zog sie durch und schaute mich freundlich auffordernd an.

»Zum Doktor?«

Ich nickte. »Ich möchte hier vorstellig werden.«

»Natürlich. Nehmen Sie bitte einen Moment Platz. Der Doktor kommt gleich.«

*Wie schön. Reza hatte mich angekündigt, wie es aussah.*

Die dunklen Ledersessel in diesem Warteraum waren bequemer als sie aussahen. Neben mir warteten zwei Patienten. Der eine trug ein Ekzem am Hals, das aussah, als würde es schlimmen Juckreiz mit sich bringen. Der andere hatte nichts offensichtlich Erkennbares.

Gespannt darauf, wie die Behandlungsfrequenz des Doktors war, sprich: wie viel Zeit er pro Patient aufwandte, sah ich mich in dem Empfangsraum um.

Die Wände waren anthrazitfarben, was besonders die Bilder mit den Gründerzeitmotiven die Chance gab, ihre blassen Farben leuchten zu lassen. Der Empfangstresen hatte brachialromantischen Charme mit seiner abgeriebenen Lasur. In den breiten Fensterbänken standen bauchige Zinnwannen, die als Orchideenbeete dienten. Über deren Ränder quoll leuchtendes Moos. Die Orchideen standen in breit gefächerter, perlweißer Blüte.

Wirklich erstaunlich. Ich hatte bloß eine Orchidee, die ich beim Umzug nach Winterhude hatte fallen lassen. Ihre Blüte war abgebrochen. So als sei sie beleidigt, verweigerte sie seither jegliches Wachstum. Sogar am Wurzelwerk. Dabei hatte ich einen unschlagbaren Geheimtipp, was das Wachstum von Pflanzen angeht: *Man nimmt sie unter den Arm und geht mit ihnen zur ...* Der Doktor kam lautlos um die Ecke gehuscht. Eine hochgewachsene Gestalt mit leicht gebeugter Haltung. Sein grünes Praxishemd sah gut an ihm aus. Seine Hose war modisch eng und seine Turnschuhe kunterbunt, so wie die Ölgemälde am Eingang. Er sah aus, als seien ihm seine vor der sportlichen Figur ineinander gelegten Hände zu schwer. Sein Kopf, der einen dunkelbraunen Haarkranz trug, wackelte bei jedem Schritt wie die Hüften dieser Hula-Wackelpuppen im Auto. In seinem Gesicht glänzten zwei dunkelbraune Augen eines ungebrochenen Kindes, das die Wunder der Welt gesehen hatte. Darunter waren breite Lippen, die er zusammenpresste, als gäbe er sich Mühe, irgendetwas für sich zu behalten. Seine Wange zierte ein verwegen aussehender, tiefer Schmiss, der ganz im Kontrast zu seinen Apfelbäckchen stand.

Er schaute freundlich blitzend in die Runde, wie ein aufgewühltes Kind, das sich angeschlichen hatte, um jemanden zu erschrecken.

Dann sagte er statt »Buh« »Grüß Gott.« Dabei wurde eine Zahnreihe sichtbar wie die der Grinsekatze.

Er musterte jeden von uns bloß Sekunden lang und zeigte dann mit dem Finger auf das Ekzem. »Kommen Sie!«, forderte er den Mann mit weicher Stimme auf, ihm zu folgen und verschwand lautlos mit ihm in den Behandlungsräumen.

Den Doktor hatte ich mir ganz anders vorgestellt. Doktor

Jakob Rolig. Das klang so schwedisch. Dieser Mann jedoch sah mit seinem Olivton in der Haut und seinen dunklen Haaren aus wie eine Mischung zwischen Perser und Georgier, bestenfalls ein Südspanier, dafür allerdings zu groß. Und die Augen waren so dunkel wie welche aus 1001 Nacht. Schon seltsam. Ich glaubte, mich daran zu erinnern, dass Reza mir gesagt hatte, er sei Südschwede. Aber so südlich ist Skåne nun wirklich nicht, dass sie orientalische Phänotypen hervorbrachten. Oder hatte SAAB uns etwas verschwiegen? Vielleicht Gastarbeiter? Über den Gedanken über die Herkunft und genetische Formel des Doktors bekam ich nicht mit, wie er noch einmal lautlos um die Ecke gekommen sein musste, um sich mit dem ausgestreckten Finger vor mich zu stellen. »Kommen Sie!«, lud er mich ein.

Ich wollte widersprechen, denn es wartete noch ein Patient auf ihn. Doch sein Fingerzeig wurde zu einem belehrenden Aufzeigen in die Luft. »Bitte! Haben wir Zeit. Das'es nicht Notaufnahme.«

Folgsam erhob ich mich aus dem Sessel und ging ihm hinterher. Bei Ärzten verhalte ich mich für gewöhnlich gehorsam. Ich gehöre zu den Menschen, die früher noch aufstanden, wenn der Lehrer das Klassenzimmer betrat. Auch die Polizei löst ein schlechtes Gewissen in mir aus, wenn sie hinter mir fährt, obwohl ich gar nichts verbrochen habe. Ich werde dann hyperbrav im Straßenverkehr. Wachmänner, Beamte, Polizisten, Professoren - alle flößen mir einen anerzogenen Respekt ein und ich verhielt mich nach ihrem Geheiß.

Beim Gehen ließ ich dem wartenden Patienten einen entschuldigenden Blick zukommen. Die Reihenfolge in diesem Haus schien eigenwillig zu sein, ganz wie der Arzt.

Dieser führte mich in ein Behandlungszimmer und deutete auf die Patientenliege. Während ich davor stehen blieb, ging er zur Mitte des Raumes, zog seine Ellenbogen an, holte einmal tief Luft und drehte sich dann mit einem präsentierenden Lächeln zu mir herum. »Was kann ich für Ihnen tun, Madame?« Die Betonung lag auf Ihnen, die französische Weichheit auf Madame.

Leichter Akzent, aber ohne schwedische Sprachmelodie. Ich fragte mich, ob ich wirklich beim richtigen Doktor war.

»Ich möchte mich vorstellen. Mein Name ist Milva Lotti.« Meine ausgestreckte Hand verschmähte er bei einem Rückwärtsschritt und der Aufforderung: »Erzählen Sie.«

*Gut*, dachte ich. »Wissen Sie, es ist eine ganze Weile her, dass ich einen Dermatologen gesehen habe. Aber ich bin gut krankenversichert durch meinen Mann. Er hat einen Tarif erster Klasse für mich bei der ...«

»Welche Problem gibt es?«

Ich sollte zum Punkt kommen. Was erzählte ich da auch? »Nun, der Punkt ist, ich bin seit etwa einem Jahr geschieden. Und ich habe ...«

Er rümpfte die Nase und schnitt mir ins Wort: »Scheidung ist schwerig! Viel Stress.«

Verlegen nickend bestätigte ich. »Ach, na ja, eigentlich. Es kam schon sehr überraschend. Wer kann schon ahnen, dass ausgerechnet der Ehemann sich plötzlich für Männer interessiert?«

Das Gesicht des Doktors versteinerte. Einzig seine Augen flogen auf. Dann bewegte sich sein Mund: »Sitzen Sie!«

Ich setzte mich prompt auf die Pritsche. Das Schonpapier raschelte unter meinem Po.

»Machen Sie sich frei.«

*Wie bitte? Freimachen?* Mein Blick erstarrte in seinem.

Er zog die Brauen an und ich erkannte, dass er gebotoxt war. Allerdings nur ganz dezent. *Gute Arbeit!*

»Weshalb muss ich mich freimachen?«

Er verlagerte sein Gewicht von einem auf das andere Bein. »Damit ich Sie gucken kann. Schauen Sie, dies ist ein Hautarztpraxis. Es gibt zwei Dinge, die man immer machen muss bei Hautarzt: Wahrheit sagen.«

Eine Pause entstand, die ich zu füllen versuchte: »Und was ist das Zweite?«

»Striptease.« Seine Stimme klang ruhig, jedoch zog er sie an. Sie wurde von seinem Grinsekatzenlächeln untermauert. Wissend. Besserwissend.

»Aber ich bin ja ganz gesund.«

»Natürlich. Ich bin sicher, es nur ein Kleinigkeit. Ich möchte nicht indiskret, aber wissen Sie, ob ihr Mann mit diese andere Mann bumm-bumm?«

Was ging ihn das denn an?! Ich wusste nur von einem Kuss. Darüber wollte ich gar nicht mit ihm reden. Und wegen einer Behandlung, die mit Ausziehen begann, war ich erst recht nicht hier. Das war vollkommen unüblich. Reza hatte zwar angekündigt, dass der Doktor etwas speziell war, aber dies hier schien mir ungehörig.

»Hören Sie, verstehen sie mich bitte nicht falsch. Ich bin nicht hierher gekommen, weil ich Beschwerden habe.«

Als fühlte er sich herausgefordert, antwortete er: »Und was ist Ihren Beschwerde? Ich habe noch nicht behandelt.«

Ein Missverständnis. »Vielleicht denken Sie, dass mein Mann eine Geschlechtskrankheit eingeschleppt hat, aber ...«

»Üüüh!« Des Doktors Finger spreizten sich und er warf sie nach vorn von sich fort. Gleich darauf schien er sie wieder einzufangen, indem er die eine mit der anderen Hand zu seinem Körper zurückholte und sie, wie Wäsche auf einer Leine mit einem Klammergriff vor seinem Bauch wieder festmachte. »Kein Paniek«, sagte er dann an mich gerichtet. »Ich werde Sie gucken. Vieleich es nicht schlimm. Man kann alles behandeln. Jetzt ausziehen!«

Protestierend stand ich von der Liege auf. Dabei zog ich das Schonpapier mit und es landete auf dem Boden. »Nein, ich ziehe mich nicht aus.« Noch während ich nach einer Erklärung für ihn suchte, öffnete ich aus anerzogener Gehorsamkeit ganz automatisch die ersten zwei Knöpfe meiner Bluse.

»Wie soll ich dann etwas sagen?«

»Ich bin hier, um mich vorzustellen. Herr Jafari hat mich hierher zitiert.« Beim dritten Knopf stoppte ich meine Erziehung.

Er schien Rezas Nachnamen zu überhören. »Ah. Ich liebe Zitate: nicht weil es schwerig ist, man hat Angs - es schwerig, weil man Angs hat.«

Vielleicht war es unhöflich, aber ich korrigierte ihn: »Weil es schwierig ist.«

Sein Blick wurde weich und verständnisvoll und er öffnete seine Hände mit den Handflächen nach oben. »Ja. Deshalb sind Sie gekommen.«

*Nun*, dachte ich, *er scheint mich misszuverstehen. Er ist im Behandlungsmodus. Ich muss ihm zeigen, dass es keinen gesundheitlichen Grund für mich gibt, ihn aufzusuchen.* Und schon gab ich seiner Position als Arzt im Behandlungszimmer nach und zog die Bluse schließlich doch aus.

Des Doktors Augen flogen wie Scanner über meine Haut. Ein prüfender Blick, der mir vertraut war, auf der Suche nach Melanomen. Dann bat er mich, mich herumzudrehen. Ich gehorchte, allerdings fiel mir siedend heiß ein, dass er eine Geschlechtskrankheit an mir vermutete. Meine Lust meinem zukünftigen Arbeitgeber den Rest von mir zu zeigen, hielt sich in Grenzen. Nicht die Mimi und vor allem nicht das Höschen. Das war nämlich nicht auf eine Vorführung abgestimmt.

Plötzlich ging die Tür auf. Es war Frau Angelopolous, die

mit diskret gesenktem Blick etwas auf den Tisch des Doktors legte.

Nach Hilfe suchend blickte ich zu ihr und verbot dem Universum die Sichtung meines Unterleibes einzuleiten. Doch sie war professionell genug, um Diskretion vor einer halb Nackten zu wahren. Sie blickte starr auf die Akte, die sie brachte. Sie neigt den Kopf allerdings ein wenig und ich sah, dass ihre Augen aufmerksam werdend nach oben huschten. Es war ihr Gespür für Konfliktherde in ihrem Revier. Gleich darauf kam nämlich die Kosmetikerin hereingerauscht: »Herr Doktor, ein Notfall!«

*Ja, ich muss mich ausziehen. Das ist in der Tat ein Notfall!*

Dr. Rolig hob bei einem missbilligenden Geräusch meine Bluse an mir herauf und drehte sich zu den Assistentinnen: »Bitte! Ich behandle. Keine Notaufnahme! Sind wir heiße Torten?«

»Hotten Totten«, berichtigte ihn Frau Angelopolous.

»Egal!« Er ließ meine Bluse wieder fallen und ich fing sie gerade eben noch auf, um sie wieder anzuziehen. »Ich brauche Konzentraschon!«

*Und ich brauche mein Höschen nicht auszupacken, dem Himmel sei Dank!*

»Jemand mit gespaltener Oberlippe ist gerade eingetroffen. Ein Herr«, schob die Kosmetikerin eindringlich nach. »Er blutet sehr stark. Ich glaube, es fehlt ein Stück. Und einen Zahn hat er sich auch rausgeschlagen.«

»Rapplapapp«, antwortete der Doktor verkehrt, allerdings entzückend. Er ging zur Tür, an der die Kosmetikerin ihm etwas zuflüsterte.

In der Zwischenzeit ging Frau Angelopolous an den Schrank und zog eine Spritze auf. Das ging behende und flink. Sie flog förmlich damit auf die beiden anderen zu. »Die Betäubung ist fertig, Herr Doktor. Ich bin mir nicht sicher, ob ich im OP nachgerüstet habe.«

Des Doktors Reaktion auf das, was die Kosmetikerin ihm zugeflüstert hatte, war hastig, unvermittelt und durchdringend: er holte sie am Arm zerrend in das Behandlungszimmer hinein, warf die Tür zu und fragte: »Was?!«

»Herr Doktor, wir müssen ihn behandeln! Ich kann ihn doch nicht mit gespaltener Lippe zum Krankenhaus schicken. Sie sind Arzt!«

»Aber Aua!« Der Doktor hatte begonnen zu fuchteln, stellte dies nun aber abrupt ein. Ein Zucken lief durch sein Gesicht und aus seiner Kehle kam ein Geräusch, das wie keuchendes Husten klang. Tatsächlich war es das Geräusch seines Erstaunens.

»Ach du Schreck. Herr Doktor!?« Frau Angelopolous sah ihn entschuldigend an, während der Doktor seine zitternde Hand in die Luft hob. Die Spritze steckte darin.

»Das ist nicht was schön es«, sagte er mit bleichem Gesicht und schob dann nach: »und es auch nich so schlemm. Ziehen Sie die Spritze raus!«

Die Schwester zog und biss sich dabei auf die Unterlippe.

Etwas erleichtert sah Doktor Rolig zu Boden und bekam ein Wattepad von der Kosmetikerin gereicht. In seinem Gesicht sprangen Bestürzung und Bedrängnis, Dilemma und Verwirrung im Karree. Betreten wich er dann einen Schritt zurück und hauchte mit entschuldigender Samtstimme: »So kann ich nicht operieren.«

*Sympatisch aufrichtig*, dachte ich.

Sie begannen zu diskutieren. Die Damen versuchten ihm gut zuzureden und der Doktor lamentierte. Dabei wich er schrittweise zurück. Ich sah, wie seine verletzte Hand ihm dabei schwerer zu werden schien. Seine Schultern sanken Richtung Boden.

Das war meine Chance. »Ich kann das tun.«

Niemand reagierte. Also hob ich meine Stimme und wiederholte, was ich eben gesagt hatte: »Ich kann es tun. Ich bin Ärztin.«

Es wurde still.

Die zwei Köpfe von Arzt und Helferin schnellten zu mir herum. Die Kosmetikerin brauchte ein Sekündchen länger, weil sie zuerst zu ihrem Haar hinauf griff, als wolle sie dessen Form mit den Händen vor Schäden durch zu schnelle Bewegungen beschützen.

»Zugelassen?«, fragte der Doktor.

Ich bestätigte beim Zurechtzupfen meiner wieder angelegten Bluse. »Geben Sie mir einen Kittel und ich tu es. Ich bin Schönheitschirurgin. Eine aufgeplatzte Lippe ist eine Kleinigkeit für mich.«

»Gespalten«, warf die Kosmetikerin mit dramatisch geweiteten Kulleraugen ein.

Ohne lange zu fackeln bedankte sich Doktor Rolig für die Rettung aus seiner misslichen Lage. Er wies Frau Angelopolous alias Nemea an, mir einen Kittel zu bringen und die Kosmetikerin, die er mit dem Namen Kathrin ansprach, den Patienten in den OP zu bringen. Kathrin öffnete die Tür und sprang gazellengleich hinaus.

Nemea ging zu einem Sideboard und griff in eine Schublade, um mir ein viel zu großes, grünes Ärztehemd, eine Haube und einen Mundschutz zu überreichen. Ich schlüpfte in die Uniform und atmete den Geruch von Desinfektionsmittel und Medikamenten mit einem tiefen Atemzug ein. Wer hätte gedacht, dass ich auf diese Weise zurückkehrte? Vielleicht nur für diesen einen Tag. Vielleicht jedoch auch für längere Zeit. Den Assistenzarzt hatte ich praktisch bereits in die Tasche gesteckt.

Meine Haare stopfte ich unter die Haube und legte mir den Mundschutz um den Hals. Es kam mir vor wie in Zeitlupe, aber in Wirklichkeit geschah es wie im Flug – *die Ärztin kehrt zurück, sie kommt zurück auf den Boden der Tatsachen, die einsame Sternendeuterin, die nur in Sternentalern bezahlt wird. Damit ist nun Schluss* – als der Mundschutz um den Hals lag und ich sagte: »Ich brauche einen Block, einen Stift und jemanden, der mir den Weg zum OP zeigt«, kehrte ich wie eine flüchtige Seele zurück in den verlassenen Körper der Ärztin, die ich in Wirklichkeit war. Die hohe Medizin ist ein Parkett, auf dem man sich der Notwendigkeit des Heilens beugt, und geht aus Vernunft den Bund dazu ein. Meine Approbation kam mir in den Sinn und zog aus jeder meiner Fasern wie ein ausbrechendes Tier. Es fühlte sich gut an.

Nemea ging voran, ich folgte ihr und der Doktor ging schlurfend hinter mir her.

Der Patient wartete mit einer Mullbinde vor dem Mund. Er war etwa dreißig, dunkelhaarig und durchschnittlich. Seine Augen sahen verheult, sein Gesicht geschwollen und erregt aus.

»Frau Doktor, ich bin hingefallen«, greinte er gedämpft in die Binde.

*Süß*, dachte ich, ›*hingefallen*‹ *klingt wie ein Achtjähriger.*

»Hallo. Mein Name ist Frau Doktor Lotti. Beruhigen Sie sich erst einmal«, befahl ich sanft. »Es ist ganz sicher nicht schlimm. Es sieht bloß schlimm aus.«

Nemea schloss die Tür und der Doktor nahm einen Platz weit hinter mir ein. Er zog sich den Mundschutz über und sah mir aufmerksam zu.

»Es wird alles gut. Jetzt zeigen Sie mir erst einmal die Misere. Wie ist Ihr Name?«

Er schob verschämt die Mullbinde zur Seite. »Peter.«

Ich sah verkrustetes Blut um seinen Mund und eine klaffende, gespaltene Oberlippe wie aus dem Bilderbuch für miese Umstände. Der Amorbogen war bis zur Nase hoch durchtrennt und blutete an einigen Stellen fleißig.

Auf Beruhigung bedacht, berührte ich Peters Arm und spürte seine Hand auf meiner landen. Er hatte offenbar Mühe, sich zurückzuhalten, während ich einen Fahrplan auswarf: »Peter, wir machen jetzt Folgendes: Es kommt nicht auf Schnelligkeit an. Wir haben Zeit, keine Angst.«

Seine Hand presste meine Finger zusammen. Ich löste sie kurz darauf aus seiner heraus und nahm den Block und den Stift zur Hand, den mir Nemea hinhielt. »Wie soll Ihre Lippe aussehen?«

Peter sah mich unentschlossen und etwas verwirrt an, also begann ich, zu malen. »Das ist eine einmalige Gelegenheit. Eine Schönheitsreparatur, die die Kasse übernimmt. Soll die Lippe dünner werden? Davon rate ich ab, weil man dünnlippigen Männern nachsagt, dass sie herzlos seien. Und Sie haben so schön gesäumte Lippen. Eine flache Oberlippe würde Ihnen nicht stehen.«

Er blinzelte eine Träne fort und fragte, ob er es sich aussuchen könne.

»Nach den Möglichkeiten. Ihre Lippen sind voll, da können wir viel kaschieren.«

Halbwegs erleichtert atmete er auf.

»Also? Lieber voll?« Ich malte eine volle Oberlippe auf und lenkte ihn so vom Schock fort. Er nickte und sagte, er wolle keine Narbe.

»Es wird eine kleine Narbe geben, aber wichtig ist jetzt etwas anderes: Es wird für ein paar Tage besonders dick. Sie können etwa eine Woche nicht knutschen, Peter.«

Er lachte unglücklich. Seine Mimik zeigte, dass er das Lachen des Schmerzes wegen abbrach. Er hielt sich die Mullbinde vor, um das Blut aufzufangen.

»Es wird alles gut. Sie sind nicht entstellt. Keine Sorge.«

Er stöhnte, als würde sich ein ganzes Geröll von seinem Herzen hinunterschieben. Seine Antwort hielt er kurz, wahrscheinlich aus Angst, Schaden anzurichten. Und was er sagte, klang ein wenig lispelnd, weil sich der Mund nicht schließen ließ. »Ohne Narbe. Fehlt ein Ssstück?« Er schluckte einmal und reckte mir sein Kinn entgegen.

Ich nahm es vorsichtig in die Hand und zog sein Gesicht aufwärts. Die Lippe war eingeschnitten und ein Stück gerissen, aber es fehlte nichts, soweit ich sah. Die Muskulatur zog bloß nach links und rechts weg. Und die Wunde war sehr geschwollen. Im Übrigen fehlte der Zahn darunter nicht. Es klebte ein Stück dunkles Laub daran.

»Nemea, bitte geben Sie mir eine Pinzette. Und für Sie, Peter, habe ich eine schöne Überraschung. Warten Sie mal kurz. Keine Angst, ich gehe nicht an die Wunde mit der Pinzette.« Ich nahm sie von Links entgegen und hielt sein Kinn fest, damit er es nicht einfach fortziehen konnte. Dann griff ich mit der Pinzette nach dem Stückchen Laub und legte den unversehrten Zahn frei.

»Sehen sie dies?«

Er gab einen Bestätigungslaut von sich. »Ihr Zahn ist, wie es aussieht, noch ganz. Schön, gerade, weiß und an einem Stück. Es klebte dieses kleine freche Blatt darauf. Wohl in einen Laubhaufen gefallen, hm?«

Seine Schultern sanken. Er entspannte sich. Jetzt war der Moment, in dem wir über Weiteres sprechen konnten. Er wollte mitmachen und schien damit begonnen zu haben, seine Angst abzustreifen. Also wurde ich medizinisch erläuternd: »Es ist jetzt, wie gesagt, sehr geschwollen. Ich werde es örtlich betäuben. Zwei kleine Piekse. Neben den Nasenflügeln. Wahrscheinlich ist die Lippe bereits schmerzunempfindlich. Das kommt übrigens nicht daher, dass Nerven durchtrennt sind. Sie werden eine Weile ein taubes Gefühl haben. Aber das geht in den meisten Fällen wieder vollständig zurück. Das wird wie beim Zahnarzt. Haben sie Angst vorm Zahnarzt?«

Er schüttelte vorsichtig seinen Kopf.

»Bravo! Dann stehen Sie das hier ganz leicht durch. Die gute Nachricht: ganz ohne Bohren. Und den Zahn habe ich ja schon gerettet.« Blinzelnd ließ ich sein Kinn los.

Seine Augen glitzerten dankbar.

»In zwei, drei Tagen schwillt es wieder ab und sie können eine Woche lang nicht knutschen, wie gesagt.«

Er lenkte sein Lachen durch die Nase und ich sah Tränen der Erleichterung in seine schönen Augen steigen.

»Das wird wirklich keine große Sache. Am Mund haben Sie Heilfleisch. Ich mache Ihnen gleich alles wieder schön. Und eine kleine Narbe ist doch eigentlich besonders männlich. Seien sie ein bisschen tapfer. In zehn Minuten ist schon alles vorbei. Also: kleine Narbe und schöner Amorbogen?«

Er nickte.

»Gut, dann bin ich gleich zurück.«

Ich ging am Doktor vorüber, der mit weit aufgesperrten Augen alles aus der Ecke beobachtet hatte und zur Tür hinaus. Nemea und er folgten mir. Draußen wies ich an, die Wunde zu säubern und mir die Betäubung bereitzulegen, ein OP-Set, eine große Schale destilliertes Wasser zur Säuberung der Wunde und Steri-Strips. Ich erkundigte mich nach klassischer Musik. Nemea nickte, sagte, dass es ein Radio gäbe. »Frau Doktor, wie groß?«

»Was meinen Sie?«

Lächelnd schob Nemea nach: »Die Handschuhe. 5 oder 6?«

Ich hatte eine Zwischengröße. »5 ½ passt mir gut.«

»Die haben wir zum Glück. Sogar in Lila« Schmunzelnd ging sie wieder hinein.

Ich wartete vor der Tür, hörte klassische Musik angehen und blieb, bis sie alles hatte zurechtlegen können.

In der Zwischenzeit sah mich Dr. Rolig mit leicht gesenktem Kopf an. Ein wenig betroffen sah er aus. Und auch fasziniert.

Vielleicht sagte er dann etwas Kooperatives, weil ich ihn beschwichtigend anlächelte: »Sie schneiden eine Keile von die Lippe. Wie ein Triangel.«

Ein kleiner Teil der Lippe musste leider dran glauben. »Ja, einen kleinen Keil. Und danach sprechen wir darüber, ob ich hier arbeiten kann.«

»Ich bin nicht sicher«, antwortete er. »Es gibt schon jemanden.«

»Ich weiß. Reza hat mich seinetwegen zu Ihnen geschickt.«

»O, Reza?« Es musste ihm wie Schuppen von den Augen fallen und die Erkenntnis darüber, wer ich bin, war ihm sichtlich peinlich: »Natürlich, Sie sind Milva.« Dann huschte ein spontaner Lacher aus ihm heraus.

»Richtig, Herr Doktor. Milva Lotti. Freut mich.«

Dieses Mal verschmähte er meine Hand nicht. Sein Händedruck war kräftig, seine Hand ganz weich. Wir trafen ein stilles Übereinkommen: Er stelle mich ein und ich beschloss, ihm besonders aufmerksam zuzuhören, damit ich ihn richtig verstand.

Wir gingen gemeinsam zurück in das Operationszimmer.

Patient Peter war bereits von Nemea gesäubert worden. Er sah nun besser aus als vorher. Blutreste waren entfernt und die Wunde hatte sie gut gesäubert. Seine Brust war abgedeckt mit einem sterilen Tuch, die Instrumente und die Betäubung lagen bereit.

Ich wusch und desinfizierte meine Hände in seiner Anwesenheit und legte die lila Handschuhe an. Mit dem Rücken zum Patienten prüfte ich dann die Spritze und sagte ihm, das nur die zwei Piekser durchzustehen seien. Sie würden schnell wirken und dann konnte ich mit der Reparatur loslegen. Er blieb tapfer, schloss die Augen von Zeit zu Zeit und zeigte mir auf diese Weise, dass er mir vertraute.

Zu guter Letzt legte ich ein weiteres steriles Tuch auf sein Gesicht, das seinen Mund in einem runden Loch freiließ.

Als die Betäubung wirkte, begann ich damit, den Riss mit dem Skalpell keilförmig glattzuschneiden. Tatsächlich entfernte ich nur ganz wenig Eigengewebe. Dann setzte ich die Nadel an und schloss die Lippe an der untersten Stelle, damit mir nichts fortrutschte. Ich begann innen von unten nach oben zu nähen. Stich, Knoten, Schnitt, Stich, Knoten, Schnitt. Das ging sehr schnell.

»Wussten Sie, das man den Amorbogen auch Gabrielsmal nennt?«, fragte ich den Patienten, um ihn zu beschäftigen.

Er verneinte mit einem »Nnn-nnnnn«

Konzentriert auf meine Arbeit sprach ich weiter: »Man sagt, das der Engel Gabriel, der Babys bei der Geburt auf die Welt führt, ihnen den Zeigefinger auf die Lippen legt. So wie wenn man Schhhscht, also sagen will, dass man leise sein oder etwas für sich behalten soll.«

Peter wagte keinen Laut, aber ich glaube, er hätte gern gefragt, weshalb der Engel das macht. Also gab ich ihm eine Antwort, während ich damit begann, die Vorderseite mit Steri-Strips zu versehen, sodass die Lippen zusätzlich zusammengehalten wurden. Zum Glück war er rasiert.

»Der Engel macht das, weil das Kind vor der Geburt das göttliche Geheimnis sieht. Und es soll nichts davon auf Erden ausplaudern. Daher die Mulde, in der der Finger des Engels lag. Bei jedem von uns. Auch bei Ihnen, wenn alles verheilt ist, Peter.« Ich legte die letzten zwei Strips an und überprüfte deren Festigkeit. Vorsichtshalber tupfte ich ihm die Naht noch einmal ab. Die Blutung war gestillt.

»So, fertig. In einer Woche kommen Sie zum Fädenziehen.« Danach nahm ich das sterile Tuch von seinem Gesicht, beugte mich zu ihm hinunter und sah ihn auf Augenhöhe an. Ich legte meinen Finger auf die Strips und gab ihm einen gut gemeinten Rat: »Und Sie, lieber Peter, sagen da draußen auch niemandem, dass Sie hingefallen sind. Das bleibt unser Geheimnis. Sagen Sie, sie hätten sich mächtig geprügelt. Das klingt ziemlich verwegen, finden Sie nicht auch?«

Er strahlte mich an und ich verließ den OP mit den Worten »Sie sind den Rest der Woche krankgeschrieben. Meiden Sie Milchprodukte und Stöße. Nicht rauchen. Wir sehen uns in einer Woche.«

Nemea blieb bei ihm und ging später mit ihm zum Tresen, um die Arbeitsunfähigkeit zu bescheinigen.

Ich hingegen ging versiert zurück in das Behandlungszimmer, aus dem ich gekommen war.

Der Doktor folgte mir und schloss die Tür hinter uns. Als er mich ansprach, verstand ich ihn viel besser als vorher.

»Danke. Sie haben sauber gearbeitet! Sehr sogar. Ich bin erstaunt. Wo haben Sie gelernt?«

Während ich den Kittel über den Kopf zog, antwortete ich ihm: »In der Hautklinik in Kiel. Es ist die beste und renommierteste deutschlandweit. Allerdings waren das meine schlimmsten, wenn auch lehrreichsten Jahre. Kiel hat Charakter, aber es war mir einfach zu klein.«

»Echte norddeutsche lieben Kiel.«

»Sie lieben Hamburg auch. So wie ich.«

»Ich?«

»Meinetwegen gern.«

Er schmunzelte und bat mich in der Woche darauf anzufangen. Das war perfekt. Und ich hatte richtig Lust dazu.

Als ich mich verabschiedete, holte er mich noch einmal zu

sich zurück: »Ich möchte Sie noch etwas fragen. Weshalb sind Sie so schnell vom Patienten fortgegangen?«

Lange überlegte ich nicht: »Weil er so schneller in den nächsten Abschnitt übergeht. In die Heilung. Die Behandlung war vorüber. Ich bin der Meinung, dass es schnell gehen sollte, denn mit dem Arzt verschwindet dann auch die Misere und der Patient kann weitermachen. Ein glatter Schnitt.«

Doktor Rolig war der zweite Mann, der mich heute anstrahlte. Nur mit dem Unterschied, dass seine Lippen unversehrt waren. In einer misslichen Lage hatten sich allerdings beide befunden. Ich verließ die Praxis und fühlte mich durch den Zeigefinger des Engels auf dem Flur, wie ein Star, auf den gezeigt wurde. Auch ihm blinzelte ich zu und ich taufte die Statue auf den Namen Gabriel.

## Kapitel Vier
## Sterne in der Mönckebergstraße

Annas Dreiergespann erwischte ich leider nicht mehr. Als ich im *Frau Müller* saß und mir einen Gingerale genehmigte, erreichte mich immerhin eine Nachricht, die mitteilte, dass Micha ausgerastet sei.

Drei Tage später erhielt ich hingegen ein Foto, auf dem alle drei friedlich vereint auf einem Sofa saßen, offenbar auch fröhlich. Tatsächlich sahen ihre Gesichter aus, als hätten sie ihr Glück aneinander gefunden.

Als ich dieses Bild erhielt, lief ich gerade die Mönckebergstraße hinunter Richtung Hauptbahnhof. Es war verkaufsoffener Sonntag und ich wollte mir ein ärztinnengerechtes Kostüm für die Arbeit kaufen, wenngleich ich bloß die Assistentin sein würde. Ich fand ein extrem Richtiges für eine Businessärztin wie mich: eine korrekte Jacke mit Blenden an den vorderen Kanten und kleinem Stehkragen. Darunter rundum eine breite Taillenblende aus Garniturstoff. Sie wurde vorne mit einem passenden Stoffgürtel geschlossen. Der klassische Rock in kniebedeckter Länge war die perfekte Ergänzung.

Außerdem versuchte ich meinen Friseur zu erreichen, damit er mir noch am selben Tag die Haare richtete. Koste es, was es wolle. Deshalb missbrauchte ich alle Kanäle, die mich zu ihm führten. Whatsapp, SMS und Nachrichten über alle verfügbaren Messenger. Ich konnte nicht zulassen, dass mich Kathrin ausstach. Sie war zwar die Kosmetikerin, deren Beruf zu Schönheit verpflichtete, aber ich war die Expertin. Ich brauchte Volumen, entsplisste Haarspitzen, eine Gesichtsbehandlung und eine Maniküre, und zwar in keinem Fall von ihr, damit sie bloß nicht auf die Idee kam, mich als Modell zu missbrauchen oder Neuerrungenschaften der Schönheitsbehandlungen an mir auszuprobieren. Ich googelte alles, was ich wissen musste, um ausreichend vorbereitet zu sein und bei Aussagen zu Neuerungen versiert und souverän wirken zu können.

Mit einer Kugel Eis in der einen und meinem Mobiltelefon in der anderen Hand, darunter die Einkaufstüte, in der sich mein Kostüm in dunklem Anthrazit befand, stöckelte ich um einen Poller herum, immer darauf bedacht, nichts anzurempeln. Es gibt nichts Peinlicheres auf der Straße, als auf sein Telefon zu starren und dabei gegen einen Laternenpfahl zu rennen. Das gibt nicht bloß eine Beule, sondern auch Gelächter von ringsherum. Vor allem auf der touristischen »Mö«. In einem solchen Fall hätte ich sofort zum Hauptbahnhof rennen und einen Zug in eine weit entfernte Stadt nehmen müssen.

Mit einem Pling-Geräusch sagte mein Friseur mir über einen der Messenger zu. Ich blieb stehen, öffnete die Applikation und las, dass er in zwei Stunden zur Notfallbehandlung zu mir nach Hause kommen wollte. *Super!*

Meine Freude darüber war so groß, dass mir bei einem kleinen, damenhaften Sprung in die Luft, das Telefon aus der Hand glitt und ich mich mit Herzklopfen danach bücken musste. Ein kneifendes Gefühl überkam mich, weil ich damit rechnete, dass mein Display Schaden genommen hatte.

Womit ich in jenem Moment ganz und gar nicht rechnete, war, dass jemand aus einem Geschäft gelaufen kam, scharf abbog und mir in meinen ausgestreckten Hintern rannte. Mein unversehrtes Telefon flog in hohem Bogen über die Mönckebergstraße und in einen dicht bewachsenen Pflanzkübel hinein, zwischen dunkelrote Stockrosen. Hinter mir hörte ich ein Stöhnen, als mein Po an des Remplers Beckenknochen stieß und seine Wucht ihm einen rammbockähnlichen Stoß in den Bauch verpasste. Der Physik folgend wurde ich dann nach vorn gestoßen, knickte um und landete gleich nach einem kurzen Aufschrei auf der Stirn. Es gab ein dumpfes Bumm, als meine Schädelfront das Kopfsteinpflaster küsste.

Ich fühlte mich wie eine Chipslette unter einem Fuß. Mein Kopf dröhnte und mir wurde schwarz vor Augen. Dann sah ich Sterne, merkte, wie ich zur Seite kippte und auf dem Rücken liegen blieb. Vom Schrecken übermannt konnte ich bloß ein gequältes »Oooaaahhhhh « von mir geben.

Als ich die Augen wieder aufschlug, sah ich in ein Paar große, von schwarzen Wimpern gesäumte Augen in einem Kopf, von dem ich bloß die Umrisse erkannte. Im ersten Moment dachte ich, mein Sehvermögen wäre getrübt. Eigentlich war es aber die Sonne, die hinter seinem Kopf schien. Ich sah also direkt ins Licht. Um den Kopf herum schwirrten weiße Flecken, die wie wilde Schneeflocken durch das Blau des Himmels tanzten.

*Aua! Mein Kopf.*

Der Mann half mir hoch. »Ist Ihnen etwas passiert? Um Himmels willen. Das tut mir so leid. Ich konnte ja nicht ahnen ... Sind Sie unversehrt?«

Das konnte ich noch nicht mit Bestimmtheit sagen. Eine Beule war jedoch im Anmarsch. Das fühlte ich mit großer Gewissheit.

*So ein Pupkack!* Alles würde super aussehen an meinem ersten Arbeitstag. Bis auf das Horn, das mir auf der Stirn wuchs. Ich hoffte inständig, dass ich die Schwellung noch vor dem Schlafengehen zurückgedrängt bekam und dass ich keine Schürfwunde hatte. Etwas Kaltes musste her. Mein Eis kam mir gerade Recht. Es hatte den Sturz wie durch ein Wunder überlebt, also drückte ich mir die Kugel Stracciatella sofort an den Kopf. Es musste selten dämlich aussehen, aber so ist das manchmal, nicht wahr?

Die provisorische Kühlung hielt genau vier Sekunden. Ich hatte ihr zu viel zugetraut. Die Waffel krachte und die Eiskugel sprang ab. In meiner rechten Hand blieben Überreste der Waffeltüte, also nahm ich hastig die Linke, um die Stirn abzutasten. Zum Glück war kein einziger Kratzer spürbar. Ein Hoch auf meine Mittelchen, welche die Elastizität meiner Haut aufrechterhielten.

»Wissen Sie, wer Sie sind?«

»Was?«

»Kennen Sie Ihren Namen?«

*Wie altmodisch.* Solche Tests hatte man bei Verdacht auf Gehirnerschütterungen in den frühen 1990ern gemacht. Heute prüft man die Augenmotorik und fragt mich, ob ich pfeifen kann, um meinen Gesichtsnerv zu prüfen. Um der Selbstdiagnose Willen begann ich zu pfeifen. Funktionierte.

Der Mann wiederholte seine Frage. Ich pfiff noch einmal, nicht besonders gut, sagte dann meinen Namen und Pfiff ein drittes Mal, während ich mir das Eis mit dem Handrücken von der Stirn wischte. »Ich brauche ein Taschentuch«, sagte ich wehleidig.

Der Mann reichte mir eines aus Stoff. *Wie oldschool. Aber: wie elegant.*

»Wo wohnen Sie?«

*Namen und Adresse? Das ist mehr als meine Facebook-Freunde wissen.* Das ging nun wirklich nicht. Außerdem war ich noch nicht fertig damit, mein Nervenkostüm zu prüfen... *Heilige Gesichtscreme, mein Kostüm!*

Aufgeschreckt riss ich die Tüte auf und sah, wie sich Fräulein Stracciatella bei einem Blubb grinsend über den Stehkragen ins Futter und in den Rockkanten versenkte. Ein Griff hinein, um das tückische Stück Milcheis herauszufischen, bewahrte sie jedoch nicht vor dem Ruin. Ich warf das, was ich vom Eis erwischte, mit einem Klatschen auf das harte Kopfsteinpflaster und gab einen quälerischen Ton von mir. Gleich darauf wurden meine Knie schwach. Ob es der Kreislauf war oder die Erkenntnis, dass gerade 499 Euro in Milchspeiseeis getränkt und mit Schoko-Raspeln drapiert wurden, konnte ich auch nicht mit Bestimmtheit sagen. Stattdessen kippte ich spontan zur Seite.

Eine zweite Bekanntschaft mit dem Pflaster machte ich dennoch nicht, da mich der Mann, der mich umgerannt hatte, auffing und mich vorsichtig auf den Rand des Pflanzkübels setzte, in dem mein Handy lag. Diesmal gab es auch keine Sterne. Aber im Schatten der dunklen Stockrosen erkannte ich die Gestalt des Rammbocks: hoch gewachsen, dunkelhaarig, leicht grau-melierte Schläfen, große Augen, die mich besorgt ansahen. Er trug einen lässig geschnittenen, maritimblauen Anzug, darunter ein tief geöffnetes weißes Hemd mit Kläppchen-Kragen. Seine Schuhe erkannte ich, als ich meinen Kopf aufstützte: Es waren dazu passende Chino Schnürschuhe aus dunkelblauem Wildleder, mit weißer Sohle und farblich abgesetzten Nähten. Einfacher ausgedrückt: Bootsschuhe.

*Ein Hamburger Schanzenschnösel.* Ich wurde wütend, nicht zuletzt über das ruinierte Kostüm, dessen Reinigung ich ihm nicht einmal in Rechnung stellen konnte. Viel Schlimmer war die Beule, die noch immer unbedingt mit etwas Kaltem versehen werden musste.

»Gehen Sie und holen Sie eine Flasche kaltes Wasser! Schnell! Mein Gesicht schwillt sonst unaufhaltsam an.«

»Also, schimpfen und Befehle erteilen können Sie offenbar noch ganz gut.« Seine Samtstimme drang tief in mich ein. Aber ich hatte keine Zeit für diese Qualität. Ich ließ den Finger durch die Luft schnellen und zeigte nach irgendwo: »Gehen Sie! Und kommen Sie mit etwas Kaltem zurück!«

Er gehorchte und ging.

In der Zwischenzeit wischte ich mir mit seinem Taschentuch das restliche Eis von der Stirn und von den Fingern. Es roch gut. Dann sah ich mich nach meinem Telefon um und fand es zum zweiten Mal unversehrt. Es war nur ein wenig Staub.

Nach kurzer Zeit schon kam der Rammbock zurück und brachte das Ersehnte in einer kleinen Glasflasche.

Ich nahm sie entgegen und drückte sie mir trotz der Schmerzen an die Stirn. Es brannte ein wenig.

»Ich bin Henri«, stellte er sich vor und nahm neben mir auf dem Pflanzkübel Platz. »Darf man unter diesen Umständen sagen, es freut mich, Sie kennenzulernen?«

Meine Augen drehten sich zu einem Schielen. »Milva.« *Wie konnte er sich jetzt vorstellen.* »Die Freude ist nicht meinerseits.«

»Es tut mir wirklich unglaublich leid.«

»Und mir tut der Kopf unglaublich weh.«

»Sollten wir nicht einen Arzt aufsuchen? Ich würde Sie begleiten.«

»Ich bin Ärztin.«

»Oh. Und was sagen Ihre Kenntnisse? Werden Sie den Sturz überleben?«

»Das weiß ich noch nicht genau. Vielleicht ja.«

»Ich bin Rechtsanwalt.«

»Dann: nein.«

»Wie bitte?«, fragte er erstaunt.

»Wenn Sie Anwalt sind, dann bin ich jetzt sterbenskrank und Sie können sich schon einmal selbst verklagen.«

Er lachte leicht, offenbar unsicher, ob ich Ernst machte. »Wofür? Dass Sie den Fluchtweg blockiert haben? Mich damit gezwungen haben, in Sie hineinzulaufen, ...«

»In meinen Po«, warf ich ein.

»... äh, richtig. Sexuelle Nötigung auf offener Straße. Gepaart mit angekündigter Krankheit auf Nachfrage. Hm.« Er sah kurz in den Himmel und legte Daumen und Zeigefinger um die breite Kinnpartie. »Erregung öffentlichen Ärgernissen und Nötigung. Dadurch ausgelöstes Selbstverschulden. Ich weiß nicht. Ich glaube, ich verklage mich lieber nicht. Ich habe nämlich keine Chance. Aber Sie könnten es versuchen.«

Was er sagte, verstand ich, aber ich befürchtete, dass er schnell Paragrafen herausholen könnte, wenn ich kess konterte oder darauf einstieg. Ich konnte, wenn es sein musste, kräftig klugscheißen, aber das wäre mein Aus gewesen. Anwaltsdeutsch verstehe ich nur beim Zuhören. Ich selbst spreche nicht mehr als ein paar Paragrafenfetzen.

*Erst eine unschuldige Frau umkicken und dann den Anwalt raushängen lassen. Sadist.*

Ich sah mir sein Gesicht genauer an. Sein *Os frontale* stand ein wenig vor. Da war mein Deutsch. Er hatte diese leicht vorstehende Stirn. Zwar nur ein bisschen, aber trotzdem: eine Affenstirn. *Affengesicht.*

»So richtig beliebt machen Sie sich nicht gerade. Nicht bei mir«, warf ich stattdessen aus.

Er ließ sein Lächeln verebben und sah mich nun ernst an. »Ehrlich, ich bringe Sie in die Notaufnahme. Gern sogar. Ich bin untröstlich.«

»Lassen Sie's gut sein. Mir fehlt nichts. Kaufen Sie getrost weiter ein oder essen Sie ein Eis oder was auch immer Sie vorhaben. Ich gehe nach Hause und versuche zu retten, was zu retten ist.«

»Etwas zum Kühlen haben Sie ja bereits. Aber die Sonne scheint. Es wird sicher schnell warm. Soll ich Ihnen noch eine Flasche kaufen? Das mach ich gern.«

»Die wird genau so schnell warm werden wie diese.«

»Nein, jene hat etwa fünf Minuten Vorsprung. Plus Lieferzeit. Ich könnte eine Zeitung dazu kaufen und die neue

Flasche darin einwickeln, damit sie kühl bleibt.«

Ich gab nach: »Na gut. Holen Sie noch etwas Kaltes. Etwas, das größer ist als das hier.«

Er sprang auf und versprach, gleich zurück zu sein.

In der Zwischenzeit holte ich tief Luft und trank einen Schluck aus der Flasche. Es war irgendeine neumodische Limonade mit zwei Köpfen auf der Flasche. Sie schmeckte wie Wasser mit Zucker und einem Hauch Zitronengras. Gehörte das nicht für gewöhnlich ins Essen? Zugegeben, kochen kann ich nicht besonders gut, aber ich bin super darin, den Kühlschrank zu öffnen, irgendwelche Zutaten zusammenzuwerfen und etwas Leckeres daraus zu zaubern. Allerdings nur bei guter Laune. Jetzt war meine Laune mittelmäßig, also etwa mediumschlecht.

Er kam tatsächlich mit einer Flasche in einer Zeitung zurück und drückte sie mir in die Hand.

»Haben Sie es weit bis nach Hause? Ich hole Ihnen ein Taxi und komme natürlich für die Kosten auf. Oder ich bringe Sie. Mein Auto steht bloß eine Straße weiter.«

*Autofahren mit dem Rammbock?* Wenn er so vorausschauend fuhr, wie er einkaufen ging, dann gute Nacht. Das kam nicht infrage. »Ich nehme gern das Taxi.«

Zwei Minuten später saß ich auch schon darin, auf dem Weg nach Hause. Nach der Adresse hatte er diskreterweise nicht noch einmal gefragt. Er hatte dem Taxifahrer fünfzig Euro in den Wagen gereicht und zu ihm gesagt, er solle mich hinbringen, wohin ich wollte, der Rest sei für ihn. Dann hatte er sich durch das geschlossene Fenster mit einem entschuldigenden Gesicht, in dem er die Lippen aufeinander presste, verabschiedet und mir gewunken. Manieren und eine ausgefeilte Art zu sprechen waren vorhanden. Eigentlich war er als Mann ganz sicher ein guter Fang. Aber jemanden wie ihn hatte man aller Regel nach nicht lang für sich allein. So ein Mann kam ebenso wenig für mich infrage, wie eine Autofahrt mit ihm.

Ich bat den Fahrer, Gas zu geben, denn ich musste unbedingt das Kostüm einweichen und Schwarzen Tee auf die Beule machen. Das drängt Schwellungen nieder. Und ich hatte Erfolg. Als mein Friseur am Abend wieder ging war meine Stirn beinahe eben. Die neue Arbeitskleidung bis zum Morgen trocken zu bekommen war unwahrscheinlich, also suchte ich lange nach dem richtigen Outfit, bevor ich schlafen ging.

Wissen Sie, woher der Fluch »Himmel, Arsch und Zwirn« stammt? Der Himmel steht für den Sitz des Göttlichen, klar. Der Zwirn ist ein besonders haltbares Band, also besonders stark und irdisch. Der Arsch dagegen hat eine ganz andere Bedeutung.

Mein Morgen verlief ungefähr wie folgt: gleich beim Aufwachen stellte ich fest, dass es draußen regnete. Also stapfte ich schlaftrunken in die Dusche und schlüpfte danach in die figurgerechte Unterbekleidung, machte mir einen Kaffee und trocknete mir die Haare mit dem Handtuch. Dann trank ich in Ruhe den Kaffee und schaute aus dem Fenster. Bei den Gedanken, wie schön es war, dass die Natur sich in Hamburg selbst versorgen konnte, zog ich ein anderes Kostüm an und ging zurück ins Bad, um meine Haare zu föhnen und leichtes Make-up aufzulegen. Als ich das Kondenswasser vom Spiegel wischte, riss ich mir das Handtuch unvermittelt vom Kopf, warf es wütend zu Boden und schrie: »Affengesicht, du Arsch!«

Plötzlich fand ich es überhaupt nicht mehr schön, dass es regnete. Ich fand überhaupt gar nichts mehr schön. Meine Stirn war eben und makellos wie immer, aber ein Bluterguss hatte sich über Nacht seinen Weg auf das obere Augenlid hinab gesucht. Das hatte ich befürchtet. So ein Bluterguss sah am ersten Tag aus wie dunkler, lila Lidschatten und nahm seinen Weg Tags drauf weiter hinunter, um für fünf Tage als fettes Veilchen in leuchtender Blüte um mein Auge zu stehen.

Haben Sie sich schon einmal gefragt, warum ein blaues Auge kreisrund wird und ob jemand wirklich einen direkten Schlag auf das Auge erhalten haben muss? Nun, es reicht ein Schlag auf das Stirnbein, an dem die Handknöchel des Schlägers auch meistens landen. Das mag daher kommen, dass kaum eine schlagende Faust so klein ist wie eine Augenhöhle.

*Affengesicht sollte mal eins drauf bekommen.* Seine Stirn fing jeden Knöchel ab und war prädestiniert für Veilchen. Ich wünschte es ihm. *Auf beiden Seiten. Vielleicht frontal mit einer Dachlatte.*

Etymologisch kommt der Arsch in dem besagten Fluch daher, dass man früher einen nackten Arsch zeigte, um etwas Böses abzuwehren. Und jetzt wusste ich, wo der Fehler lag. Mein Po war angezogen gewesen, als dieser Anwalt in mich hineinrannte. Ich überlegte ernsthaft, ob es besser gewesen wäre, meinen Rock zu liften. Jetzt im Nachgang konnte ich es nicht wieder gut machen. Aber mir war danach, Henri aufzusuchen und meine Hosen vor seiner Kanzlei herunterzulassen, wenn er überhaupt eine eigene hatte. Wahrscheinlich war er ein drittklassiger Rechtsverdreher, der die unspektakulären Fälle bekam und so unbekannt war, wie eine Fliege auf einem Misthaufen. Wenn das so war, dann war er auch nicht gut in seinem Job und hatte nur geblufft. Ich überlegte, Affengesicht doch zu verklagen. Dabei fiel mir ein, dass ich nicht wusste, wie er weiter hieß. Google? Einen Versuch war es wert. Aber dafür fehlte mir die Zeit. In zwei Stunden musste ich in der Praxis sein. Nur für's Fluchen war noch Zeit: »Himmel, Arsch und Zwirn!«

Durch die Wohnung tobend überlegte ich, mich vor einen Bus zu werfen, um das blaue Auge glaubhaft zu vertuschen. Am liebsten wäre ich von der Elbphilharmonie gesprungen. Klatsch und tot.

Weil mir dafür allerdings der Mut fehlte und weil ich Höhen über zehn Metern nicht besonders schätze, mit Ausnahme von Hotelzimmern über den Dächern der Stadt, entschied ich mich für stärkeres Make-up, Schirm und meine gute, alte Sonnenbrille.

Weil es jetzt sowieso egal war, wie ich aussah, packte ich meine Pumps ein und nahm meine bunten Regenstiefel für den Weg zur Arbeit. An der Bushaltestelle kochte ich innerlich noch, entschied mich dazu, noch einmal ein Taxi zur Praxis zu nehmen. Wenn das so weiter ging, war mein Budget aufgebraucht, bevor ich das erste Gehalt bekam. Andererseits zog die Regenfeuchtigkeit in meine Kleidung und es gibt nichts Blöderes, als ein Kleidungsstück, das ewig im Schrank gehangen hat und dann Feuchtigkeit zieht. Es riecht dann nach Schrank und nicht nach frisch gewaschen. Da half auch kein Parfüm oder Textilerfrischer. Nicht bei Hamburger Himmelsgüssen.

Bemüht, nicht mit den Gummistiefeln auf dem Pflaster im Harvesthuder Weg auszurutschen, stakste ich am Rand der Blumenbeete entlang und erreichte einigermaßen trocken die Eingangstür. Meine Stiefel tauschte ich oben gegen die Pumps und versteckte sie hinter dem Engel Gabriel. Als ich mich vor der Eingangstür zur Praxis sortierte und noch einmal zu Gabriel schaute, zeigte er mit seinem Finger auf mein Gesicht und ich glaubte, ein Grinsen über seines huschen zu sehen. *Vielen Dank, Himmel, A...* den Rest verkniff ich mir, angesichts seiner Heiligkeit, sogar in Gedanken. Er war größer als ich.

Dann zog ich die Tür zur Praxis auf und ging mit festen Schritten die bunte Ölgemäldemeile entlang zu meiner neuen Arbeitsstelle.

Nemea saß am Tresen und begrüßte mich lächelnd. Sie siezte mich und nannte mich dabei beim Vornamen.

Ich war besonders freundlich zu ihr, weil sie besonders freundlich zu mir war.

Sie sagte, die Praxis öffnete erst in etwa einer Stunde und bot mir an, mir alles zu zeigen.

Das nahm ich gern an. »Wann kommt der Doktor?«, wollte ich noch wissen und rückte meine Sonnenbrille zurecht.

Sie lächelte verholen und antwortete: »In einer Stunde und fünf Minuten. Er braucht Ruhe nach der Ankunft.«

»Sympathisch!« Wir lachten beide leise.

»Nun«, sagte sie und brachte uns zu unserem Vorhaben zurück, »lassen Sie uns hier vorn beginnen.« Sie zeigte mir den Warteraum, die Toiletten, eine kleine, gemütliche Teeküche, zwei weitere Behandlungszimmer, das Operationszimmer, das ich bereits kannte, und zum Schluss das Büro des Doktors, ganz hinten in der Altbauwohnung. Darin standen Probeartikel, ein paar Büsten von klassischen Musikern, ein kleines Radio, ein veralteter Laptop auf einem einfachen Schreibtisch und viele dunkel gerahmte, schwarzweiße Bilder hingen an den Wänden. Einige davon zeigten Schauspiellegenden, andere waren sorgfältig aus Zeitschriften ausgeschnitten. Schöne Fotografien, wie man sie schon zu Hunderten fortgeblättert hatte. Auch dies fand ich sehr sympathisch.

Zu meinem Aufzug stellte Nemea keine Fragen, auch nicht, als wir zurückkehrten, um uns in der Teeküche niederzulassen. Doch ihr Blick begann, auf meiner Brille zu ruhen. Das war so, als sie mir einen Kaffee anbot, auch als sie mich fragte, wie ich ihn trinke – mit ein bisschen Milch -, und ebenso, als wir uns gemeinsam an den kleinen Tisch setzten.

Für eine Weile hielt ich meine Kaffeebecher, auf dem ein Ratiopharm-Aufdruck prangte, fest wie ein Affe eine Kokosnuss. Auch das bemerkte meine neue Kollegin. Sie hielt sich jedoch diskret zurück.

In Wahrheit war ich während der Führung auf ganz andere Gedanken gekommen, aber nun, da die höfliche Stille des Unbekannten zwischen uns zwei entstand, flammten zwei Dinge in mir hoch: Erklärungsnot für die Sonnenbrille trotz Regen und der Drang über das Geschehene zu sprechen. Ich hatte Reza abends nicht mehr angerufen, weil ich vermutete, er würde beim Doktor sitzen und ihm danach fröhlich erzählen, was er alles Peinliches mit mir erlebt hatte. Das hatte ich zu verhindern gewusst. Jedenfalls fürs Erste. Und meiner Freundin Ulli wollte ich so etwas nicht erzählen, weil sie diejenige von uns beiden ist, der die peinlichen Dinge passieren. Ich wollte ihr den Posten keinesfalls streitig machen. Also lag meine Berichterstattung nun geladen da wie eine von diesen Wasserpistolen, die mit eingepumptem Luftdruck arbeiten, und wartete auf den Abzug, um sich mit Wucht und allen Einzelheiten zu entladen. Aber das ging so auch nicht, denn ich kannte Nemea ja noch gar nicht.

*Was wenn sie ...? Ach, drauf geschissen.* Ich zog die Sonnenbrille ruckartig ab und sagte: »Also gut, ich habe die Straße geküsst.«

Bevor sie fragen konnte, ob mir das wohl im betrunkenen Zustand oder gar bei einer Prügelei geschehen sei, erzählte ich ihr die ganze Geschichte. Dass ich ein Kostüm gekauft hatte, das für heute bestimmt gewesen war, ließ ich aus. Ich machte daraus einen Pullover, der ja zum Glück nicht viel gekostet hatte und leicht zu waschen war.

Nemea untermalte alles mit hochschnellenden Augenbrauen, mit ein paar Ahs und Ohs und auch mit zurückhaltendem Kichern. Sie begann erst zu lachen, als ich auf das Kichern einstieg. Eine unglaublich nette Kollegin mit griechischer Geduld und Zuhörgabe und tiefen, dunklen Augen.

Am Ende gackerten wir beide in die geleerten Kaffeebecher hinein und ich maulte ein wenig über meine Schmach. Danach bereitete sie uns einen Frappé aus Wasser, Eis und Instantkaffee zu, den wir langsam trinken konnten, weil wir noch etwa eine halbe Stunde Zeit hatten.

Die ersten Patienten befanden sich bereits in Wartestellung, als der Doktor hereinkam, »Grüß Gott« in die Runde sagte und in seinem Hinterzimmer verschwand. Ich hörte das Radio leise angehen und französische Musik um die Ecken der Praxis promenieren. Dann kam er in grünem Hemd ins Wartezimmer und zeigte auf einen Patienten um ihn mitzunehmen. Im Gehen drehte er sich zu mir herum: »Milva, Sie halten die Reihenfolge ein, bitte. Sprechzimmer Zwei ist für Sie frei.«

*Das Zimmer mit dem Schreibtisch, wie schön! Wie großzügig von ihm.*

Ich bat den Herren, der zuerst die Praxis betreten hatte, mir zu folgen. Er redete nicht lang um den heißen Brei: »Frau Doktor. Ich habe eigentlich nichts.«

Dies bedeutete, dass etwas im Argen lag, was der Patient selbst nicht sehen konnte, es befand sich also am Rücken oder am/im/um den Po herum.

»Nur manchmal juckt es ganz unvermittelt.«

»An welcher Stelle juckt es?«, wollte ich wissen.

Er deutete nach hinten.

Nickend bat ich ihn, sich freizumachen. Er zeigte mir eine raue Stelle auf einem bleichen Steißbein. Nichts weiter. Bloß eine Trockenflechte, die entstand, wenn die Haut zu wenig Licht bekam. Ich verschrieb ihm eine Salbe mit Ringelblume und schickte ihn ins Solarium. Drei Besuche auf einer schwachen Liege sollten genügen, versicherte ich ihm. Er ging glücklich.

*Herrlich,* dachte ich, *keine komplizierten Denkweisen und widrige Umstände. Bloß etwas Offensichtliches, das es zu behandeln gilt.*

Auch der zweite Patient machte es mir leicht. Er hatte eine Schuppenflechte, die sich über den ganzen Körper auszubreiten drohte. Mit ein paar gezielten Fragen wurde schnell klar, dass er zu wenig schlief. Wenn man zu wenig schläft, gibt einem spätestens die Haut Bescheid. Sie sagt sozusagen: »Schlaf, oder ich hülle mich in einen so hässlichen Panzer, dass du dich nicht mehr unter Leute traust und dich zu Hause einschließen willst. Dann musst du schlafen!« Leider befolgten die wenigsten dies, weil sie nicht wussten, dass ihr Körper zu ihnen sprach. Ein leichtes Beta-Kortison und fünf Mützen Schlaf waren, womit ich ihn nach Hause schickte.

Der dritte Patient war etwas prekärer. Er wich aus und bat mich, seine Leberflecke zu begutachten. Nichts Auffälliges war dabei, demnach kein Behandlungsbedarf. Solche Patienten sind nicht besonders wirtschaftlich. Gerade mal knappe dreizehn Euro für eine Routinesichtung. Im Gehen allerdings überwand er sich und sagte: »Sagen Sie, Frau Doktor. Ich habe einen Freund, der sich für Penisvergrößerung interessiert. Ob ich mit dem Doktor sprechen kann? Er soll ein renommierter plastischer Chirurg sein. Vielleicht hat er einen Rat für meinen Freund. Er selbst traut sich nicht ohne Weiteres hier her.«

Natürlich konnte er mit dem Doktor sprechen. Und ehrlich gesagt wollte ich als Neuling in der Praxis nicht gleich auf Unbeliebtheit setzen. »Natürlich geht das, wenn Sie dies wünschen. Gehen Sie noch einmal nach vorn zu Frau Angelopolous und sagen Sie, dass Sie den Doktor noch einmal sehen wollen. Ich hoffe, Sie können Ihrem Freund gute Kunde bringen. Die Medizin ist heute so weit.« Ich sah einen Glanz durch seine Augen huschen wie das Scheinwerferlicht eines Autos.

Die Wahrheit lautet: Chirurgisch angefertigte Penisverlängerungen fallen immer nur auf etwa einen Zentimeter, wenn sie gut gemacht sind. Maximal. Der Schwellkörper wird nach vorn gezogen, aber wir zaubern keine neue Haut her. Eine Dehnprozedur geht dem Ganzen voran. Sehr teuer und praktisch ohne Ergebnis. Alles andere gefährdet nämlich die erektile Funktion. Eigentlich riet ich seinerzeit jedem Mann, der danach fragte, sich die Wurzel frei zu rasieren und das Schamhaar zu stutzen. Und immer mal dran ziehen. Schon hat man zwei Zentimeter mehr – optisch. Und das allein kann bereits glücklich machen. Aber gut, ich schickte ihn zurück ins Wartezimmer.

Danach kam eine Frau mit dem Wunsch nach Faltenunterspritzung. Nichts einfacher als das. Ich beriet sie und machte einen neuen Termin für in drei Tagen aus. Als ich sie verabschiedete und zur Tür des Sprechzimmers brachte, stand Dr. Rolig wartend dahinter. Er trat ein und schloss die Tür hinter sich.

»Warum haben Sie mir den Patienten mit Penisverlängerung geschickt?«

»Er wollte sich für seinen Freund bei Ihnen beraten lassen. Machen Sie das nicht?«

»Nein«, kam entschlossen zurück. »Ich sage den Patienten immer, dass der liebe Gott jedem etwas anderes gibt, das schön ist. Wir bekommen nicht das ganze Paket. Leider.«

»Was hat er darauf geantwortet?«

»Dass sein Freund jetzt ziemlich traurig werden würde.

Aber da könne man wohl nichts machen.«

»Aber das kann man doch.«

»Ja, aber dann geht sein Sexualorgan kaputt. Bitte sagen Sie zukünftig dasselbe zu den Patienten. Wir bekämen zwar das Geld für zwei Besprechungen, aber darauf kommt es mir nicht an.«

»Gern, Herr Doktor«, stimmte ich lächelnd zu. »Allerdings habe ich von einem Kraut gehört, das ...«

»Ja, ist es L-Arginin?«

»Genau, es soll die Schwellkörper stärker durchbluten.«

»Das stimmt, aber es ist in Deutschland nicht frei verfügbar.«

»Dabei ist es pflanzlich und pustet einfach nur die Kapillare durch. Wie bei einem Wasserschlauch, in dem sich Schmutz festgesetzt hat. Alles raus und schon ist er präsenter. Vier Wochen täglich genommen, nimmt der Penis an Umfang und Größe zu. Nachhaltig.«

»Das ist richtig. Aber wir bekommen es hier nicht, also sollten wir nicht dazu raten.«

»Sehr wohl.«

»Im Übrigen können Sie zukünftig immer dieses Zimmer nutzen. Es ist mir nur recht. Und bringen Sie sich ein oder zwei Notizbücher mit, in denen sie sich medizinische Wunder aufschreiben, dann haben Sie etwas zum Nachschlagen. Und eine kleine Blume oder Statue, damit es heimeliger wird. Aber nicht so viel«, ergänzte er mit erhobenem Finger. »Ich möchte keinen Flohmarkt hier, also kein Krimskrams.«

Erfreut bedankte ich mich bei Dr. Rolig und versicherte ihm, keinen türkischen Basar zu eröffnen.

»Es gibt ansonsten nur eine Regel in diesem Haus, was Patienten angeht.«

»Welche ist das?«

»Wenn es um einen Preis geht, fragen Sie nach dem Gehalt

und machen Sie einen angemessenen Preis. Keinen vom Aufwand begründeten. Er muss zum Einkommen des Patienten passen.«

Ich verstand nicht recht. Medizinische Eingriffe hatten ihren Preis.

»Es ist egal, ob kein Geld oder viel Geld. Hier sind alle Patienten gleich. Sie wollen geheilt werden oder die Seele beruhigen. Nach allem, was Reza mir erzählt hat, wissen Sie sehr genau, was es bedeutet, Seelen zu beruhigen und zu einer Lösung zu führen.«

Verlegen setzte ich mich. »Ja, das stimmt. Das ist ein schöner Ansatz.«

»Nein Milva, das ist eine Philosophie. Sie kommen wieder und bringen mehr mit, wenn sie zufrieden sind und das Gewünschte erschwinglich bleibt. Ein Schnitt in eine Lidfalte ist Pipifax für Sie, möchte ich meinen. Nicht mehr als ein paar Sekunden. Wenn Sie fünfzig, statt dreihundert Euro dafür nehmen, damit ein Patient es sich leisten kann ... Aber fragen Sie stets nach dem Einkommen und sehen Sie sich den Patienten genau an. Denken Sie nach. Sie sind nicht dumm.«

Mit diesen Worten und seinem Grinsekatzenmund verließ er das Sprechzimmer. Jetzt wusste ich, wie er sich eine solche Praxis leisten konnte. Weil er patientengerecht behandelte und sich auch ebenso bezahlen ließ. Ich liebte diese Praxis. Gleich vom ersten Tag an.

Beschwingt von dieser erfrischenden Behandlungsunterweisung, hatte ich bis zum Feierabend etwa zweitausend Euro in der Kitteltasche und sechsundfünfzig Patienten geschafft. Stolz auf das Geschaffte brachte ich das Bargeld der Patienten zum Doktor und legte es ihm auf den Schreibtisch.

Er sah mich von unten her an, wie ein schmollendes Kind. »Danke«, sagte er dann. »Kommen Sie nicht einfach so hier herein.«

»Oh, das tut mir leid«, bedauerte ich meinen Fauxpas.

»Warten Sie«, hielt mich der Doktor vom Gehen zurück. »Was ist mit Ihrem Auge passiert?« Er nahm die Scheine und die Münzen auf und legte sie vor sein Kassenbuch.

Ich wünschte, er hätte nicht gefragt, doch nun drehte ich mich zu ihm zurück mit einer Ausrede auf den Lippen: »Ich bin böse gegen meinen Schrank gelaufen.«

»Mit Sturzrichtung von oben? Das Blut fließt so, als wären mindestens sechzig Kilo darauf gefallen. Ich bezweifle, dass Sie mit dreißig Sachen durch Ihre Wohnung laufen. Schon gar nicht auf Ihren Schrank zu. Das bedarf eher Absicht.«

Ich versuchte kurz meine Gehgeschwindigkeit mit meinem Körpergewicht zu verrechnen, aber es wollte mir einfach nicht gelingen. Natürlich wusste er das Hämatom einzuschätzen. »Ja, es stimmt ja auch nicht, aber diese Geschichte gefällt mir besser«, gab ich zu, obwohl ich gegen den Schrank zu laufen für ziemlich dämlich hielt.

»Oh, bei essenziellen Fragen kommt es nicht auf den Wahrheitsgehalt an, sondern auf den Stil«, sagte er, die Münzen separierend. Dann reichte er mir fünfzig Euro und machte ein Zeichen, das mir bedeutete, ich solle das Geld wegstecken. »Sagen Sie einfach, Ihnen wäre bei einem Umzug etwas Schweres auf den Kopf gefallen. Hier, nehmen Sie. Gute Arbeit.«

Ich fragte mich, wie viel Stil es hatte, dieses Geld einfach so anzunehmen. Aber der Umzug gefiel mir gut. Er klang gesellschaftlich einwandfrei. Fast autonom, selbst wenn Ärztinnen wie ich bloß Bücherkisten packten und den Rest dem Umzugsunternehmen überließen.

Auf dem Weg nach draußen schnappte ich mir meine Regenstiefel und beschloss, den Weg nach Hause zu Fuß zu gehen, denn es regnete nicht mehr. Die Luft roch frisch gewaschen und klar und so erhielt ich Gelegenheit, darüber nachzudenken, wie gut ich in meinem Beruf war. Es hatte mir Spaß gemacht und ich freute mich auf alles, was da kommen mochte.

Zu Hause angelangt schlüpfte ich in bequemere Klamotten und überlegte, ob ich mein Sorgentelefon wirklich einschalten oder Hamburgs Sorgen einmal Sorgen sein lassen sollte. Ehrlich gesagt war ich ganz schön platt. Andererseits wollte ich wissen, ob es Neues zu erfahren gab. Gerade bei Regen fiel den Leuten so vieles ein, was sie ändern wollten, seien es Feng-Shui oder Regeln, die sie überdacht hatten.

Ich konnte nicht anders. Ich schaltete mein Sorgentelefon ein. Und prompt erreichte mich eine Nachricht von Anna, in der sie vom Glück zu dritt sprach und zudem von dreifachem Honorar, weil Micha zur Vernunft gekommen sei und sie nun glücklich zu sein versuchen wollten. *Na bravo.*

Mir fiel ein, ich war das erste Mal im Geschiedenenleben nach getaner Arbeit nach Hause gekommen und fühlte mich dabei versorgt wie nie zuvor. Es war ein Eiland der Freude, das Entspannung verdiente.

Daher ließ ich mir ein Bad ein und kippte eine Packung Badesalz mit einem Zusatz von schwarzen Orchideen dazu.

Noch während ich die Verpackung studierte und mich fragte, was schwarze Orchideen denn eigentlich sein sollten und wo sie wuchsen, bimmelte es.

Es war Pría.

PRÍA ANJULI, *1990, INDISCHER HERKUNFT, FAMILIE IN MUMBAI
- CALLCENTER-AGENTIN,
  DIE SICH WEIT UNTER PREIS VERKAUFT
- BEAUSKUNFTET FÜR EIN BANKUNTERNEHMEN
- DREISPRACHIG: DEUTSCH, ENGLISCH, HINDI

- VERLIEBT IN EINEN BERLINER KLIENTEN,
  DER MIT IHR ÜBER MEHR SPRICHT,
  ALS ÜBER AUFFÄLLIGE AUSGABEN AUF
  DER KONTOABRECHNUNG, NAME: BODO
- LIEBT GÄNSE AM HIMMEL, ELEFANTEN
  (LEICHTES HEIMWEH)
- NACH EIGENEN ANGABEN IMMER BUNT GEKLEI-
  DET
- KULTURELL BEDINGTE HARMONIESUCHT,
  DIE PATHOLOGISCH AN EIFER GRENZT
  (ZEITBOMBE)

Die Zeitbombe hatte ich bereits bei der vorletzten Sitzung notiert. Menschen, die sich ständig zurückhalten, zeigen irgendwann einmal Auffälligkeiten. Ihr Verhalten wird spontan herausplatzend, weil sie sich vornehmen, es sei jetzt aber einmal an der Zeit, was meistens daneben ging.

Pría stand schon lange kurz vor dem Platzen und ich glaubte bereits bei der Begrüßung zu hören, dass es nun so weit war. Zunächst war sie vollkommen aufgelöst. Na klar waren fast alle Anrufer kreuzunglücklich.

So auch Pría. Ihr Angebeteter, Bodo, war aus Berlin zu Besuch in der Stadt. Eigentlich kannten sie sich gar nicht, hatten sie doch immer nur telefoniert. Irgendwann einmal hatte er sich bei ihr ausgeheult und begonnen zu flirten und schon rief sie ihn zwei Mal so gern an. Nun hatten sie sich verbotenerweise endlich treffen wollen, aber als sie sich in der Hotellobby neben ein paar anderen Mädchen an der Bar aufgereiht hatte, war alles daneben gegangen, so berichtete sie. Er sei später dazugekommen, erst direkt auf sie zugesteuert und dann an ihr vorbeigegangen, um eine andere anzusprechen, die wohl eher seiner Vorstellung von Vonnie Rütgers entsprach, für die sie sich am Telefon ausgab.

Ich bin allgemein nicht für Decknamen. Hier sah man ganz

anschaulich, was dabei herauskommen konnte. Das Ganze hatte nun dazu geführt, dass sie sich verschmäht, missverstanden und sogar abserviert fühlte, obgleich es gar keine Verbindung zwischen ihnen gab als die Telefonate über seine Salden.

Sie hatte sich nicht getraut in die kurze Unterhaltung, in die er sich begeben hatte, hineinzuplatzen und zu sagen: »Huhu, ich bin es. Ich bin die, die Sie suchen. Ich bin Inderin und kann super auf Elefanten und bunte Kleidung. Und ich heiße im wahren Leben gar nicht Vonnie Rütgers sondern Pría Anjuli.«

*Extrem Blöd.*

Pría knurrte ein wenig auf Hindi und kam dann zum Deutschen zurück. Ihre Schwierigkeit lag nun darin, die Mauer aus buntem Tuch unten zu lassen. Sie war friedliebend und immer auf achtvolles Miteinander bedacht, das für tadellosen Umgang sorgte. Sie wahrte die hohe Form der Etikette und Höflichkeit. So hatte sie sich mir beschrieben und aus mehreren Telefonaten konnte ich das nur bestätigen. Sie schien eine angenehme Zeitgenossin zu sein, die sich in leuchtende Farben hüllte, um Freude zu verbreiten.

Ein solch bunter Schleier konnte aber auch dazu führen, ihr eigenes Farbenspiel zu verbergen. Und genau das passierte, wenn sie sich falsch behandelt fühlte.

Der angeblich schöne Bodo hatte sie nun missachtet, war an ihr vorbei gelaufen. Das war ein riesen Fehler gewesen, denn Pría fühlte sich dazu angehalten, sich hinter ihren Schleiern zu verschanzen. Ein schönes Zelt aus Taft und Seide. Ebenso ein Gefängnis. Wenn sie nämlich grelle Farben herausholte, war nicht gut Kirschen essen mit ihr. Und sie sagte verzweifelt, sie habe ein signalorangefarbenes, indisches Kleid gekauft. Bunte Farben sind schön, aber solche mit Signalcharakter warnen aller Regel nach vor etwas. Die giftigsten Frösche sind kreischend bunt.

»Zieh wieder dezente Farben an. Das zeigt, dass du in friedlicher Stimmung bist und bleiben willst, Pría. Wenn du sie trägst und dich damit im Spiegel betrachtest, wirken sie sicher beruhigend auf dich. Aber Signalorange? Das klingt für mich nach einer Schutzweste. Das erinnert an einen Unfall. Bestenfalls an Feuer.«

»An Leidenschaft. An Stärke. Daran, dass ich eine Kämpfernatur bin«, sagte sie dagegen.

Das war sie ganz und gar nicht. Weder forsch noch kämpferisch. Sonst hätte sie die andere Vonnie vom Hocker geschubst und sich Bodo an den Hals geworfen.

»Du bist geduldig - größtenteils - und darin liegt eine gewisse Stärke verborgen, das gebe ich zu.«

»Ich gehe jetzt noch einmal zurück in meinem neuen Kleid. Sie sitzen bestimmt noch dort. Ich will noch einmal auftreten und alle anderen Frauen an die Wand strahlen. Vor allem diese blonde Fee.«

Sie musste solche Ausdrücke bei der Arbeit aufgeschnappt haben. *An die Wand strahlen* ... Das war Führungskräftejargon aus einer Welt, in der es um Zahlen und Wettkämpfe im Benchmark ging. Prías Welt bestand aus Darf-ich-Ihnen-Tee-anbietens und Wie-geht-es-Ihnen-heutes und aus Was-kann-ich-tun-,-damit-es-Ihnen-besser-gehts.

»Wie lange ist denn das her?«

»Eine halbe Stunde, nicht einmal«, kam es wie aus der Pistole geschossen, dennoch unglücklich. »Ich bin vor dem Hotel, das Kleid hab ich um die Ecke gekauft. Ich könnte es auf der Stelle anziehen.«

»Ein zweites Date mit ihm ist jetzt keine Option mehr, oder? Weißt du, wie lange er in der Stadt bleibt?«

»Ich habe seine Rufnummer«, gab sie entschlossen hinzu. »Ich ruf ihn an und hol ihn da heraus. O, er sieht so gut aus.«

»Er ist doch ein Kunde deines Arbeitgebers. Das verstößt gegen das Datenschutzgesetz. Mach keine Dummheiten, die viel Geld kosten und am Ende sogar den Job.«

»Nein, das werde ich nicht. Aber ich kann bei der Arbeit anrufen und mich zu ihm durchstellen lassen.«

»Und was sagst du dann? Bodo, du Rüpel, du bist an mir vorbeigelaufen und hast eine andere angequatscht. Das kann ich nicht zulassen!?«

»Rüpel klingt schon mal gut«, schnaufte sie.

Hab's ja gesagt. Zeitbombe.

»Ach Pría«, seufzte ich. »Zugegeben, jetzt dort reinzuplatzen ist unangenehm für alle Beteiligten. Dann tu, was du vorgeschlagen hast und lass dich zu ihm durchstellen. Sei, wie du immer bist. Sage ihm, dass du es leider nicht rechtzeitig geschafft hast und es keine Möglichkeit gab, ihn vorher anzurufen. Dann wird er dir seine Nummer geben und ihr könnt euch noch einmal sehen. Vielleicht sogar, bevor er abreist.«

»Und dann? Was passiert dann? Dann steht er vor der nächsten Puppe. Er wird wieder an mir vorbeigehen, weil er denkt, dass ich in Wahrheit Vonnie heiße und deutsch aussehe.«

»Sag ihm, dass du ein hübsches, indisches Mädchen bist, dass er kaum übersehen kann. Das mit dem Namen klärst du dann persönlich.«

»Was ziehe ich an?«

»Was trägst du denn jetzt?«

»Etwas in zartem Flieder.«

»Na bitte. Gedeckte Farben, leichter Flieder ist super. Vielleicht trägst du beim Treffen keine traditionelle Kleidung, sondern etwas Modernes von hier.«

»Hier sind gerade neonfarbene Leggins in. Entschuldige Mal. Ich dachte, ich soll ich selbst sein.«

»Sollst du auch, aber traditionelle Kleidung ist etwas sehr persönliches. Ethnische Herkunft zu klären und den richtigen Namen aufzudecken an einem Tag ist mehr als genug. Fest steht, als Leuchtboje kannst du nicht auftreten. Bring das orangefarbene Kleid zurück.«

Auf der anderen Seite der Verbindung wurde es betreten still. Ich war zu weit gegangen. Die Quittung dafür erhielt ich in verletztem Schimpfen in Prías Muttersprache.

»Ich bin sicher, dass du wunderschön aussiehst in traditioneller Kleidung. Nur kann dies in Signalorange natürlich ...«

»Was? Abschrecken?«

»... wie eine Sanitäterin wirken«, rettete ich die Situation mit Mühe, während ich mich ins Badezimmer begab.

»Milva, du bist immer so geradeaus und so gnadenlos ehrlich.«

Ich war nicht sicher, wie Pría das meinte. Es klang bewundernd, konnte aber auch vorwurfsvoll gemeint sein.

*Wenn die wüsste.*

Sicher war ich etwas direkter, aber ich scheute mich auch nicht vor um sieben Ecken gedachte Notlügen, da war nichts mehr mit geradeaus.

»Manchmal wünsche ich mir, mehr wie du zu sein.«

»Du bist zuvorkommend und höflich. Ich hingegen bin manchmal wie ein Schluck Terpentin. Ehrlich gesagt, ich wünschte manchmal eher ein bisschen wie du zu sein. Ich habe mir schon oft vorgestellt, wie es wäre, so nett zu sein wie du. Das ist nämlich sehr kleidsam.«

»Es macht, dass andere an meiner Stelle angesprochen werden, weil ich zu schüchtern bin. Ich sollte als du bei Bodo auftreten.«

Derzeit war das natürlich Irrsinn. Mein Veilchen war auf dem Weg vom Oberlid um mein rechtes Auge herum. In

Signalflieder. Meine schwarze Orchidee verströmte übrigens einen betörenden Duft aus der Badewanne. Ich hatte die Temperatur bereits mit der Hand getestet. Sie war in Ordnung. Also klemmte ich das Telefon zwischen Ohr und Schulter und stieg aus meinem Schlüpfer, um so leise wie möglich ins Badewasser zu gleiten.»Wir haben schon so oft miteinander telefoniert, da wird es dir sicher leicht fallen ein wenig von mir anzunehmen, wenn du es denn für das hältst, was dich weiterbringen kann. Verabrede dich also noch einmal mit ihm und sei ein bisschen wie ich. Und wenn es sofort sein muss, dann über deine Hotline. Sag, du seiest bei der Arbeit und dass er dich in einer halben Stunde treffen kann.«

Geschmeichelt von ihrem Kompliment legte ich meine Bedenken nieder. Im besten Fall traute sich Pría nicht und riss ihre Tücher abschirmend hoch, um von innen heraus mit mir zu telefonieren, mich in mehreren Sitzungen zu fragen, ob die Luft in der Außenwelt wieder rein war. Im schlimmsten Fall rief Pría mich nach misslungener Mission an und weinte. Danach würde das Gleiche geschehen. So oder so würde sie wieder anrufen. Durch diese Überzeugung und weil ich gerade mit aufgestützten Armen versuchte, meine Po so leise wie möglich ins Badewasser zu befördern, antwortete ich leichthin: »Natürlich« auf Prías nachfolgende Frage und versank ohne Plätschergeräusch bis zum Bauchnabel im Wasser.

Meine Inderin überschlug sich beinahe vor Freude und fragte, ob ich am selben Abend noch bereitstehen konnte. Sie habe ja gar nicht damit gerechnet, dass wir uns einmal treffen würden. Aber es sei ja nur naheliegend, dass ein Sorgentelefon nach einer bestimmten Zeit auch persönliche Betreuung für Stammkunden anbot.

»Ich ... was?!« Ich zog das Kinn weit zurück. Das Telefon drohte daraufhin in den Orchideentod zu stürzen. Es gab nur eines zu tun: Telefon auffangen und so hoch wie möglich halten. Dabei rutschten meine Füße nach vorn weg. Um einen spitzen Schrei kam ich auch nicht herum und ich versank sofort komplett unter der Schaumdecke. Erst unter Wasser kam in meiner Hauptzentrale an, dass Pría mich gebeten hatte, Bodo für sie zu treffen. Als eine Art Vorhut. Und sie schien ein Foto von ihm geschickt zu haben, denn ein gedämpftes Klingeln brach durch das Wasser zu meinem Ohr hinunter.

Das ging auf gar keinen Fall!

*Nicht heute Abend.*

*Nicht mit blauem Auge.*

*Nicht mit schwer zu trocknenden Locken.*

*Nicht im persönlichen Kontakt mit einer Klientin. Männer aufspüren, Fotos machen, Dates vermasseln – alles gern, aber allein, niemals mit der Klientin gemeinsam.* Das verstieß gegen mein ungeschriebenes Sorgentelefongesetz.

Schnaufend kam ich aus dem Wasser hoch und muss ausgesehen haben wie Aphrodite im ersten Stadium der Schaumgeburt. Über mir der ausgestreckte Arm, wie eine Siegesbeute aus dem Feldzug gegen Apollo.

Ich hörte Pría meinen Namen mehrmals hintereinander sagen.

»Moment«, rief ich mit Schaum im Gesicht und wischte ihn mit der freien Hand fort. »Alles Tutti. Ich bin noch da. Mir ist etwas heruntergefallen. Bin gleich da.«

*Mist,* ich hatte zugesagt. Das durfte nicht wahr sein.

Hastig griff ich nach einem Handtuch und wischte mir den Schaum vom Ohr. »Pría, heute ist es wirklich schlecht. Mein Kalender ist total zu. Wenn ich wieder Zeit habe, ist er schon wieder nach Berlin abgereist. Schade, oder?«

»Ich weiß, dass du in der Badewanne sitzt. Das Platschen

ist unverkennbar. Ich sitze beruflich am Telefon, bedenke das bitte. Ich weiß, was am anderen Ende der Leitung vor sich geht. Und wenn du nicht kannst, wieso hast du dann zugesagt?«

Erwischt zog ich die Unterlippe nach hinten. Warum hatte ich zugesagt? Weil ich nicht zugehört hatte. Und schon war ich auf dem Weg ins nächste Desaster. Wenn ich nicht wollte, dass Pría mir als Kundin verloren ging, musste ich nun einhalten, was ich ohne nachzudenken zugesagt hatte. Allerdings konnte ich noch Regeln aufstellen.

»Na gut, ich schiebe meinen Termin heute Abend nach hinten. Und ich platze in das Umstandsdate von Bodo. Die Bedingung ist, wir treten nicht gemeinsam auf. Du platzierst dich an der Bar. Ich komme dort hin und werde den Rest regeln, sofern sie noch dort sind. Wir können uns nur nicht persönlich treffen oder etwas miteinander vor Ort besprechen.«

»Weshalb nicht?«

»Weil es dann abgekartet aussieht.« *Puh, gutes Argument.*

»Einverstanden«, gab sie durch. »Was, wenn sie gehen?«

»Bestell ihnen anonym etwas zum Trinken, wenn sie so turtelnd dort sitzen. Ich beeile mich.«

Es war dringend notwendig, meine Sprechzeiten neu zu bestimmen und ein wirkliches Regelwerk zu entwerfen. Sonst lief ich Gefahr, dass alles zusammenbrach. Anonymität ist wirkungsvoll, vor allem in dem, was ich tue. Sie schützt mich vor Übergriffen und davor, dass Kunden die »Hey, wir sind doch Freunde-Karte« spielten und auf konspirativen Sympathiebonus setzten, um beim kleinsten Fehltritt wieder Kunden zu sein, von der Freundschaftsebene zu springen, bevor du »Misserfolg« sagen konntest, und sich arrogant über mangelnden Service fürs Geld zu beklagen. Das durfte nicht geschehen. Denn dann wäre ich wie ein Seemann ohne

Hafen. Ich mochte mein Sorgentelefon. Auch wenn mein Leben sich nun beruflich umstellen sollte.

Nun gut, ich rubbelte mich trocken, schminkte mich dick, föhnte meine Locken an, sodass sie sich kräuselten, und lief mit Sonnenbrille auf der Nase aus dem Haus. Der Frühsommer war warm. Das Hotel, das sie mir genannt hatte, lag etwa vier Kilometer vom Stadtzentrum entfernt. Es wirkte gar nicht so gelegen, dass man hier in der Nähe indische Mode hätte kaufen können. Es war ein ehemaliges Schulgebäude, das vor etwa einem Jahr in neuem Glanz eröffnet hatte. Endlich also eine Schule ohne Lehrer. Es kam mir seltsam vor, dort übernachten zu wollen, durch die umgebauten Gänge zu gehen, mit dem Wissen, dass die Wände einmal Schüler beherbergt hatten. Vor allem nachts stellte ich mir das etwas gruselig vor. Schulgebäude hatten nach Schulschluss etwas von Thriller-Sets.

Als ich im Hotel ankam, war ich beeindruckt. Das Gebäude war bläulich beleuchtet und ich sah vom Parkplatz aus in die dunkel gehaltene Lobby. Als ich das Hotel betrat und an der Rezeption entlang nach links zeigte, um zu signalisieren, dass ich in den Barbereich wollte, ließ man mich ohne einen Mucks passieren. Die Möbel waren dunkel und gemütlich. Man hatte hier eine stilvolle Lounge geschaffen mit einem Tresen, an dem ein in Zartflieder gekleidetes, indisches Mädchen saß und unglücklich an einem Strohhalm herumkaute, der in einer Cola steckte. Bodo saß links hinten mit seiner Puppe, einem echten Geschoss von Frau, das nach einer Vonnie aussah.

Ich konnte sicher sein, dass mich Pría erst erkannte, während ich Bodos Puppendate gesprengt hatte. Sie hatte mir ein Bild von ihm geschickt, eine Aufnahme aus dem Internet, keine Ahnung woher. Ein Bild oder Informationen von jemandem zu bekommen, ohne dass dieser jemand diese preisgab, ist heutzutage dank Internetfußabdruck relativ simpel.

Bodo war wirklich gut aussehend. Gepflegte Kurzhaarfrisur, dunkelblond, ein Nachrichtensprechertyp, ein Enddreißiger, nettes Lächeln, symmetrisches Gesicht, normaler Körperbau, etwas kompakt, nette Beine in einer Stoffhose, schöne Schuhe, Vans. Ungezwungen.

Ebenso ungezwungen wirkte seine Puppe. Tatsächlich wirkte sie sogar sexuell motiviert, denn sie hatte sich zu ihm nach vorn bebeugt und quetschte fortwährend lächelnd ihre Möppies mit den Armen zusammen. Er saß zurückgelehnt auf dem Sofa und erzählte etwas, dass sie nicht zwangsläufig interessieren musste, aber sie warf das Haar ständig lachend zu den Seiten, um ihren Hals zu zeigen. Verglichen mit ihr, war Pría eine Primel, meinetwegen auch ein indischer Lotos, aber den hielt man hierzulande eben für reine Deko.

Meine Pría fiel beinahe vom Hocker, als sie mich hereinmarschieren sah. Natürlich war ihr klar, dass ich es sein musste, denn ich blickte sie an, blickte zu Bodo und tippte eine Nachricht an sie ein:

**Warte draußen auf dem
Parkplatz auf ihn.
Bordeauxfarbener Audi
A1, silberne Dachbögen.**

Dann steuerte ich direkt auf Bodo zu und Pría entwich auf leisen Sohlen auf den Parkplatz.

Das hier musste schnell gehen.

»Guten Abend. Bitte entschuldigen Sie die Störung. Sind Sie Bodo?«, unterbrach ich die Zwei auf dem dunklen Sofa mit der geschwungenen Lehne. Er sah aufmerksam und freundlich zu mir auf. Puppe hingegen schickte mir einen Bitch-Blick und kniff ihre Dinger zusammen, sodass sie bald zu bersten drohten.

»Ja, das bin ich. Was gibt es denn?« Er kam aus dem Sitzen hoch und reichte mir seine Hand. Sein Händedruck war ungezwungen und warm.

»Ich bin untröstlich, dass ich Sie aus der Unterhaltung mit Ihrer Assistentin holen muss, aber haben Sie einen kurzen Moment für mich?«

Sein Blick ging zwischen der Frau und mir hin und her, ihrer verschärfte sich wie der einer lauernden Katze.

»Ja, selbstverständlich«, sagte er dann.

Ein paar Schritte rückwärts bedeuteten ihm, dass ich ein Vieraugengespräch suchte. Er kam hinterher.

»Ich bin die persönliche Assistentin von Frau Yvonne Rütgers. Guten Abend.«

Verwundert blickte er sich zu seiner Gesprächspartnerin herum und ich fuhr ohne Umschweife fort: »Frau Rütgers lässt sich vielmals entschuldigen für diese grobe Verspätung. Sie wurde in einem wichtigen Meeting aufgehalten und es gab keine Möglichkeit, Sie telefonisch zu kontaktieren. Schön, dass Sie noch hier sind.« Ich nahm ihn am Ellenbogen und drehte ihn bei drei langsamen Schritten vom Püppchen fort. »Schauen Sie, die Schutzbestimmungen für Mandanten und Personal der Bank sehen vor, dass wir als Mitarbeiter im telefonischen Kontakt mit unseren Mandanten Synonyme verwenden. Sie werden verstehen, wenn es um ein so empfindliches Thema wie Geld geht, müssen Vorsichtsmaßnahmen getroffen werden. Also ist nicht bloß eine TAN-Nummer verschlüsselt. Ganz ähnlich steht es mit allen anderen Daten.« Oh, das war so haarsträubend gelogen. Er musste mir einfach glauben.

»Deshalb möchte ich Sie vorbereiten. Frau Rütgers heißt im wahren Leben Pría Anjuli. Ich habe sie direkt nach dem Meeting hier hergefahren. Sie hatte so sehr gehofft, Sie noch anzutreffen.«

Ein verständnisloses »Ach« kam aus seinem Mund.

»Ja, ich kann mir vorstellen, das kommt jetzt überraschend. Machen Sie bitte kein großes Aufsehen darum. Es ist bereits sehr heikel für meine Chefin, einen Mandanten persönlich zu treffen. Sie wartet auf dem Parkplatz auf Sie. Schauen Sie, dort.« Mein Fingerzeig deutete aus dem Fenster. »Ich würde Sie gern zu ihr begleiten. Wenn Sie kommen mögen?«

Bodo entdeckte die Lotosblüte neben meinem Auto und sah unentschlossen zu seiner Gesprächspartnerin. Wie sich herausstellte, war er ein Mann der Tat. Er entschuldigte sich für einen Moment, ging zur Puppe, die schmollend auf ihre Finger schaute, und bedankte sich für das nette Gespräch. Dann ließ er sie sitzen und kam mit mir hinaus auf den Parkplatz.

»Gehen Sie beide doch ein Stück die Straße entlang, um sich besser kennenzulernen. Ich werde Sie gleich wieder verlassen. Sie verstehen, der Wagen muss zurück in die Firma.«

»Natürlich. Vielen Dank«, sagte er angenehm knapp.

Ich verabschiedete mich mit einem erneuten Händeschütteln und blieb stehen, wo ich war, damit er zu Pría vorgehen konnte. Ich glaubte, kräftige indische Gesichtsröte unter Prías schönem Teint zu sehen, als er auf sie zuging und sie begrüßte. Und er folgte meinem Vorschlag, streckte einen Arm vom Parkplatz hinunterweisend aus, um mit ihr spazieren zu gehen.

Erst als sie etwa zwanzig Meter entfernt vom Auto waren, verließ ich meinen Diskretionsabstand, setzte mich ins

Auto und drehte mir seufzend den Rückspiegel zu. Mission erfüllt, zwei Herzen zusammengeführt, versehentliches Serviceversprechen gehalten.

Eine Weile beobachtete ich die Puppe durch das Fenster, wie sie geknickt an die Bar ging und sich einen Longdrink bestellte, um einsam auf dem Strohhalm herumzukauen. Wahrscheinlich musste sie dies den ganzen Abend lang tun, denn Laufkundschaft, die in die Lobby einkehrte, gab es hier auf dem Schulhof nicht. Der Haupteingang lag nämlich hinter dem Gebäude.

Als ich später vom Parkplatz hinunterfuhr, spielte ich mit dem Gedanken, einmal im Hotel *Volksschule* zu übernachten, nur um einmal nachts durch die Schulgänge zu huschen. Und als ich am nächsten Morgen Fotos von Pría erhielt, die ein unglaublich stylishes Badezimmer zeigten, das nach Hotel aussah, bekam ich Stielaugen. Die Übernachtung war beschlossene Sache.

## Kapitel Fünf
## Das Lamm und der Lump

Das schöne Billstedt ging in den 1920ern als Großgemeinde aus mehreren preußischen Landgemeinden hervor. Ein neuer Arbeitervorort entwickelte sich, der etwa zehn Jahre später in die Freie und Hansestadt Hamburg eingemeindet wurde. In den 1940ern entstand dann etwas noch nie da gewesenes: die Märchensiedlung.

Hier finden wir seither Straßen mit den träumerischen Namen Aladinweg, Aschenputtelstraße, Rotkäppchen-, Schneewittchen- und Rosenrotweg, die Sterntalerstraße und neben vielen anderen Märchennamen auch einen Zwergenstieg.

Nun möchte man meinen, dass das Leben an einem solchen Ort auch märchenhaft sei. Womit jedoch niemand rechnet, wenn er verzückt ist von den Dingen, die wir im Allgemeinen mit Märchen verbinden, der erlebt nach dem Umzug dorthin sein blaues Wunder. Denn wider Erwarten ist in einer Märchensiedlung das Leben so wie in anderen Siedlungen auch. Der Unterschied zum Stadtkern: Es ist dort viel idyllischer. Dort leben die Menschen nicht allzu sehr übereinandergestapelt und anonym. Es gibt selten mal drei Stockwerke, meistens bloß zwei und der größte Teil dieser Siedlung besteht aus Einfamilienhäusern.

An einem solchen Ort bildet sich nachbarschaftlicher Zusammenhalt. Nicht umsonst gibt es Siedlungsfeste, zu denen die Anwohner zusammenkommen und selbst Gebackenes auf Partytische mit Kirschblütenmusterdecken auftischen, über Neubauten abstimmen und Nachbarschaftswachen beschließen. Allerdings lassen sich so die Skandaldichten auch schneller aufdecken, wenn nahezu jeder jeden kennt.

Die Skandale sind im Stadtzentrum nicht weniger, Prozentual gesehen, aber sie geschehen ungesehen. In der Märchensiedlung hingegen ist immer ein Nachbar am Fenster und sieht, was nicht für fremde Augen bestimmt ist. Man findet dort kurz geschorene Vorgärten, über die man gerne barfuß läuft. Es gibt schöne große Bäume, die einem beim Sommerpicknick im Garten Schatten spenden und Rosenbeete, die bewundernswert sind.

Doch zwischen weiß gestrichenen Gartenzäunen, über die hinweg man Klatsch austauscht, zwischen Kaffeebecher-Runden auf der Straße und Gespräche über Auffahrten und Staubsaugerbeutel – Dinge, die man für mittelmäßig und gewöhnlich oder langweilig halten könnte – ergibt all das etwas, dass man anderswo nur selten findet: die aufaddierten Leben einer Gemeinde, die einzig in ihrer Art sind, weil sie einander überschneiden.

Was manche vergessen, ist, dass Märchen oft einen grausamen Verlauf nehmen, um uns etwas zu lehren. Und auch, dass kein Märchen ohne das Böse auskommt, das Idylle und Gemeinschaften bedroht und auseinanderreißt, in einem immerwährenden Karussell, aus dem manchmal jemand aussteigt, jedoch immer auch jemand hinzukommt, um den freien Platz einzunehmen. Und jeder dieser Neuankömmlinge bringt sein eigenes kleines Geheimnis mit, von dem er glaubt, es sei an einem solchen Ort gut verdeckt und zu vertuschen, weil dort alles so friedlich und einträchtig wirkt.

Tatsache ist: Eine Schatulle mit dunklen Geheimnissen ist unter einem Abfallbehälter in St. Pauli viel sicherer aufgehoben, selbst wenn sie offen stünde, um ihr Behütetes preiszugeben.

Das durfte auch meine Klientin Lotte schmerzlich erfahren.

Lottes digitale Karteikarte gestaltet sich wie folgt:

## Lotte Lamm, *1991, Ostseekind

- arbeitet für eine Online-Redaktion
- macht ihren Segelschein,
  Flugschein in Planung
- erfrischend kritisch und smart
- Abenteuerlustig, aufgeschlossen
- neigt zu Verwicklungen in kritische Fälle

An jenem Dienstag hielt ich Ausschau nach Kassandras Anruf, den ganzen Tag über. Doch ihre Kontaktaufnahme blieb aus. Weshalb, das wusste ich nicht. Vielleicht hatte sie Angst bekommen. Vielleicht war sie noch beim Friseur, um sich für das Telefonat zurechtzumachen. Für wichtige Telefonate putze ich mich ehrlich gesagt immer heraus, um dem Ganzen eine gewisse Seriosität zu verleihen, auch wenn mich der Mensch am anderen Ende nicht sehen kann.

Oder ich hatte ihr versehentlich einen Zahlendreher aufgeschrieben, sodass sie nun bei einer mir unbekannten Mildred Kuchenschmidder rauskam. Ich wusste es nicht.

Je mehr Zeit an besagtem Dienstag verging ohne Kassandras Anruf, desto leichter fiel es mir, mich auf die Patienten zu konzentrieren. Es war mein zweiter Tag, aber er ging mir genauso leicht von der Hand, wie der erste. Ein Traum.

Als mein Telefon kurz nach Feierabend klingelte, war der Traum aus. Zumindest der von Lotte, wie sich herausstelle. Und meiner von ultimativen Antworten zu Fragen jeglicher Couleur und dem Vergeben leichter Ratschläge für übersichtliche Notlagen sollte eine neue Grenze erfahren.

Lotte war im Frühjahr in die Märchensiedlung gezogen. Sie war auf der Suche nach geselligen Runden gewesen, hatte sich Freundinnen gewünscht, die in derselben Straße wohnen, zu denen sie auf einen Kaffee hinübergehen konnte, wann es ihr passte. Und sie hatte sich nach einem Partner umschauen wollen, der ein beschauliches Leben in dieser von Sagen umwobenen Siedlung mit ihr führen wollte. Sie liebte zwar Abenteuer, Aufregung und grenzwertige Situationen, allerdings wollte sie all dem Abschwören, um Ruhe einkehren zu lassen. Vor allem, weil sie glaubte, ihr neuer Job, in dem sie schnell in den Führungskräftestand erhoben wurde, fordere eine solide Lebensweise. Diese Lebensweise hatte sie sich von der Märchensiedlung versprochen.

Schnell hatte sie Anschluss gefunden und war freundlich in die Gemeinde aufgenommen worden. Auf ihre Lebensweise, die bei Weitem nicht anrüchig gewesen war, mit der sie sich schnell mal auf dünnes Eis begeben hatte, wirkte sich das neue Umfeld ausgesprochen positiv aus. Sie verwandelte sich innerhalb von Wochen in die, die sie sich zu werden vorgenommen hatte. Eine redliche, junge Dame aus einer anständigen Wohngegend, in der es gesittet zuging.

Das erste Siedlungsfest hatte nicht lang auf sich warten lassen, so hatte sie beim letzten Anruf berichtet. Was sich nun daraus entwickelt hatte, zog mir die Schuhe im Gehen aus:

Ihr Nachbar Stefan hatte sich ihr bei einem späten Bier auf dem Weg nach Hause anvertraut: Er war verliebt in Susann aus dem Rosenrotweg, doch Susann war unglücklich verliebt in ihren chronisch abwesenden Ehemann Matz. Stefan hatte eine Möglichkeit darin gesehen, sich Susann zu nähern, wenn sie sich vielleicht als Strohwitwe fühlte, doch all seine Bemühungen waren ungehört geblieben. Susann hatte sich verbissen auf ihre Skype-Ehe berufen.

Weil Stefan nun nicht mehr wusste, wohin mit seiner brennenden Liebe, versuchte er das Feuer regelmäßig zu löschen. Hauptsächlich mit Gin und Bier, was ihn ganz und gar nicht attraktiver für Susann hatte werden lassen. Insgesamt hatte er sich an den Rand der Geächteten gespült und war kein besonders beliebter Anwohner mehr. Frauen holten ihre Kinder von der Straße, wenn Stefan kam und Männer lenkten seine Aufmerksamkeit mit gespieltem Bedauern an andere Haustüren, wenn Stefan einmal plaudern wollte. Sie hätten keine Zeit mehr für ihn, weil immer etwas unglaublich Wichtiges erledigt werden mussten.

Lotte und ich wunderten uns gemeinsam darüber, wie auffällig wichtige Dinge aus dem Boden schießen, wenn Menschen einem keine Absage erteilen wollen. Und Lotte fügte hinzu, das habe sie gar nicht erwartet.

Stefan sei in dieser Nacht natürlich heilfroh gewesen, in Lotte ein unbeschriebenes Blatt aus der Sterntalerstraße gefunden zu haben und packte beim nächsten Bier weiter aus: Er hatte sich erhofft, ein erfolgreicher Casanova wie Heiko aus dem Aladinweg werden zu können, der lange Zeit mit Heike zusammen war, jedoch heimlich etwas mit Meike aus dem Schneewittchenweg hatte. Seine Hundespaziergänge dauerten eben lange, sodass seine Heike nichts davon ahnte. Diese Realitätsresistenz – oder wie Lotte sie empört nannte: Blindheit - hatte Heiko so klasse gefunden, dass er Heike vor Kurzem geehelicht hatte. Seine Hundespaziergänge allerdings führen nach wie vor durch den Schneewittchenweg. Und sein Hund sei ein Pudel, bekannt für Intelligenz, Robustheit und ein langes Leben.

Dann gab es da Erwin, über den sich Stefan ausließ. Er selbst habe nichts gegen Schwule, aber es sei ja nun wirklich nicht zu übersehen und beinahe schon peinlich, mit welcher Wucht er sich an den Deutsch-Mexikaner Carlos heranzuschmeißen versuchte. Und hier wurde es interessant:

»Ich wusste gar nicht, was ich sagen sollte, Milva«, gab Lotte erstaunt zu. »Carlos und ich gehen schon eine Weile miteinander aus. Er ist wirklich liebenswert. Und mit seinem südamerikanischen Aussehen zieht er die Blicke der Frauen auf sich, das ist doch klar. Und natürlich auch auf mich. Ich genieße es, den schönen Exoten an meiner Seite zu haben. Wir sind ein paarmal ausgegangen und unsere Verbindung wird gern gesehen in der Siedlung. Sie sagen, sie würden meinen integrativen Sinn bewundern. Erst letzte Woche hat das meine Nachbarin zu mir gesagt.«

»Eine unverfrorene Art zu sagen: Sie sind aber mutig, hier mit einem Wilden zu verkehren. Lotte, das ist dir doch klar, oder?« Ich war auf einmal unglaublich angestachelt. Solche Äußerungen waren deplatziert unter dem Deckmantel der Freundlichkeit. Eine Art und Weise, die unter moralischen Feigenblättern versteckt wurde.

Lotte war ganz überrascht. »Meinst du wirklich, dass das so gemeint gewesen sein kann? Meine Nachbarin ist wirklich nett und backt einen hervorragenden Zebrakuchen.«

*Ach was, Kuchen mit Interkontinentalmottos backen, aber keinen deutschen Spross aus einer Mischehe in der Nachbarschaft vertragen. Integrativer Sinn ... widerlich.* Meine Locken kräuselten sich aus Protestgefühl. Ich schnaufte aberkennend.

»Sie ist wirklich sehr nett. Ich glaube sogar, dass sie es begrüßt, dass Carlos und ich uns treffen. Sonst hätte sie es ja nicht gelobt.«

»Zum Kaffee und Zebrakuchen hat sie euch noch nicht eingeladen, möchte ich meinen. Und sie wird sicher auch niemals auf der Straße oder im Garten sein, wenn Carlos dich besucht, oder? Und trotzdem weiß sie um die Dinge. Wie geht denn so etwas? Das geht doch nur, wenn ich es durch die Gardine beobachtet oder mich mit den Nachbarn darüber ausgetauscht habe. Am Telefon vielleicht.«

Lotte schien zu stutzen und ich glaubte, ein leises »Stimmt irgendwie« zu hören.

»Wie dem auch sei, was ist mit Erwin?«, forderte ich sie auf, weiter aus dem Märchensumpf zu berichten.

Sie holte einmal tief Luft: »Es stimmt. Ich bin mal verschiedene Situationen durchgegangen und kann mich deutlich daran erinnern, dass Erwin rote Wangen bekommen hat, wenn Carlos mit ihm sprach. Mit mir wollte er sich gut stellen und ich habe es zugelassen, aber nachdem ich ihm ein paar indiskrete Fragen nicht beantwortet habe, mag er mich anscheinend nicht mehr. Und Rebecca aus dem Zwergenstieg hat mir erzählt, dass sie einmal bei Erwin zu Hause war. Er soll ziemlich betrunken gewesen sein. Sie hatte sich Eier borgen wollen und irgendwie hat er sich dann bei ihr ausgeheult. Er hoffe so sehr, dass Carlos noch handzahm werden würde und er habe sogar einen Plan dazu ausgeheckt. Wie blöd muss man denn sein, so einen Plan einer Tratschelse wie Rebecca zu erzählen?«

*Heten knacken.* Ich dachte an Rezas erfolgreichen Sport vor der Beziehung zu meinem Boss.

»Irgendwie ist es an Carlos geraten, ohne dass ich auch nur ein Sterbenswörtchen darüber erwähnt habe. Seitdem wird Carlos zudringlich. Das stört mich irgendwie.

»Inwiefern?«

»Na, es ist mir unangenehm.«

»Ich meine, inwiefern wird er zudringlich?« Ich stellte die Ohren auf Verhaltensanalyse.

»Er rückt mir nach ein paar Verabredungen ziemlich auf die Pelle.«

»Jeder Mann beginnt die Verbindung mit jeder Frau zu vertiefen, wenn es zu mehr als drei Verabredungen gekommen ist. Ist das nicht normal?«

»Nicht so.«

»Wie denn? Was tut er? Erzähl mal.«

»Er sagt, dass er mich liebt. Das ist ziemlich früh, wenn du mich fragst. Wir waren einmal Essen und ein paarmal im Kino. Bisher gab es nichts, als ein keusches Küsschen zur Verabschiedung.«

»Dann ist es in der Tat früh. Denk nur daran: Er hat Latinofeuer im Blut.«

»Ja, das mag sein«, gab Lotte klein bei. »Aber er spricht von mir als dem Stern am Abendhimmel.«

*Schnulzig, aber süß.* Nach allem, was ich wusste, auch sehr südamerikanisch.

»Und von seinem Lebenssinn, den er sich so wünscht und der sich mit mir erfüllt.«

*Das ist heftig.*

»Und er hat sich noch etwas gewünscht. Ich setze also noch einen drauf: Er will ein Kind mit mir machen.«

*Unfassbar.*

»Milva, ich bin gerade so weit, ein erwachsenes Leben zu führen und arbeite an meiner Karriere. Da kann ich doch kein Kind von einem Mann bekommen, der bisher bloß ein Rendezvous gewesen ist. Ich weiß ja nicht einmal, ob er gut küssen kann.«

*Fatal!* Mir fehlten die Worte.

»Seitdem denke ich ständig darüber nach, ob ich ein Kind haben will, und tendiere deutlich zur Antwort ›Nein‹. Aber allein, dass ich es ständig im Kopf habe, stört mich kolossal. Jetzt schaue ich mir schwangere Frauen an, junge Familien mit Kindern, und ich frage mich die ganze Zeit, ob ich das nicht in Erwägung ziehen sollte, denn seit Carlos das gesagt hat, spüre ich dieses Ticken in mir. Die biologische Uhr, verstehst du, Milva? Das macht mich wahnsinnig. Ticken beim Aufstehen, Ticken beim Arbeiten, Ticken beim Einschlafen, Gedanken an frühe Menopausen bei Karrierefrauen und dergleichen. Es ist zum Mäusemelken.«

Nun gut, hier war die Medizinerin in mir gefragt: »Zunächst einmal: Es ist ein Märchen, dass Karrierefrauen eine verfrühte Menopause antreten. Das ist typenabhängig und genetisch bedingt.«

»Was, wenn ich der Typ bin? Dann sollte ich ein Kind bekommen, bevor es zu spät ist.«

»Hast du grobe Unregelmäßigkeiten in deiner Periode?«

Sie verneinte. »Ich kann mich zu hundert Prozent darauf verlassen. Ich könnte sogar die Uhr danach stellen. Oh Mann, hörst du? Ich rede sogar von Uhren ...«

»Hast du Hitzewallungen? Bist du mager, Raucherin, regelmäßige Alkoholkonsumentin oder landet ein wenig Pipi beim Niesen in der Slipeinlage?«

Beinahe angewidert kam ein »Himmel. Nein« zurück.

»Dann läuft deine Uhr auch nicht schneller. Eine frühe Menopause ist die, die zwischen dem vierzigsten und fünfzigsten Lebensjahr auftritt. Du bist gerade einmal Mitte zwanzig. Wenn du ganz sicher gehen willst, mach einen Hormoncheck beim Gynäkologen.«

Lotte schickte ein erleichtertes Aufatmen durch den Hörer und dann: »Aber jetzt halt dich fest.«

*Sie ist schwanger von Erwin*, schoss es mir durch den Kopf. Ich setzte mich auf eine Straßenbank in der Nähe meiner Wohnung.

»Ich habe keine Lust mehr, mich weiter mit Carlos zu treffen, obwohl das etwas schwierig werden wird, denn wir gelten ja bereits als Paar. Hier in der Siedlung trennt man sich nicht so einfach. Hier lebt man moralische Werte wie Monogamie.«

»Das nimmt Heiko ja nicht besonders ernst und trotzdem

ist der verliebte Stefan der, den alle meiden.«

»Sie nennen ihn den Lump. Natürlich hinter vorgehaltener Hand. Und letzte Woche nach dem Straßenfest bin ich noch etwas länger geblieben und bin dann wie beim Frühlingsfest mit Stefan zusammen zurück in unsere Straße gegangen.«

*Schwanger von Stefan.* Ich war gespannt wie ein Flitzebogen.

»Er hat mir dann so leidgetan, da hab ich ihn in den Arm genommen.«

*Sex auf der Straße mit dem Lump. Schwanger.* Die Annahmen überschlugen sich in mir, weil sie es spannend machte wie manche Moderatorinnen bei Kontest-Sendungen. *Komm schon.*

»Und als wir uns so umarmt haben, da dachte ich, ich habe mich noch nie so wohlgefühlt in den Armen eines Mannes. Ehrlich, seine Arme sind auch schick. Sie sehen aus, als ob er zweimal die Woche im Garten Holz hackt. Dabei hat er gar keine Axt. ... glaube ich. Und er riecht so gut. Und dann ...« sie machte noch eine unsoziale Pause und trieb mich an den Rand eines Nervenzusammenbruchs. Ich kam mir vor wie bei der Lotterie, in der mich nur eine Zahl vom Hauptgewinn trennte. Diese Siedlung war ein Rummelplatz.

»Und dann habe ich mich gedanklich von Carlos verabschiedet, obwohl ich ihn mag und wahrscheinlich auch mit ihm zusammen bin. Aber jetzt will ich ein Kind von Stefan.«

Ich rutschte von der Bank herunter und stieß mir dabei ziemlich unsanft den Steiß. *Ausgerechnet der Lump, der seinen Kummer im Alkohol ertränkt.* »Aber Lotte, Stefan liebt doch Susann so sehr.«

»Und Susann will ihn nicht. Das hat sie ihm ja ziemlich deutlich mitgeteilt. Sie liebt nämlich ihren Mann Matz.«

Ich hievte mich zurück auf die Bank und riss mir die Sonnenbrille herunter. Mir war das blaue Auge jetzt egal.

Das führte unweigerlich ins Unglück und in die Würdelosigkeit. Nicht auszudenken, was die Nachbarn wohl dachten und erst unternehmen würden, Lotte in die Isolation zu treiben, wenn sie dem Lump nachstellte. Es ist kaum zu fassen, zu was ein wütender Mob fähig ist.

Die junge Dame war jedoch noch nicht fertig. Sie setzte noch einen oben drauf: »Und gestern kam Heiko beim Gassi gehen spät abends bei uns entlang. Ich brachte noch eben den Müll hinaus und er sprach mich an. Dabei habe ich ihn mir genauer angesehen. Mir wurde klar, was sein Erfolgsrezept bei seiner Frau und seiner Affäre ist.«

Ich befürchtete, sie könnte sagen es seien seine Arme. Aber nein, sie sagte, er habe Charme. Er sei eigentlich von der Nordseeküste.

Mir schwante Böses. Nordseemänner sind Deichbüffel. Kein Wunder, dass er zwei Frauen auf einmal brauchte. Aber eine Herde bildet sich eben erst bei mindestens vier Tieren.

»Ich habe ihn ein wenig über ihn und Heike ausgefragt. Ganz unauffällig. Und dabei erschloss sich mir der Eindruck, dass er sicher auch ein toller Vater wäre.«

Innerlich begann ich, die Erfindung der Analogie der biologischen Uhr zu verfluchen. Diese imaginäre Uhr brachte alle Frauen um den Verstand, sobald sie alleinstehend waren und ein bisschen traurig wurden. Der Mensch, der diesen Ausdruck in die Frauenwelt geschmuggelt und erstmalig ausgesprochen hatte, gehörte gehörig übers Knie gelegt.

»Dann habe ich ihn um einen Gefallen gebeten, mir bei einer Schublade zu helfen, die ich nicht mehr aufbekam.«

»Sprich nicht weiter«, hielt ich sie auf. »Ich bin sicher, er hat sie gelöst und dann mehrmals rein und raus geschoben, um zu gucken, ob sie gangbar bleibt.«

»Ja«, sagte sie kleinlaut. »Und ich habe mit ihm geschlafen.«

Mir war danach, zur Seite zu kippen. Aber ich hielt mich wacker.

Erst als sie hinzufügte: »Ungeschützt. Ich hab gesagt, ich würde die Pille nehmen. Aber das stimmt gar nicht«, stützte ich mich auf und musste tief Luft holen, damit sie mir meine Bestürzung nicht anmerkte.

»Was rätst du mir also?«

Bedauerlicherweise fiel mir nur ein einziger Rat dazu ein: raus aus der Märchensiedlung und hinein in ein fünfzehnstöckiges Wohnhaus, wenn sie die Stadt nicht verlassen wollte. Haus und Hof jedoch, so riet ich ihr, sollten schleunigst zurückgelassen werden. Am besten bei Nacht. Ohne Abschiedsbriefe oder –zeremonien. Einfach weg. Und danach war ein Schwangerschaftstest von Nöten.

Den Schwangerschaftstest fand sie sicherheitshalber gut, wenngleich sie betonte ihre Periode haargenau im Blick zu haben und unfruchtbar gewesen zu sein. Über den Umzug wollte sie nachdenken. Dann kündigte sie eine Zahlung an, die ich kurz abnickte, und legte auf.

Schlurfen ist das richtige Wort für meinen Gang nach Hause. Ich brauchte erst einmal einen starken Kaffee. Das ging auf keine Kuhhaut. Das arme Mädchen.

Ich musste sofort mit jemandem reden. Mein einziger Rettungsanker in solchen Fällen ist Reza. Zum Glück unterlag ich nur in meiner Funktion als Medizinerin einer Geheimhaltungsauflage.

Er kam sofort mit dem Kommentar, es sei ohnehin vollkommen überfällig, das wir uns sähen.

Kaum dreißig Minuten später klingelte er an meiner Tür. Fünfzehn Minuten später hatte ich ihm alles erzählt und sah ihn mit großen Augen an. »Was sagst du dazu?«

Er zog eine seiner akkurat gewachsenen Brauen hoch als ließe ihn all das vollkommen kalt. Alles, was ich zur Antwort erhielt, war das Klingeln seines Mobiltelefons. Abgesehen davon: Wenn es um Männer ging, war er sofort auf hundertachtzig mit seinen Gedanken aber bei Frauendingen wurde er reserviert.

»Findest du dieses, dieses Karussell nicht unglaublich? Die Märchensiedlung: der Sumpf, aus dem ein vielschichtiges Märchen entsteigt wie ein Monster?«

»Schätzchen, ich gucke Seifenopern. Und zwar solche, die im Harem spielen«, versetzte er und lutschte dabei an seinem Teelöffel, mit dem er Honig in seinen Tee gerührt hatte. »Das ist ja eine Lächerlichkeit gegen eine ausgewachsene Haremsintrige. Dort geht es zu wie in Aladins Wunderhöhle. Es geht um Missgunst. Nicht um irgendwelche an den Haaren herbeigezogenen Großstadtprobleme.«

Meine Augen rollten nach oben. »Reza, das ist ein Skandal! Es wird zu einem Eklat kommen.«

»Nun beruhige dich bitte. Meine Güte.« Er tunkte seinen Löffel noch einmal in den Honig und ließ ihn genüsslich in seinem Mund verschwinden. Dabei klingelte sein Handy und er schob es ein Stück zur Seite. »Du regst dich ja auf, als wärest du ihre Schwester. Ehrlich Milva, ich finde nicht gut, dass du deinen Klientinnen so nahe kommst. Das beginnt, dir an die Substanz zu gehen.«

Er hatte recht. Die Angelegenheiten der Damen waren mittlerweile zu meinen eigenen geworden. Oder zumindest drohten jene, an die ich nicht näher herankam, durch Aktionismus dazu zu werden. Also nahm ich mir vor, das, was er sagte, ernst zu nehmen. Trotzdem hätte ich am liebsten noch in derselben Nacht einen Schwangerschaftstest in der Notapotheke besorgt und wäre Lotte beim Kartonspacken zur Hilfe geeilt, damit sie da raus war und meine Nerven geschont blieben. Ich begann die Zeit, in der ich mich mehr auf die Sorgen von Männern konzentriert hatte, zu vermissen. Doch dann fiel mir ein, wozu das geführt hatte und schraubte meinen Anflug von Wehmut wieder zurück. Frauensorgen sind viel tiefschichtiger als die der Männer. Und da ich selbst eine Frau bin, kann ich sie viel besser verstehen.

Reza holte den Löffel ein drittes Mal aus dem Honigglas und sagte: »Ein gebrochenes Herz blutet endlos.«

»Verkehrt.«

»Wieso ist das verkehrt?«

»Es heißt: Ein gebrochenes Herz blutet schneller.«

»Na gut. Dann eben so. Aber ein indisches Sprichwort sagt: Trommeln klingeln lauter in der Ferne.«

Ich korrigierte ihn noch einmal: »Die Trommeln klingen betörender aus der Ferne. Deutsche Entsprechung: Das Gras in Nachbars Garten ist grüner. Und das hat nichts mit dem hier zu tun. Es bedeutet, dass wir Unerreichbares attraktiver finden.«

Wieder klingelte sein Telefon. Auf dem Display erschien ein buntes Herz.

»Du solltest dir lieber ein Sprichwörterbuch kaufen, bevor du wilde Auswüchse an der falschen Stelle zitierst.«

»Na, es kommt schon hin«, setzte er dagegen. »Diese Problemchen sind nicht deine, aber du kannst sie nachvollziehen, weil du eine Frau bist. Deshalb möchtest du eingreifen, weil sie nicht wissen, wie und du den Rat für sie hast. Und du hast es ja schon getan: Du trittst als Spionin auf, als Assistentin und jetzt willst du als Umzugshelferin einspringen. Sie sind nicht deine Freundinnen, Milva. Du hast gar keine Freundinnen, außer mir. Und ich bin ein Mann.« Er deutete auf seine Unterarmbehaarung und nahm sein

Telefon zur Hand, um den Klingelton auszustellen, weil es erneut bimmelte. »Jedes Mal, wenn du in ihr wahres Leben trittst, riskierst du den Eklat und sie können sich auf dich berufen. Vielleicht brauchst du eine Freundin, mit der du dich austauschen kannst, aber das wird schwierig. Du duldest sie nicht lange neben dir. Das war so und wird auch so bleiben. Nur, wer auf Jagd nach einem Tiger geht, darf nicht mit Steinen werfen.«

Er sprach die Wahrheit, wenn auch verkehrt. Es heißt: Wer auf die Jagd nach einem Tiger geht, muss damit rechnen, einen Tiger zu finden. Wenn ich mir eine Freundin zulegte, die näher kam als meine Freundin Ulli, die ich fast nie sehe und mit der ich nie irgendwo hingehe, dann wurde ich zur Furie in einem Wettstreit. Worum es dabei ging, wusste ich nicht, aber ich folgte wie hypnotisiert dem Drang, sie auszustechen.

»Komplettieren, Milva, nicht konkurrieren! Das gilt für Freundschaften mehr noch als für Liebesbeziehungen.«

Das meinte ich, schon einmal gehört zu haben. Verwundert über seine erste echte Weisheit an diesem Abend fragte ich: »Wo hast du das denn her?«

»Vom Doktor.«

»Das klingt beinahe weise.«

»Ja, das kommt immer ganz überraschend. Ich weiß ja nicht, wie er bei der Arbeit so ist, aber wenn ich ihn treffe, dann ist er meistens spontan und bockig oder herausplatzend wie ein Kind. Und dann plötzlich spuckt er eine Weisheit aus. Mit erhobenem Zeigefinger. Ein bisschen wie Madame Incontinenzia bei Asterix.«

»Ja, so ist er auch bei der Arbeit.« Wieder leuchtete das bunte Herz auf Rezas Telefon. Wir nahmen es beide still zur Kenntnis. »Du solltest dir lieber ein paar weitere Weisheiten von ihm zulegen. Verbring mehr Zeit mit ihm.«

»Noch mehr?«

Seine Antwort klang vertraut. Sie hatte einen auffälligen Unterton, den Klang einer Beschwerde. »Wie meinst du das?«

Zögerlich legte Reza den Löffel zur Seite und drehte das Honigglas zu. Dann nahm er sich sein Teeglas und nippte vorsichtig daran. Ich wartete auf seine Antwort. Er dachte nach.

»Manchmal wird es mir zu viel«, warf er dann aus und reckte sich.

»Was wird dir zu viel?«

»Er überhäuft mich mit Geschenken und will so viel Zeit wie möglich mit mir verbringen.«

»Das ist doch etwas Schönes.«

»Ja, aber es ist mir unangenehm, zwei Mal die Woche neue Schuhe und T-Shirts und Parfüms zu bekommen. Es ist nicht so, dass er mich in Zugzwang versetzt, ihm auch etwas zu schenken. Er hat Freude daran, die echt ist. Ich meine, er kommt zu einem Treffen oder ich komme zu ihm und er präsentiert seine Beute vom Einkauf und immer ist auch etwas für mich dabei. Er sagt, er habe mich darin gesehen. Und es sind wirklich schöne Sachen. Nicht einmal die Haute Couture, also keine maßgeschneiderten Modekreationen, sondern einfache und außergewöhnliche Dinge. Die Perlen der Shoppingkunst.«

»Wie wunderbar.« Ich stellte mir vor, wie es wäre, jemanden zu haben, der das Einkaufen für mich im Vorbeigehen erledigte. Es war so anstrengend, in Läden zu gehen, auszuwählen, die Klamotten an- und auszuziehen, und das ersehnte Stück dann wieder fortzulegen, weil es ungünstig fiel. Einem geschenkten Gaul schaute man allerdings nicht ins Maul. Man nahm ihn an. Wenn ich zum Einkaufen ging, dann anlassbezogen. Ein solcher Umstand wie mit Dr. Rolig kehrte die Maschinerie um: Ich hätte dann mehr Auswahl und würde dann zum Anlass aus dem Schrank wählen. Je mehr Auswahl im eigenen Heim, desto besser. Das war beneidenswert. Aber Reza schien damit nicht glücklich zu sein.

»Das ist überhaupt nicht wunderbar. Bloß wunderbar bindend. Mit jedem Geschenk wirft er auch eine Kette aus, die mich an ihn bindet. Da steht ein Berg von Geschenken der Zuneigung meiner freien Zeit gegenüber. Das ist wie beim Schachspiel. Und dazu kocht er wie ein Sternekoch. Er weiß, wie man persischen Reis zubereitet. Das ist unfassbar lecker. Er hat schnell herausgefunden, was mir schmeckt und kocht so enorm lecker, dass ich richtig reinhaue und glücklich bin wie ein Kind, wenn er auftischt. Auch das ist wie ein Geschenk.«

»Dann würdige es.«

»Das ist es ja: Jedes Mal, wenn er mich mit einer Nachricht, in der das einfache Wort »komm« steht, auffordert, fühle ich mich in Zugzwang versetzt, diesem einsamen, kleinen Wörtchen zu entsprechen. Wir verbringen viel schöne Zeit. Aber ich habe kaum noch eine Wahl, etwas anderes zu tun. Zum Sport kann ich nur, wenn er mich schickt, weil er sagt, ich sollte zum Sport gehen. Ausruhen soll ich am besten bei ihm. Wegfahren mit ihm. Essen gehen mit ihm. Glaub mir, wenn ich etwas auf eigene Faust unternehmen will, dann wird's seltsam.«

*Übernahme*, dachte ich. *Kontrollübernahme. Und ziemlich geschickt.*

»Also, erst einmal, er hat im Land deiner Väter gelebt. Deshalb hat er sicher ein tieferes Verständnis für den Perser, der du bist. Nur das hier klingt, als würdest du hier eine Wendung einleiten, die bei all den schönen Dingen, die er aufbereitet etwas Modriges mit sich führt. Inwiefern also seltsam?«

Reza nickte unglücklich. »Er ist der Meinung, dass ich ihm nicht treu bin, nicht einmal im Geiste, wenn ich allein die Straße hinuntergehe. Letzte Woche ist mir im Restaurant jemand auf die Toilette hinterhergelaufen. Wir standen beide an den Pissoirs. Er kam etwas später hinzu und deshalb war ich schon beim Händewaschen, als dieser Typ mir plötzlich seinen ...«

»Nicht im Ernst.«

»Doch, das ist mein Ernst. Ich hätte einfach nur zugreifen müssen. Der Typ sah aus wie aus einem Katalog. Und der Doktor saß keine dreißig Meter von mir entfernt im Restaurant.« Wieder leuchtete das bunte Herz und Reza legte das Handy mit dem Display nach unten. »Bildschön, Milva!«

»Und was hast du getan?«

»Nichts. Ich habe meine Hände abgetrocknet und habe mich zum Gehen herumgedreht. Da kam der Doktor herein.«

»Autsch.«

»Er sah den Menschen, der mir seinen Piephahn präsentiert hatte, sah mich an, machte auf dem Absatz kehrt und lief ins Restaurant zurück. Aus der Not heraus hab ich dem Wüstling noch eine gescheuert, aber das war zwecklos. Es gab einen riesigen Aufstand. Und seitdem glaubt er nun, dass die ganze Stadt die Hosen herunterlässt, sobald ich aus dem Haus gehe.«

Das war allerhand. Als Reaktion verständlich. Zunächst. Eine Erklärung und ein wenig Logik, was die Zeitspanne anbelangte, sollten an sich genügen, um treffsicher zu behaupten, es könne nichts vorgefallen sein. Aber es war ein fremder Penis im Spiel. Sozusagen ein Turm, der den König unverhofft Schach gesetzt hatte.

Das Telefon von Reza gab keine Ruhe. Ununterbrochen

erhielt er Nachrichten. Selbst, wenn es nicht zu sehen war, erschien das bunte Herz im Takt eines Herzschlages auf dem Bildschirm, dessen war ich mir sicher.

»Bombardiert er dich mit Nachrichten?« Ich konnte mir vorstellen, dass der Doktor seine Besonnenheit von Zeit zu Zeit verließ. Ähnlich wie bei Pría: wer sich lange genug zurückhält, der programmiert eine Explosion vor. Und bei Doktor Rolig konnte ich mir nun sehr gut ausmalen, dass er in alle Richtungen zerbarst, wenn es bei ihm so weit war. Er hielt Kindliches zurück, das reiner und schlagkräftiger war, als die konventionellen Handlungsweisen von Erwachsenen.

Wider Erwarten bejahte Reza meine Frage nicht. Stattdessen zog er das Telefon an den Rand des Tisches zu seinem Bauch hin.

*Na warte, dann hole ich mir die Antwort eben selbst*, dachte ich und griff flink nach vorn.

»Milva, nein!« Er sprang auf und langte zu mir herüber, doch ich schob mich mit meinem Stuhl außer Reichweite und tippte seine PIN ein. 4-7-1-1

»Doch! Ich will wissen, was das für ein Herz ist, das die ganze Zeit ... Du liebe Güte, Reza!«

Entsetzt über das, was ich sah, blickte ich zu meinem Freund auf, der Wut und Scham in seinem Gesicht hin- und herzuschieben schien. Das Display zeigte eine Liste von bunten Herzen, neben denen Mitteilungen standen wie:

• Volltreffer! Himahima möchte dich kennenlernen.
  Schreib ihm.

• Konan hat dein Profil besucht.
  Schau dir an, wer Konan ist.

• Dingeldong schrieb:
»Hallo Jessie, du seltene Schönheit.
Ich habe ein Piercing, das ich dir gern zeigen würde.«

• Dir gefällt TopGun79. Ihm gefällst du auch.
Wir haben euch verlinkt.

• F4BI4N hat dir geschrieben:
»Hay mit dir würde ich die Welt ertragen können.«

• MadRohr hat dir geschrieben:
»Holöchen mit Ö-chen, du bist ziemlich hot hot hot - ich
steh zwar sonst auf dunkelhaarig, aber mit dir würde ich
***.«

Wenn ich den Finger nach oben über den Bildschirm zog,
wurde die Liste ellenlang. »Was ist das? Du chattest mit
Typen, die sich Himahima und TopGun79 nennen? Und
Willi27 schreibt ›Wenn ich dich hier so sehe, brennt mein
Helm.‹?« Ich blinzelte mein Gegenüber verständnislos an.

Reza wand sich ein wenig, bis er sagte: »Das ist eine Sache,
die ich mir mit meiner Arbeitskollegin ausgedacht habe.«

»Sie ist Jessie, oder was?«

»Nein, das bin ich.«

»Jessie wie Jessie James, oder?«

»Wie Jessica.«

Mein Finger enthüllte eine nicht enden wollende Liste, und
ich las die letzte Nachricht vor: »H3N77 schrieb: Du bist
eine außergewöhnliche Frau. ... Wie es aussieht, ist hier eine
Dame am Zug. Jetzt bitte eine gute Erklärung und ein wenig
Logik. Das hier verstehe ich nicht.«

»Das solltest du auch gar nicht sehen«, äußerte er schmollend.

»Es ist kaum zu übersehen. Dein Handy macht ja ununterbrochen Leuchtreklame dafür. War der Typ auf dem Klo etwa Himahima?«

»So ein Quatsch! Das war irgendwer, der mich als Mann attraktiv gefunden haben muss. Die dort sind Männer, die glauben ich sei eine blonde Schönheit namens Jessie3003.«

»Warum sollen sie glauben, dass du Jessie3003 bist?«

»Ach, das ist doch bloß ein Spiel in einer Dating App.«

Ich widersprach vehement: »Das ist ein Sex-Chat. Das sind alles Sex-Chats. Warum wirfst du dich als Frau auf den Markt? Weiß der Doktor davon?«

»Nein, weiß er nicht. Also, nicht so richtig. Ich hab es angedeutet, aber erklärt, dass es ein Spiel ist, das ich und meine Arbeitskollegin uns ausgedacht haben.«

»Soweit bin ich auch schon im Bilde.« Ich warf ihm das Handy zurück auf den Tisch und rückte meinen Stuhl wieder heran, um ihm zuzuhören. »Meine Kollegin Marta hat diese App entdeckt und davon angefangen zu erzählen. In den Mittagspausen hat sie mich dann immer wieder gefragt, was sie worauf antworten soll. Sie ist im Chat ziemlich unbeholfen, finde ich.«

»Und du hast für sie übernommen, oder wie?«

»Nein, sie fand die Antworten gut, die ich ihr diktiert habe. Dann irgendwann habe ich ihr erzählt, wie diese Chats wirklich funktionieren. Und dann sind wir auf diese Wette gekommen: wer zuerst ein Pimmelfoto hat. Ich habe mich also angemeldet und nach zwei Stunden hab ich die ersten Bilder gehabt und die Wette gewonnen.«

Bis hierhin logisch nachvollziehbar.

»Ehrlich, Milva, Männer sind zeigefreudig. Das wollte mir Marta einfach nicht glauben.«

»Wann war das?«

»Vor drei Wochen?«

»Und wieso bist du noch angemeldet? Die Wette ist gewonnen, alle hatten ihren Spaß, das war's. Ehrlich gesagt wundert es mich nicht, wenn dein Doktor misstrauisch wird.«

»Das hat doch gar nichts mit ihm zu tun. Das sind heterosexuelle Männer, die auf Dates aus sind.«

»Ich erinnere dich an dieser Stelle gern ans Heten-Knacken. Es liegt nahe, dass du deshalb noch angemeldet bist, weil du diese Männer interessant findest. Aber sie sind ja hinter einer blonden Jessie3003 her. Wie sieht sie aus?«

Er brachte sein Telefon in Sicherheit und ließ es in seiner Hosentasche verschwinden. »Blond und schön.«

»Wer ist sie?«

»Irgendwer.«

»Was meinst du mit ›irgendwer‹?«

»Ein Selfie aus dem Internet. Keine Ahnung, wer sie ist. Und du irrst dich. Die ganzen Nachrichten interessieren mich nicht. Es gibt aber einen Schreiberling, der mich angefangen hat zu interessieren. Es ist H3N77. Irgendwie haben wir begonnen, uns zu unterhalten.«

»Der Ärmste! Das ist gemein.«

»Ich bin überhaupt nicht gemein zu ihm. Im Gegenteil. Wir chatten total ungezwungen über Gott und die Welt.«

»Mag sein, dass auch eloquente Männer unter all denen sind, aber Reza, seine Grundmotivation liegt darin, dass er glaubt, du seiest eine Frau. Und das bist du nicht. Das betonst gerade du so oft.«

»Gut gechattet ist die halbe Miete!«

»Ich habe dir schon einmal gesagt, dass du dir ein Sprichwörterlexikon zulegen solltest. Ehrlich Reza, das kann kein netter Zeitvertreib sein. Das ist nicht echt. Mag der Chatverlauf noch so tiefsinnig und ergreifend sein. Du bist nicht echt. Das wird dir auf die Füße fallen und ihm auch.«

»Aber ich mag ihn. Ich mag, was er schreibt.«

»Es ist nicht für dich bestimmt, sondern für Jessie3003, begreifst du das nicht?«

»Wir hatten gestern Nacht Chat-Sex.«

Was auch immer das sein sollte, es war nicht richtig. Reza spielte aus der Ferne mit mindestens einem Mann, der ernsthafte Unterhaltungen mit ihm führte und nun auch noch Chat-Sex mit ihm hatte. Das würde in einer so tiefen Lüge gipfeln, die Reza irgendwann nicht mehr auflösen konnte. Zunächst also ließ ich mir erklären, was Chat-Sex war. Das eigentliche Wort dafür war Sexting, also Texten mit Sex gemischt, und meinte den Austausch von rasanten Bildern, gepaart mit süßen Worten. Hier warf sich die Frage auf, welcher Art Rezas rasante Bilder waren. Seine Antwort: »Auch Selfies. Du glaubst ja nicht, was für Bilder im Netz herumschwirren.«

»Noch einmal: Das Sexting von H2O, oder wie er heißt, ist nicht für dich bestimmt. Seine Bilder erstrecht nicht. Was tust du denn? Du hast einen lieben Freund, den du als Frau verkleidet massiv hintergehst und du hast elektronischen Beischlaf mit Fremden, die eigentlich von einer blonden Schönheit träumen, wenn sie Fotos für dich machen und sie rüberschicken. Du bist unmöglich, ehrlich. Was soll das? Reicherst du deine Trophäensammlung jetzt digital an? Ist sie nicht groß genug, sodass du dich getrost deiner Beziehung widmen kannst?«

»Meine Beziehung widmet sich mir, nicht umgekehrt. Das erdrückt mich.«

Da hatten wir es. Das war es.

»H2O ist dann also die Rettung? Du flüchtest in eine Traumwelt, Reza.« Ich ergriff seine Hand und versuchte, Verständnis für ihn aufzubringen. Irgendetwas an diesen Chats musste ihm einen Schlüssel gegeben haben, um aus dem Zwang des Beieinanders mit Dr. Rolig zu kommen.

»H3N77. Ich kann ja seine Nummer einfach löschen oder blockieren, wenn es Überhand nimmt.«

Ich drohte zum zweiten Mal an diesem Tag von einem Sitz zu rutschen. »Du hast seine Nummer?«

»Ja, er hat sie mir gestern nach dem Chat-Sex geschickt. Aber ich antworte ihm natürlich nicht über die Messanger. Eine wichtige Regel.«

»Ach, es gibt Regeln? Wie erfreulich«, säuselte ich. Ich begann am Horizont seiner künstlichen Himmelskuppel zu kratzen. Seine Reaktion darauf war Protest, wie ich es gewohnt war, wenn ich ihn vom Holzweg holte, begonnen damit, dass er seine Hand unter meiner fort zog. Er war stolz. Weiter konnten wir heute nicht gehen.

Der Meinung war er offenbar auch, denn er stand auf und verabschiedete sich mit den Worten: »Was, wenn die Realität einem vollkommen unpassend erscheint? Wenn ihre Formen und Grenzen uns das Gefühl geben, unsere Wünsche auszugrenzen? Was, wenn man die Wahrheit verdreht, um hineinzupassen? Und sei es auch nur für kurze Zeit, um die Seele zu erleichtern.«

Von meinem Stuhl aus drehte ich ihm meinen Kopf ein wenig zu, sodass ich ihn im Augenwinkel erkennen konnte. Der arme Tropf hatte vollkommen an Haltung verloren. Nur konnte ich ihm in diesem Fall nicht zusprechen. Stattdessen säte ich Zweifel, das war die einzige Hilfe, die ich ihm geben konnte. Denn Zweifel sind das Wartezimmer der Erkenntnis. »Ich habe noch ein Sprichwort für dich. Merke es dir gut: Des einen Freud ist des anderen Leid.«

Er schaute zu Boden und ging. »Ich denke darüber nach.«


Betrachten wir die Märchen also noch einmal genauer, dann erinnern wir uns an Aschenputtels üble Stiefschwestern, ganz zu Schweigen von der Stiefmutter. Und daran, dass sie vom Fußbodenschrubben Blasen an den Händen hatte.

Rapunzel musste jede Menge Zeit totschlagen, alleingelassen in einem Turm und ihr Haar hinaushängen, in der Hoffnung, dass mal jemand daran zu ihr hinaufklettern wollte.

Rotkäppchen wurde verfolgt, ihre Oma wurde verschluckt, Dornröschen wurde in ewiges Wachkoma versetzt durch einen Fluch und Schneewittchen aß einen Apfel und wurde dann von Zwergen in mittelalterlicher Tupperware eingefroren.

Wir lernen daraus: Man muss viel durchmachen, um glücklich zu sein. Und manchmal gibt es kein glückliches Ende, sondern einfach nur ein Ende, zumindest in der wirklichen Welt. Die Frage, die sich mir zu Lotte stellte, war, ob sie den Ausstieg aus dem Siedlungskarussell fand. Was Reza anging, so hoffte ich, dass er mindestens ein Ende setzte. Aber das tat er nicht. Denn der Doktor setzte ihn schachmatt und damit bedrohte er unbemerkt auch mich als Dame im Spiel: Gardez.

## Kapitel Sechs
## Schlangen hinter Schleiern

Der Stoff der Flugzeugsitze stinkt ein bisschen, finde ich. Durch den Gurt eingeschränkt, habe ich mich umständlich zur Seite gedreht, um den Gang entlang durch das Flugzeug sehen zu können. Doof nur, dass der Innenraum durch mehrere Wände in Sektionen aufgeteilt ist. Ich kann nur die Leute in meinem Abschnitt sehen. Jeglicher Hinweis auf einen Terroranschlag bliebe mir damit verborgen. In meinem Abteil gibt es keinen Hinweis. Das, was ich von den ersten Reihen der Sektion hinter mir sehe, sieht friedlich und nach Schlaf aus. In Wahrheit sehe ich nur die Köpfe den Gang entlang. Auch hier schlafen die meisten, oder sie wirken zumindest so. Ein Mann weiter hinten reckt sich und lässt seinen Kopf wieder zur Seite sinken.

Mir ist langweilig. Die letzte Runde Getränke ist etwa eine Stunde her. Ich habe abgelehnt, weil ich sonst zur Toilette muss und das geht ja derzeit nicht, des Gurtes wegen.

Danach habe ich versucht, einen Film zu gucken. Das kleine Display vor mir ist tückisch und ganz anders als jeder Touchscreen, den ich je gesehen habe. Außerdem kommt ständig die Auskunft über die Flugkoordinaten. Das ist zwar informativ und ich bin ganz aufgeregt gewesen, als ich sah, dass wir über Island sind, aber es ist unbefriedigend, wenn eine romantische Kussszene mit so etwas Trockenem wie Flugkoordinaten unterbrochen wird. Letztlich finde ich einen Menüpunkt, der einen schönen Ausblick auf Island verspricht. Draußen muss eine Kamera angebracht sein.

Der Traum von Geysiren und Shetlandponys ist allerdings schnell ausgeträumt. Island sieht von oben aus wie eine Karte im Erdkundeunterricht. Enttäuschend.

Auf dem Weg zurück durch das umständliche Menü habe ich den Bildschirm dann komplett ausgeschaltet. Versehentlich, aber ich tu so, als wäre es Absicht gewesen und als würde ich nicht viel auf elektronische Unterhaltung auf Langstreckenflügen geben. Das mache ich, weil mich eine Frau vom Sitz gegenüber im Gang dabei anstarrt, als habe sie selbst Schwierigkeiten mit ihrem Gerät und hoffe nun, sie könne bei mir abschauen. *Tja, Pech gehabt. Ich gebe schließlich nichts auf Fernsehen beim Fliegen. Lieber lese ich. Lesen bildet.*

Mein Buch steckt dummerweise im Handgepäck über mir. Ich bleibe chancenlos, der Gefangenschaft im Gurt der Ewigkeit wegen, nur bin ich zu stolz, eine Flugbegleiterin zu fragen, ob sie mir helfen möge. So schnappe ich mir die Sicherheitsinstruktionen, studiere sie länger als nötig und greife danach zu einem Werbemagazin.

Nach Seite 7 stecke ich es jedoch bereits in den Sitz zurück. Meine Kreditkarte befindet sich nämlich auch in meiner Handtasche. Wenn ich mir lange anschauen muss, was ich hier oben alles sehr viel günstiger einkaufen kann, werde ich depressiv. Und das geht natürlich auf keinen Fall. Immerhin bin ich auf dem Weg zu einer großartigen und wichtigen Sache, auf der es Fotos geben wird, die an alle gehen werden, die mich kennen und auch an Menschen, die mich noch nicht kennen. Vor einem solchen Auftritt ist schlafen super. So schiebe ich mir das kleine Luftfahrtkissen vorsichtig hinter meine filmischen Korkenzieherlocken, um sie nicht platt zu drücken, und versuche zu schlummern.

Jemand schnarcht. Ich verdächtige die dicke Frau, das Manati. Sie sitzt hinter der Wand, aber ich kann sie sehr deutlich hören. Das wird so penetrant, dass ich die Augen eben wieder öffne.

*Langweilig.* Ein Prinz könnte jetzt um die Ecke kommen

und mich aus den Klauen des Gurtes befreien. Dann wäre ich auch in Sicherheit vor der Schlange.

Bisher habe ich es vermieden, sie noch einmal anzuschauen. Nach einem Fläschchen Rotwein muss sie eingenickt sein. Das glaube ich zumindest. Ihre Augen sind geschlossen und ohne Anzeichen eines Blinzelreflexes. Auch ihr Mund ist geschlossen. Sie sieht aus wie eine dunkle Fee auf dem Weg in die Ferien.

Da sie friedlich zu schlummern scheint, bekomme ich Gelegenheit sie näher zu betrachten. Ihre Haut ist eben und glatt wie Porzellan. Die klitzekleine Nase ist in ihrer Winzigkeit so formvollendet, dass ich sie anfassen möchte, nur um zu sehen, ob sie wirklich nicht gemacht worden ist. Dabei fällt mir auf, dass sie sich keinen Millimeter bewegt. Wie eine Schaufensterpuppe sitzt sie da und sieht aus, als würde sie nicht atmen. Atemzüge höre ich auch nicht. Nicht einmal ihr Brustkorb hebt und senkt sich.

*Vertragen Schlangen Alkohol?* Ich vertrage ihn nur abgemildert, so wie in Alsterwasser oder leichten Cocktails. Aber richtigen? Nein. Schon gar nicht unter schwankenden Luftdruckbedingungen. Ein Glas Wein würde für mich zu Pressluftschnaps mutieren.

*Vielleicht verträgt sie auch keinen. Ob sie gestorben ist? Nein, das kann ich mir nicht vorstellen.* Ich spekuliere auf Lauerstellung. Schlangen, die im Baum hängen, sehen auch aus wie drapierte Stillleben, das habe ich im Zoo gesehen. Aber warte nur, bis eine Maus kommt. Zack! Schnellt sie mit weit aufgerissenem Maul hinab.

Heimlich, still und leise nähere ich mich dem Gesicht der Schlangenlady, Stück für Stück, da reißt sie ihre Augen auf einmal auf. Ihre Pupillen verengen sich, sie sehen suchend oder vielleicht sogar angreifend aus und sie schnappt mit ihrer Hand nach meinem Arm. Dann schnellt sie nach vorn.

Ihr Haar bleibt in dem Stoffbezug, in den man die Nackenstütze hineinschieben kann, hängen und fällt hinter ihren Rücken. Sie hat einen blank polierten Schädel.

Ich schieße aufgestachelt nach oben und werde vom Gurt zurückgehalten, also schnelle ich tief zurück in den Sitz.

Sie sieht mich mit starren Augen an und sagt: »Stirb!« Die Schlange beugt sich mit entsetztem Gesicht über mich.

*Es ist aus! Es ist Voldemorts Schwester!* Ich schreie spitz und kurz.

»Seien Sie doch still. O nein, o nein«, sagt sie verzweifelt und dreht sich hastig um die eigene Achse. Gleich darauf schiebt sie zwei Mal »Stirb!« hinterher und ich erkenne, dass sie eigentlich »Shit!« gesagt hat. Hinter ihrem Rücken holt sie den verlorenen Schopf hervor und wirft ihn sich hastig und gekonnt wieder auf den Kopf zurück.

Hinter meiner Schreckmine beginne ich, verlegen zu lachen. Es ist bloß eine Perrücke. Das erklärt natürlich ihre steife Sitzhaltung. Meine Fantasie geht mit mir durch. Ich sagte ja bereits, dass meine Nerven blank liegen.

Als der erste Schreck von ihr weicht, wischt sie sich die Haare kinnwärts aus dem Gesicht und entschuldigt sich leise bei mir: »Ich muss Sie erschreckt haben. Das tut mir sehr leid.«

Auch ich entspanne mich ein wenig. »Ach, i wo«, lüge ich und versuche mich wieder im Sitz aufzuraffen. Auf ihrer Höhe angekommen, blicke ich nach rechts und sehe, dass die Perücke zwar gut, aber schief sitzt. Eine Handbewegung, die die Korrektur eines Hutes auf dem Kopf nachstellt, soll es ihr andeuten.

Sie versteht und zieht Luft durch die Zähne, während sie alles zurechtrückt. »Es ist mir ganz und gar unangenehm. Ich entschuldige mich noch einmal bei Ihnen.«

»Ist schon gut«, sage ich ummantelt von keckerndem Verlegenheitslachen. »Sie sind ja eine ...« meine Hand schnellt über meinen Skalp, »eine glanzvolle Erscheinung.«

Sie erwidert nichts. Dann widmet sie sich wieder dem Haar. Natürlich weiß sie, dass ich auf die Glatze angespielt habe. Als es aus mir herauskam, dachte ich, es sei nett. Jetzt ist es mir peinlich. Und wie immer, wenn die Kanten einer Situation fransig ausfallen, versuche ich auf Frauenart zu retten, was zu retten geht: »Ich meinte, Sie sind eine außerordentlich imposante Erscheinung. Ich möchte Ihnen nicht zu nahe treten, aber ich möchte dennoch etwas sagen. Ihre Haut ist selten schön und Ihre Nase ein Meisterwerk der Natur.«

»Wirklich? Finden Sie? Viele denken, sie sei gemacht. Aber das stimmt nicht. Das ist sehr nett von Ihnen. Wie kommen Sie zu einer Aussage wie ›Meisterwerk‹? Wirklich sehr schmeichelnd.«

»Ich bin Schönheitschirurgin. Ich erkenne gutes Material, wenn ich es mal so ausdrücken darf? Ein guter Juwelier erkenn einen Diamanten in einem Haufen von Kristallen.« Mit einem Blinzeln erhebe ich mich ein Stückchen in die Erhabenheit über die Dinge. Noch ein Satz und die Schlange wird handzahm: »Ich arbeite mit führenden Kosmetikfirmen zusammen und erkenne eine Schönheit, wenn ich sie sehe. Und drauf zu sind sie schlank wie ein Schilfrohr.«

*Geschafft.* Ihr Teint und ihr Blick verraten es mir.

Tatsächlich meine ich ehrlich, was ich sage. Sie hat außerordentliche Details, für die manche Kosmetikfirmen Tausende von Euros zahlen, um sie ablichten zu dürfen. Im nächsten Moment verrät mir ihr Blick, dass sie sich unter den geschulten Augen einer Ärztin unbehaglich fühlt. Es ist an mir, das wieder wettzumachen.

»Keine Sorge, Ihr Make-up und das ganze Drumherum sind nahezu perfekt.« Auch das meine ich ehrlich. Ihre

Wimpern sind falsch, aber wirklich gut, wahrscheinlich Nerz. »Machen Sie sich keine Sorgen. Ich glaube, niemand hat es gesehen.«

Verlegen fragt sie: »Meinen Sie?« Ihr Blick bleibt neben meinem Kopf hängen und zielt daran vorbei.

Ich drehe mich nach links und sehe die Frau, die vorhin schon einmal so penetrant zu mir geschaut hatte, als sie ihr Flugzeug-TV nicht bedienen konnte. Mit einem Schnalzen ermahne ich sie. *Unverschämtheit.*

Sie erwacht aus ihrer voyeuristischen Haltung und widmet sich vertuschend dem Einkaufsmagazin, das vor ihr in der Lehne klemmt.

In unserer Sitzreihe sind nur die Schlange und ich, der Fensterplatz ist leer. »Rücken Sie doch eins auf, dann sind wir unter uns.«

Offenbar hält sie das für eine gute Idee. Sie greift mit Zeige- und Mittelfinger auf Kinnhöhe in ihr Perückenhaar und wechselt den Platz wie im Flug. Dann sieht sie mich erwartungsvoll an und ich sehe sie betreten an.

»Mein Gurt klemmt«, gebe ich zu. »Ich kann gar nicht aufrücken.«

»Wirklich?«, staunt sie, begleitet von einem wissenden Tonfall. »Ich habe es schon beim Start bemerkt, dass irgendetwas mit dem Gurt nicht in Ordnung war. Lassen Sie mich mal einen Blick darauf werfen. Vielleicht kann ich helfen.«

Sie beugt ihren langen Oberkörper zu mir herüber und nimmt die Gurtschnalle unter die Lupe. »Der Gurt klemmt dazwischen und blockiert den Schnapper. Warten Sie, das haben wir gleich.« Mit ein paar geschickten Handgriffen und etwas Zugkraft aus den langen Fingern erlöst sie mich aus der Gefangenschaft.

*Na, dass ausgerechnet die zunächst gefährlich Gedachte*

*mir zur Rettung eilt. Manch ein Flugbegleiter könnte sich ein Beispiel nehmen an so viel Zuwendung und Geschick zugunsten verzweifelter Passagiere.*

»Mein Name ist Katarzyna.«

»Milva. Freut mich.« Wir reichen uns die Hände.

Im nächsten Moment ruckelt das Flugzeug. Die Anschnallsignale leuchten mit einem *Pling* rot auf.

»Oh, wir müssen uns angurten«, sagt Katarzyna.

Ich denke überhaupt nicht daran. Gerade eben wurde ich befreit und meine Blase drückt ehrlich gesagt ziemlich. Ich muss die Bordtoilette aufsuchen. Doch dazu komme ich nicht. Das Flugzeug ruckelt erneut und dann hebt sich mein Po vom Sitz. Wir fallen in ein Luftloch. *Albtraum!*

Katarzyna und ich springen förmlich zueinander, klammern uns aneinander fest und rücken beide auf den Mittelsitz, der zwischen uns frei geworden ist. Wir kreischen im Chor mit etwa vierzig anderen Frauen und einem Mann zusammen.

»Was, wenn wir jetzt abstürzen?«, fragt sie ausgerechnet mich.

Bemüht darum, meine Angst davor nicht zu zeigen, deute ich zu den Flugbegleiterinnen und berufe mich auf sie. »Na, sehen Sie, Katarzyna? Die Stewardessen laufen noch fröhlich herum.« So richtig kann uns das beide nicht aufmuntern. Stattdessen verpassen wir uns blaue Flecken an den Armen.

»Aber jetzt schnallen die sich auch an!«

»Was? Tatsächlich.« Vielleicht wurden wir von einem Geysir getroffen. Obwohl wir längst auf dem Weg über Grönland sein sollten, wenn ich mich recht an die Route erinnere. So groß ist Island nämlich nicht.

Jetzt schieben sich alle Vertuschungsschleier zur Seite. Meine Angst tritt hervor, gemeinsam mit kaltem Schweiß.

Meine Schlangenfreundin erweist sich als tollkühn. Kurzerhand greift sie sich zwei Gurtenden, eine Schnalle und eine Steckzunge und schon sind wir vereint im Zweipunktgurt. Wir rauschen zeternd durch eine Achterbahn im Himmel. Nur ein kleiner Junge weiter hinten scheint Spaß daran zu haben.

*Kein Bezug zu Risiken, der Hosenscheißer.*

Als es endlich vorüber ist, sagt der Kapitän etwas Seichtes durch, um die Gemüter zu beruhigen. Es geht um eine Gewitterwolke über Grönland. Er spricht darüber, als beschreibe er die Farbe seines Mittagessens.

»Hoffentlich kann er drum herumfliegen«, flüstert mir Katarzyna zu.

Ich nicke hoffnungsvoll. »Meinen Sie, wir können uns jetzt wieder losmachen?«

»Nein, wir sollten noch ein wenig ausharren«, schlägt sie vor. »Nicht, dass wir durch die Zelle hier wirbeln.«

»Ich muss mal«, gebe ich zu bedenken.

»Ich auch. Aber gehen Sie niemals bei Turbulenzen auf die Toilette«, rät sie mir mit Inbrunst. »Das habe ich einmal getan. Glauben Sie mir, es ist kein Vergnügen.« Und dann: »Da, schauen Sie nur.« Sie deutet zur Wand, die unsere Sektion nach vorn hin von der 1. Klasse abtrennt. Dort steht ein Herr, der einen turbulenten Toilettengang hinter sich zu haben scheint. Er sieht verärgert und unglücklich zugleich aus.

Wir kichern.

»3D Toilettengang«, sagt sie durch die vorgehaltene Hand. »Das ist wie russisches Roulette. Ich beeile mich immer, wenn ich im Flugzeug muss. Deckel hoch, flott Pipi gemacht und Deckel wieder runter. Das ist zwar stressig, aber ein zweites Mal passiert mir das dort nicht.« Katarzyna zeigt noch einmal zu dem Unglücksraben, der eine Ladung

Servietten und Feuchttücher von den Flugbegleiterinnen entgegennimmt.

Nach einer Weile beobachten wir zum Fenster hinübergebeugt, wie eine dunkle Wolke darunter vorbeizieht.

»Ich glaube, wir fliegen drüber hinweg.«

Katarzyna nickt. »Ich habe mich bereits gefragt, warum wir durch die Wolken fliegen sollten. Wir sind ja weit darüber.«

»Stimmt. Vielleicht wären wir durch das Luftloch fast dort hineingefallen.«

»Es sieht ruhig aus. Kommen Sie, wir schnallen uns wieder ab und nehmen wieder eigene Plätze ein.«

Obwohl ich Katarzyna eingangs bedrohlich fand, fühle ich mich ganz wohl dabei, mit ihr zusammen in einem Gurt zu stecken. Unglück schweißt zusammen. Trotzdem stimme ich zu.

»Auf den Schreck könnte ich jetzt gut etwas trinken. Noch ein Schlückchen Wein vielleicht. Ich mag, wie er im Flugzeug auch in kleinen Mengen zu Kopf steigt. Das befreit von Anspannung.«

»Wenn ich ein solches Fläschchen im Flugzeug trinke, befürchte ich, in kürzester Zeit voll wie eine Haubitze zu sein.«

»Ehrlich?«

»Ja, dann singe ich Oldies oder schmutzige Lieder.«

Katarzyna lacht, unwissend, vor welchen Peinlichkeiten ich sie bewahre. »Das wäre zu lustig. Ich würde direkt mitsingen«, kichert sie und schlägt waghalsig vor: »Versuchen wir es doch. Die kleine Menge Alkohol wird bis zur Landung vollständig verarbeitet sein. Wir haben noch etwa sieben Stunden. Die Bar auf Rädern ist schon auf dem Weg zu uns.«

Weiter vorn sehe ich die Flugbegleiter mit dem Rollwagen

Erfrischungsgetränke verteilen.

»Weshalb fliegen Sie in die Vereinigten Staaten?« holt sie meine Aufmerksamkeit zu sich zurück. »Darf ich fragen?« Ohne zu widersprechen, lächle ich sie an.

»Ist es beruflich? Holen Sie sich vielleicht ein paar Tipps in einem Ärztekongress? Oder dozieren Sie vielleicht sogar? Entschuldigen Sie meine Neugier, aber es war so langweilig bis zum Luftloch. Schön, dass wir zueinandergefunden haben. Es ist angenehm, wenn man auf Reisen jemanden zum Plaudern hat.«

Gedanklich bin ich noch bei dem Wein, den sie mir schmackhaft gemacht hat und so lasse ich sie weitersprechen. Sie ist wirklich nett. Jetzt, da ihr Gesicht sich bewegt, hat sie alle gefährlichen Attribute verloren. Sie scheint aufgeschlossen und freundlich zu sein.

»Ich bin auch aus medizinischen Gründen in dieses Flugzeug gestiegen. Es soll eine neue Methode geben, meinen Haarwuchs wiederherzustellen. Es ist kein Krebs, bloß eine Autoimmunkrankheit. Mein Körper denkt, Haare seien der Feind. Es ist schon erstaunlich, dass man Pflanzen mit Dünger aufpäppeln kann, aber so etwas Simples wie Haar nicht einfach wieder beginnt zu wachsen, nur weil mein innerer Allergologe es verboten hat.«

»Guter Zuspruch hilft bei Pflanzen auch. Orchideen sind etwas schwierig«, schränke ich ein, »Aber Palmen sind ganz dankbare Gesprächspartner.«

»Ach, Milva. Das stimmt. Ich habe eine störrische Orchidee zu Hause.«

»Sie auch?«

»Wenn ich es doch sage. Und ich rede auch mit meiner Palme. Wenn sie die Blätter hängen lässt, schneid ich ihr die Spitzen und mach ihr ein Haargummi rein.« Katarzynas Gesicht sieht mit angezogenen Mundwinkeln und hochgezogenen Brauen aus, als habe sie sich damit arrangiert, wenigstens einem in ihrem Haushalt die Haare machen zu können. »Es ist nicht immer angenehm als Krebspatientin gesehen zu werden, wenn man gar keiner ist. Und was Männer anbelangt, ...«

»Das ist bestimmt nicht einfach.«

»Keineswegs.«

Der Rolltresen ist da. Katarzyna bestellt zwei Fläschchen Rotwein, die einen erleichterten Seufzer von sich geben, als die Drehverschlüsse von ihnen genommen werden. Dazu bittet sie um zwei Becher mit stillem Wasser. Gute Idee. Immer Wasser auf Wein.

»Das stille Wasser nimmt die Säure ein wenig und lässt den Wein flacher erscheinen. Ich denke, das ist in ihrem Sinne, nicht wahr?«

*Wie umsichtig.* Wir stoßen an.

Katarzyna kehrt zurück zu den Männern: »Es ist wirklich nicht schwierig, jemanden kennenzulernen. Allerdings ist es eine heikle Angelegenheit, wenn er schnell Feuer fängt. Immerhin muss der Moment kommen, in dem die Hüllen fallen. Und bei mir fällt ja dann auch etwas anderes. Wildes Knutschen ist verboten, dabei würde ich das so gern mal wieder machen. Nur dann haben die Jungs plötzlich meinen Fiffy in der Hand. Sie können sich vorstellen, was dann geschieht.«

»Ja?«

»Ihnen ist es auch passiert. Natürlich erschrecken sie. So wie Sie. Es ist ja auch befremdlich.«

Entschuldigend ziehe ich den Kopf ein Stückchen herunter und hebe dabei die Schultern.

»Ist schon gut.«

»Wie stellen Sie es dann an? Ich möchte meinen, Sie bekommen viele Angebote.«

»Ob es viele sind, kann ich gar nicht sagen, aber es kommt schon vor. So zwei Mal die Woche.«

»Das ist viel. Wie alt sind Sie?«

»Zweiunddreißig.«

»Und wie lang ...«

Sie fällt mir routiniert ins Wort, so als hätte sie das Folgende schon hundertfach gesagt: »Seit ich denken kann. Ich glaube, ich habe als Baby schon keine Haare gehabt. Ich kenne es also gar nicht anders. Deshalb vermisse ich es auch nicht, welche zu haben. Trotzdem ist es einer Beziehung oder einem glücklicherem Leben, ...«

»Dem Frausein zuträglich«, ergänze ich und Katarzyna quittiert mit einer Handbewegung in die Luft hinein.

»Ich sehe das Ding auf meinem Kopf als eine Art Schleier. Nur wie sagt man so schön: Wenn der Schleier fällt ...?«

»Bald siehst du, wenn der Schleier fällt, den blauen Himmel unverstellt. Eigentlich bezieht sich das auf eine Wetterlage im Herbst. Das ist aus Eduard Mörikes *Septembermorgen*.«

Katarzyna nimmt einen Schluck Wein zu sich. »Nun, wenn mein Schleier fällt, dann ist eher Novemberstimmung bei den Männern. Deshalb muss ich mir schon sehr genau anschauen, auf wen ich mich einlasse, um zu sehen, ob er sich darauf einlassen kann. Erfolgsquote liegt gefühlt bei unter zwei Prozent. Und so wird etwas, das immer da gewesen ist, unfreiwillig zu einer notwendigen Heimlichkeit. Und Heimlichkeiten kann ich an und für sich überhaupt nicht gut leiden.«

»Ich auch nicht«, gebe ich zu und denke daran, dass ich nur einer Heimlichkeit wegen hier im Flugzeug sitze. »Sie machen alles komplizierter, als es ohnehin schon ist.«

»Wissen Sie, ich bin der Meinung, dass Liebende auch gern Heimlichkeiten für sich haben sollten. Soll es doch ruhig kompliziert sein. Mir egal. Sollten manche Dinge und Begebenheiten nicht vollkommen irrelevant für ein Zusammensein bleiben?«

»Es kommt auf die Art des Geheimnisses an, denke ich und darauf, wie sehr es den anderen und die werdende Beziehung tatsächlich betrifft.«

»Mal ehrlich Milva, eine Fleischmütze?«, fragt Katarzyna selbstironisch und stößt, ein Lachen andeutend, Luft durch die Nase. »Das betrifft beide. Optisch und emotional. Meistens zumindest. Wie gesagt: unter zwei Prozent. Das ist wie Gold zu schürfen am Ostseestrand. Ich muss schon ziemlich stark abwägen, was gesagt und gezeigt gehört und was nicht. Und um das Lüften des Schleiers komme ich auf kurz oder lang nicht herum. Das ist bei Ihnen anders. Sie haben schönes, kräftiges, dunkles Haar. Sind das Naturlocken?« Sie greift geradeheraus nach meinen Korkenziehern. »Die sehen aus wie im Film«, bewundert sie anerkennend.

»Ja, sind es.«

Katarzyna tut mir ein wenig leid. Bemüht, es nicht zu zeigen, lächle ich und nippe an dem Wein. Der erste Schluck schmeckte spritig, der zweite nach Plastik, aber dieser, der dritte, schmeckt ganz annehmbar. Unterwärts meldet sich meine Blase. »Meinen Sie, ich kann jetzt zur Toilette gehen?«

Katarzyna sieht sich ernst um, beugt sich dann nach vorn, lässt ihre Hände auf den Boden sinken und sieht zu mir auf: »Keine Gefahr in Verzug. Denken Sie daran: Deckel hoch, so schnell wie möglich Puschen und Deckel wieder runter.«

»Aye-Aye«, salutiere ich und beeile mich, zum Klo zu kommen. Es ist nicht dringlich, aber wer weiß schon, wann das nächste Luftloch kommt.

Während ich im Schnelltempo rein und wieder raus aus der Kabine bin, drängt sich mir die Überlegung auf, dass wir über etwas sprechen sollten, dass ihr Mut gibt. Ich überlege mir, dass ich Katarzyna erzählen könnte, wie kompliziert das Leben mit Haaren auf dem Kopf sein kann. Wir haben noch gute sieben Stunden Flug vor uns. Bevor wir weiter auf ihrem Schicksal herumkauen, weil sie alle misslungenen Verabredungen aufzählt und das Scheitern von achtundneunzig Prozent ihrer Suche nach Glück auspackt und wir dann gemeinsam heulend auf die Landung warten, soll sie gern wissen, wie verdorben Märchensiedlungen sein können; wie monströs einen ein Einkaufsbummel entstellen kann; wie Ehen durch unbezahlten Tee überleben können; wie fies beste Freunde werden können und was dabei herauskommt, wenn man einen Lockenkopf hat, den alle mit Liebreiz und Charme in Verbindung bringen, niemals jedoch mit Irreführung oder großherzigen Lügen, schon gar nicht im Meerjungfrauenkleid.

Verrichteter Dinge und unbeschadet tripple ich den Gang hinunter und schaue in die Sektion hinter meiner. *Das Manati war's!* Die Seekuh schnarcht als sei sie allein im Amazonas. *Hab ich's doch gewusst.* Der Ärmste, der neben ihr sitzt. Ich könnte ihm einen Platz in unserer Reihe anbieten. Mein Arm schnellt nach vorn, um ihn anzusprechen, aber dann überlege ich es mir anders. Er braucht keiner Frauengeschichte zuzuhören. Zwar könnte er dabei durchaus etwas lernen, aber einem erwachsenen Mann so etwas zuzumuten, grenzt an ausgemachte Bosheit. Ich setze mich also auf den Mittelplatz neben Katarzyna und beginne zu sprechen: »Sie haben mich vorhin gefragt, wie ich zu diesem Flug komme. Wenn Sie möchten, erzähl ich es Ihnen.«

Sie sieht mich erfreut an und schlingt die Beine umeinander wie einen Schlangenschwanz. Ernsthaft, sie bekommt das eine über das andere Knie und kann ihren Fuß ganz locker um ihre Wade wickeln und bequem dabei sitzen, wie es ausschaut.

Ich beschließe, mich beim Yogalates anzumelden. Die Kobra krieg ich gerade noch hin, ohne dass mein Rücken knackt. Aber das hier will ich auch.

»Ist es eine kurze oder eine lange Geschichte? Ich hoffe eine lange. Wir haben noch so viel Zeit und fliegen mit der Sonne. Das heißt, wir haben einfach einen irre langen Tag hinter und eine irre lange Nacht vor uns.«

»Eine irre lange Geschichte.«

Sie greift nach oben und drückt den Knopf, der die Flugbegleitung ruft.

»Brauchen Sie noch etwas?«

»Wenn es lange dauert, dann brauchen wir mehr Wein und ein paar Salzstangen. Ich hoffe es gibt Salzstangen. Aber beginnen Sie ruhig schon. Die kommt bestimmt gleich. Ich bin neugierig.«

Sie sieht mich an wie eine Geschichtenerzählerin. Ihre Augen funkeln gespannt.

»Also schön. Wo fange ich an?« überlege ich. Der richtige Einstieg ist die Anknüpfung an die Heimlichkeiten. Ich beginne also zu erzählen, welche Heimlichkeiten sich an meinem Sorgentelefon enthüllen und welche Geheimnisse mir Menschen anvertrauen. Natürlich nenne ich dabei keine Namen. Wir bestellen den Wein und Salzstangen und lassen sogar noch welche nachkommen.

Und als ich ihr dann erzähle, was Reza ausgeheckt hatte, nachdem wir über die Märchensiedlung gesprochen hatten, und was der Doktor Neues in die Praxis bringen wollte, öffneten wir die dritte Flasche Wein. Selbstredend in Flugzeuggröße.

**Kapitel Sieben**
**Porzellanzarte Popöchen**

Mein Veilchen brauchte exakt eine Woche, um zart rostbraun zu werden und drei weitere Tage, um ganz zu verschwinden. Keiner der Patienten sprach mich darauf an, selbst als ich das Make-up nach einer Woche fortließ.

In dieser Zeit freundete ich mich ein wenig mit Nemea an. Wir trafen uns immer eine Stunde vor Arbeitsbeginn und sie machte mir allmorgendlich einen ihrer köstlichen Frappés. Es war vollkommen neu für mich, mich mit einer Frau auszutauschen und das auch noch täglich. Der Rahmen dafür war gut gesteckt. Eine Stunde freie Zeit zum Plappern und dann schlüpften wir in unsere Uniformen und wurden professionell.

Zusammen Feierabend machten wir nie. Eine von uns blieb meist länger, je nach dem. Am darauf folgenden Morgen allerdings tauchten wir wieder in das freundschaftliche Gewand. Sie erzählte mir ein paar Dinge über den Doktor, die es mir möglich machten, ihn besser zu verstehen.

Er sei wie ein Röntgengerät, sagte sie. Er sehe die Dinge, wie sie wirklich sind. Seine Sprache stellte sich jedoch als Bremse für ihn heraus. Sein Satzbau war unentwickelt, beinahe kindlich. Sagt man nicht: ›Kindermund tut Wahrheit kund‹?

Es gab viele Situationen, in denen ich mir selbst dafür auf die Schulter klopfte, eingangs beschlossen zu haben, ihm zuzuhören und alles im Kopf zu übersetzen. Das war von vielen allerdings zu viel erwartet. Sie schreckten vor seinen Äußerungen zurück oder fanden sie unpassend oder sie klangen gar lästerlich oder gemein für sie. Wenn sie aber genauer darüber nachdachten, kamen sicher die meisten darauf, dass er in vielen Dingen recht behielt. Das machte seine Weise zu sein und zu sprechen vielschichtig verschlüsselt in seinen ungezierten Äußerungen.

Um ein Beispiel zu nennen: Ein bunt angemaltes Ei ist für uns ein Osterei. Für ihn ist es in erster Linie nur ein simples Ei. Ich verstand, dass wir sehr an Beiwerk hängen, sei es mitunter auch störend. Er pustete es einfach fort und sagte dann mit erhobenem Finger: »Ein Ei«, während andere Tamtam um die Farben und deren Beschaffenheit, sowie die chemische Zusammensetzung, Verträglichkeit und Unbedenklichkeit machen.

Er sagte erst, was er sah, er spukte aus, was er fühlte und manchmal auch, was für ihn damit einherging. Letzteres nur auf Nachfrage.

Ein weiteres Beispiel: Wir gingen einmal gemeinsam in den Supermarkt, um Kuchen für den Nachmittag zu kaufen. Der Doktor wollte außerdem ein paar Pfandflaschen zurückbringen. Allein gehen wollte er jedoch nicht. So begleitete ich ihn.

Als wir anstanden, gab es Stress an der Flaschenrückgabestation. Zwei Automaten, aber nur einer davon nahm Kästen zurück. Und dann gab es eine meckernde Körnerpickerin in der Schlange, die sich darüber echauffierte, dass zwei Junge Dinger ihre Flaschen in den Automaten steckten, als sie an der Reihe und nicht umsichtig genug gewesen waren, um einen völlig unbeteiligten Mann mit bloß einem Kasten vorzulassen. Wie auch immer. Dem Doktor stand sie schlichtweg viel zu nah. Er wich ihr bereits aus.

Als die Meckerziege auf abweisenden Widerspruch von den jungen Herrschaften stieß, die das ungeschriebene Anstehgesetz brav eingehalten hatten, sah sie sich nach Verbündeten um und wählte Dr. Rolig, der direkt neben ihr stand. Sie wetterte ihm »Das geht doch nicht!« und »Wie kann man so rücksichtslos sein?« ins Gesicht. Jeder andere hätte entweder mit eingestimmt oder sie versucht zu beschwichtigen. Nicht so der Doktor.

Er presste die Lippen aufeinander, trat mit aufgerissenen Augen zurück und gab einen missbilligenden Laut von sich. Im nächsten Moment flogen seine Hände entschlossen und protestierend von ihm, begleitet von den hupenden Worten: »Bitte! Sie kacken in meine Aura!« Danach war Ruhe.

Zu seiner Unverblümtheit mischte sich eine erhebliche Menge an Begeisterungsfähigkeit. Er umgab und beschäftigte sich mit Dingen, die seine Aufmerksamkeit erregten. So auch bei einer Informationsveranstaltung an einem angenehmen Freitagabend an der Universität. Dort hatte es die Vorstellung eines Hautbleichmittels gegeben. Der Vortrag war langweilig. Mittendrin gab es ein paar Nebensätze vom Dozenten, die dem Doktor offenbar einen Denkanstoß verpasst hatten.

Kaum waren wir aus der Veranstaltung heraus und saßen im Auto, platzte es aus ihm heraus: »Wir machen es.« Er preschte entschlossen in den hamburger Sommerabend.

Ich persönlich fand am Vorgestellten nichts besonders. Es war um eine schmucklose Salbe gegangen, die dunkle Flecken verblassen lassen konnte und mitunter ganze Hautpartien bleichte.

Nur Sekunden später gab er seinen Beschluss bekannt: »Sie fahren zur Fortbildung. Sie machen einen Kurs.«

»Was für einen Kurs?« Ich verstand nicht.

»Und dann machen Sie es bei uns in der Praxis. Immer Donnerstagabend. Können Sie an Donnerstagen?«

Ich tat so, als würde ich meine Termine im Kopf durchspielen. Dabei gab es gar nicht viel nachzudenken. Natürlich konnte ich donnerstags. Mein Sorgentelefon war nur an

Dienstagen und Freitagen ab 20 Uhr geschaltet. Nur sonntags konnte ich nicht, weil ich mich sonntags der intensiven Körperpflege widme. Es ist mein Beauty-Day, da brauche ich Zeit für mich. An den anderen Tagen war ich entweder allein, weil Reza bei ihm war, um persischen Reis zu essen, oder ich erteilte fernmündlich Ratschläge. Zu Hause war nichts, außer Gérôme, der erst nachts aktiv wurde und einer Spinne, die ich als Mitbewohnerin duldete, weil sie schlau genug gewesen war, nach zwei Staubsaugerattacken an der Fensterbank von links nach rechts umzuziehen. Seither ließ ich nachts das Fenster offen, damit Mücken zu ihr hereinkommen konnten. Mich rühren Mücken aus unerklärlichen Gründen nicht an.

»Ja, ich kann an Donnerstagen«, lautete mein künstlich hinausgezögertes Ergebnis der Terminforschung.

»Das ist gut. Sie machen es!«

»Ja, ich tu es!«, stimmte ich lachend mit ein, ohne zu überlegen. Ich hatte herausgefunden, dass Anlachen ein guter Trick war, Dr. Rolig dazu zu ermuntern, weiter zu erzählen, was in ihm vor sich ging.

»Ich werde Sie schicken und dann sind wir die Ersten in Hamburg. Das wird erfolgreich.«

Vollkommen verwundert darüber, dass er dieser Salbe so viel abgewinnen konnte und vor allem darüber, dass ausgerechnet wir die Ersten sein sollten, stutzte ich. Ich hatte einige Kollegen Infomaterial zur Salbe und ein paar Proben mitnehmen sehen. Ebenso hatte ich ihnen dabei zugehört, wie sie sich beim Dozenten nach den Mengen des zu verwendenden Präparates auf verschiedenen Hautpartien erkundigt hatten.

»Aber wir dürfen Reza nichts davon sagen«, wies er an, was mich noch mehr verdutzte. Trotzdem stimmte ich zu, denn Reza musste nicht wissen, was in der Firma vor sich ging. Ich kann Berufliches und Privates brillant voneinander trennen. Aber eine neue Salbe? Ein Geheimnis?

»Weshalb nicht?«, fragte ich vorsichtig.

»Nein, auf gar keinen Fall. Dann will er es auch. Und man kann Herpes Zoster davon bekommen.«

*Aua, Gürtelrose. Besonders fies!*

»Wenn es so riskant ist, dann sollten wir es nicht anbieten.«

»Doch! Das sollten wir.« Der Finger des Doktors hob sich wieder. Er meinte es ernst. Außerdem leuchteten seine Augen wie kleine nasse Steine aus der Elbe. »Wissen Sie, er will es auch gern zartrosa haben. Aber das geht nicht. Das gibt Gürtelrose. Er ist der Typ dafür. Er hat viel Stress.«

Na, da erzählte mir der Doktor aber etwas vollkommen Neues. Ich kannte Reza lebenslustig und viel entspannter als manch anderen. In letzter Zeit war er aus bekannten Gründen etwas nachdenklich geworden, aber Stress? Ich glaube, in seiner Muttersprache gibt es nicht einmal ein Wort dafür.

Normalerweise sprachen wir nicht über Reza, weshalb ich mich endgültig wunderte.

»Im Kopf. Er hat viel Stress im Kopf. Wenn er von der Arbeit kommt, dann ist er so.« Er zog die Schultern zusammen und duckte den Kopf. »Er braucht Ruhe und dann beginnt er zu strahlen.«

Interessant. So hatte ich Reza nie erlebt, dabei kannte ich ihn schon seit Jahren. Mehr wollte ich allerdings an jenem Tag nicht erfahren, also lenkte ich zurück. »Was genau wird die Fortbildung beinhalten?«

»Oh!«, entgegnete der Doktor zurück im Enthusiasmus. »Es ist ganz leicht. Thomas kann es Ihnen zeigen.«

Thomas war ein Kollege, der als Arzt nicht zugelassen war, aber medizinisch tätig auf dem Gebiet der Schönheitsmodellage. Er durfte nicht operieren, dafür alles andere an Gesicht und Haut machen.

»Wollen Sie nicht auch mitmachen?«

»Bitte! Ich kann nicht. Meine Patienten kennen mich. Es muss jemand Neues machen.« Er wies auf mich. »Neue Ärztin, neues Produkt, neue Leistung. Das ist ein guter Plan.«

»Sie können doch jemandem eine Salbe verschreiben oder sie auftragen. Warum brauche ich da eine Fortbildung?«

Der Doktor lachte spitz und betätigte dabei die Hupe einmal. Das tat er manchmal, um sich mehr Stimme zu verschaffen. Eine Angewohnheit, mit der ich mich schwer tue, um ehrlich zu sein.

»Die Patienten können es nicht allein.«

Nun war ich vollkommen ratlos.

»Und Reza kann es auch nicht«, lachte er ergänzend. »Aber Sie.«

Langsam bekam ich Bedenken. »Was meinen Sie denn nur?«

»Haben Sie nicht zugehört? Sie waren doch eben dabei. Denken Sie nach!«

»Ja, war ich. Doch, habe ich. Aber ...«

»Sie haben vom Bleaching gesprochen über die Entfernung von Melsama. Denken Sie!«

Ich ging alles noch einmal durch. Den langweiligen Einstieg des Dozenten, das Layout der Verpackung, die Wirkungsweise, Anwendungsgebiete ... *zartrosa. Oh nein!* Meine Hand schnellte zur Stirn, als schämte ich mich.

»Die Dozenten sind dumm. Sie denken, sie haben etwas entdeckt, dass Hyperpigmentierung im Gesicht entfernen kann. Aber wir sind nicht dumm."

Ich sah ihn angespannt an.

»Analbleaching! Piep, Piep, Piep«, rief mein Chef aus, lachte aus vollem Hals und hupte bei jedem Piep.

Hätte ich am Steuer gesessen, wäre an dieser Stelle eine Massenkarambolage in der Hamburger Innenstadt verursacht worden, weil ich gnadenlos gebremst hätte.

Der kleine Schwenk aus dem Vortrag, der zu allgemeinem Raunen und hanseatisch pikiertem Hüsteln geführt hatte, war es, den er meinte: »Das Produkt findet bereits seit Jahren Anwendung in der Erotikfilmbranche. Was meinen Sie, meine Damen und Herren, warum die Darstellerinnen immer zartrosa After haben? Wir wissen alle, dass dies nicht der Realität entspricht. Da wird nachgeholfen«, hatte der Präsentator süffisant gesagt und die Salbe hochgehalten. Und: ja, ich erinnerte mich daran, dass Reza einmal gesagt hatte, er hätte es auch gern schön, wo die Sonne nie scheint.

»Das ist bitte nicht Ihr Ernst«, bat ich fassungslos.

Auf einmal saß er wieder still am Steuer und konzentrierte sich auf den Verkehr. »Doch natürlich, Milva. Sie können doch wohl ein paar Polöcher eincremen. Aber es muss sehr feste einmassiert werden. Nicht Reza erzählen.«

»Bestimmt nicht«, flüsterte ich kontrolliert, um die Fassung nicht zu verlieren. Was sollte ich denn tun? Den Patienten eine Art Zusatzverkauf anbieten? So wie die Bäckereifachverkäuferin, die etwas Süßes für den Nachmittag anbot, wenn sie das Brot verpackte und lächelnd über den Tresen reichte?

*Darf es vielleicht zusätzlich eine kleine Überraschung für den Partner sein? Ein porzellanzartes Popöchen? Wie wär's?*

So etwas war vielleicht in einer Stadt wie Berlin denkbar, aber doch nicht in Hamburg. Die Damen aus Blankenese würden mich für verrückt erklären und ich mochte mir gar nicht ausmalen, was die Männer zu solch einem Angebot sagten. Schweißgebadet würden sie die Praxis verlassen und mich wegen versuchtem Hausfriedensbruch anzeigen. Das ging auf gar keinen Fall.

Der Doktor allerdings schien sich dermaßen darüber zu

freuen, dass ich mich schon bei Thomas im Studio sah. »Sie dürfen nicht sagen, wir machen Ihnen eine Rosette shining like the moon. Unsere Klienten sind ganz speziell. Sie sind nicht aus der Erotikbranche oder von der Reeperbahn, sondern sehr diskrete, hochintelligente Leute. Deshalb werden Sie es so sagen: Es gibt einige Körperteile, wie die Achseln, die Leiste, die Kniebeuge ... und dann schauen sie an ihnen hinunter und sagen ganz langsam: oder die Pofalte. Dann warten Sie auf die Reaktion, und wenn seine Augen rund werden, dann sagen Sie, dass sogar der Analring mit der Zeit abdunkelt und Bingo!«

»Woran übt man das bitte?« schob ich blass nach.

»An einer Puppe, was denken Sie? Vielleicht hat er auch einen Patienten. Live ist immer besser.«

*Au Backe!* Ich kannte meinen Chef mittlerweile gut genug, um zu wissen, dass er mich tatsächlich zu diesem Thomas schicken wollte.

»Wann soll das sein?«

»Ich mache einen Termin. Machen Sie es?«

Als ob ich eine Wahl hatte. »Unter Vorbehalt.«

»Na bravo.« Damit war es beschlossen, auch dafür kannte ich ihn gut genug. Er reichte mir seine Hand. »Abgemacht ist abgemacht.«

Den Rest der Fahrt schwiegen wir. Er war so nett, mich vor meiner Haustür abzusetzen und brauste mit seinem Piep, Piep, Piep davon. Auf diesen Schreck hin ging ich schnurstracks ins Bett und zog mir die Decke über den Kopf.

Am nächsten Morgen stand Reza unangemeldet vor meiner Tür. In der einen Hand hielt er ein Papiergetüm, dass unverkennbar aus meinem Lieblingsblumenladen DAS KLEINE GRÜNE stammte, in der anderen Hand hielt er eine Tüte, die einen unwiderstehlichen Duft von Zimt verströmte. Franzbrötchen waren darin.

Schlaftrunken nahm ich die Blumen und die Brötchen entgegen und taumelte damit in die Küche. Er machte uns einen Kaffee, während ich einen zart duftenden Wickenstrauß aus seiner Verpackung befreite und er erkundigte sich nach meinem Befinden. Die rosa Blüten sahen aus wie zarte Schmetterlinge, genau so empfindlich, wie meine Laune. Am liebsten hätte ich ausgeworfen, sein Freund dächte neuerdings ich sei sozusagen »für'n Arsch«. Davon musste ich allerdings absehen, denn wenn ich erst einmal begonnen hätte, wäre Reza nicht zu stoppen gewesen, bis er jedes Detail aus mir herausgepult hatte. Es gab bloß zwei Möglichkeiten. Entweder gar nichts zu sagen oder ihm alles zu erzählen.

»Alles bestens«, log ich mit rauchiger Stimme, als die Bohnenmühle surrte. »Ich habe nur nicht besonders gut geschlafen. Haben wir gerade Vollmond?«

»Nein, Halbmond«, sagte er und sah vom Kaffeeautomaten zu mir auf. »Seit wann bist du mondfühlig?«

»Seit wann tauchst du so früh morgens bei mir auf?«, versetzte ich. »Du hast mich noch nie um diese Zeit erlebt. Deshalb weißt du doch gar nicht, ob ich morgens die Auswirkungen von Mondständen aufzuarbeiten habe. Das mache ich fast täglich die erste halbe Stunde nach dem Aufstehen. Erst meine Träume analysieren und dann von Mondphasen erholen. Deshalb brauche ich eine Stunde im Bad.« *Gut gerettet.* Das klang nach mir und grundsätzlich logisch.

Auch Reza schien es so zu sehen, denn er widersprach nicht. Stattdessen eröffnete er ein neues Thema: »Ich muss dir etwas erzählen. Ich konnte nämlich auch kaum schlafen. Gestern musste ich ein Monika-Gespräch führen. Du kannst dir nicht vorstellen, wie ich mich gefühlt habe. Und erst meine Mitarbeiterin Brig.«

»Ihr Name ist Brig?«

»Ja, von Brigitt.«

»Da fehlt doch was vom Namen. Klingt wie igitt.«
Er stellte die Kaffeetassen befüllt auf den Tisch. »Nein, da
fehlt nichts. Wir sagen Brig. Kurz für Brigitt«, versicherte
er.

»Na gut.« Ich nahm ein Franzbrötchen aus der raschelnden
Tüte. Es war noch warm. Hamburg hat nie etwas Schöne-
res hervorgebracht als Franzbrötchen. Sie sind weich, süß,
lecker und schmecken nur in dieser Stadt. Ein Grund mehr,
hier zu sein und zu bleiben. »Was ist also mit Igittigitt? Und
wer ist Monika? Mit wem hattest du jetzt ein Gespräch?«

»Ich bin doch jetzt so etwas wie eine Führungskraft. Meine
Schäfchen machen, was ich ihnen sage. Das ist herrlich.«
Ein großer warmer Bissen aus Teig und Zimtpaste landete
in meinem Mund. Ich grinste mit prall gefülltem Mund.

Reza kippte mir ein wenig Milch in den Kaffee und schob
ihn mir über den Küchentisch zu. »Ehrlich gesagt, hätte ich
gewusst, dass ich ein solches Gespräch führen muss, wäre
ich lieber wieder normaler Mitarbeiter. Andererseits habe
ich natürlich mehr Freiheiten. Das tausche ich nur ungern
zurück.«

Lachend nickte ich in den Kaffee und trank einen heißen
Schluck. Der Kaffee war stark. Reza hatte jeweils drei Es-
presso in den Becher laufen lassen. Alle meine Sinne klappten innerhalb von Bruchteilen einer Sekunde auf wie Fens-
terläden bei Sturm. Aber zusammen mit dem Zimt war der
Sturm super.

»Eine Monika gibt es nicht«, erklärte er. »Zumindest keine
in Person.«

»Eine Supervisorin aus einem anderen Standort?«

Zur Antwort kamen ein verschmitztes Lachen und ein
seufzendes »Wenn es das nur wäre.«

»Raus mit der Sprache.« Ich führte meinem Mund einen weiteren Bissen Franzbrötchen zu.

»Also, Brig ist eine total kompetente Mitarbeiterin. Wirklicher Goldstaub. Sie ist fachlich dermaßen gut, dass alle sie gern um Hilfe bitten. Sie weiß einfach auf alles eine Antwort. Unglaublich. Leider ist Brig ein wenig korpulent.«

Bei seiner Sprechpause hörte ich auf zu kauen. Mein Blick schnellte von meinem süßen Brötchen hinauf zu Reza und ich wartete ab, ob wir heute Freunde blieben. Es lag nahe, dass er einen fiesen Vergleich zu mir anstellen würde. Tat er nicht. Wir blieben Freunde. Ich kaute weiter.

Reza schien bloß nach den richtigen Worten gesucht zu haben. Etwas, das neu war an ihm. Vielleicht hatte er sich im Zuge der Beförderung angewöhnt, seine Worte passender zu wählen als früher. Was dabei herauskam, klang etwas umständlich. Er sagte: »Es ist ja manchmal so, dass die Körperfülle so stark ansteigt, dass es schwierig wird mit den Extremitäten. Man kann ab einem gewissen Punkt des Volumens dann nicht mehr alle Stellen mit der täglichen Körperhygiene versehen.«

Noch einmal stoppte ich das Kauen und schluckte einen schweren Kloß Zimtteig hinunter, als er fortfuhr: »Es ist halt so, dass wir unseren Mitarbeitern vorleben und beibringen, dass Augenhöhe in Gesprächen von Vorteil ist. Kommunikativ gesehen. Ob nun in Bezug auf Niveaus oder die tatsächliche, körperliche Augenhöhe ...« Er bewegte seine flache Hand horizontal vor den Augenbrauen vor und zurück. »Wir gehen zum Beispiel in die Knie und hocken uns zu den sitzenden Mitarbeitern an den Tisch. Über ihnen zu stehen hat etwas Übergriffiges, weißt du? Prädatorenhaltung, verstehst du? Da geht es um das Ausleben von Macht.«

Meine Gedanken flogen zu Nemea. Mit ihr setzte ich mich an den Tisch oder beugte mich zu ihr hinunter und hockte mich auch mitunter neben sie. Bei Kathrin hingegen blieb ich immer stehen.

»Brig macht das par excellence.«

»Macht ausüben?« Vielleicht wurde dies hier interessant. Ich strich mit dem Finger durch die Falten in der aufgebissenen Mitte meines Brötchens und holte etwas von der köstlichen Zimtpaste heraus, um sie abzulutschen. Jedoch fragte ich mich, was Macht mit Korpulenz und Hygiene zu tun haben sollte.

Reza stand dann auf und hockte sich mit gespreizten Beinen neben mich an die Seite des Tisches. »Mitarbeiter fragen Brig immer weniger und beginnen darüber zu sprechen.«

Ich hielt mit dem Finger im Mund inne und versuchte die Paste restlos von ihm herunterzubekommen. Köstlich.

»Sie haben schlechte Erfahrungen dabei gemacht, sich dann zu Brig nach vorn zu beugen. Nicht ausführbare Körperhygiene führt ja gern zu Geruchsbildung.« Er deutete seine auseinandergespreizten Knie an und kam dann von der Hocke in den Stand zurück. Während er sich mir gegenüber wieder auf den Stuhl setzte, überlegte ich mir genau, ob ich noch einmal in mein Brötchen beißen wollte.

»Ich hab in der Pause davon Wind bekommen und es dann ausprobiert.«

Ein entsetztes »Ausprobiert?!« ging mir über die Lippen.

»Ja, ich habe sie um fachlichen Rat gebeten und bin dabei beinahe ins Koma gefallen.« Nachdrücklich und dabei so, als wäre er ein wenig eingeschnappt, schob er nach: »Ich schwöre, Milva, wenn ich bis dahin noch zu fünf Prozent bisexuell gewesen bin, dann ist das jetzt endgültig vorbei.«

*Igitt!* Das angebissene Brötchen landete auf der Tüte und ich wich angewidert mit dem Stuhl zurück.

»Du kannst dir vorstellen, wie es sein kann, wenn es unter Kollegen rumort. Wir haben es dann in einem Meeting besprochen. Einer der anderen Führungkräfte – Sven – hat dann nicht verstanden, wovon wir sprachen. Er fragte nur immer: ›Wieso? Was ist denn da? Was ist denn mit Brig? Womit haben die schlechte Erfahrungen gemacht?‹«

Ich hielt mir die Hand vor Nase und Mund und überlegte, wie ungeschickt ich es fand, dass Reza als Führungskraft Dinge glimpflich umschrieb. Es führte natürlich zu Verwirrung bei Leuten, die nicht schnell genug schalteten, weil es so bummelnd wirkt.

»Einige haben genau so wie du jetzt dagesessen und eine andere Kollegin hat ihm zugeworfen es würde stinken. Aber der Blitzmerker hat weiter gefragt. Was stinkt? Was stinkt denn da? Und dann ist es mir entschlüpft.«

Erwartungsvoll zog ich die Brauen hoch.

»Ihre Monika, habe ich gesagt.«

Ich wollte schreien und lachen und spucken zugleich und fegte die Tüte mit den Brötchen über den Tisch.

»Deshalb sagte Sven dann, jemand müsse mit ihr über die Monika sprechen.«

»Und du ..?«

Er ließ das Kinn zur Brust schnellen und hob mir seine geöffneten Handflächen entgegen. Dann sagte er in seinen Schoß hinein: »Richtig. Reza, der Frauenversteher, durfte das Monikagespräch führen. Schönen Dank auch.«

Mitfühlend nahm ich meine Hand vom Mund und berührte nur noch mit Zeige- und Mittelfinger meine Nasenspitze, als würde ich mich vor Weiterem wappnen.

Es blitzte aus der Innentasche seiner dünnen Lederjacke. Mit einem schnellen Griff holte er sein Handy hervor und legte es bäuchlings neben die Brötchen, auf deren Tüte sich Fettflecken gebildet hatten.

»Wie hast du es ihr gesagt?«

»Das war gar nicht so einfach.«

»Das glaube ich dir. Also, wie hast du es angestellt, Führungskraft?«, zog ich ihn auf.

Er berichtete, dass er Brig nach ihrem Wohlbefinden befragt habe und ihr dann sagte, es sei schön, dass es ihr gut gehe, schließlich sollten sich alle bei der Arbeit wohlfühlen. Dann habe er sie gefragt, ob sie sich vorstellen könne, mehr Aufgaben zu übernehmen, in der sie als Vorbild fungiere. Daher wolle er mit ihr gemeinsam die Rolle als Vorbild durchgehen.

»Vorbildliches Betragen, vorbildlicher Umgang, hervorragendes Fachwissen – und das hast du nun wirklich!«, zitierte sich Reza selbst. »Und als ich dann zum Auftreten kam, begannen ihre Augen zu glitzern. Ich führte ein Beispiel an, in dem man sich besonders stark eindieselt, weil Geruch und Hygiene ein besonders starkes Wirkmittel seien – da hat sie losgeheult. Das arme Ding. Sie wusste genau, wovon ich sprach.«

»Natürlich wusste sie, wovon du gesprochen hast. Sie scheint blitzgescheit zu sein. Ich finde, du hast es gut verpackt. Aber das macht ihre Arme auch nicht länger.«

»Deshalb weiß ich jetzt gar nicht, was ich ihr als Lösung anbieten soll. Kannst du mir helfen? Ich habe ihr versprochen, es sei nur mir aufgefallen und ich würde mir etwas einfallen lassen, das ihrer Ratlosigkeit entgegenkommt.«

»Sie kommt am Montag zur Arbeit? Ich würde die Stadt verlassen«, sagte ich entschlossen. »Vielleicht sogar den Planeten.«

Reza stürzte den starken Kaffee hinunter und nahm sich mein angebissenes Brötchen. »Willst du nicht mehr?«

Unkommentiert ließ ich ihn essen, was mir zu genießen vermasselt worden war. Ich überlegte, was man nun für die arme Brig tun konnte. Ohne besondere Mühe fiel mir etwas ein und ich lud Reza ein, mich Dienstag ab 20 Uhr auf meinem Sorgentelefon anzurufen.

Das war eine schwache Rache für seine Geschichte zu so früher Stunde. Er quittierte mit einem mahnenden Blick und dem Vorwurf, ich würde nicht wirklich versuchen, ihn als Klienten zu werben. »Außerdem brauche ich den Ratschlag bis Montag um 11 Uhr. Hast du also etwas für mich?«

»Ja, ich mache eine Sonderschicht und sie kann mich am Montag anrufen.«

»Milva!«

»Ist ja schon gut. Kauf ihr eine orthopädische Verlängerung für Badebürsten in der Apotheke. Wenn du nett bist, kaufst du die passende Bürste gleich dazu und verpackst es diskret. Vor den anderen kannst du sie ihr nicht überreichen, selbst wenn einige sicher applaudieren würden. Wenn dadurch der Geruch verschwindet, ist allen geholfen und wenn es nicht wieder auftaucht, ist es in vierzehn Tagen vergessen.«

Er kam um den Tisch geschossen und drückte mir einen dicken Schmatzer auf den Mund. Seiner schnellen Bewegung wegen musste das Handy vom Tisch gefallen und lautlos auf seinem mit Gummi vor Stürzen geschützten Rücken gelandet sein.

Reza war ganz aus dem Häuschen und lief jubelnd zur Toilette. »Der Kaffee ist durch«, rief er und schloss die Tür hinter sich.

Ich widmete mich wieder der Tüte und liebäugelte mit einem der verbliebenen Franzbrötchen. So richtig sicher war ich mir noch nicht, als es von unten her blinkte. Aufmerksam werdend sah ich nach und fand Rezas Telefon, dass mir ein buntes Herz präsentierte und die Information, H3N77 habe ihm geschrieben, er solle nachschauen. Ich hob das verräterische Handy vom Boden und gab seine PIN ein.

*So ein Gangster. Er chattet noch immer.* Mit flinkem Tip-

164

pen öffnete ich die App mit dem bunten Herz und sah mir sein Profil an. Das Bild, das er aus dem Netz geholt hatte, sah gut aus, zeigte allerdings nicht besonders viel, das aussagekräftig genug gewesen wäre, mich als Nutzer dazu zu bewegen, ihn, oder besser Jessie3003, anzuschreiben. Da waren eine schön geformte Halsmulde und eine halb bedeckte Schulter. Vom blonden Traumhaar sah man nichts. Zumindest nicht, dass es blond sein sollte. Es hätte auch meine Haarfarbe sein können, denn im Schatten des Halses sah das Haar hellbraun aus. Zwar hatte ich schönes Mittelbraun, das bei Sonnenschein zu Haselnussbraun wurde, aber auf diesem Profilbild war das Haar Nebensache.

Die Toilettenspülung ging. Ich drückte die Rückkehrtaste, die mich auf die Übersicht seiner Applikationen zurückbrachte, merkte mir den Namen der App und legte es gesperrt wieder auf den Tisch zurück, so als wäre es nie heruntergefallen.

*Na warte*, dachte ich niederträchtig und entschloss mich, doch noch zu einem zweiten Brötchen zu greifen.


Wir sprachen über dies und das. Reza ließ sein Telefon bald schon wieder in seiner Innentasche verschwinden und machte sich etwa eine Stunde später vom Acker. Er wolle zusammen mit seinem Doktor Jakob aus der Stadt hinausfahren, um ein Wochenende in Schleswig-Holstein zu verbringen. Er habe eine Märchensuite vor den Toren Fehmarns gebucht, sagte er stolz. Ich dachte an die Märchensiedlung auf Abwegen und an Viehzeug auf dem Land.

Enten und Kühe auf den Straßen? Nichts für mich. Ich wünschte viel Spaß und verabschiedete ihn mit gewissenlosen Gedanken der List. Denn gleich, nachdem meine Haustür zugefallen war, schlenderte ich ins Schlafzimmer und von dort aus mit dem Handy in der Hand summend ins Bad.

Auf der Toilette lud ich die App herunter, und als ich aus der Dusche kam, war sie installiert. Ich richtete mir ein Männerprofil ein. Rezas Beispiel folgend, gab ich »Selfie« bei Google ein und fand ein paar Männerfotos, die ich vergrößerte, um einen Screenshot zu machen. Ein Foto, das nun eine leicht überdurchschnittliche Brust und Bauchpartie, aber kein Gesicht zeigte, erkor ich zu meinem Profilbild. Ich lud es hoch. Der Name, den ich wählte, war COSMO. Ich fand, das klang großstädtisch und männlich genug, um mich an Jessie3003 heranzutrauen. Ohne Zeit zu verlieren, versuchte ich sie zu finden.

Das war gar nicht so einfach, um ehrlich zu sein. Erst einmal musste ich mich durch mehrere Menüpunkte kämpfen und feststellen, dass ich mehr brauchbare Funktionen nur für Geld einkaufen konnte. Das hatte ich natürlich nicht vor.

Ich sah auch, dass zwei Damen auf mein Profil geschaut hatten, konnte aber nicht sehen, wer sie waren. Anschreiben konnte ich sie auch nicht. Alle anderen schon. Also wartete ich einfach, bis mich jemand anschrieb. Sicherlich konnte ich dann antworten. Angesichts der Tatsache, dass ich wenig Erfahrung im Chat hatte, beschloss ich den angebrochenen Samstag zu nutzen, um mich mit den Chat-Umgangsformen und der Art vertraut zu machen, wie man dort miteinander sprach, bevor ich Jessie3003 suchte.

Ich fand eine Funktion, die mir anzeigte, wer alles in meiner Nähe war wie bei dem Radar der Nautilus. Die Damen, die sich dort tummelten, fand ich jedoch größtenteils blass. Ihre Profile gaben mir das Gefühl, imaginär herausgefordert zu werden. Ich sah sie mir genauer an und begann mich über sie aufzuregen. Zeitgleich fand ich es schrecklich, dass ich sie anschauen konnte, ohne dass sie direkt merkten, dass sie jemand für hässlich oder unpassend tätowiert befand und wegklickte. Das grenzte an Erniedrigung. Wenn ich mich in der U-Bahn befand und mich abschätzende Blicke trafen, dann konnte ich den Platz ganz einfach wechseln. Wenn mir das auf der Straße passierte, dann ging ich woanders entlang oder ließ die Scannenden ziehen. Aber das hier? Mag ich, mag ich nicht und auch noch Punkte vergeben: Die muss weg, die ist mein Geschmack, bei der würde ich nicht lange überlegen ... bekamen diese Mädchen mit, dass ich sie beurteilte? Mit einer Art Benotung? Da kam ein Bild herein, ging durch die Bewertungsmaschinerie und hörte im Herzen auf zu sein.

Das musste ich erst einmal verdauen. Früher im Chat, als man noch mit einem Modem online war und am Computer gesessen hat, während man gebannt auf den Bildschirm starrte und auch eine Antwort wartete, war das anders gewesen. Man war bloß ein Nickname und hatte begonnen zu schreiben. Das hier allerdings hatte sich zu einem Einkaufsbummel entwickelt. Windowshopping. Es war ein interaktiver Katalog. In diesen Profilen stand einfach alles. Explizit ausgeführte Steckbriefe von normalen Angaben über Körpergröße und Gewicht bis hin zu sexuellen Vorlieben und sogar Maße der Ausstattung. Das mochte dem Finden von Gemeinsamkeiten dienlich sein. Ich fand allerdings, dass jemand, der glaubte, jemanden interessehalber ausschließen zu können, weil er die falsche Band als Musikfavorit oder die verkehrte Körbchengröße eingetragen hatte, hatte etwas von einer gewaltigen Schieflage von Kennlernritualen im zwischenmenschlichen Bereich.

Gegen 15:00 Uhr hatten mich ein paar Mädchen angeschrieben, in deren Profilen allesamt möglichst freundlich aussehende Fotos hinterlegt waren. Andere, die mein Profil besucht hatten, blieben mir weiterhin als verschwommene Bilder verborgen. Ich musste Geld ausgeben, um sie zu sehen. Die Männer wurden ganz schön eingeschränkt, fand ich. Vielleicht, um zu verhindern, dass sie mit den Damen begannen, nach Lust und Laune zu spielen. Eigentlich klug gedacht. Dabei schien Reza als Frau ziemlichen Erfolg zu haben und pausenlos angeschrieben zu werden. Ich fragte mich, ob die allesamt Geld bezahlten.

Gegen 16:00 Uhr löschte ich mein Profil und atmete erleichtert aus.

Trotzdem konnte ich Reza nicht einfach weiter machen lassen. Ich fand nicht gut, dass er sich als Frau getarnt auf dieser Plattform herumtrieb.

Umzudisponieren lautete der Plan. Ich meldete mich als Frau wieder an. Diesmal mit echtem Foto von mir, allerdings mit Jackson-Five-Frisur und Sonnenbrille, meiner probaten Tarnung. Meinen Chatnamen zu wählen, war etwas schwierig. Wenn ich viele Männerzuschriften haben wollte, sollte er wahrscheinlich nicht zu profan und andersherum auch nicht zu pornös klingen. Ich dachte kurz daran, mich Porzellan-Popöchen zu nennen, schwenkte dann aber um auf TaraXOX.

Meine persönlichen Angaben fielen etwas verfälscht aus, aber nahe dran an der Realität. Ich machte mich zehn Jahre jünger, vier Kilo leichter und zwei Zentimeter größer und schrieb in die Kopfzeile meines Profils:

**TARAXOX**

**WEICHER GANG &
GESCHMEIDIGER SCHRITT
HAMBURG, KOMM,
WIR WOLLEN WAS ERLEBEN**

**Kapitel Acht**
**Mit Schmackes**


Es ging zügig vonstatten. Als TaraXOX hatte ich im Chat bemerkenswert mehr Freiheiten als zuvor als Mann.

Schnell lernte ich wie die Regeln und die Sprache im Chat ausfielen. Grundsätzlich kristallisierte sich heraus, dass ich ganz einfach das Tempo angeben konnte.

Schrieb ich »Hallo« kamen ein »**Hallo**«, und meist etwas Nettes zurück. Einige schrieben ganz ordentliche Dinge. Gab ich hingegen Gas in meiner Wortwahl und wurde etwas schlüpfriger, sprangen die meisten sofort darauf an. Blieb ich reserviert und schlendernd, verstummte die andere Seite schnell. Stellte ich Fragen, gab es Antworten, mitunter in ganzen Sätzen.

»**Es gibt also auch schöne Frauen hier.**« – das war plump und unlogisch. Das sollte wohl ein Kompliment sein. Mir erschloss sich noch nicht genau, wie es hier zuging. Eine Begrüßung wurde jedenfalls häufig schnell beantwortet.

»**Hey, na du, alles gut? Ich möchte gar nicht anfangen, dir Honig um den Mund zu schmieren, das kennst du bestimmt alles schon … Ich würde trotzdem gern ein bisschen mit dir schreiben. Ich hätte einen anderen An-fang gemacht, wenn ich den Richtigen kennen würde. Ich würde mich freuen, wenn du dich meldest.**« – das war schon ganz nett, aber zu ungriffig. Es klang farblos, antriebsschwach. Würde, hätte, ein bisschen … lieber etwas Honig als ein Loch zum Durchfallen. Obwohl er recht hatte. Wie machte man einen Anfang, außer mit einem »Hallo« und ein paar Sätzen? Einen richtigen Anfang? Gab es einen falschen?

**»Wie aufgeschlossen bist du?«** – das klang ernst zu nehmend, allerdings war es ohne Ansprache. Das war wie »Hey Süße« im Vorbeigehen. Das war ein falscher Anfang.

Ich tastete mich langsam voran. Es gab von allem ein bisschen zu wenig. Ob Ansprache, eine namentliche Vorstellung, ein Gesicht, überhaupt ein Bild, man hielt sich allseits bedeckt, was einer Verkleidung gleichkam. Und Verkleidungen machten vieles möglich.

Unmöglich fand ich aber: Einige, die mich anschrieben, überschlugen sich vor Fehlern in Rechtschreibung, Satzbau und Art des Niveaus. Manchen wollte ich einen Deutschkurs nahelegen. Anderen eine Lektion in Etikette einer Dame gegenüber. Bei Letzteren musste ich schon ab und zu durchatmen und aufpassen, dass meine Augen nicht aus dem Kopf fielen. Die Männer trommelten laut in ihren Ansprachen.

Inteplam, 25 mit niedlichem Südländergesicht schrieb: **»Du bist wunderschön! Darf ich die Ehre haben, dich kennenzulernen? Ich würde alles dafür tun!**«

Ein gewisser Francesco, 26 mit einem Profilbild, das einen relativ ordentlich trainierten, kompakten Körper in blauem T-Shirt zeigte, jedoch gesichtslos war, schrieb mir Folgendes: **»Lust zu mir zu kommen?«**

Ich war nicht sicher. Ich nahm diese Fragen ernst. Er hatte doch aber bloß ein falsches Bild von mir gesehen, das weniger zeigte als seines. Das konnte nicht sein Ernst sein. Er wollte, dass eine Nackenbeuge zu im kam? Und Inteplam wollte alles dafür tun, die Ehre zu haben mit meinem Hals?

Wie außerordentlich blöd! Reagiert eine Chatmaus darauf?

Unschlüssig, was ich tun sollte, löschte ich beide Nachrichten mit spitzen Fingern und tat so, als hätten sie mich nicht angeschrieben. Da trudelte die Nächste ein:

**»Hey; na, wie gehz? Keine Angst ich beherrsche auch Sätze mit mehr als 4 Wörter, aber irgendwie muss man ja ein Anfang machen ... ;)«**

Wieder die Sache mit dem Anfang nebst einer imposanten, vorausgeschickten Geste. Nur leider vorn und hinten verkehrt. Das was dieser junge Mann, Slimm1406 mit harten Konturen im Gesicht und zugekniffenen Augen im Profilbild zu beherrschen glaubte, gehörte in eine grammatikalische Mühle. Das machte auch das nachgeschobene Zwinkern nicht wett.

Die Nächste: **»wawwwwww ich wusste nicht, dass Engel leben in die Erde. Wirklich, du bist ein ... Sorry, ich hab nicht die Worte zu erklären ... ohhh, deine Schönheit macht mich müde ... ich will schlafen ...«** *Schlafen?*

Einiges fand ich zwar originell aber mitunter eben auch abschreckend bis verwirrend. Einen Vorgeschmack hatte ich durch den Blick in Rezas Liste bereits erhalten, aber das schien zu bedeuten, dass es sozusagen so bleiben sollte? Da gab es ja überhaupt keinen Anlass, sich für den anderen zu interessieren. Bloß ein Bild, einen Klick als Reaktion auf einen optischen, meist dürftigen Eindruck und seien es auch bloß ein falscher Nacken und ein wenig Haar, eine kurze herzlose Ansicht von hinten. Das war nicht sinnvoll. Ein paar Nachrichten zog ich mir noch zu Gemüte, dann schaltete ich das Telefon aus und ging in innere Klausur mit den gewonnenen Erkenntnissen, bevor ich einschlief.

Was bis zum nächsten Morgen eintrudelte, schoss dann wirklich den Vogel ab. Es schien, als würden die Kerle bei abnehmendem Tageslicht mutiger werden.

DeNiro, 22: »**Es gibt so viele Sterne am Himmel. Holst du mir einen runter?**« – *Donnerlittchen, guten morgen Deutschland. Das ist bereits jetzt wie Cybersex. Nur ohne Sex und ohne erotisches Bild.*

Adebar, 22: »**hi du hast du schöne Profil und es wäre noch schöner wenn wir uns treffen und heisse Nacht zusammen machen.**« – *Heh, das war ja richtiggehend erotisch gemeint.*

Spaßig wurde es, als ich mich eines Toreros wegen beim Frühstücken an meinem Müsli verschluckte:

»**Ich muss schon sagen, wenn ich dich hier so sehe, werde ich wild, wie ein Torero. Dein Blick stellt die perfekte Herausforderung dar und ja, du machst mich wild. Nein, es ist mir nicht peinlich, dass ich Druck im Schniedel hab.**« – *Torero der Liebe hat etwas falsch verstanden. Aber es klang irgendwie ... nein, tat es doch nicht.*

Mein Vormittag war ohne Pläne, also entschloss ich mich, meine Wohnung zu verlassen und ans nahe gelegene Wasser zu gehen. Außerdem wollte ich ausprobieren, wie schnell ich an ein rasantes Foto kam. Ich schrieb ein paar schnuckelige Typen an mit Inhalten, die deutlich machten, dass ich unterwegs und bereit zu mehr war. Spontan natürlich. Das anfängliche schlechte Gewissen, urplötzlich auf Ignoranz umschalten zu können, legte ich schnell ab und verstand zum ersten Mal, wie genau es auch in Rezas Welt funktionierte. Es war verblüffend einfach. Ich kopierte einfach gelerntes Verhalten und schrieb:

»**Du bist der einzige, der mir hier gefällt.**«

Das verschickte ich etwa 25 Mal. Im Nu kamen passende Antworten. Manche wollten erst ein paar Fragen stellen. Andere stiegen sofort darauf ein und schrieben, dass ich ihnen auch gefiele. Allesamt wollten jedoch mehr sehen.

Darauf war ich vorbereitet. Noch vor dem Schlafengehen hatte ich ganz einfach die Suchworte »sexy selfie« bei Google eingegeben und war fündig geworden. Ich hatte irgendwelche Mädchen abfotografiert, die sich in mehreren Posen hochgeladen hatten. Es war wirklich simpel. Und diese Bilder verschickte ich nun fleißig. Ich weiß, Persönlichkeitsrechte, aber sie stellten sich öffentlich zur Schau, und soweit ich weiß, ist es nicht verboten, Bilder zu tauschen.

Das erste enthüllende Bild trudelte ein, sobald ich das erste BH-Selfie irgendeiner Zuckerpuppe verschickt hatte, die meine Haarfarbe besaß. Ich bekam ein paar Beine und nackte Oberkörper im Austausch – manche gut, manche nicht so gut.

Bei weiterem Bildertausch mogelte ich und schickte welche, die einander ähnlich sahen. Und dann kam die schockierende Erkenntnis: Ab einem gewissen Nacktheitsgrad waren Männer schlichtweg blind. Sie bemerkten nicht, dass meine vorgegebene Haarfarbe variierte oder dass meine vermeintlichen Brüste auf den Fotos größer und kleiner wurden.

Mit der Zeit wurde ich immer mutiger und verschickte sogar verschiedene Lippenformen. Nun ist mein Blick darauf natürlich geschult, aber solange ich die Varianzen für Normalbetrachter gering hielt, antworteten sie fleißig. Ein Unterhosenbild für ein BH-Foto.

Die Zielgerade überschritt ich in der Wechselfolge zu Slipbildern. Unfassbar. Da waren sie, die Rauhaarnudeln. Doch so wie die Möppies meiner Aliasse, waren sie von Boxershorts und Slips von fesselnd bis abtörnend verdeckt. Einige blieben Beulen im Stoff, die Restlichen wurden von ihren Trägern mit der Hand umfasst und in Position gebracht. Mein Bauch kribbelte vor Aufregung, als ich beim Durchschauen dieser teilweise reizvollen Bilder einen Grünstreifen an der Alster betrat und mich in den Schatten einer großen Eiche setzte. Das Gras war weich. Um mich herum summten emsig Bienen durch den weißen Klee. Ich beobachtete sie eine Weile, während der Takt der Vibrationen in meinem Telefon verebbte.

Die nächste Welle löste ich aus, indem ich meinen Profiltext änderte:

**»Suche spannendes Knistern. Jetzt!«**

In Windeseile wimmelte es vor Angeboten. Ich legte mich auf das sommerwarme Gras und hob das Telefon zwischen mich und die Licht streuende Eichenlaubkrone.

»**Ich bin knisternd**«, schrieb einer.

»**Lass es uns gemeinsam krachen lassen**«, ein anderer.

Auch der Torero war wieder dabei: »**Ich lass dich auf dem wilden Stier reiten!**« So langsam wurde es knisternd zwischen ihm und mir.

Allen schickte ich die ruchlose Aufforderung, mir mehr zu zeigen. Das hätte alles sein können. Ein kantiges Gesicht, ein Fuß, eine Hand, etwas Bein. Natürlich verstanden die Jungs prompt und begannen damit weitere halberotische Bilder zu senden. So lernte ich, dass sie es wie ich im Leben hielten: eine konkrete Antwort auf eine konkrete Frage oder eine ebenso konkrete Reaktion auf eine dingfeste Aufforderung.

Es wurde noch besser, nachdem ich ihnen geschrieben hatte: »**Zeig ihn mir mal.**«

Das allein genügte. Vier auffordernde Worte. Simpel und schmucklos.

Gezwungen, mein Bild von männlichem Verhalten auszubauen, stellten sie sich als äußerst zeigefreudig heraus.

Bisher war ich im Gegensatz zu einigen meiner Geschlechtsgenossinnen der Meinung, das männliche Geschlechtsorgan habe durchaus eine gewisse Ästhetik. Hier sollte meine Vorstellungskraft nun überboten werden und meine Meinung sich auf »einige« reduzieren. Etwa zweiundzwanzig rasante Bilder trudelten ein in allen Farben, Formen und Größen. Alles war dabei. Von Teelichtgröße über Altarkerzen bis hin zu olympisch geschwungenen Skischanzenformen. Ich war baff.

Das war, wie Eis aussuchen. Man musste sich bloß für eine Sorte entscheiden. Jeder Eismann schob die Frage nach, ob mir seine Sorte gefiel. Blieb meine Antwort ablehnend, zogen sie sich zurück. Sagte ich, ich sei unschlüssig, kamen noch mehr Bilder aus allen erdenklichen Winkeln und mit Fotofiltern versehen. Äußerte ich mich anerkennend, fackelten sie nicht lang. Vor allem ein grün hinter den Ohren aussehender Jungspund von zarten 19 Jahren, der sich mutig an eine deutlich ältere Frau wie mich heranwagte: »Ficken?« Das war frech.

Alle Künste des Kennenlernens wurden hier auf ein einziges Wort reduziert, unverkennbar zu einer Frage gegossen. Das war der knisternde Supergau aufkeimender Erotik. Das war auf ganz besondere Chat-Weise grandios.

Jetzt wollte ich es wissen und reduzierte die Unterhaltungen auf drei Chat-Partner. Sie waren heute diejenigen, mit einem vielversprechenden Beginn einer virtuellen Zweisamkeit. Ich schickte dem Torero, dem Jungspund und jemandem, der sich Autobot nannte, ein Bild von einer nackten Brust. Natürlich handelte es sich dabei nicht um meine eigene. Ich sage nur *Google*. An das Bild war das Versprechen gekoppelt, dass ich bereits heiß laufen würde und dass ich mehr zu zeigen bereit sei, wenn sie noch einen drauflegten.

Keiner der drei enttäuschte mich.

Der Neunzehnjährige schickte mir einen schlürfenden Text zusammen mit dem Bild eines Lusttropfens auf seiner Fingerkuppe, sein Ding im Hintergrund.

Torero verwechselte wie vorher bereits den Stier mit dem Stierkämpfer und schickte mir sein »Ochsenhorn«, wie er es nannte. Nach dem Kampf.

Und Autobot sah glücklicherweise davon ab, Transformer zu spielen und sich in eine Liebesmaschine zu verwandeln. Seine Zusendungen hielten sich eher ... Wie drücke ich es aus? Eher organisch als metallen? Er sandte mir mehrere Bilder vom Liebesakt mit einer Melone, in die er zuvor ein Loch geschnitzt hatte.

Hatte ich bis auf meine Schnappatmung bis jetzt alles unter Kontrolle zu halten gewusst, so konnte ich nun nicht mehr. Meine Erheiterung entlud sich in einem johlenden Lachen. Dabei löste ich meine Füße aus dem Klee und strampelte kräftig mit den Beinen durch die Luft. Leider saß einer meiner Ballerina-Schuhe nicht ganz so fest, wie ich erwartet hatte. Er flog im hohen Bogen durch die Luft. Angesichts meiner Lachattacke eilte ich ihm nicht sofort hinterher, um ihn zu holen. Es war mir fürs Erste egal. Er war ja in der Nähe. Ich konnte ihn später aufsammeln.

Unverhofft quittierte jedoch ein erschrockenes »Aua!« das Ende seiner Flugbahn. Gleich darauf folgte ein bissiges:

»Können sie denn nicht aufpassen?«

Mit erstickendem Lachen riss ich mich zusammen und zog den Kopf in den Nacken, um im Liegen Ausschau nach der Quelle zu halten. *Au weia!* Ich hatte jemanden getroffen.

Doch so konnte ich nichts sehen. Also drehte ich den Kopf noch etwas weiter.

»Ah, ist das etwa meine Freundin mit der weichen Birne?«, fragte dieselbe, nun entschlossene Stimme, etwas weniger bissig. Sie kam mir entfernt bekannt vor, deshalb rollte ich im Klee herum, um mich vor meinem versehentlichen Opfer aufzusetzen.

*Affengesicht!* »Sie schon wieder?!«, gab ich mit einer Mischung aus Verwunderung und Empörung zurück.

»Haben sie etwa gar nicht auf mich gelauert? Haben Sie jemand anderen erwartet?«, fragte er provokant und hielt meinen Schuh dabei vor sich wie die zeigende Verlängerung seiner Hand.

Mit zwei flinken Bewegungen stand ich auf den Beinen. »Natürlich! Wissen Sie, wie lange ich von dem Veilchen gut hatte?«

»Veilchen? Welches Veilchen? Ich sehe bloß Klee in Ihren Haaren und ein Schuhwurfgeschoss. Milva, richtig?« Er trug ein hellblau kariertes Hemd und eine dunkelblaue Leinenhose. »Warum werfen Sie mit einem Schuh nach mir? Ein einfaches ‚Hallo' hätts ja auch getan.«

Ich bekam zwei Kleeblüten in meinen Locken zu fassen und rupfte sie unsanft heraus. Die Sache war mir zwar ordentlich peinlich, aber ich war gedanklich noch bei der aufgewärmten Theatralik zum blauen Auge und wollte dabei nicht gestört werden.

»Ich hab ein blaues Auge gehabt, weil Sie nicht aufpassen, wohin sie laufen. Das hat mich beinahe meinen neuen Job gekostet.« Ein paar Grashalme fielen von den Beinen auf den Boden hinunter und ich klopfte meine Kleidung ab. »Und nun laufen Sie ausgerechnet in meinen Schuh. Sie haben selbst Schuld.«

»So?«, fragte er herausfordernd. »Hab ich das? Es ist verboten, mit Haushaltsgegenständen auf Passanten zu werfen. Das ist tätlicher Angriff.«

»Tätlicher ... Haushaltsartikel?« Das war beleidigend. »Haben Sie auch nur die leiseste Ahnung«, schoss ich vorgebeugt auf ihn zu, »was dieser Schuh gekostet hat?« Mein Finger stach hastig in die Luft.

Er drehte meinen Schuh zuerst abschätzend und dann mit geringschätzigem Blick in seiner Hand. »Also für mich sieht er aus wie ein einfacher flacher Schuh aus der letzten Saison. Oder älter.«

Ballerinas sind wirklich so etwas wie Gebrauchsartikel. Aber nicht diese. Zugegeben, sie waren nicht mehr besonders neu, aber enorm kostspielig gewesen. Dieses Paar zählte für meine Hausratversicherung als Wertsache, wie fast alle meine Schuhe. »Geben Sie ihn her!« Mit ausgestrecktem Arm versuchte ich, nach meinem Ballerinaschuh zu fischen.

Das Affengesicht hielt ihn zurück, sodass ich nachdrücklich werden musste. Doch dann holte er kurz entschlossen aus und warf ihn ins Wasser.

Schock, schwere Not. Ich konnte doch nicht mit nur einem Schuh bekleidet nach Hause gehen. Das macht man nicht. Nicht in Hamburg. Wenn, dann mit dem Zweiten in der Hand, was deutlich macht, dass man in einer misslichen Lage war. Ob trocken oder nass, ich musste den Zweiten zurückholen.

Schimpfend lief ich zum Wasser und hielt nach einem Stock Ausschau. Derzeit schipperte mein Schuh wie eine Nussschale auf der Alster, aber es genügte eine Welle, um ihn zum Tauchen zu zwingen. Da fand ich ein Stöckchen. Ich zog den zweiten Schuh aus, steckte ihn mir vorsichtshalber in die Gesäßtasche, um ihn vor neuen Ausbrüchen des Werfers in Sicherheit zu bringen. Dann wagte ich mich ins kalte Wasser und stakste ein wenig herum. Das Stöckchen war gerade so lang wie mein Arm und reichte nicht einmal annähernd ans Ziel. Dieses trieb stattdessen weiter hinaus. Wütend begann ich zu fluchen: »Das ist Umweltverschmutzung! Das ist Diebstahl! Nicht sachgemäßer Gebrauch von Haushaltsartikeln.«

Henri lachte amüsiert und entgegnete weiter nichts. Wirklich eine Unglaublichkeit.

Eine Weile fischte ich noch herum. Nur ungern gab ich zu, dass mein Versuch lächerlich und zum Scheitern verurteilt war.

»Soll ich Ihnen Helfen?«

Diese spöttische Spitze war der Gipfel vom Ganzen. Ich drehte mich nicht zu ihm herum und schickte ihn fort. »Gehen Sie weg! Ich kann das allein regeln.«

»Es ist doch bloß ein alter Schuh. Ich entschuldige mich für meinen Ausbruch spontaner Wurfkraft und kaufe Ihnen einen neuen.«

Was für ein moralinsaures Angebot. Der Typ hatte keine Ahnung. »Wissen sie etwa nicht, dass man niemandem Schuhe kauft? Es sei denn, man will ihn für immer los sein«, rief ich unbeirrt weiter fischend hinter mich. »Also, Menschen, denen man einen Schuh kauft, laufen einem damit weg.« Mittlerweile hatte ich mich bis zu den Knien ins Wasser gewagt.

»Sie wollen bleiben? Darf ich auf ein gemeinsames Abendessen hoffen?«

*So ein Hallodri.* »Sie haben ganz schön was abbekommen, hm? Als ob ich mit Ihnen auch nur zehn Schritte gemeinsam tun würde. Sie bringen Unglück und das auch noch freiwillig.« Mein Schuh begann zu wanken und trieb immer weiter hinaus.

»Sie sind wohl abergläubisch? Glauben Sie auch an die Fügung des Schicksals?«

*Schlüpferstürmer!* »Nicht in Ihrem Fall.«

»Sonst aber schon?«

Ein leises »Ja!« ging mir durch die knirschenden Zähne. Es nützte nichts. Ich gab es auf. Mein Blick ging noch einmal Hilfe suchend umher und da entdeckte ich unweit zwei Jungen in einem Optimisten, die kichernd am Ufer entlangfuhren.

»Hey Jungs!«, rief ich winkend. »Heh, mein Schuh ist dort vorn im Wasser. Könnt ihr mir helfen?« Noch einmal winkte ich und deutete auf meine unfreiwillig verlorene Nussschale.

Sie hörten mich und hielten kurz Ausschau. Dann visierten sie das Ziel an und näherten sich meinem Schuh.

Es dauerte nicht lang, bis sie ihn hatten.

Erleichtert und mit triumphierendem Blick drehte ich mich schließlich zu Henri um. »Sehen Sie? Ich kann das ganz allein ... Affengesicht? Henri?« Er war nicht mehr da.

Hinter mir riefen die Jungs: »Hey, wir haben ihn. Fangen Sie!«

*Um Himmels willen. Fangen?* Das konnte ich nicht. Ich drehte mich zu ihnen zurück und hob die Hände, da knallte mir das gute Stück auch schon klatschend mit voller Wucht gegen die Nase. Es krachte hart. Das tat bös weh! Gleichzeitig freute ich mich darüber, den Schuh endlich wiederzuhaben. Hektisch griff ich mit einer Hand nach ihm, obwohl meine Sicht von hochschießenden Tränen verschwommen war und mit der anderen Hand hielt ich meine Nase fest. *So ein Mist.* Vielleicht war sie gebrochen. Das Jüngelchen hatte ganz schön Schmackes gehabt. Die Optimistensegler beeilten sich, fortzukommen.

Ich kämpfte mich mit Schmerzen taumelnd zurück ans Ufer und wusste mir nicht anders zu helfen als Gras abzurupfen und es mir auf die Nase zu halten. Es war frisch und ich bildete mir ein, dass es meinen Körper an der Prellung beruhigen würde. Manche Naturvölker benutzen Pflanzen zum heilen. Moos zum Beispiel. Das stillt Blutungen.

Was in Wirklichkeit gestillt werden musste, war mein überkochendes Gemüt. Nicht bloß, dass meine Fußbekleidung in höchster Gefahr war, gebrauchsunfähig zu werden. Nein, Henri hatte sich einfach so davongestohlen. Ich konnte mir vorstellen, wie es für ihn gewesen war: Erst hatte er frech geworfen und sich dann köstlich auf meine Kosten amüsiert, um im entscheidenden Moment, da ich meiner Hilflosigkeit getrotzt und meine Frau gestanden hatte, abzuzischen. Das war ein starkes Stück. Das war gemein. Das war hinterhältig und arrogant. In mir spürte ich Rachegedanken aufkeimen.

In der Ferne sah ich die beiden Jungen, wie sie sich noch einmal zu mir umdrehten und mir aus sicherer Entfernung zuwinkten.

*Schöne Bescherung.* Über Henris gesellschaftliche Unzulänglichkeit brütend, rupfte ich noch zwei Mal Gras aus dem Rasen und legte es mir auf die Nase. Es kühlte tatsächlich, wenn auch nur für kurze Zeit.

Nächste Schritte mussten eingeleitet werden. Wenn ich nicht noch einmal mit lädiertem Gesicht zur Arbeit erscheinen wollte, musste ich sofort in die Praxis. Ich erhob mich und setzte mich in ein Taxi, das mich dort hinbrachte.

Den Schlüssel drehte ich möglichst leise im Schloss herum. Die Praxis war zwar geschlossen, aber ich war im Heimlich-Modus, daher drückte ich die Tür ebenso leise hinter mir zu. Dann schlich ich auf Zehenspitzen zu unserem Salbenarsenal und griff zu einer Sportsalbe mit kühlender Minze. Das stach für einen kurzen Moment in den Augen, aber das nahm ich gern in Kauf, solang die Prellung sich nicht ausbreitete. Im Spiegel prüfte ich mein Gesicht. Ich hatte ganz schön etwas abbekommen. Der Schuh war mit der Seite der Sohle auf meine Nase geprallt. Mit betroffen war die rechte Gesichtshälfte. Danach widmete ich mich meiner geschändeten Fußbekleidung. Es klebte ein wenig Entengrütze daran, wie ungeschickt angebrachte Applikationen. Mit den Fingerspitzen pulte ich sie ab. Der Rest des Kalbsleders war von Wasserflecken durchzogen. Es bildeten sich bereits Ränder. Das Dumme bei teuren Kleidungsstücken ist: Sie halten nicht besonders viel aus. Ein T-Shirt für drei Euro überlebte mehrere heiße Wäschen. Ein 79,00€-Ballerina-Schuh rang schon um sein wertes Leben, wenn er einem Sprenkelregen ausgesetzt wurde. Und Alsterwasser? Er war ruiniert.

In einem kurz aufflammenden Anfall von Ungnade knallte ich die Sohlen heftig aufeinander.

Ein erschrockener, greller Schrei ertönte.

Ich war nicht allein. Daraufhin drehte ich mich mit hochgehaltenen Schuhen herum und schrie selbst spitz auf.

In mein Gedankenwerk versunken, hatte ich offenbar nicht bemerkt, dass der Doktor sich auf den gewohnten leisen Sohlen in den offenen Türrahmen gestellt hatte. Mir zum Missmut leide ich an spontanem Kurzzeit-Tourette, wenn ich erschrecke, aus dem ich mich nur schwer retten kann. Daher warf ich ein »Mann Scheiße! Arsch ... schöööön, Sie zu sehen, Herr Doktor! Ich habe Sie gar nicht kommen gehört.«

»Was machen Sie hier?«, wollte er mit ernster Mine wissen. »Sie haben heute frei. Die Praxis ist geschlossen.«

»Ich benötigte etwas Sportsalbe«, entgegnete ich. »Es gab einen kleinen Zwischenfall und ich war gerade in der Nähe.«

»Zwischenfall?« Er sah mich genauer an. »Was ist mit Ihnen passiert, Milva? Und wie Sie aussehen! Welke Blumen im Haar, die Hosen nass bis zu den Hüften, barfuß, die Schuhe ruiniert. Wie eine Dame sehen Sie wirklich nicht aus. Und was ist mit Ihrem Gesicht?«

»Das ist eine lange Geschichte.«

»Dann erzählen Sie sie kurz.«

Mir war gar nicht nach einer kurzen Zusammenfassung. Mir war nach Ausheulen und danach, mich drei lang drei breit über den unsäglichen Anwalt zu beschweren. Am liebsten bei Reza oder bei Nemea mit einem kühlen Frappé. Aber was sollte es? Ich gehorchte: »Mein Schuh ist mir ins Wasser gefallen. In die Alster. Ein Segeljunge hat ihn für mich gerettet und ein bisschen zu sehr ausgeholt beim Zuwerfen.«

Er bewegte sich mit ausgestreckten Händen und tendenziell besorgt aussehendem Blick auf mich zu. »Zeigen Sie mal her.«

Seine weichen Finger schoben mein Kinn zur Seite, sodass er die verunfallte Stelle genauer betrachten konnte. Dann ruckelte er ein wenig an meinem Nasenbein herum. Es tat sehr weh. Meine Augen begannen zu tränen.

»Ich glaube es ist angebrochen. Soll ich es richten? Das ist schnell gemacht.«

»Nein, ich glaube, dass es auch so gehen wird. Es ist ja nicht so schlimm.«

»Wenn es schief liegt, wird die Schwellung stärker. Sie sollten das wissen, Milva. Sie sind Ärztin«, sagte er hinweisend. »Also, mit oder ohne Betäubung?«

Das Richten einer Nase hatte ich bereits hundert Mal gesehen und weitere hundert Male hatte ich es selbst durchgeführt. Es war tatsächlich eine Sache von Sekunden. Meist hatte ich es bei Männern durchgeführt, die sich wie Memmen angestellt hatten. Bekanntlich ist die Schmerzgrenze bei Frauen höher. Und all die geprügelten Frauen, an die ich mich erinnerte, hatten das Richten stumm ertragen. Also wollte ich ihrem Beispiel folgen. »Ich brauche keine Betäubung. Sie sagen es selbst, das ist doch schnell gemacht.«

»In Ordnung.« Kurz entschlossen drehte er sich fort, verließ den Raum und kam mit einer Nasenrichtzange aus dem OP zurück. »Wirklich ohne Betäubung?«, fragte er noch einmal und setzte an.

»Ja«, näselte ich. »Das halte ich schon ... Aaahhhh! Aua!! Geht's noch, du Spinner? Pisskopp!« Es stach ungemein, wie mit einer dicken Stricknadel ausgeführt, die zuvor in japanischem Heilöl mariniert worden war. Tränen spritzten meinem Chef auf das Hemd. Und mein Tourette-Anfall tobte in meinem Kopf weiter. Er beinhaltete Beschimpfungen jeglicher Art, einen Rachefeldzug mit Baseballkeule und Kreuzhackenstiel und ordentlich Dresche, die allesamt dem Anwalt galten.

»Milva!«, mahnte er. »Was für ein Weise, sich zu drucken. Sie kling wie ein Schlagpummel. Seien Sie mehr elegant.«

Mein Übersetzungsmodus war ob des Schmerzes ausgeschaltet. Ich hatte noch nie etwas Vergleichbares gespürt. Erst als der Schmerz verhallte, war ich in der Lage zu übersetzen, was der Doktor gesagt hatte. Er hatte meine Art mich auszudrücken angemahnt. Sie klänge wie bei einem Schlachtenbummler. Und er hatte mehr Eleganz gefordert. *Ehrlich, mit einer solchen Verletzung?* Und ich wusste, was nun kam: »Die Schwellung wird drei Tage brauchen, um zurückzugehen. Drei Tage, in denen Sie Stöße vermeiden und sich vor Niesen in acht nehmen. Also keinen Pfeffer benutzen. Die Schiene tragen Sie fünf Tage.«

Der Doktor nahm meine vorgehaltene Hand vorsichtig zur Seite und legte mir eine Silikonschiene an. »So können Sie nicht arbeiten. Mindestens fünf Tage. Ich schreibe Sie krank.«

Widerspruch formte sich in meiner Kehle und er hielt mir kurzerhand den Mund zu, um ihn am Austreten zu hindern. »Keine Widerrede. Was sollen die Patienten denken. Erst ein blaues Auge und dann eine gebrochene Nase? Als ob Sie sich nachts mit betrunkenen Schlägertypen in zwielichtigen Winkeln der Stadt herumtreiben. Das geht nun wirklich nicht. Sie bleiben zu Hause.« Er klebte einen letzten Streifen Krankenhauspflaster an die Seite des Verbandes, der über der Schiene lag. »Und es wird ein wenig blau. Die Salbe lassen wir drauf. Dann werden es vielleicht bloß vier Tage.«

*Witzig.* Es war eh zu spät, sie zu entfernen.

Während ich mir einen Gegenschlag für den Anwalt ausdachte, griff der Doktor flink nach meinen Schuhen und lief damit zum Waschbecken.

Ein Stromschlag, ein Herzinfarkt.

Schockiert zog ich Luft durch die Nase, was ich im selben Moment bereute und kam nicht dazu ihn aufzuhalten. Er verpasste beiden Schuhen ein Seifenbad und rieb sie anschließend kräftig mit *Sterillium* ein. Dann nahm er Zeitung, knüllte sie und stopfte sie in die Schuhe hinein. »Die Zeitung zum Trocknen. Das Sterillium, um Wasserflecken gleichmäßig zu verteilen«, sagte er erläuternd. »Wenn sie getrocknet sind, reiben Sie sie mit einer weichen Schuhbürste ab. Nehmen Sie einen Nubukradierer zum Entfernen von verbliebenen Flecken und rauen Sie das Leder dann neu auf mit einer Nubukbürste. Dann sind sie wieder fast wie neu.«

Ich hätte sie enttäuscht aufgegeben und weggeworfen, um ehrlich zu sein.

»Jakob ist schlau!«, hörte ich ihn zu sich selbst sagen, stolz wie ein Junge. Und ja, er hatte recht. Es gab Hoffnung, anzunehmen, die Rettung des Leders könne gelingen. Rettung für den Anwalt gab es hingegen keine. Bis in den späten Nachmittag hinein malte ich mir kreuzzugähnliche Szenarien aus, die meine Schuhe rächten, auch wenn sie geborgen waren. Die Silikonschiene rechtfertigte es jedes Mal, wenn ich sie im Spiegel erblicken musste.

Da ich das sehr oft musste, weil ich häufig zum Spiegel ging, um die Ausmaße der Hämatombildung zu überprüfen, baute sich meine Wut auf das Affengesicht Henri mehr und mehr auf, obgleich die Schwellung bereits zurückzugehen schien. Es hatte Kriege gegeben wegen weitaus weniger.

## Kapitel Neun
## Mexiko um halb sechs

Die Wut über die gebrochene Nase flaute keineswegs ab. Schon gerade deswegen nicht, weil ich ein paar Tage lang auf Geheiß des Doktors zu Hause bleiben musste. Mit der Schiene im Gesicht traute ich mich nicht aus dem Haus. Nicht einmal zum Einkaufen. Normalerweise gab ich nicht besonders viel auf temporäre Entstellungen. Dafür hatte ich meine Sonnenbrille und Naturlocken, die sich zur Tarnung auf föhnen ließen. Diesmal jedoch hielt die Brille nicht. Die Schiene war im Weg. Zudem gehöre ich zu jenen, die Krankschreibungen mit Bettlägerigkeit gleichsetzen, selbst wenn das nicht richtig ist. Ein wenig frische Luft hätte mir mit Sicherheit gutgetan, nur hielt mich mein Gewissen davon ab.

Was war, wenn mich jemand sah? Was, wenn ich dem Doktor über den Weg lief? Er hatte mich zwar höchstpersönlich und hauptsächlich zur Schonung der Patienten in meine Wohnung verbannt, dennoch wäre mir ein falscher Einkaufsbummeleindruck anstelle von Genesung unliebsam gewesen. Im schlimmsten Fall führt so etwas zu Kündigungen. Meine Arbeitsstelle wollte ich behalten.

Ich versuchte es mir insofern schönzureden, als dass sowohl ein Einkauf als auch frische Luft jüngst zu blauem Auge und gebrochener Nase geführt hatte, eben drum nur halb so schlimm, dass mir zu Hause die Decke auf den Kopf fiel. Auch meine Versuche, mir ein Ei oder etwas Milch bei meinen Nachbarn zu leihen, um Miniatur-Sozialkontakte zu haben, schlug im gesamten Treppenhaus fehl. Ich hatte mich schnell an den allmorgendlichen Austausch und Frappé mit Nemea gewöhnt, an die Patienten und das Treiben in der Praxis. In meinem ganzen Jahr nach der Scheidung war ich nicht so allein und verloren gewesen, wie während dieser Zwangsverbannung.

Also setzte ich mich seufzend an mein Wohnzimmerfenster und bildete mir ein, der Straßenzug sei auch am Abend noch ebenso aufregend wie am Vormittag. Zur Abwechslung sah ich mir bis in den Abend hinein alte Filme an oder kaute missmutig auf den Dingen herum, die seit geraumer Zeit in meinen Schränken gelagert hatten. Mein Sorgentelefon und sogar das Treppenhaus blieben still. Ich begann mich zu fragen, ob Winterhude nach Harburg evakuiert worden war. Vielleicht war eine Landmine gefunden worden und ich wusste nichts davon. Zur Sicherheit wagte ich einen Blick auf abendblatt.de. Die brandheißen Nachrichten erzählten, dass der Lüneburger Boden jährlich siebzehn Zentimeter absackte, dass Fahrgäste 40 Minuten lang bei Mittagshitze in der U3 eingesperrt waren, wie Wissenschaftler über ein 100 Meter großes Loch in Sibirien rätselten und wie es wirklich um den Nachwuchs beim HSV bestellt war. Außer dem Erdloch von zugegeben bedrohlichem Durchmesser kam mir nichts davon vor, wie ein Aufruf oder Bericht zu einer Massenevakuierung. Es war wie verhext. Deshalb setzte ich eine SOS-Nachricht an Reza ab.

**»Ich bin bedient!**
**Meine Nase ist gebrochen**
**und ich fasse es nicht,**
**dass alle meine Nachbarn**
**berufstätig zu sein scheinen.**
**Laaaangweilig.«**

Weil keine Antwort kam, nicht einmal ein solidarisches »Mir auch« oder »Ich hab den Kopf voll«, blieb ich weiterhin im Exil.

Erst am zweiten Tag der sozialen Isolation entdeckte ich, dass mein Flirtaccount eine enorme Anzahl von Zuschriften für mich bereithielt. Ich Idiotin hatte der App befohlen, mir ja keine Push-Nachrichten zu senden. Die finde ich nämlich total störend. Aber hätte ich es nur in diesem Fall erlaubt. Meiner Selbstanklage wegen freute ich mich bloß halbherzig darüber, dass die Außenwelt versucht hatte, mit mir in Kontakt zu treten. Erst als die Liste sich beim Durchsehen als unverhofft länger erwies, brach Freude in mir aus. So holte ich mir ein großes Glas Wasser mit Eis und Salatgurkenscheiben aus der Küche - das frischer schmeckende Glas Leitungswasser für mehr Lifestyle - und begann mich dann vergnüglich mit meinem Telefon zu beschäftigen.

Die Radarfunktion zeigte mir an, dass in meinem Stadtteil vergleichsweise weniger Jungs versammelt waren, als in anderen. Das gab mir ein halbsicheres Gefühl von Unbeobachtetsein.

Nun zu den drei Highlights aus insgesamt dreiundsiebzig Chatanfragen:

Physio, 36, blond, nicht mein Typ schrieb:
**»Hallo Tara, das sind ja wirklich hübsche Bilder, die du da hast im Profil. Hast du schon Mal eine Privatstunde bei einem Physiotherapeuten gehabt zwecks Massage? Jetzt hast du die Gelegenheit. Lass sie nicht verstreichen.«**
Himmel, das erinnerte mich an das Lernen an einer Puppe beziehungsweise an einem Dritten wie bei Erste Hilfe Kursen. Es schwemmte auch Dr. Roligs quere Idee vom Bleichen fremder Popos wieder hoch. Es klang ja danach. *Nein danke!*

Was Männer nicht verstehen, ist, dass Frauen indirekte Sprache nutzen, ganz im Gegensatz zu ihnen. Wir vermuten versteckte Botschaften, weil wir sie selbst platzieren würden. Also nehmen wir jedes Wort auseinander nach Wortwahl und Aufreihung, Betonung, im Zusammenhang mit situativer Logik, dem Kontext und übergeordnetem Beziehungs-Kontext und dazu sogar noch dem vermuteten, darüber gestellten, emotionalen Gesamtkontext.

In meiner Sprache war Physio mit einem ominösen Sonderangebot an mich herangetreten: »Lust dich begrapschen zu lassen? Nur heute.«

Ein Mann hätte in aller Kürze verstanden: »Lust die Kunst der Massage zu lernen? Kostenfrei« und abgewägt. Sie denken wortgetreu, praktisch und sportlich. Wir denken wortbedeutend, beachten und schätzen ein gutes Arrangement, durchleuchten beziehungsorientiert und sprechen auch so. Den Unterschied kenne ich sehr gut aus der Beratungserfahrung und es kann ein echter Vorteil sein, weil man anderen wie eine Gedankenleserin vorkommt. Nur für mich selbst kann ich es nicht anwenden, wie es so ist im Leben, in eigenen, sozial Interaktionen. Dann nämlich setzt mein Wissensvorsprung aus.

Beim Lesen von Nachrichten im Chat gibt es keine Interaktion. Chats sind geduldig. Und daher gelang mir der Röntgenblick.

So wie bei Shadi, dunkel, 27, optisch ein wenig mein Typ: **»Hey na wie gehts denn so? Ich muss dir vorab sagen bin ehrlich, offen und sehr direkt und total sexgeil schlimm? Suche halt eine feste Partnerin, die genau so ist, bist Dus? Bin kein Typ für ONS«**

Noch so ein Sonderangebot. Diesmal nicht auf eine Privatstunde begrenzt, sondern sofort als Partnerin. Das »direkt« durfte er direkt in »unerträglich erschlagend« umwandeln.

In der Gesamtheit hieß sein offenbarender Text in meiner Welt: »Lass es uns tun. Oft und für immer. Entscheide dich jetzt.«

*Schade, Shadi.* Jetzt war nicht der richtige Zeitpunkt, um zu entscheiden, ob ich dich für immer wollte. Das wäre in erster Linie nach dem ersten Zusammentreffen, dann nach dem ersten Gespräch, dann entschied der erste, meinetwegen auch der zweite Kuss noch einmal darüber und schließlich auch, wie es in der Kiste war. Keine Frau kauft einfach so die Katze im Sack. Männer tun das vielleicht. Ich war mir sicher, dass sie die Katze dennoch aussetzten, wenn sie ihnen nicht gefiel.

Und dann kam Nathan, 32, mit einer Kamera vor dem Gesicht. Die Haare waren mein Typ: dunkel und grau meliert an den Schläfen. Seine Hände sahen vielversprechend gepflegt und kräftig aus. Mit Vorfreude darauf, zu entdecken, dass in ihm etwas von Nathan dem Weisen steckte, las ich: **»Hi. Man kann dich überhaupt nicht kaufen. ... Wirklich, mor than e Wummen bist du. Kommst bestimmt nach mama, hm? Bin Hannes und freue mich.«**

Hannes durfte sich meinetwegen weiter freuen, ganz für sich allein oder mit seiner Wumme.

Tatsächlich bin ich eine gute Mischung aus Mama und Papa. Er lag demnach falsch, abgesehen von seinem missglückten Versuch, mit Englisch zu punkten. Alle anderen fielen auch durch. Ich las und löschte, klickte erneut und löschte erneut, runzelte die Stirn oder lachte und löschte, bis ich zusammenzuckte, weil meine Klingel unvermittelt ging. Es sei dazu gesagt, meine Türklingel ist sehr schrill.

Trotzdem huschte ein Lächeln über mein Gesicht. Da war der ersehnte echte Kontakt zur Außenwelt. Ich ließ meine liebestollen Jungs auf dem Bett zurück und öffnete beherzt die Tür. Mit Reza rechnete ich und ich war sogar bereit, ihm die unübliche Stille nach meinem Hilferuf zu verzeihen, wenn er nur wieder Franzbrötchen dabei hatte. Statt seiner wurde ich eines mittelalten Mannes mit schön gebräuntem Teint ansichtig.

»Sind Sie Frau Liva Lüttje?« Seine Augen durchbohrten mich mit stechendem Grün. Ein entwaffnender Blick, der jede noch so kleine Lüge zu Nichte machen konnte und Direktheit forderte.

»Nein, Lotti«, berichtigte ich ihn. »Mein Name ist Milva Lotti.«

»Ja, natürlich, hier steht es ja.« Er reichte mir ein Klemmbrett zusammen mit einem unhandlichen Kugelschreiber zur Unterschrift. »Ich habe eine Botensendung für Sie:«

*Der schnellste Bote des 21. Jahrhunderts heißt E-Mail-Postfach. Wer schickt mir denn etwas per Boten?*

Nachdem ich quittiert und ihm das Klemmbrett zurückgegeben hatte, zog er eine recht kleine, tütenähnliche Verpackung hervor, überreichte sie mir mit sympathischen Fältchen um die Augen und legte mir noch einen kleinen Umschlag dazu. »Blumen für Sie. Genauer gesagt eine Blume.«

»Eine Blume? Wie lieb.«

»Ja, es ist bloß eine, aber sie sagt mehr als tausend Worte«, sagte er zwinkernd.

*Wie charmant.* Gerade wünschte ich mir, dass sie von ihm war, als er mit zwei Fingern salutierte und zurück zu seiner Arbeit ging.

Kaum war die Tür geschlossen, öffnete ich den kleinen Umschlag. Darin lag eine Klappkarte in Handflächengröße mit einem Pusteblumenmotiv darauf. Auf der Rückseite standen eine Adresse, die mir unbekannt war, und eine

Uhrzeit.

17:30 Uhr.

Ich klappte sie auf. »Wenn Sie Langweil haben, denken Sie was schön es. Denken Sie an Meksiko. Dr. Jakob Rolig PS: Gesundheit siegt!«

*Mexiko gegen Langeweile um 17:30 Uhr? Mit dem Doktor?* Ich hatte von einer Ausstellung gehört, die die 400 Unterwasserfiguren von Cancún in Mexiko für Hamburg nachempfand. Ein Park mit monströsen Wasserbecken, durch die man flanieren konnte, um künstlich veraltete, lebensgroße Keramikfiguren zu betrachten. Nicht als Taucher wie in Cancún, sondern als kunstinteressierter Spaziergänger. Ich stellte es mir ein wenig vor, wie einen langen Gang durch die Puppen von Berlin. Mein Gewissen war erleichtert. Ich hatte die Erlaubnis bekommen, hinauszugehen, drauf zu vom Chef persönlich. Und aller Wahrscheinlichkeit nach mit ihm gemeinsam. Ich bin wirklich nicht unterwürfig, aber ich bin gehorsam, dankbar und loyal, wenn es um die Arbeit geht. Vielleicht kam Reza auch mit, dann konnte ich ihm nebenbei einen Tritt verpassen dafür, dass er mir nicht zurückgeschrieben hatte. Oder hatte er dem Doktor von meiner Langeweile erzählt? In dem Fall wollte ich Gnade walten lassen.

Wie auch immer, freudig löste ich den Klebestreifen vom Blumenpapier. Der Doktor stieg enorm in meinem Ansehen.

Wie aufmerksam. Wie überaus umsichtig. Wie nett von ihm ... *Ein Löwenzahn?!* Verdutzt besah ich diesen durchaus ungewöhnlichen Blumengruß. In den kleinen Plastikbesatz mit Gummideckel, in dem die Blume steckte, war die Milch der Pflanze in das Wasser gelaufen und machte es trübe. Für eine Blumensendung hätte ich persönlich nicht unbedingt den Löwenzahn gewählt, obwohl ich ihn als Pusteblume sehr mag. Ich hatte als Kind sogar jungem Löwenzahn aus hochgeschobenen Teerdecken am Fahrradweg zur Freiheit verholfen, um sie zu Pusteblumen werden zu sehen und sie dann in alle Winde zu verstreuen. Bei diesen Gedanken wurde mir klar: *Der Löwenzahn steht für das Post Scriptum. Es ist die Blume der Regeneration, der unermüdlichen Durchsetzung - Gesundheit siegt.* Genau genommen eine sehr bedachte Art, jemandem eine gute Besserung zu wünschen. Nur Mexiko um halb sechs erschloss sich mir nicht.

Ein Blick auf die zweiseitige, schwarze Bahnhofsuhr, die in meinem Flur hängt, verriet mir, dass bis dahin noch gut fünfeinhalb Stunden Zeit blieben. Ich beschloss mich auf die Ausstellung vorzubereiten, um mit erweitertem Allgemeinwissen durch die Unterwasserpuppen zu gehen und um nicht darauf angewiesen zu sein, mir die Ausstellung komplett erklären zu lassen. Dann sind solche Unternehmungen ziemlich anstrengend, weil man acht Augen braucht und zwei Paar Ohren. Dem konnte ich vorbeugen. Ich nutzte also die Zeit, um ein wenig zu googeln.

Rechtzeitig verließ ich dann den Rechner, um mich im Gesicht hübsch zu machen, natürlich um die Schiene herum. Und dann machte ich mich auf den Weg zu der angegebenen Adresse.

Bereits um 17:15 Uhr stieg ich aus meinem Auto. Misstrauisch sah ich mich auf dem Straßenzug um, die Grußkarte in der Hand. Da waren keine Werbebanner oder Eingangshinweise. Auch keine Wasserbassins weit und breit. Bloß Wohnhäuser von denen leicht abzuleiten war, dass sie keine Unterwasserlandschaften von Marmorkriegern oder Ähnlichem beherbergten. Gegebenenfalls hatte der eine oder andere Anwohner ein Aquarium mit Neons und kleinen Taucherfigürchen darin. Aber von einer Ausstellung des angepriesenen Ausmaßes konnte hier nicht die Rede sein.

Verwundert drehte ich die Genesungskarte in der Hand, sah auf meine Armbanduhr und beschloss zu warten. Doch es geschah nichts. Hier draußen war es gespenstisch ruhig. Das einzig Lebendige waren der laue Wind und ein roter Kater, der die Straßenseite in aller Ruhe wechselte, stehen blieb und mich mit Sehschlitzen zu taxieren schien. Er konnte mich nicht für interessant halten, denn er maunzte einmal leise und verschwand durch einen Gartenzaun.

Der Doktor tauchte auch nicht auf. Ich prüfte die Adresse noch einmal in meinem Telefon. Sie war einwandfrei und es gab den Straßennamen auch kein zweites Mal in Hamburg. Mein Handy zeigte mir die Adresse an. Sie war genau gegenüber. Also ließ ich meinen Blick zu dem angegebenen Haus hinüberwandern und nach Hinweisen abtasten.

Nichts. Kein Mexiko, kein Sombrero, keine Kakteen, keine Mariachis, niemand der sang, einfach nichts. Bloß ein milchiges Glasschild neben der Eingangstür des orange gestrichenen Einfamilienhauses. Das war das Einzige, was in irgendeiner Form etwas anzupreisen vermochte. So machte ich mich mit suchendem Blick dorthin auf und las das zweiunddreißig Buchstaben lange Schockmoment in Acrylglas gefräst:

### Thomas Ormi, kosmetische Korrekturen

Innerlich schrie ich laut und schrill und stieß den Doktor von meinem für ihn geschaffenen Sockel herunter. *Thomas Ormi! Der Popo-Kosmetiker.* Im selben Moment, in dem ich überlegte, selbst zur Steinfigur für Cancún zu werden, vibrierte mein Telefon. Eine Nachricht vom Doktor war soeben eingegangen. Schnaufend öffnete ich sie und wünschte mich zurück in meine isolierenden vier Wände. Er hatte keck geschrieben:

»Finger in' Po, Mexiko. Viel Spaß! Und gut aufpassen.«

*Wie außerordentlich frech.* Ich drehte mich zum Gehen herum und verließ das Grundstück. Auf dem Weg durch den Vorgarten suchte ich verbissen in meiner Handtasche nach meinem Autoschlüssel. Da sah ich wie ein gewisser Jemand mit blauen Bootsschuhen und weiß abgesetzten Nähten etwa 100 Meter von mir entfernt die Straße entlang geschlendert kam. *Henri!*

Eigentlich war ich ja auf einen Gegenschlag getrimmt, aber ich war noch nicht ausreichend vorbereitet. Und ich war zu sehr im Schock darüber, dass mein Chef mir feiernd in den Rücken fiel. Ich konnte Henri jetzt nicht begegnen und schon gar nicht fortrennend aussehen. Also kehrte ich um und klingelte Sturm.

Thomas Ormi wurde rasant von mir begrüßt. Sehr viel stürmischer als angebracht. »Guten Tag, Herr Ormi.« Ich fiel beinahe in den Windfang seiner Tür, sodass er rückwärts ausweichen musste.

»Frau Doktor?«, lachte er. »Na, das ist mal eine Begrüßung.« Beinahe inbrünstig versicherte ich ihm, wie aufregend ich es fände, etwas Neues bei ihm zu lernen, noch dazu etwas so Prekäres. Dabei umtänzelte ich ihn geschickt und warf die Tür zu.

»Ich habe noch gar nicht alles fertig. Das ist mir jetzt unangenehm«, entschuldige sich Herr Ormi. »Wollen sie trotzdem schon einmal mit hineingehen?«

»Was genau geschieht denn heute?«, fragte ich und ging einfach drauf los, um von der Eingangstür wegzukommen. »Besprechung? Theoretische Grundlage? Gibt es ein Handout? Ich bräuchte nämlich sonst etwas, um mir Notizen zu machen.«

»Nein, sie brauchen sich nichts aufzuschreiben.«

»Das erleichtert mich, obwohl ich der Meinung bin, dass die meisten Dinge von der Hand in den Verstand gehen.«

Wir gingen durch einen harmonisch gestalteten Warteraum in ein Behandlungszimmer hinein.

»Tun sie auch. Im wahrsten Sinne des Wortes«, quittierte er. Das Behandlungszimmer war in gedeckten Tönen gehalten. Es gab eine Bücherwand, vor der ein Paravan stand. Weiterhin gab es ein paar medizinische Instrumente, die ich sehr gut kannte.

»Wie das?«, wollte ich wissen, während ich mich interessiert den Büchern zuwandte.

»Modellübungen«, sagte er knapp. Es gab eine Liege, einen Behandlungsstuhl wie bei den gynäkologischen Kollegen und einen Modellpuppenkopf mit aufgedruckten Schnittlinien für plastische Korrekturen. Daneben Schubwagen aus Chrom mit hübschen Kosmetikarrangements. Vielleicht lag die Modellpuppe hinter der hübschen spanischen Wand.

»Ich bin der Meinung«, sagte er mit verheißungsvoller Stimme, »dass Learning by Doing noch immer die beste Methode ist, Frau Kollegin.«

»Ganz recht«, stimmte ich mit aufgestellten Augen zu und wies in Richtung Schamwand. »Geben Sie mir Handschuhe, etwas Creme und holen sie das Püppchen heraus, dem wir heute mein Fortkommen angedeihen lassen.«

»Nicht so schnell.« Herr Ormi hob seine Handflächen zu einer beruhigenden Geste. »Hinter der Wand liegt ein Kittel, damit Sie nichts abbekommen. Wir arbeiten ja immerhin und sozusagen an einem Ausgang.« Er lächelte mich verschmitzt an.

*Na, Creme auf Finger, Finger in den temporär umfunktionierten Ausgang hinein, hin und her, und die Creme wirken lassen.* »Sie werden die Puppe doch nicht gefüttert haben?«, stieg ich zwinkernd auf seinen Scherz ein.

»Nein«, versicherte er. »Natürlich nicht.«

»Na dann,« lachte ich ermuntert, »ran mit der Kamera. Wird es eine Autovision geben für Doktor Rolig? Haben Sie eine Kamera? Es wäre doch lustig, wenn ich ihm zeigte, wie ich ...«, ich deutete Gänsefüßchen an, »... den Nippel durch die Lasche ziehe.«

Thomas Ormi lachte. »Das wär's natürlich. Aber ich bin mir nicht sicher, ob das in Ordnung geht.«

»War auch bloß so dahergesagt«, winkte ich ab. »Lassen Sie uns anfangen. Ich finde es hier sehr nett.«

Er bedankte sich mit der Andeutung eines Kopfnickens. »Aber ich kann das Modell ja fragen. Es wird sicher gleich eintreffen.«

»Sie lassen liefern?« Ich wunderte mich, dass er keine Popopuppe dazuhaben schien. Vielleicht war die ganze Prozedur ein barbarisches Unterfangen und er wollte die zerpflückten Puppenpopos der Vergangenheit nicht in dem Behandlungsstudio ausstellen. Oder ich war seine erste Studentin. So ein Modell war sicher kostspielig und musste häufig gewechselt werden, weil ihr das Versilbern des Hinterteils auf Dauer nicht bekam.

»Wenn Sie die Frage erlauben, was bezahlt man für ein solches Modell?«

Herr Ormi verlagerte schmunzelnd sein Gewicht nach vorn. »Nichts, um ehrlich zu sein. Das Modell hat einfach eine Wette verloren.«

*Ein Lebendmodell?* Das bedeutete, ich sollte an einem aktiven »Ausgang« arbeiten? *Bitte nicht. Nasen, Mundraum und Rachen stellen kein Problem für mich dar. Aber unterwärts einsteigen? Ich bin doch keine Proktologin!* Mir graute davor.

Zeitgleich erklang ein altmodischer Elektrogong mit einer

schraddeligen Version der Big Ben Melodie. Herr Ormi bat mich deutend in Richtung Schamwand und verließ den Behandlungsraum.

Als ich eine Männerstimme vernahm, die mir oben drauf sehr bekannt vorkam, schwante mir Böses und ich beeilte mich, zwei Mal so schnell zum Kittel zu gelangen. Das durfte einfach nicht wahr sein. Meine schlimmste Befürchtung traf ein. Henri hatte das Haus betreten. Affengesicht war das Modell. Schnell schlüpfte ich in den Kittel und suchte nach einem Mundschutz. Es lagen welche auf dem Sideboard rechts neben der Tür. Mit großen Schritten und Gedanken daran, ein Opfer von Verschwörungen zu sein, durchmaß ich den Raum und bekam gerade rechtzeitig den Mundschutz vor das Gesicht, als Herr Ormi den unsäglichen Anwalt hereinbrachte. »Henri Lube, darf ich vorstellen: Dies ist meine Arztkollegin Frau Doktor ...« Er unterbrach sich selbst und beugte sich mit gesenkter Stimme in meine Richtung. »Sie sind doch Doktorin, nicht wahr?«

»Erna Litter«, kam ich Herrn Ormi zuvor, presste den Mundschutz mit der einen Hand an mein Gesicht und reichte Henri zügig die andere. *Henri Lube also, ja? Interessant. Merken*, dachte ich und fuhr dabei ungesehen mit der Zunge über meine Zahnreihe. Die Zähne sind unsere primitiven Waffen. Wir lecken sie bei Bedrohung oder bei Angriffslust. Und diese flammte gerade in mir auf. Ich hatte mich entschlossen, willentlich vom Opfer zum Täter zu werden. Tatsächlich neige ich nicht dazu, mich lang mit Dingen aufzuhalten oder mich in Situationen festzubeißen, um zum Beispiel in Trauer zu baden. Ich kann viel mehr schnell schalten und vor allem umschalten.

Sein Händedruck war schwitzig und lasch. In Henris Gesicht erkannte ich Nervosität und auch, dass er sie zu überspielen versuchte. »Ist das ihr erstes Mal? Meines schon.

Ich habe mich zur Verfügung gestellt, um es mal auszuprobieren. Man sagt dem Verfahren ja viel Gutes nach.« Seine Brauen zuckten.

*Gut,* dachte ich gehässig und lachte innerlich. *Sehr gut.*
»Ach, das ist ja nur ein ganz kleiner Eingriff. Das geht ganz flott«, schürte ich seine Zuversicht.

»Nun«, warf Herr Ormi ein und sah sein Modell mit einem Lügen entlarvenden, jedoch diskreten Blick von der Seite an, »unterschätzen Sie das Verfahren nicht, Frau Kollegin. Man muss natürlich Sorgfalt walten lassen.« Dabei hob er Zeige- und Mittelfinger gemeinsam, wie es sonst nur Gynäkologen tun. »Und es ist nicht jedem angenehm. Wir korrigieren ja eine delikate Stelle.«

Henri lachte etwas zu laut, während Herr Ormi sich hinter den Paravan begab. Dort sah ich, wie auch er sich einen Kittel anzog.

Ich nutzte die Zeit, um mich konspirativ zu Henri zu beugen und ihm mit glitzernden Augen zu versichern, er würde kaum etwas merken. Natürlich war das gelogen.

»Möchtest du auf die Liege?«, fragte Thomas Ormi als er hinter der Wand hervorkam, um sich Handschuhe überzuziehen. »Oder möchtest du auf den Behandlungsstuhl?« Er deutete mit der Nase zum Gynäkologischen. »Wir nennen ihn liebevoll den Pflaumenbaum oder das Pferd. Haha.«

Ich konnte sehen, wie unterdrückte Wut und Unentschlossenheit in Henri arbeiteten, als er eine Wahl treffen sollte, und hegte dabei sadistische Gedanken. Mir war ganz egal ob auf Liege oder Stuhl. Ich würde dafür Sorge tragen, dass mein Gesicht gerächt wurde. Ich wollte ihm den Finger bis zum Anschlag in den zu bemitleidenden Popis drücken. Und ich nahm mir vor, möglichst oft abzurutschen oder Fehler zu machen, mich schlicht und ergreifend dumm anzustellen. Meine Gedanken untermauernd, schob ich mir die Ärmel hoch wie eine Maurerin, und zwar so, dass es in jedem Fall in Henris Blickfeld geschah. Er schluckte einmal kräftig bei meinem Anblick. Ich quittierte falsch blinzelnd.

»Wo merkt man denn weniger?«

*Wenn's dein Kumpel macht oder ohne Hinterteil*, dachte ich, zeigte jedoch auf den Stuhl. Nicht weil ich es ehrlich meinen wollte. Auf der Liege musste er mir seinen Po entgegenstrecken, was mehr Spannung in den Schließmuskel brachte, daher alles deutlich spürbarer machte. Nein, ich wollte sein Gesicht sehen, wenn ich ihm seine Wettschulden zukommen ließ und ihn entmannte.

Herr Ormi schien ebenso etwas gehässig an das Einlösen dieser Ehrenschulden zu denken, denn er zeigte zur Liege. Nun war Henri sichtlich irritiert, da lenkte Herr Ormi ein: »Es ist der Stuhl.«

»Aber ich glaube, ich möchte dabei niemanden ansehen.«

*Wie schade*, dachte ich. *Na ja, dann eben nicht. Dann ist der Überraschungsmoment viel größer. Also bitte, meinetwegen.*

Herr Ormi rieb sich die Hände und sagte, wir sollten frisch und unvoreingenommen ans Werk gehen. Dann bat er Henri, sich freizumachen. Dieser lächelte sichtbar künstlich: »Och, ich hab ja kein Problem mit Nacktheit bei Ärzten.«

Hatte er doch! Danach hatte ihn nämlich gar niemand gefragt.

Während er die Gürtelschnalle löste, seine blauen Schuhe auszog und seine Hose an den wirklich gut proportionierten Beinen hinunterließ, nahm mich mein Kollege zur Seite, um mir die Creme und Instruktionen zu geben.

»Haben Sie schon einmal einen Anus behandelt?«

Ich schüttelte den Kopf. »Normalerweise bewege ich mich eher auf der Haut.« Meine Hand ließ ich in der Luft vom Gesicht zu den Schultern gehen. »Aber auch auf Halbschleimhäuten.« Ich deutete auf meinen Mundschutz und die dahinter liegenden Lippen.

Herr Ormi bat mich, eine Faust zu machen und hob sie zu sich. »Stellen sie sich die zusammengerollten Finger neben dem Daumen als die Behandlungsstelle vor. Das Entrée ist sehr wichtig, damit der Patient sich nicht verkrampft. Sie können sich vorstellen, dass das einfache Hineinstecken des Fingers wie ein Überfall wirken kann, weil die Behandlungsstelle nicht entspannt ist. Der Schließmuskel tut seine Arbeit.« Zur Demonstration steckte er seinen behandschuhten Zeigefinger in die Rosette, die meine Hand bildete. *Merken!*

»Sie müssen die Muskulatur vorbereiten. Deshalb fahre ich mit den Fingern immer zwei Mal drauf herum, damit der Muskel sich ein wenig löst, bevor ich eindringe.« *Interessant.* Das klang logisch und hatte einen Hauch von Erotik in seiner Vorsicht.

»Schauen Sie.« Er fuhr mit Zeige-und Mittelfinger im Kreis auf meinen entlang und drang dann vorsichtig in die Faust vor. Dann legte er seinen Daumen außen darauf und begann sie mit ein wenig Druck kreisend zu massieren. »Die Creme wird äußerlich aufgetragen. Sie nehmen eine haselnussgroße Menge. Achten sie darauf, dass ein wenig in den Verschluss gerieben wird, damit auch diese Stelle bleicht«, erläuterte er mit medizinischer Ernsthaftigkeit. In mir gingen allerdings die Vorhänge auf zu einer Varieté-Schau der Extra-Klasse. Ich stellte mir Pischpasch, den Mann mit dem weißen Arsch vor, der wie ein Affe im Zoo begafft wurde.

»... und dann etwa eine Minute lang einmassieren. Die Creme muss durch den Flüssigkeitsfilm des Epithel in die tunica mucosa, weil sie dort wirkt. Es sind Stoffe enthalten, die die Eigenschicht leicht aufbricht, damit der Wirkstoff dorthin gelangt, wo er wirken soll. Es verursacht keine

Schmerzen. Aber möglicherweise brennt es ein wenig, wenn man es zu stark einmassiert, weil sie so den Flüssigkeitsfilm natürlich durchbrechen und fortreiben. Es dauert ein wenig, bis er sich neu bildet. Das Prinzip ist also, die Creme darauf zu verteilen, sodass sie selbst sozusagen durchsickert und zu wirken beginnen kann. Nachvollziehbar?«

Meine Augen glitzerten dunkel. Selbstverständlich hatte ich vor allem den Part verstanden, in dem ich den Schließ-muskel überfallen konnte und jenen, an dem ich die Creme zu stark einmassierte, um ein brennendes Gefühl im Heck zu verursachen. Abschließend wies Herr Ormi darauf hin, dass die Creme sich schnell verflüssige und ich daher relativ zügig arbeiten müsse, damit nichts bis zum Skrotum hinab-lief, das sind die Klöten.

»Nun«, wir wandten uns Henri wieder zu. »Henri, bist du soweit?«

Mein unfreiwilliges Opfer saß in eng anliegenden Boxershorts auf der Liege zum fröhlichen Popo und presste seine Lippen zusammen.

»Du kannst dich flach auf den Bauch legen, aber dann kommen wir nicht so gut an die Behandlungsstelle. Besser geht es, wenn du dich auf die Seite legst und die Beine anwinkelst oder auf den Knien hockst. Am besten ist natürlich noch immer der Stuhl.«

Henri schüttelte den Kopf und legte sich seitlich auf die Liege, das Gesicht von uns fort.

Thomas Ormi holte eine OP-Lampe und fokussierte auf die Pofalte, legte ihm dann beruhigend die Hand auf die Schulter. »Möchtest du, dass wir die Hose entfernen?«

»Das kann ja die Frau Doktor machen«, sagte er scherzend. Gesagt, getan. Ich zog sie ihm ziemlich unsanft bis zu den Knien hinunter und besah mir sein Gesäß. Es war ebenso wie die Beine sehr gut proportioniert.

Die Tube mit dem Wirkstoff wanderte von Herrn Ormis in meine Hände, und während er sich noch nach etwas bei Henri erkundigte, machte ich mich daran, eine erste Portion der Creme auf dem gesamten Gesäß zu verteilen. »Ist das so richtig?«, holte ich den Mentor zu mir zurück. Dieser atmete einmal schnell ein und zog die Augenbrauen leicht belustigt aussehend hoch.

»Nicht ganz. Hier und hier«, er deutete auf beide Pobacken »ist es ein wenig zu viel. Das Ziel liegt sehr viel weiter in der Mitte. Er machte eine Faust und zeigte mir noch einmal die Fingerrosette.

»Ach so, ja natürlich. Ich werde es erst einmal entfernen, um einen möglichen Schaden zu vermeiden.«

»Schaden?« hörte ich Henri verunsichert nachfragen. »Nein, machen Sie sich keine Gedanken, mir ist ein wenig zu viel Creme aus der Tube gekommen. Das haben wir gleich.« Ich bekam einige Papiertücher und etwas Desinfektionsspray gereicht. Das Spray sprühte ich zur Seite weg, statt auf das Tuch und ich nahm die Creme zwar größtenteils ab, ließ aber einen hauchdünnen Film auf dem gesamten Hintern. So stellte ich sicher, dass einen Monat lang der Vollmond schien, wann immer und wo auch immer er die Hosen herunterließ.

Dann wurde es ernst. Herr Ormi hob die Pobacke an und gab mir eine haselnussgroße Menge auf zwei Fingerspitzen.

»Verteilen sie es sachte und dann im Kreis und Entrée. Sie wissen schon.«

Ich nickte zustimmend. Statt der Umkreisungen, piekste ich jedoch einfach drauf los.

Henri zuckte, machte ein erschrockenes Geräusch und kniff die Pobacken zusammen.

Schadenfroh, jedoch mit unschuldiger Stimme, fragte ich den Gastgeber: »So?«

Er schien Geduld mit mir zu haben, machte es mir noch einmal an seiner Hand vor und hob dann Henris Pobacke wieder an. Ich steckte den Finger noch einmal genau so gnadenlos in die Mitte. »So?«

»Nein, viel sanfter. Denken Sie an die kreisende Bewegung.«

Ein weiteres Mal stach ich zu und drehte den Finger links und rechts herum.

Henri gluckste angestrengt.

»Nein, Frau Kollegin. Schauen Sie«, sagte er geduldig. »Halten Sie mal.« Er übergab die Pobacke an mich, die ich mit aller Kraft hochzog. So kam zumindest etwas Spannung in den Schließmuskel.

»So geht das.« Herr Ormi umrundete und glitt hinein. Der Anwalt zuckte dennoch ein wenig, entspannte sich dann jedoch sichtlich, während Herr Ormi sanft zu massieren begann. »Und so im nächsten Schritt. Sehen Sie?«

»Verstehe«, versicherte ich. Wir tauschten die Plätze. Die Pobacke gab ich allerdings nicht aus der Hand. Ich wolle mal versuchen, es ohne Hilfe hinzubekommen. So ließ ich meinen Finger die Ritze hoch und runter, oder eigentlich ja von links nach rechts, gleiten, dann ein wenig kreisen und noch einmal plötzlich entern. »Sehen Sie, Herr Kollege. Ich glaube, so ist es besser.«

»Ja«, bestätigte er bei einem Kontrollblick. »Sie sind drin. Sieht gut aus.«

Unser Modell fand die Prozedur wahrscheinlich gar nicht gut. Auf seinem Unterrücken bildete sich Schweiß. Das war Angstschweiß. Eine durchaus normale Reaktion, unkontrollierbar.

Schlimm fand ich es nicht, meinen Finger in Henris Po zu haben. Eher belustigend. Ich sah es medizinisch. Ich begann, die Creme einzumassieren. Am liebsten hätte ich ihm noch ein paar Instrumente hineingesteckt. Dem Gefühl von Befriedigung für das blaue Auge kamen wir nur langsam näher. *Und warte nur auf den Teil mit dem Nasenbruch*, dachte ich.

An Henris Stelle wäre ich gar nicht erst erschienen oder ich hätte den Saal beim ersten Fingerpieks verlassen. Er hielt wacker durch, das musste ich ihm lassen.

Und dann kam die Gelegenheit. Herr Ormi entschuldigte sich, weil das Telefon im Nachbarraum klingelte.

»Ich massiere es ein und dann würde ich gern noch kurz überprüfen, ob es eine direkte Reaktion gibt. Nur um Allergiereaktionen zu mindern, für den Fall.«

Thomas Ormi verließ nickend und mit einem »Sehr gut, Frau Kollegin« den Raum.

*So! Endlich allein.*

Ich massierte eine kleine Weile unschuldig vor mich hin. Dann richtete ich das Wort an Henry: »Und? Es ist gar nicht so schlimm, oder?«

Zögerlich log er: »Nein. Ich spüre überhaupt nichts.«

Das konnte ich ändern. »Das ist gut. Wenn die Creme zu wirken beginnt, kann es ein leicht prickelndes Gefühl auf der Haut geben.«

»Ach, da bin ich unempfindlich.«

*Na gut, Lederpo, das wollen wir doch einmal sehen.*

»Ich werde jetzt die Behandlungsstelle noch einmal final abgehen, damit keine Flecken entstehen, ja? Jetzt noch einmal ganz entspannt«, bereitete ich ihn vor.

Zu einer Antwort kam er gar nicht erst, denn ich nahm drei Finger, enterte und spreizte sie. Statt zu antworten, atmete Henri schwer, verkniff sich allerdings ein Japsen, das sah ich. Meine Massage führte ich mit kräftigem Druck aus. Sollte er doch drei Tage nicht sitzen können. Das war das Mindeste für meine Nase.

Zum Schluss erinnerte ich mich an mein Studium und einen Scherz, den wir beim Erlernen generellen Umgangs mit der Prostata gemacht hatten. Ich drang tiefer ein und tastete nach seiner Vorsteherdrüse. Darauf herumzumassieren hat gleich zwei Effekte: sexuelle Erregung und die dazugehörige physische Reaktion. Innerlich feiernd veranlasste ich die vermehrte Blutzufuhr in die Schwellkörper seiner Genitalien. Sein Angstschweiß rann in einem schmalen Rinnsal zum Schonpapier der Liege. Er sollte sich vor Scham in ein Kloster wünschen.

Als ich endlich fertig war und ich meinen Finger herauszog, geschah der Supergau. So ein hin und her und rein und raus regt zum einen die Darmtätigkeit an und verursacht außerdem, dass Luft hineingerät. Und wo Luft hineinkommt, kommt sie auch wieder heraus.

Pfrzzt!

»Oh Gott!«, rief er aus und schlug die Hände vor sein Gesicht.

»Nanu«, kommentierte ich trocken.

»Das muss, also ... Ich weiß auch nicht, also ...!« Er stammelte.

»Ach, Herr Lube, lassen Sie's ruhig raus. Sommersprossen werden Sie mir schon nicht verpassen. Ich hab ja einen Mundschutz. Meinen Sie, ich sollte die Schutzbrille aufsetzen?«

Ich sah, wie er alles verkrampfte. Wahrscheinlich um eine zweite Runde zu verhindern. Und er sagte nichts.

»Wir sind auch schon fertig.«

Gleich darauf schlug er die Beine nach hinten, um mit Schwung zum Sitzen zu kommen. Dabei vergaß er etwas, von dem er wahrscheinlich nicht einmal annahm, dass es ihm geschehen war. Sein Urogenitalpaket hatte wie im Lehrbuch auf die Prostatamassage reagiert. Aber das bekam er erst mit, als Herr Ormi hereinkam und beim Anblick der unfreiwilligen Erektion erstarrte. »Also, Henri, du Weiberheld. Und das vor einer Dame.«

Mir entfleuchte ein absichtlich hohes: »Huh, Herr Lube!«, als ich meinen Blick in seinem imposanten Schritt parkte.

Henri wurde gewahr, was Sache war, und er angelte hektisch nach seinen Boxershorts um sie hochzureißen.

»Beruhig dich, so etwas kann geschehen. Das ist ganz normal«, schlichtete Herr Ormi. »Dort unten ist dein Nervengeflecht sehr ausgeprägt und sensitiv. Wie fühlst du dich?«

Mit hochrotem Kopf und einem peinlich berührten Gesicht stammelte Henri ein paar unverständliche Worte. Dann sagte er verlegen, er müsse bald gehen.

Wenn alles gut gegangen war, dann konnte ich in aller Ruhe Haken hinter die Sühneliste machen:
Erstens war es ihm peinlich.
Zweitens war er mir ausgeliefert gewesen und ich hatte ihn mehrere Male überrascht.
Und drittens dachte er jetzt, anale Stimulanz errege ihn. Nicht zu unterschätzen bei Männern. Das kann sie in ihrer Geschlechteridentität sehr irritieren.
*Gut so!* Meine Sonnenbrille im Regen hatte auch einige Leute irritiert. Mein blaues Auge hatten alle mitleidsvoll betrachtet und mich für eine der Frauen gehalten, die häuslicher Gewalt unterlagen. Und der Schmerz beim Richten der Nase war nahezu unverzeihlich.

»Draußen steht übrigens ein Taxi herum. Sieht ziemlich verloren aus. Das haben doch nicht etwa Sie gerufen, Frau Kollegin?«, fragte unser Gastgeber. »Wir brauchen noch eine Nachbesprechung und einen zweiten Termin.« Mit diesen Worten wandte er sich auch an Henri, der zur versteckten Aufforderung direkt abwinkte und auswarf: »Ich nehme das Taxi!« Dann sprang er förmlich auf und ging zur Tür.

»Muss ich irgendetwas beachten?«

»Ein leicht brennendes Gefühl ist ganz normal danach. Kein Wasser für drei bis vier Stunden«, wies Herr Ormi an und verabschiedete seinen Wettkumpanen. Dieser sah mich an, als wolle er mir die Hand ebenso reichen. Ich hob allerdings die beiden Übeltäter-Finger in die Luft und meine Schultern an und sagte durch den Mundschutz gedämpft: »Auf Wiedersehen, Herr Lube. Schön, dass es Ihnen gefallen hat.«

Erneut errötend hauchte er einen Abschiedsgruß und verließ das Haus, während in mir das verrückte Lachen einer Triumpfierenden erklang und sich Blitze um mich herum bildeten.

Als ich sicher sein konnte, dass das Taxi ihn fortbrachte, nahm ich endlich die Maskierung ab.

»Na, das war doch ganz erfolgreich«, befand Herr Ormi auf den Füßen wippend. »Wozu eigentlich der Mundschutz, Frau Kollegin?«

»Ich niese so leicht. Und einem Patienten in den Po zu niesen muss ja nun wirklich nicht sein.«

Mein Gegenüber lachte kurz auf. »Das ist mir schon einmal passiert. Der Patient fand's toll. Das hat er zumindest gesagt. Hier entlang bitte.«

Schmunzelnd folgte ich ihm in sein Büro. Wir besprachen in aller Ruhe und bei einer heißen Schokolade die Risiken und Nebenwirkungen dieser Behandlung. Innerlich lehnte ich mich zufrieden zurück. Ein wohliges Gefühl von Genugtuung machte sich in mir breit. Ich dachte an all die nachfolgenden Schreckmomente, die dem frechen Anwalt bevorstanden, angefangen mit großen Augen über seinen bleichen Po, gleich morgen früh. Hoffentlich geschah das bei einem Date, dass darauf hin einen bitteren Beigeschmack bekam. Oder seine Freundin machte ihn darauf aufmerksam. Vielleicht verließ sie ihn auch aus Angst vor einer Krankheit. Oder er geriet in Erklärungsnot und sie erklärte ihn für verrückt. Ein gebleichtes Poloch ist wirklich keiner Frau ohne Weiteres glaubhaft zu erklären. Und dann war er single. Ganz genau so wie ich.

*Henri, Henri, Henri.*

*Selbst Schuld. Selbst Schuld. Selbst Schuld.*

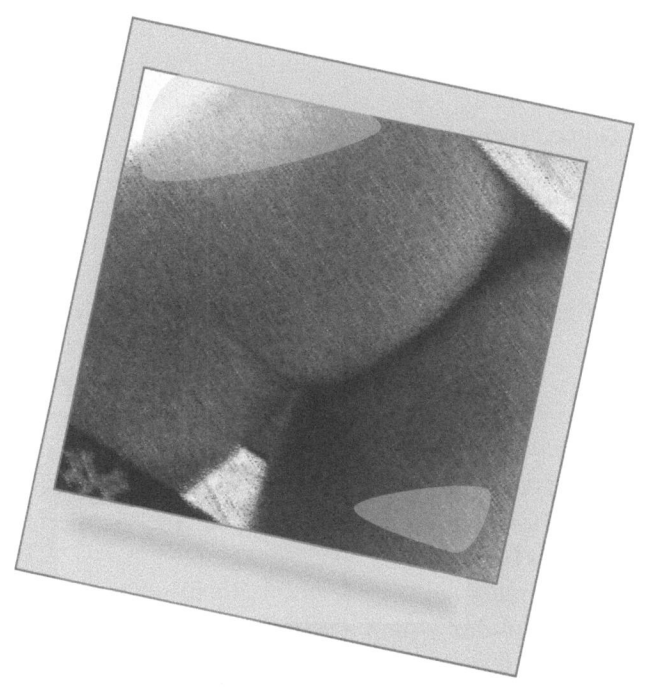

## Kapitel Zehn
## Online-Gigolo

*Henri, Henri, Henri …*
Ich erwachte aus einem illustren Traum, der den Anwalt und mich neben vielen durcheinandergeworfenen Bildern beinhaltete. Und eine Berührung, die ein Gefühl fern ab von Rache in mir hinterließ.

Es hielt den gesamten Vormittag an und flaute erst ab, nachdem ich mich mit meiner Dating-App abzulenken wusste. Bereits an jenem Tag fand ich sie gar nicht mehr aufregend. Schnelle Angebote, abgebrochene Konversationen und beängstigende Niveauschwankungen. Das Übliche eben. Bloß eine einzige, schleppende Unterhaltung konnte meine Aufmerksamkeit mehr oder minder halten.

Seya, 33, schwarzhaarig mit süffisantem Lächeln in einem sympathischen Gesicht war im halbstündigen Takt um meine Gunst bemüht.

Bis um 14:00 Uhr hatte er sich dennoch disqualifiziert. Was ich gar nicht verstand, waren Männer, die wie wild schrieben und plötzlich verstummten. Also, doch, natürlich war mir bewusst, dass sie sich in irgendeiner alltäglichen Situation befanden und normalen Dingen nachgingen, die ihre Augen vom Telefon fortholten. Trotzdem war mir dieses Auf und Ab im Tempo lästig. Vor allem, wenn es seinen krönenden Höhepunkt mit einer knappen Nachricht erhielt, wie »**muss arbeiten**«.

Nach einem maximal vorgelegten Schnelltippmarathon auf treibende »**Was los?**« und »**Schreibst mir nicht mehr?**« und »**Kein Interesse, was?**«, die allesamt zeitlich Druck ausübten, empfand ich diesen abweisenden Hinweis als einen Schlag in mein ohnehin lädiertes Gesicht. Ich loggte mich also aus und warf das Telefon in die Ecke. App-Dating war frustrierend. Ach was, App-Unterhaltungsversuche waren frustrierend. Selbst kurz aufflackernde Hoffnung auf eine, wenn auch elektronische, Konversation, wurde alle Nase lang im Keim erstickt. Das waren Anziehungsantäuschungen und Ablehnung im Akkord. Von einem sozialen Medium konnte hier nicht gesprochen werden. Was für eine fatale Namensgebung. Denn in Wirklichkeit war man mit ein paar Fotos und Buchstaben allein. Desozialisierendes Medium traf es viel besser.

Vielleicht verstand ich es falsch. Oder ich benutzte es verkehrt. Vielleicht war es nicht für mich geeignet. Oder mir war schlicht und ergreifend bloß langweilig. So sehr, dass ich immer wieder versucht war, nachzusehen, was online in meinem Postfach geschah. Vielleicht war doch endlich ein Traumprinz dabei, der schrieb:

**»Liebste Milva, ich habe schon hundert Mal auf dein Profil geschaut und wage es erst jetzt, den ersten Schritt zu tun. Sicher geht es dir ebenso, dass die Kontaktaufnahmen hier zwar leicht zu sein scheinen, es aber überhaupt gar nicht sind. Deine Fotos gefallen mir auch auf den einhundertsten Blick, ich würde gern dein Gesicht sehen und dich dann so treffen wollen, wie du bist, um dort weiter zu machen, wo dies hier eigentlich stattfinden sollte. Draußen, in einem Kaffeehaus zum Beispiel, sofern du mein Gesicht ebenso magst.«**

Das motorisierende Gefühl, ich könne genau diesen Mann verpassen, hatte mich gepackt. Das Gesetz der großen Zahlen griff mir mental ins Genick.

Die relative Häufigkeit eines Zufallstreffers wie diesem stabilisierte sich in der Regel um die theoretische Wahrscheinlichkeit eines Zufallsergebnisses, wenn das zugrunde liegende Zufallsspiel in der App immer wieder unter denselben Voraussetzungen durchgeführt wurde. Das war ja der Fall. Ich erinnerte mich an den verhassten Matheunterricht.

Dort war der Satz gefallen, dass sich die relative Häufigkeit der Wahrscheinlichkeit »immer mehr annähert« - wie irreführend. Denn es gab, das legte mein Experiment deutlich dar, auch bei einer großen Anzahl von Wiederholungen, Ausreißer. Und deshalb rutschte ich mathematisch ständig am Traumprinzen vorbei. Oder er an mir. Mein Mathelehrer wäre heute stolz auf mich, aber er hatte mich schon vor dem Abitur in den Weltraum der Unwissenheit abgeschossen, dessen war ich mir sicher! Ganz ohne Wahrscheinlichkeitsrechnung.

Eine ganze Zeit lang schlich ich um mein Handy herum und lenkte mich mit anderen Dingen ab. Ich aß, ich las, ich sah fern, aber alles schmeckte flau, mein Buch war plötzlich voller Längen und im Fernsehen gab es nur Blödsinn. Alle meine Sinne schienen zu der sinnlosen Applikation hinzusteuern und mit Unermüdlichkeit nach ihr zu verlangen. Es war schrecklich.

In nur wenigen Tagen war ich bis zum Rand vollgefüllt mit mentalen Suchtsymptomen. Ich war digital gestört.

Wenn ich dem entgegenwirken wollte, schien mir der Kaltentzug die falsche Wahl zu sein. Ein Ersatz musste her, der ein bisschen App-Dating beinhaltete. Und zwar so, dass ich mich der Sucht Stück für Stück entledigen konnte. Ich musste sie austricksen.

Die Lösung war Reza. Oder vielmehr sein Tarnprofil mit dem Nicknamen Jessie3003.

Das Telefon war schnell wieder zur Hand. Ich suchte mir über Google massig Bilder von gleich aussehenden Männern und ihrem Zubehör. Arme, Beine, Badehosenbilder und natürlich bediente ich mich meines angesammelten Arsenals rasanter Bilder. Sortierend und löschend klickte ich in meinem digitalen Fotoalbum herum und sortierte sie in ein neues, dem ich den Titel REZA gab.

Danach wagte ich einen letzten enttäuschenden Blick

auf die Zuschriften in meinem Nachrichtenfach und löschte mein Profil. *Good bye, Boys.*

Gleich darauf legte ich ein Neues an. Eines, in dem ich als Mann auftrat. Es war ausgeklügelt, ausgefüllt und täuschend echt. Nur verifizieren lassen konnte ich es nicht. Aber das hatte ich als TaraXOX auch nicht gebraucht. Diesmal diente es immerhin einem anderen Zweck. Ich wollte Reza aufspüren und ein wenig veräppeln.

Meinen Beziehungsstatus stellte ich auf 'vergeben'. So lief ich nicht Gefahr, dass ich Reza alias Jessie zu sehr auf die Pelle rücken und verschrecken konnte. Vielleicht verabredete ich mich mit ihm, um als ich aufzutauchen, ihm einen ordentlichen Schrecken zu verpassen und ihm die Daterei auszutreiben. Mein Boss war ein lieber Kerl, abgesehen von der Mexiko-Falle, aber er verdiente es, ihm treu zu sein.

Das Profil von Jessie3003 war nach ein wenig Sucharbeit gefunden. Durch einfaches Ansehen hatte ich eine Spur hinterlassen. Reza bekam im selben Moment eine Nachricht, dass ihn MarcelHH besucht hatte. Gleichzeitig erhielt er die Aufforderung nachzusehen, wer MarcelHH sei und ihn kennenzulernen.

Ich war das. Mein Profiltext war auf ihn zugeschnitten:

**»Sportlich und mit beiden Beinen im Leben. Suche Zerstreuung in angenehmen Unterhaltungen. Vielleicht mehr. Diskret. Verpartnert.«**

Kaum fünf Minuten darauf erhielt ich eine Hinweisnachricht dass Jessie3003 mein Profil beäugt und mir ein elektronisches Küsschen geschickt hatte.

*Bingo!* Reza war auf Anhieb aktiv geworden. Ich erwiderte sein Küsschen, bei dem mein Telefon ein witziges Abknutschgeräusch von sich gab, und schickte ihm eine Anfrage, mit ihm chatten zu dürfen. Wir Mädels sind relativ gut vor liebestollen Onlineübergriffen geschützt, das muss man sagen.

»Hi, ist dein Name im wahren Leben auch
Marcel? Ich bin Jessie«, schrieb er.

1 Minute später:
»Hallo. Ja, ich bin Marcel, ich komme aus Norderstedt.
Was machst du so?
Jessie steht für sich allein? Oder für Jessica?«

2 Minuten später:
»Für sich allein :)«

1 Minute später:
»Verstehe. Freut mich. Deine Bilder
lassen ahnen, dass du hübsch bist.«

10 Minuten später:
»Danke sehr. Ja, man sagt mir, dass ich
gutaussehend bin. Man selbst ist ja gern ganz
anders davor oder sieht sich mit ganz eige-
nem Maßstab. Vor allem als Frau.«

... *und ob!* Na, das fing ja gut an.

2 Minuten später:
»So sehe ich aus im normalen Leben.«

Ein wirklich hübsches, alltagsnahes Foto von meinem Alias
MarcelHH wurde auf die Reise geschickt.

4 Minuten später:
»Oh la la, Marcel. Du kannst dich sehen lassen.«

1 Minute später:
»Vielen Dank, hübsche Frau.

Wie siehst du im echten Leben aus?«

1 Minute später:
»Das zeige ich dir, wenn ich noch eins bekomme.«

*Aha*, er wollte auf Nummer sicher gehen. Bitte sehr. Ein weiteres Foto von demselben Mann wechselte den Betrachter. Wenn er wollte, hatte ich noch vier weitere in petto. Nur hob ich mir die lieber für später auf.
Jessie ließ etwas auf sich warten.

50 Minuten später:
»Sehr hübsch. Ich arbeite, daher die verspäteten antworten.«

Er schickte mir statt eines Gesichtsbildes ein Bild von seinen schlanken Jessiebeinen in blickdichten Nylons. Gute Wahl. Aber nicht das Versprochene. Ich entschloss mich, nicht zu meckern.

2 Minuten später:
»Sehr hübsch anzusehen. Du scheinst sportlich zu sein. Wirklich sehr hübsch Jessiieeee*«

3 Minuten später:
»Weshalb ziehst du meinen Namen so, als würdest du singen?«

4 Minuten später:
»Ach, nur so. Es sollte etwas flirtend wirken. Magst du flirten nicht?«

12 Minuten später:
»Doch, flirten ist völlig in Ordnung. Was machst du bei dem schönen Wetter?«

*Oh man, die Wetterfrage.* Diese ist generell ungünstig zur Überbrückung. Am Vorthema anknüpfen hieß die Devise, sonst verlief sich der Chat im Sand.

2 Minuten später:
»Ich flirte also auch ohne Singen, wenn gewünscht.«

4 Minuten später:
»Oh, wie gut. Flexibel. Ein Gigolo?«

8 Minuten später:
»Ich weiß zwar nicht, was du mit Gigolo meinst, aber ich glaube, das könnte ich auch für dich sein.«

2 Minuten später:
»Bitte nicht. Das ist ein Draufgänger.«

1 Minute später:
»Na gut, dann bin ich kein Draufgänger ;)«

Am nächsten Tag:
»Huhu, Herr Nichtdraufgänger. Das bedeutet doch aber hoffentlich keinen Stillstand?«

20 Minuten später:
»Nein. Ich hab es nachgeschlagen und beschlossen, ich möchte doch kein Gigolo sein. :).
Allgemein bedeutet Gigolo, ein Verführer zu sein. Bis hierhin ist noch alles in Ordnung. Aber bei den Synonymen tu ich mich jetzt schwer.
Um nur drei zu nennen:
1. Herzensdieb
2. Schwerenöter
3. Schürzenjäger
Da kann man auch gleich Schlüpferstürmer sagen.

Und das bin ich bei Weitem nicht.«

13 Minuten später:
»Haha. Was bist du dann?«

*Ein Mann*, dachte ich. Siedend heiß fiel mir dabei ein, dass mein Plan in jedem Fall daneben ging, denn Reza hatte sich als Frau getarnt. Er würde sich also gar nicht mit mir treffen wollen. Das konnte ich angehen, wie ich wollte. Es sei denn, er outete sich als Typ. Schöne Pleite ... Etwas über meine Milchmädchenrechnung enttäuscht, bildete ich mir ein, meinen Mathelehrer in den Wolken zu hören. Vermutlich raufte er sich die Haare. Ihm zu ehren und auch ein wenig aus Trotz schrieb ich eine Weile weiter Nachrichten mit ihm.

Jessie schien zumindest anzubeißen und mich als Mann interessant zu finden. Seine Chatfrequenz erhöhte sich mitunter.

Am Abend überzeugte ich Jessie mit ein paar Beulenbildern und wusste, dass Reza in jedem Fall mehr sehen wollte. Also zögerte ich es schön hinaus und ließ ihn ein paar Wunschbilder schicken. Für diese brauchte er eine Weile und ich tat so als wäre ich eingeschlafen. Ohne das rasante Bild zu verschicken.

Der nächste Morgen bewies: Das Mächteverhältnis war nun umgekehrt. Jessie hatte mehrmals darauf gepocht, ich solle ihr das Piephahnfoto zusenden.

*Reza, Reza,... immer auf die Pimmelfotos aus.*

Kopfschüttelnd grinste ich in mein Telefon, bevor ich eine kurz gehaltene Begrüßung schrieb und duschen ging.

50 Sekunden später:
»Sieh mal an, Marcel. Was war los? Handy abgestürzt?«

20 Minuten später:
»Nein, ich bin bloß eingeschlafen. Weiter nichts.
Tut mir leid. Guten Morgähn.«

1 Minute später:
»Also, da werde ich schon kribbelig, weil ich die Auflösung erwarte auf die Frage, was sich wohl in dem vielversprechenden Paket befindet und dann schläft der Herr einfach ein. Wie ungünstig!«

3 Minuten später:
»Warum ungünstig? Das Paket ist ja noch da und auch dessen Inhalt. Schau.«

Ich verschickte einen glaubhaften morgendlichen Schritt in einer Jogginghose. Wer sich einmal eingehender damit beschäftigt hat, der weiß, dass Männer an Morgenden einen ausgeprägteren Schritt haben. Das kommt durch die natürlichen nächtlichen Erektionen im Tiefschlaf. Die Bettwärme, die volle Blase und die Tiefschlafdurchblutung sorgen für ein besonders großes Morgenglied.

1 Minute später:
»Schöne Hose. Wie wäre es nur, wenn sie weg wäre?«

Reza unterlag dem Fluch der Männlichkeit. Sein Jagdinstinkt war längst aktiviert. Das Gespräch war daher abgerutscht. Es ging lediglich noch darum, die Hüllen fallen zu lassen und als Jessie steuerte er direkt darauf zu.
Amüsiert verließ ich die App und sendete ihm als Milva eine Nachricht:

»Hallo Reza. Wollen wir uns treffen? Was machst du? Hast du heute Zeit? Ein Update-Treffen ist erwünscht.«

Er antwortete:

»Hey, ja gern. Ich döse im Bett herum. Mir ist total langweilig. Nichts los an so einem Samstag. Vielleicht gehe ich Blumen kaufen. Willst du mit ins *kleine Grüne*? Oder wollen wir uns ein paar Paddler anschauen im *Fiedler's*?«

*Das kleine Grüne* ist eine süße Blumenoase mit sehr liebevollem, warmen Ambiente. Die Auswahl an Blumen ist sehr besonders und an die Stimmung und das Anliegen des Käufers angepasst. Traumhafte kleine Kunstwerke der Blumenbinderei mit persönlicher Note. Ich ging am liebsten sonntags dort hin und teilte Reza mit, dass er heute schon gehen oder am darauf folgenden Tag mit mir mitkommen sollte.

Das *Fiedler's* ist ein nettes Café, auf Neudeutsch ausgedrückt eine Snackeria, mit einem herrlichen Blick über das Wasser. Der Gastraum bietet ein schönes Panorama bei der die meisten Gäste einen oder mehrere Aperol-Spritz bestellen und an Orangenscheiben nuckeln. Das Kaffeehaus und seine Besucher sind nicht zu versnobbt. Es ist nett dort. Und man hat bei warmem Wetter einen tollen Ausblick auf Paddler und Wasservögel.

Wir verabredeten uns eine halbe Stunde später dort, um Neuigkeiten auszutauschen. Reza besah sich die eben genannten Paddler eingehend. Ich freute mich derweil über die Entenküken und warf erst den zweiten Blick auf die Wassersportler.

Leider konnte ich ihm nicht erzählen, auf welche Weise ich Rache an Affengesicht Henri Lube genommen hatte. Das unterlag der ärztlichen Schweigepflicht. Dennoch konnte ich ihm erzählen, dass es mir in der Praxis gefiel und wie es zu der gebrochenen Nase gekommen war. Gleichzeitig konnte ich ihm auf den Zahn fühlen und schauen, wie es um seine Chatterei stand.

Beides ging wie gewohnt vonstatten. Ich erzählte ihm meins, er erzählte mir seins. Ich begann allerdings zu lügen, als ich die Unterhaltung nebenbei zum Chat und dessen aktuellen Vorkommnissen lenkte.

»Ach, ich hab mich abgemeldet. Das hat mich gelangweilt«, log er mir mitten ins Gesicht.

Meine Bezeichnung von Jessies Interesse an MarcelHH hätte ich als drängend beschrieben.

»Aha! Na, das ist ja interessant. Ehrlich gesagt, ich habe es auch ausprobiert. Ich habe mir ein Profil eingerichtet und es wieder gelöscht«, log ich so halb weiter. »Dann habe ich mir noch eines eingerichtet und wieder gelöscht und das Ganze auch ein drittes Mal.«

»Weshalb hast du dich denn immer wieder angemeldet?«, wollte er wissen.

»Beim ersten Mal habe ich mich nicht zurechtgefunden. Ich fand es eher verwirrend. Beim zweiten Mal fand ich die Zuschriften erschreckend. Reza, also, ich hatte ja bereits einen Vorgeschmack gehabt durch deine Liste an Chats auf deinem Telefon, aber was da so abgeht, ist wirklich ... dazu fehlen mir die Worte. Da war einer, der sich für einen Matador hielt und mit mir Stierkämpfe ausfechten wollte, weil ihn ein Bild von einem Nacken wild machte wie ein Stier.«

Mein Freund lachte. »Ja, da sind schon einige skurrile Figuren.«

Zustimmend nickte ich und bestellte mir einen Eistee.

Reza orderte einen Andalö, ein schwedisches Mischgetränk aus Sekt und Sanddornlikör, das der Doktor zu Mittsommernacht hervorgeholt hatte. Es war vor Kurzem über Schleswig-Holstein nach Hamburg geschwappt und erfreute sich langsam allseitiger Beliebtheit.

»Also bist du auch raus aus der Nummer mit der romantischen Totalignoranz?«, fragte ich beim ersten Schluck Eistee.

»Hm? Wie meinst du das?«

»Na ja, du bist auch nicht mehr angemeldet, oder?«

»Nein. Das sagte ich ja bereits.«

»Und was ist aus deinem Super-Hetero geworden?«

»Wer?«

»Na, der, mit dem du dich so wahnsinnig gut unterhalten haben willst. Ehrlich gesagt kann ich mir das nur schwer vorstellen. Da waren an sich bloß Anfragen dabei, die auf Verkehr abgezielt haben.«

Schmunzelnd nahm Reza seinen Andalö entgegen und fischte die Orangenscheiben heraus, die darin schwamm, um sie auf ein Tellerchen zu legen. »Orangen mag ich bloß zu Weihnachten. Oder wenn meine Kollegin Marta sie abpult«, bemerkte er. »Sonst nicht.«

Er wich aus. Ich ließ mir nichts anmerken. Stattdessen schützte ich Interesse an diesem wunderlichen Zufallstreffer vor, der mir verwehrt geblieben war. H3-irgendwas: Ein Mann, der sich die ganze Zeit über angeregt mit Jessie unterhalten hatte, ohne auch nur eine Anstalt zu machen, den Chat im Niveau sinken zu lassen, war sensationell.

Ein wenig erfuhr ich über ihn. Ein zart denkender, intelligenter, liebevoller, witziger, aber auch unverbindlicher und offenbar auf reine Zerstreuung ausgerichteter Mann mit sehr männlichen Ansichten, berichtete Reza, der sich neuerdings romantischer verhalten hatte, als es Reza lieb war. Er sei auch verbindlicher geworden und habe verschnörkelt zu drängen begonnen seit einer Trunkenheitsnacht. Er lebte getrennt von einer emotional aufreibenden, zu nichts führenden Beziehung mit einer Frau namens Cecilia.

*Scusa, Cecilia, da steckte italienisches Blut drin, mit dem Deutsche nicht umzugehen wissen.* Natürlich hatte die Beziehung zu Nichts geführt.

Da klingelte mein Telefon. Es war Sorgentelefonzeit.

Mit einer entschuldigenden Geste ging ich ran und ließ Reza näher heranrücken. Er hörte mit. Die Regeln für mein Sorgentelefon unterliegen keiner ärztlichen Schweigepflicht. Das hatten sie noch nie.

»Hallo, hier spricht Milva. Was kann ich für dich tun?«

»Frau Milva?«, hörte ich eine fremde Stimme am anderen Ende. »Hier ist Kassandra. Wir haben uns vor einiger Zeit im Hotel getroffen. Erinnern Sie sich?«

Natürlich erinnerte ich mich. »Oh, Kassy, meine Liebe. Ja, natürlich. Wie geht es Ihnen? Ich habe auf Ihren Anruf gewartet.«

»Bitte entschuldigen Sie, dass ich es nicht geschafft habe, mich zu melden. Ich musste nachdenken.«

»Worüber?«

Sowohl ich als auch Reza, der die Geschichte mit ihr kannte, zogen ahnungslos die Schultern hoch.

»Ach, es war einfach alles ein wenig durcheinander.«

»Was ist geschehen? Erzählen Sie, Liebes.«

Ich griff nach meinem Eistee und nahm einen tiefen Schluck, den ich so lautlos wie möglich in Richtung Magen verschwinden ließ. Sie begann zu erzählen, dass sie noch am selben Tag völlig allein und beschwipst durch die Osterstraße gelaufen sei, um budgetgerecht einzukaufen für ihren Auftritt bei Dr. Rolig. Dabei habe Sie ein Headhunter angesprochen und direkt in seine Agentur am Hafen mitgenommen.

»Aber Kassy, man hat Ihnen doch nicht etwa etwas zuleide getan? Einfach so mitzugehen ...«

»Milva, das war mein Glückstag. Er hat ein paar Fotos von mir gemacht und direkt nach Istanbul geschickt. Zehn Minuten später kam eine Antwort. Man hatte beschlossen, mich anreisen zu lassen für ein türkisches Modelabel.«

»Istanbul? Kassy, warum um Himmelswillen schlagen Sie Chanel aus für Istanbul?«

»Wissen Sie, Chanel ist sicherlich viel größer und bekannter, aber es macht mir auch Angst. Das war enormer Druck in meinem Kopf.«

»Sie meinen, in Ihrem Gemüt, nicht wahr? Aber warum?«

»Irgendetwas sagte mir, dass ich dort hinreisen sollte, und nun stellen Sie sich vor, Milva. Ich habe einen Vertrag in der

Agentur bekommen und kann für ein ganzes Jahr in Istanbul modeln. Ist das nicht toll?«

»Ich hoffe, Sie werden anständig bezahlt.«

»Ja natürlich. Ehrlich gesagt, ich wollte mich einfach bei Ihnen bedanken, denn Sie haben mir Mut gemacht.«

»Das freut mich.«

Rezas Interesse zog ihn vom Telefonat und damit von meinem Ohr fort, um zwei Paddlern auf dem Wasser zuzusehen, die sich die Hemden vom Leib gerissen hatten.

Kassandra erzählte von unglaublich zuvorkommenden türkischen Modeschöpfern, die tolle Kreationen vorführen ließen. Sie sei bereits überall damit zu sehen und würde von einem Fototermin zum Nächsten reisen. Um es auf den Punkt zu bringen: Die Türkei ist ein wahres Textilparadies von unglaublich guten Ideen getrieben mit erschwinglichen Preisen und lange nicht so hochgestochen wie die Modelabels der alten Welt. Für jemanden wie Kassandra war das nur gut und ebenso für mich, weil mich das aus einer erklärungsbedürftigen Situation beim Doktor rettete.

Sie bedankte sich noch zwei Mal bei mir und verabschiedete sich dann mit der Information, ihr Agent Metehan würde sie gerade anrufen, er sei auf der Suche nach einem weiteren Label fündig geworden – CARISMA. Dann legte sie auf.

Zufrieden über die nicht notwendig gedachte aber nun geschehene Rettung vor Peinlichkeiten, legte ich mein Telefon auf den Tisch, nahm einen weiteren Schluck Eistee und entschuldigte mich zur Toilette.

Rezas Blick haftete auf den entblößten Paddleroberkörpern, die aussahen, als würden sie mindestens zwei Mal pro Woche Holz im Garten hacken. Er sagte allerdings, er fände die Entenküken süß. Dabei waren die Enten samt Küken vor einiger Zeit bereits vor den nackelig besetzten Kanus geflohen.

Als ich zurückkehrte, wühlte Reza gerade in meiner Handtasche.

»Was tust du?«, fragte ich ruhig.

»Ich suche ein Taschentuch.«

»Wofür?« Ich setzte mich.

»Ich habe etwas Andalö vergossen, weil die Paddler beinahe ein Küken mit ihren Paddeln erschlagen hätten. Das war vielleicht nervenaufreibend. Ein Thriller ist nichts dagegen.«

»Ach so.« Mein Griff ging versiert in meine wohlsortierte Handtasche, und ich holte ein paar Taschentücher hervor, mit denen sich Reza die Finger abwischte.

»Ich glaube, ich gehe mir trotzdem die Hände waschen. Das Sanddornzeugs klebt ganz schön. Und wenn es das nicht ist, dann wird spätestens der Sekt beginnen zu kleben, sobald er auf meinen Fingern trocknet. Ich bin gleich wieder da.«

»In Ordnung.«

In seiner Abwesenheit trank ich meinen Eistee aus und begutachtete meine Fingernägel eine Weile.

»Also, was möchtest du noch über H3N wissen?«

Erschrocken über die plötzliche Ansprache von der Seite, als Reza unvermittelt zurückkehrte, fuhr ich zusammen und stotterte. »Öhm. Äh, nichts, öhm.«

»Na komm schon, Milva, was, wenn dir auch so jemand begegnet.«

Ich lachte gedrückt. »Geht ja nicht. Ich bin ja nicht mehr online.«

»Ach ja«, lenkte er ein. »Aber gibt es nichts weiter, dass du über ihn wissen willst? Du willst doch sonst alles wissen.« Sein Blick taxierte mich.

»Nein«, versetzte ich. »Erzähl mir lieber, wie es um dich und den Doktor steht. Ist er noch so erdrückend?«

»Überhaupt nicht. Im Gegenteil. Er zieht sich zurück.«

»Das Klügste, was er tun kann, wenn du auf stur schaltest, Reza.«

Mich traf ein strafender Blick. »Du bist ihm gegenüber loyal.«

»Ja. Natürlich bin ich das. Aber deswegen wechsle ich nicht die Seiten. Wer dich kennt, der weiß, dass du emotionalen Druck nicht ertragen kannst. Zurückziehen scheint mir daher, klug zu sein. Und das ist er ja nun für wahr.«

»Ja. Da hast du Recht.«, räumte Reza ein. »Meinst du, es ist Taktik, um mich zu halten?«

»Vollkommen egal«, betonte ich. »Er tut das Richtige.«

Einsichtiges Nicken kam mir zur Antwort. Reza war schwierig, emotional betrachtet. Rückzug jedoch ließ seinen Eifer aufflammen.

»Also, wirst du dich um den Doktor bemühen, jetzt, da er sich rarmacht?«

Zögerlich kam ein »Ich denke schon. Schau mal, er ist ja immer da, wenn ich ihn brauche.«

»Brauchen wofür?«

»Wenn ich lachen will.«

»Das ist sehr viel. Denn lachen kannst du nur mit Vertrauten. Und ich weiß, dass der Doktor regelmäßig den Vogel abschießt mit seinen Äußerungen.«

»Das stimmt.«

Kurz darauf lösten wir unser Treffen auf, ohne teure Dinge bestellt zu haben, wie wir es sonst taten. Reza ging nach Hause und ich meiner Wege am Wasser entlang.


Am Montag ging ich ganz normal zur Arbeit. Ich nickte Engel Gabriel einmal freundlich zu und freute mich darauf, dass ich endlich die Schiene aus dem Gesicht entfernt bekommen sollte. Nemea hatte voller Vorfreude gleich einen Extra-Frappé mit Vanille-Aroma für uns vorbereitet. Ich freute mich sehr darüber.

»Und?«, fragte sie. »Wie war es allein zu Hause?«

»Ach, ganz gut«, log ich. »Ich konnte endlich mal ein paar Dinge sortieren.«

Sie sah mich erwartungsvoll an.

»Diese Dinge, die du sonst vor dir herschiebst, verstehst du? Alte Kontoauszüge, blödsinnige Schreiben vom Finanzamt, weil sie eine selbständige Tätigkeit vermuten und deinen Betrieb prüfen wollen.« Hierbei deutete ich Gänsefüßchen an, denn mein Sorgentelefon war bei Weitem kein Betrieb. Es war eine geheime Institution für arme Seelen in Not. Darauf erhob man aus Anstand keine Steuern. Trotzdem wollten Sie meine Konten sehen. *Schöne Scheiße.*

»Und? Hast du schon das Neueste gehört?«

»Das Neueste von wem oder was?« Ich legte meine Handtasche nieder und kratzte mich ungalant an meiner Schiene. »Kannst du sie mir abnehmen? Ich sterbe, wenn es weiterhin juckt.«

»Natürlich.« Sie sprang an meine Seite und entfernte die Schiene. Gleich darauf verrieb sie eine Juckreiz lindernde Salbe auf meiner Nase.

»Was meinst du also? Welche Neuigkeiten?«

»Noch nicht gehört?«, fragte sie beinahe empört. »Du bist doch mit Reza befreundet.«

Was hatten denn Neuigkeiten mit Reza zu tun? Was wollte sie von mir? Ich sah sie ratlos an.

»Der Doktor und Reza haben sich verlobt«, platzte es aus ihr heraus.

»Bitte was?!« Meine Arme flogen unkontrolliert von mir und ich fegte dabei meine Handtasche und ein Glas Vanille-Frappé vom Tisch. »Oh nein!« Sofort begann ich, das Desaster aufzuräumen und schnitt mir mit einer Glasscherbe in den Finger. Es blutete im Strahl, ohne aufzuhören, bis Nemea einen Verband und ein blutstillendes Spray aus dem Kittel zog.

»Reza und der Doktor?«, hauchte ich, während mir Nemea den verletzten Finger verband. »So plötzlich?« Das durfte nicht wahr sein. Gestern noch saß er Paddler gaffend im *Fiedler's* und wühlte nach Taschentüchern in meiner Handtasche und heute war er verlobt. Wenn ich den in die angeschnittenen Finger bekam. Bei dem Gedanken begann der Schnitt, sich bemerkbar zu machen. *Aua! Ich hasse Schnitte.* Erst merkt man gar nichts, dann blutet es und plötzlich fällt den Nerven ein, unaufhörliches Brennen zu melden.

Kurzentschlossen fegte ich Nemea zur Seite. »Bitte sag dem Doktor, dass ich noch einen Tag lang krankgeschrieben bin, weil meine Nase aussieht wie der Buckel aus den oberen Etagen von Notre Dame.«

»Aber sie ist okay, bloß etwas blau.«

»Eben«, quittierte ich und schnappte mir die vanillegetränkte Tasche. »Wir sehen uns morgen, Nemea. Danke für den Frappé und entschuldige das Desaster.« Ich ließ sie mit dem Lappen in der Hand zurück.

Das durfte einfach nicht wahr sein. Ich fühlte mich wie die betrogene Brautjungfer und schoss an Gabriel vorbei die Treppe hinunter, direkt in die Arme des Doktors.

»Was machen Sie?«, schrie er mich erschrocken an.

»Ich äh, ... ich muss wieder los?«

»Arbeiten Sie heute nicht?«

»Nein«, versetzte ich schnippisch. »Ich habe meine Notizen über die Mexiko-Aktion zu Hause vergessen. Die würde ich gern morgen mit Ihnen durchgehen.«

»Milva!«, ermahnte mich der Doktor unsäglich. »Sie kacken in meine Montagsaura.«

»Ja, tut mir leid.« Ich verschwand stöckelnd um die nächste Ecke.

Aus der Verlegenheit heraus, und vielleicht auch aus Unbeholfenheit, griff ich zu meinem Telefon und öffnete die unsägliche App, von der ich beteuert hatte, sie nicht mehr zu nutzen.

Mir sprang ein Text entgegen: »Was machst du heute Abend?«

Ich antwortete aus der Lamäng heraus: »Ich gehe zum Mitternachtsgrillen«, und hoffte damit für eine schnippi sche Antwort und Ruhe gesorgt zu haben. Eigentlich waren solche Apps super, um Dampf abzulassen, befand ich.

2 Minuten später:
»Kann ich mitkommen.«

1 Minute später antwortete ich:
»Genau, tolle Idee. Geht nur gerade nicht. Bleib du dort, wo du bist und ich bleibe, wo ich bin.«
Das konnte nicht Rezas Ernst sein. Lustig mitkommen zum nicht stattfindenden Mitternachtsgrillen. *So eine Leberwurst.*
Ich stopfte das Handy wütend in meine Handtasche und machte mich auf den Weg nach Hause, diesmal ohne Taxi.
Kurz darauf fühlte ich mich hingerissen, nachzufragen, was er denn als Frau gedachte anzuziehen, sofern er doch mitkam.
Er antwortete, er würde anziehen, was ich wollte, Mädels hätten immer einen guten Geschmack.
Sein Profilbild war neu. Und, oh Wunder, darauf, so konnte ich auf der Miniatur neben dem Chat sehen, war unverkennbar ein türkises T-Shirt.

»Türkis scheint dir gut zu stehen.«

6 Minuten später:
»Das habe ich aber gar nicht an.«

1 Minute später:
»Was hast du denn an? Traust du dich, ein Foto zu machen?«

2 Minuten später:
»Natürlich :-) es ist aber ein bisschen dunkel.«

Das angefügte Foto war nicht Jessie. Das war überhaupt gar keine Frau. Hatte er sich vertan? Belustigt tat ich so, als sei es mir nicht aufgefallen. Das hatte er nun davon. Irgendwann vertut man sich einfach und schon fliegt alles auf. *So eine Leberwurst. Nein, ein Leberwurstbrot!*

Ich schrieb grinsend: »Oh, nice, das Shirt.« Dann schob ich mit einem Internetfoto zusammen nach: »Das hab ich an. Ist auch aufregend.«

1 Minute später:
»Warte. Ich schicke es noch einmal.«

Mich erreichte ein Bild von einem grauen Unterhemd. Hatte er sich rasiert? War er auseinandergegangen? Was war da los?

2 Minuten später antwortete ich:
»Wow! Nette Oberschenkel. Wenn du jetzt noch gut geformte Hände und Füße hast, haben wir einen Deal.«

Rezas Hände waren unverkennbar für mich. Also wartete ich ab. Es kam nur leider keine Antwort. Deshalb machte ich ein Foto von meinen Beinen im Gehen. »Hier. Das sind meine Akrobatenbeine.«

Gerade als ich es abschickte, fiel mir ein, dass Jessie3003 dachte, ich sei ein Mann.

*Oh nein*, jetzt hatte ich selbst alles auffliegen lassen. Statt der blamierenden Ermahnung erreichte mich allerdings ein:
»Wow, sehr sexy.«

Irritiert schrieb ich zurück »Jetzt du« und hoffte auf bewahrheitende behaarte Beine, die ich kannte.

Stattdessen erreichte mich ein Bild von seinem Bizeps:
»Hier. Mein Bizeps.«

Ich beäugte das Foto misstrauisch. Es konnte Reza sein.

Aber ich war mir nicht sicher. Also schrieb ich: »Sehr beeindruckend!«

Es kam ein Dank dafür zurück.

Also, wenn ich dies klar sehen wollte, musste ich Reza identifizieren. Daher schrieb ich: »Ich glaube, ich habe gar keinen Bizeps. Jetzt deine Hand.« Das war gut angebracht, ohne auffällig zu sein.

8 Minuten später:

»Das ist meine hässliche Hand.«

Ich sah mir das Foto an und bekam Schweißausbrüche. Das war nicht Rezas Hand. Überbrückend schickte ich zurück: »Die ist überhaupt nicht hässlich!« Das war sogar wahr. Da war eine fremde und wirklich attraktive, männliche Hand.

»Und das ist mein Fuß.«

Schockiert hielt ich das Telefon näher an mein Gesicht. Ich hatte Reza mehr als einhundert Mal in Flip-Flops gesehen. Er war es nicht!

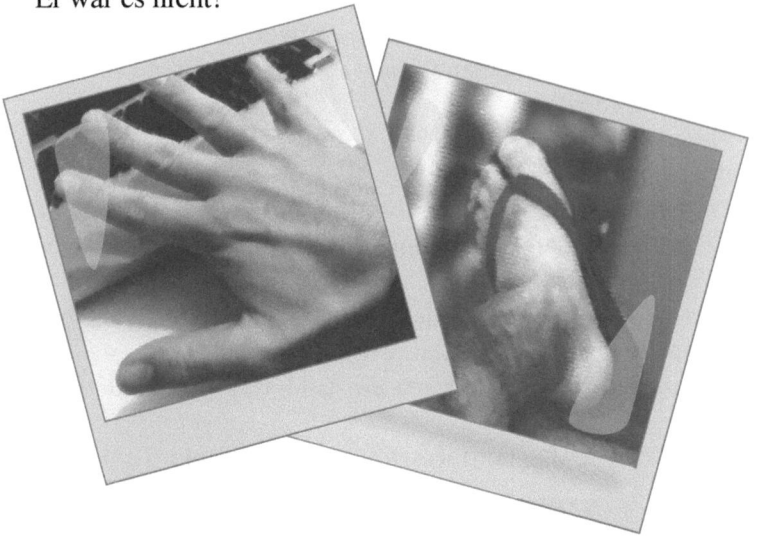

30 Minuten später:
»Welchen Deal haben wir denn nun, wenn ich fragen darf?«

Mit misstrauischem Bauchgefühl setzte ich mich zu Hause angekommen auf die Couch und sah mir die Dinge genauer an.

Das war gar nicht Jessie3003, mit der ich da munter weiter gechattet hatte. Ich hatte mich ja bereits über die Männerhand gewundert. *Oh Hilfe*. Das war jemand anderes.

Das gewechselte Profilbild holte ich per Fingerdruck zum Betrachten hervor.

*Oh, mon dieu.* Hier ging alles drunter und drüber. Auf einmal chattete ich mit einem wildfremden Mann und wurde als Frau wahrgenommen. Der große Schreck: Ich war laut Profil auch eine Frau. Darauf war ich nicht vorbereitet. Aus heiterem Himmel war ich Jessie3003.

Dahinter steckte Reza. Wie auch immer er das veranstaltet haben mochte, ich war vollkommen ahnungslos in einen Chat mit seinem H3N getappt und der wollte auf einen Deal hinaus, von dem ich nur so daher getippt hatte, von dem ich nichts wusste, genau so wenig wie von der Verlobung.

*Oh, wenn ich den in die Finger bekam ...*

5 Minuten später:
»Was meinst du?«

4 Minuten später:
»Den Deal. Schau deine vorherigen Nachrichten an. Du hast mir geschrieben, dass wir einen Deal haben könnten.«

2 Minuten später:

»Ach das.. Ja. Wenn deine ... Ja, natürlich.
Ich mag, wenn Männer gut proportioniert sind
wie du. Du hast ein schönes Lächeln.«

6 Minuten später:
»Danke Schätzchen. Soll ich dich jetzt allein lassen, damit
du den Grillabend mit deinen Freunden genießen kannst?«

2 Minuten später:
»Ja bitte, gerne. Bis dann«

1 Minute später:
»Lass nicht zu lange auf dich warten.«

Ratlos blickte ich von links nach rechts und wusste mir nicht
zu helfen. Dann verfolgte ich die Chat-Chronologie bis zum
23. Februar zurück. Ich war eigentlich erst seit etwa einer
Woche angemeldet. Wie ging das bitte? Wo kamen diese
Februar-, März-, April-, Mai- und Juni-Chats her?
   Es dauerte eine Weile, bis ich die Unterhaltung in ihren
Essenzen erfasst hatte. Sie war manchmal plänkelnd und
manchmal wirklich tiefschürfend, beinahe romantisch. Ich
steckte also als neue Besetzung in Rezas Online-Romanze.
Es gab genau zwei Möglichkeiten an dieser Stelle:

1.) Ich schrieb H3N einfach nicht mehr oder dass er genau
wie ich auf einen Schwindel hereingefallen waren.

2.) Ich rief Reza an und zog ihn durch das Telefon.
Letzteres versuchend lief ich auf Eis.

Er ging nicht ans Telefon. Ich schrieb ihm eine erboste
Nachricht, die nach einer Erklärung verlangte. Ein frech
grinsender Smiley kam zurück. Mich überfiel ein stechen-
der Schauer von Wut und Empörung. Natürlich konnte ich

auf dieses Triezen hin auch einfach alles so belassen wie es war, so wie wir es sonst manchmal taten, aber dass Reza mir nichts von seiner Entscheidung mitgeteilt hatte, sich zu vermählen, konnte ich nicht ohne Weiteres stehen lassen. Bisher hatte ich den Eindruck gehabt, es ginge seinerseits eher bergab mit der Beziehung. War ihm der Doktor nicht zu impulsiv, zu drängend, zu übergreifend gewesen? Hatte er sich nicht deutlich in seiner Freiheit beschnitten gefühlt und sich erst kürzlich darüber bei mir beschwert? Man heiratete doch nicht einfach so, um dann darauf zu warten, dass diese Dinge sich in Luft auflösten. Das verstand ich nicht, wie auch die andere Sache mit dem Chat.

Bestrebt, eine Erklärung von ihm zu erwirken, packte ich mir meine Handtasche und verlies die Wohnung abermals.

Sicher war Reza derzeit noch zu Hause. Ich wusste, dass er Kernzeiten und Gleitzeit gern über Gebühr ausdehnte, vor allem zu Beginn seiner Arbeitszeit. Demnach konnte ich Glück haben und ihn noch zu Hause antreffen.

Statt mich jedoch auf direktem Weg dort hinzubegeben, kehrte ich den Weg um und erhöhte die Wahrscheinlichkeit ihn anzutreffen, in dem ich zuerst zu seiner Arbeitsstelle fuhr. Dort sagte man mir, Reza sei heute noch nicht erschienen, habe aber ohnehin eine Spätschicht. Er befände sich also salopp gesagt im Anmarsch innerhalb der anstehenden zwei Stunden.

*Super! Alles richtig gemacht.*

Nun musste ich bloß seinen Arbeitsweg von City-Nord rückwärtsgehen. Das waren vier Stationen mit dem Bus und drei Stationen mit der U-Bahn, danach ein Fußweg von etwa fünfzehn Minuten.

Bus und Bahn brachte ich auf schnellstem Weg hinter mich, immer wachsam an den gegenüberliegenden Haltestellen nach Reza Ausschau haltend.

Ich kam mir ein wenig vor wie Super Mario, nur eben als Super Milva, die ihren Kopf über die Köpfe der anderen erhob als hätte sie einen Pilz zum Wachsen bekommen und die über Pfützen oder Lücken im Gehweg sprang wie über Abgründe. Ich rannte auch über Gullys, als fürchtete ich, es würden schnappende Blumen in ihnen wohnen. Es fehlten eigentlich bloß die Steine mit den Münzen.

Kurz vor meiner Ankunft am Ziel sah ich Reza aus seiner Wohnung und in die entgegengesetzte Richtung gehen. Rufend entledigte ich mich meiner Pumps, spähte nach Hundehaufen und Glasscherben auf den Gehweg vor mir und lief los.

»Reza! Freund der Sonne! Warte!«

Er schien mich nicht zu hören, machte er doch keine Anstalten anzuhalten oder sich nach mir umzusehen. Deshalb wiederholte ich mein Rufen, erfolglos.

Meine Finger fischten mein Telefon aus der Tasche. Den Klingelton einer eingehenden Nachricht hörte er ganz sicher. Vor allem wenn er seine Handy-Kopfhörer in den Ohren stecken hatte oder er spürte die Vibration.

Hastig tippte ich auf meinem Handy herum und performte eine wirre Nachricht, die als einzig lesbares Wort »Stopp!« enthielt. Sie ging jedoch nicht raus. Gerade als ich auf Senden klickte, fragte mich mein Gerät, ob ich mich mit einem der umliegenden W-LANs verbinden wolle.

*So ein Quatsch.* Nein, wollte ich nicht.

Ich kam auf den falschen Befehl und wurde nach dem Passwort gefragt. Zum Anhalten gezwungen begann ich die Nachricht fluchend von Neuem:

**»Warte auf mich. Ich bin hinter dir.«**

Im selben Moment rief mich der Doktor an:

»Milva, wo sind Sie? Was machen Sie?«

Außer Atem antwortete ich ihm, ich sei in City-Nord.

In der Ferne sah ich Reza stehenbleiben und sich umdrehen. Er machte kehrt und begann auf mich zuzukommen.

»Ich brauche Sie in der Praxis. Kommen Sie. Wir müssen etwas bereden.«

»Jetzt?«

»Ja, es stehen Veränderungen an. Kommen Sie bitte.«

»Veränderungen?« Noch immer rang ich nach Luft. Das hörte sich gar nicht gut an, vor allem nicht in des Doktors dringlichen Tonfall. Sofort schossen mir Worte wie *Probezeitkündigung* und *Trennung* durch den Kopf. Beides etwas, für das es niemals einen guten Zeitpunkt geben kann.

Gerade jetzt. Ich hatte noch ein Hühnchen zu rupfen. Trotzdem sagte ich zu und beschloss kurzen Prozess mit Reza zu machen. Erregt legte ich auf und stürmte dem Kameradenschwein entgegen. Seine Hochzeit hatte auch etwas mit mir zu tun. Wenn er es mir auch nicht sofort erzählen musste, dann trotzdem zeitnah. Aber so wie nun erst nach der Praxisbelegschaft? Was machte das dann aus mir? Da waren zu viel »die anderen«, nahezu gar kein »wir« und schon überhaupt kein »ich« drin enthalten. Es mir jetzt zu erzählen war keine Option mehr. Ich fühlte mich betrogen und herabgesetzt.

Mir schwirrten wilde Szenarien im Kopf herum, die mit Verlassen und verlassen werden zu tun hatten. Das kann ich seit einiger Zeit nur ganz schwer ertragen. Und gerade weil Reza dies wusste und es nicht berücksichtigte, kamen Schmerzen in mir auf. Vorbereitende, vorsorgliche Schmerzen, die einen zu großen Verlust schon im Vorweg durchspielen inklusive der gesamten Gefühlspalette. So war ein Teil des Schmerzes bereits durchlebt, wenn es tatsächlich so weit kam. Eine sehr weibliche Eigenschaft. Sie bewahrt einen vor dem ganz großen Emotionsknall. Es war dann eher eine Backpfeife, leichter zu ertragen als ein tritt ins Herz.

Reza bewahrte es hingegen ganz und gar nicht vor einem sprichwörtlichen Knall.

Er kam mir mit offenen Armen entgegen wie immer.

Er lächelte herzlich wie immer.

Sein »Milva« klang wie immer. Nichts sah nach freudigen Nachrichten aus. Aber gar nichts war wie immer.

Wie kaltblütig. Er hatte damit auch die letzte Möglichkeit vermasselt zumindest das Wort »Hochzeit« auszuspucken und mich zu stoppen. So jemand wollte mein Freund sein? Er kam direkt vor mir zum Stehen und bemerkte zu spät, dass ich emotional längst eskaliert war.

In meinem Gesicht hatten sich Anstrengung und Wut über Hiobsbotschaften der Güteklasse 1A breitgemacht, die beide mit Gewalt auf meine Tränendrüsen drückten.

Mein Blick war verschwommen.

Meine Augen standen unter Wasser.

Und da geschah, was unter Freunden, die einander lieben, achten und komplettieren statt zu konkurrieren per ungeschriebenem Gesetz verboten ist.

Ich rief keifend: »Alles Gute zur Verlobung!« Dann holte ich entschlossen aus und haute ihm eine runter.

Es geschah mit einer Heftigkeit, die ihn mit schockiertem, verständnislosem Augenspiel vor mir zurücktaumeln ließ.

Niemals hatte es so etwas zwischen uns gegeben.

Das Verbot war ausgehebelt. Die Regel war gebrochen, und mit ihr wurde alles zwischen uns erschüttert.


Es gibt genau einen einzigen Moment, in dem man so etwas zurücknehmen kann. Den direkt davor. Diesen Moment hatte ich verpasst.

Sekunden vergingen in vollkommener Stille. Ein paar Propellersamen der Linden drehten sich dazu um uns herum und fielen lautlos neben uns auf das Pflaster. Aber ich spürte, wie es zwischen uns bebte.

Ich wusste nicht, was ich sagen sollte, ob ich überhaupt etwas sagen sollte.

Eine schwere Wutträne überwand den Weg über meinen Wimpernrand.

Fast zeitgleich begannen die schön gesäumten Augen meines Freundes sich auch wässernd zu füllen.

Er rieb sich die Wange und wusste offenbar nicht recht, wie ihm geschehen war.

Es tat mir leid. Ich atmete schwer aus.

Dann sagte er ruhig: »Du wolltest mich austricksen. Du hast mich reingelegt.« Ein verletzter Unterton schwang in seinem Gesagten mit. »Wie es aussieht, kannst du das Echo nicht vertragen.«

»Das ist mir scheißegal!«, hörte ich mich sagen. Dabei wollte ich sagen, dass es mir leidtat.

Seine Augen verschlossen sich zu Sehschlitzen und weiteten sich dann auf eine ganz besondere Weise, wie es nur Perser können, zu einem strafenden Blick aus großen, runden Augen. Mit der Backpfeife war ich bereits grenzwertig gewesen, aber mit den Worten meiner Antwort war ich entschieden zu weit gegangen. Sie machten ihn zu Nichte, ihn und meine Achtung vor ihm, vor allem in seiner Muttersprache. Und das verzieh ein Perser nicht so einfach, auch nicht mein Perser.

Sein Blick zwang mich, zurückzuweichen. Auch wenn ich ihm sonst die Stirn geboten hätte, so fühlte ich mich gezwungen, umzukehren und mich davonzumachen. Ich hatte hier nichts zu suchen. Sein Stolz war verletzt. Verständlicher Weise stärker als meiner. Das ist für ihn schlimmer, als die Seele oder den Körper zu verletzen. Also ging ich ein paar Schritte rückwärts und gab klein bei: »Reza, ich weiß nicht, was in mich gefahren ist. Ich ...«

Seine Augen verengten sich abermals und geboten mir, zu schweigen. Ich folgte seiner stillen, bohrenden Warnung und trollte mich reuevoll.

Erst als ich am Straßenende um die Ecke gegangen war, wagte ich es, wieder normal zu atmen. Ich war unschlüssig, ob ich nicht doch noch einmal zu ihm zurückgehen sollte. Vielleicht mit einem weißen Taschentuch in der Hand. In diesem Moment abzuwägen war nicht besonders einfach. Dagegen sprach, dass mich der Doktor in der Praxis erwartete. Also schluckte ich bitter hinunter und machte mich auf den Weg.

Wenn man sich allein fühlt und weiß, dass man richtig in den falschen Eimer gegriffen hat, dann beginnt man über das große Ganze nachzudenken und bittet im Stillen um Vergebung von höherer Instanz. Der Erste, der mir dazu einfiel, war der Engel Gabriel, der mich an diesem Tag mahnend anzusehen schien, als ich die Treppe zur Galerie hinauf kam.

Ich sah ihn um Verständnis bittend an, doch sein Blick blieb unerbittlich. Stattdessen schien er heute mit Nachdruck auf die Eingangstür der Praxis zu zeigen.

Der Doktor stand mit den beiden Mädels am Empfangstresen über eine Patientenakte gebeugt. Alle drei sahen zu mir auf, als hätte ich etwas verbrochen. Hatte ich auch, aber das konnten sie nicht wissen.

»Milva«, begrüßte mich der Doktor und schickte Kathrin und Nemea hinter sich. Er trat hervor wie ein Professor, der als Einziger aus dem Rat einer Gemeinschaft zu mir sprechen konnte, weil er etwas Unheilvolles an mich herantragen musste. Dann zeigte er mit dem Finger auf mich wie am ersten Tag und verschwand lautlos um die Ecke in seinem Büro. Ich sollte ihm vermutlich folgen, kam aber erst darauf, als er ein schrilles »Kommen Sie!« aus seinem Büro zu mir nach vorn schickte.

Es traf mich wie ein Hackebeil.

Einzig und allein ein Zwinkern von Nemea konnte mir ein wenig Linderung verschaffen, obgleich ich ihr Lächeln für falsch hielt. Entweder war gerade alles gegen mich gerichtet oder ich musste prüfen, ob nur ich diejenige war, die alles gegen mich selbst richtete.

Beinahe schleichend bewegte ich mich in das Reich des Doktors. Die Büsten und auch die Gesichter auf den Bildern an den Wänden schienen mich allesamt anzustarren.

Meine Hand zitterte. Es fiel mir schwer mich unter Kontrolle zu halten.

»Sitzen«, befahl mich der Doktor mit geschäftigem Blick auf den Besucherstuhl. »Wie geht es Ihnen? Wie geht es der Nase?«

Das war nett eingeleitet. Bei aller Liebe zog ich es jedoch vor, dass er sofort mit den Neuigkeiten über die Veränderungen herausplatzte, so wie er es sonst auch tat, wenn er etwas sah, das er haben wollte. Es blieb diesmal leider aus. Er begann seinen darauffolgenden Satz stattdessen mit »Schauen Sie ...«

»Herr Doktor«, brach ich ein, »als wir heute Morgen aufeinandergetroffen sind, da habe ich Ihre Bemerkung über Ihre Aura so verstanden, dass ich die Praxis verlassen sollte. War das verkehrt?«

Obwohl ich eine Frage gestellt hatte, ruhte ein wartender Blick auf mir. Er wollte offenbar noch etwas hören.

Nun gut: »Manchmal fällt es mir schwer, die richtige Entscheidung zu treffen.«

»Ja«, bestätigte er, verwirrenderweise mit dem Anflug eines Lächelns.

»Für gewöhnlich bin ich ganz kontrolliert. Die Kontrolle zu verlieren, setzt mir ordentlich zu. Dem gegenüber kann man nun natürlich einen kritischen Standpunkt einnehmen. Ein solcher Standpunkt sollte dann die Grundlage für ein Gespräch bilden, nicht aber den Startschuss geben für vollendete Tatsachen. Das denke ich.« Ich untermauerte mit einem leichten Nicken und sah ihn abschätzend unter meinen Wimpern hindurch an.

»Das stimmt.« Mehr sagte er nicht.

Was für eine Geheimniskrämerei. Ich kam mir vorgeführt vor. Es grenzte beinahe an ein Gefühl von Demütigung, deshalb brach es aus mir heraus: »Natürlich wünsche ich Ihnen von Herzen alles Gute zur Verlobung. Nur leider hat es das nicht bis zu Reza geschafft.«

»Ich verstehe.«

Ich war kurz davor, loszuheulen. »Es ist einfach so geschehen. Ich weiß auch nicht. Es tut mir sogar sehr, sehr Leid, was geschehen ist.«

»Milva, ...«

»Bitte, Herr Doktor. Ich weiß, dass ich noch nicht lange bei Ihnen bin. Aber bitte lassen sie die Dinge, die in eine Freundschaft gehören in diesem Fall zwischen Reza und mir. Gesellschaftlich ist das natürlich nicht tragbar - ›Die wild gewordene Ärztin wird dem Zukünftigen des Doktors gegenüber handgreiflich‹ - aber wenn Sie meine Arbeit schätzen, dann lassen Sie mich bleiben. Hier weiß ich, was ich tue. Hier sind Nemea und Sie. Ich kann schwierig sein. Das ist der Grund, weshalb meine Freundin Ulli mich nur selten anruft. Es gibt in meinem Leben nur wenige vertraute Menschen. Nur wenige, die es wagen, offen mit mir zu sein und mir auch manchmal die Stirn zu bieten. Vielleicht habe ich mich deshalb so schnell an Sie und die Praxis gewöhnt. Hier ist mein neues Zuhause.« Jetzt begann ich zu weinen, weil der Doktor mitleidig »Ja« sagte. Nichts weiter. Dann sah er abwechselnd in die Luft und wieder zu mir. Ein Zeichen dafür, dass er mich nicht verstand. Ich hatte wahrscheinlich zu schnell und zu verschachtelt gesprochen.

»Es tut mir leid, auch das mit Reza.«

»Was' mit Reza? Haben Sie ihm mit die Popo gesags?«

»Nein, ich habe ihm eine geklebt. Ich war wütend.«

»Geklebt?«

»Ihm eine runtergehauen.«

»Eine was? Runter?«

»Es war so etwas wie ein Versehen. Ehrlich.«

»Milva, wovon sprechen Sie?«

Ich holte mein Telefon hervor und googelte schniefend ein von Bild von einer Ohrfeige. Als ich es aufgerufen hatte, hielt ich dem Doktor das Display entgegen und sagte: »Ein Schlag ins Gesicht. Auf die Wange.«

Dr. Rolig besah sich das Bild genauer, sah dann mich an und führte einen langsamen Schlag in der Luft aus, begleitet von einem kindlich fragenden und gleichzeitig verstehenden Gesicht mit roten Wangen. »Sie?«

Ich nickte schmallippig.

Da brach der Doktor in lautes Gelächter aus, das den ganzen Raum erfüllte. »Ahahaaaaaa, das ist … ein runtergehauen … hahaaa. Bravo! Oh wie schön!« Abrupt wurde er still, streckte seinen Rücken durch, um aufrecht am Schreibtisch zu sitzen, und kritzelte etwas auf seine Schreibtischunterlage. »Neue Wörte!«, sagte er stolz. »Reza bringt mir auch bei. Ich liebe neue Wörte.« Freudig erregt schien er mit den Füßen unter dem Schreibtisch zu zappeln und unterstrich seine Kritzelei.

Angesichts seiner Laune fasste ich mich wieder und hörte auf zu schniefen.

Dass ich seinem bald Angetrauten eine gepfeffert hatte, spielte keine Rolle mehr. So war der Doktor.

Gleich darauf setzte er seinen Röntgenblick ein. Mein Übersetzungsmodus für ihn war wieder eingeschaltet: »Wir müssen etwas besprechen, Frau Kollegin. Ich schätze Ihre Arbeit sehr. Deshalb habe ich Sie gerufen.«

Meiner Aufmerksamkeit verlieh ich durch leichtes Nicken und Bestätigungslaute Ausdruck.

»Ich entnehme dem Ganzen, dass Sie über meine privaten Vorhaben in Kenntnis gesetzt worden sind. Offenbar unfreiwillig. Lassen Sie mich dazu sagen, Nemea hat sich verplappert. Sie wissen, wie ich bin, ich habe es einfach ausgespuckt, als ich gestern mit Nemea telefoniert habe. Es war eine kurzfristige Entscheidung und ehrlich gesagt stecke ich dahinter, dass Reza Ihnen davon nichts berichtet hat.«

»Sie? Aber weshalb?«

»Weil die Dinge anders liegen, als Sie es vielleicht denken.«

Ich verstand nicht.

»Bevor die eheähnliche Gemeinschaft eingetragen werden kann, muss ich noch einmal nach Schweden. Nicht bloß übers Wochenende, sondern für eine ganze Weile. Es ist notwendig, dass ich Reza dorthin mitnehme. Familienangelegenheiten.« Er hob seine Hand in die Luft, um mir zu signalisieren, dass er keine Fragen dazu beantworten würde. »Sie werden also eine Weile auf Ihren Freund verzichten müssen. Aber damit Ihnen nicht langweilig wird, habe ich eine Aufgabe für Sie. Gerade, weil ich Ihre Arbeit sehr schätze und Sie gut mit den Damen vorn zurechtzukommen scheinen. Kurzum, ich möchte Sie bitten, die Praxis zu leiten, bis ich wieder da bin. Das werden etwa zwei Monate sein. Die Hochzeit wird demnach im September stattfinden. Bitte halten Sie sich die Wochenenden frei, denn der Termin steht noch nicht fest. Sie sind selbstverständlich eingeladen.«

Er atmete einmal tief und sprach dann weiter. »Was nun Reza anbelangt, ich habe ihn gebeten, Ihnen nichts zu sagen, bevor ich nicht mit Ihnen über die Praxis gesprochen habe. Davon, oder besser von Ihrer Zu- oder Absage, hängt ein Stück weit ab, wann wir nach Schweden fahren und ob überhaupt, verstehen Sie. Der Plan war, es Ihnen danach zu sagen, denn Reza sagte, Sie würde alleingelassen schnell in der Luft hängen. Das wollte er Ihnen ersparen.«

Ich hatte die Hand an den Hals gehoben und ließ sie nun weiter nach oben gehen, um sie vor dem Mund zu parken.

»Wie ich sehe, sind Sie impulsiv. Sie handeln nach Ihrem Bauchgefühl. Aktionismus ist nicht immer elegant, aber Sie sind auch ein wenig emotional. Alles in allem können Sie Aufgaben erkennen und sie erledigen. Das ist großartig. Sie wissen, was zu tun ist, zumindest was die Arbeit anbelangt. Und damit sind Sie eine gute Vertretung für mich. Was denken Sie?«

Mein Blick ging ins Leere. Meine Vorzüge hatte ich nicht mehr mitbekommen. Seit des Doktors »Das wollte er Ihnen ersparen« hörte ich bereits nicht mehr zu. Er hatte mich zu schützen versucht, mein Perser. Und ich hatte ihn tätlich angegriffen. Ich schämte mich wie nie zuvor.

»Würden Sie also die Praxis für mich übernehmen?«

Meine Fingerspitzen fuhren beruhigend an meiner Oberlippe entlang und meine Augen sprangen meinen Gedanken folgend von links nach rechts durch innere Distanzen.

»Milva?«

Ich schwenkte meinen Blick langsam dort hin, von wo aus ich meinen Namen vernommen hatte. »Wann fahren sie nach Schweden?«

»Übermorgen, wenn sie zusagen. Also? Wollen sie eine Nacht drüber schlafen?«

Nachdenklich bewegte ich meinen Kopf von links nach rechts.

»Was denken Sie?«

»Und Reza muss mit?«

»Ja.«

Jetzt zu Reza zu laufen und zu versuchen, alles aufzuräumen, war vielleicht nicht besonders klug, überlegte ich. Dennoch sollte ich versuchen, ihn vor der Abreise zu treffen.

»Milva?«

Vielleicht würde er sich auf einen Kaffee einlassen. Ich musste ihn anrufen oder via SMS darum bitten, mich zu treffen. Ihn zu überraschen drängte ihn ganz sicher in die Ecke und dann griff er mich an.

»Milva! Also, was ist das für ein Horror? Soll ich zu Ihnen herumkommen und Ihnen auch eine runterhauen?«

Bei diesem emotionell belegten Stichwort sog ich meine ganze Gedankenblase in einem einzigen Moment ein und ich hörte mich das Ergebnis sagen: »Ich werde es tun. Vielen Dank für Ihr Vertrauen.«

Der Doktor atmete schnaufend aus. »Na bitte. Spannen Sie mich nicht so auf die Folter. Gehen Sie jetzt und kommen Sie morgen wie gewohnt zur Arbeit. Ich werde Ihnen ein paar wichtige Dinge zeigen.«

»In Ordnung.« Meine Handtasche umklammernd stand ich auf und schob den Besucherstuhl an seine ursprüngliche Position.

»Und, Milva?« Der Doktor zog das Wort auf seiner Unterlage mit seinem Stift nach. »Melden Sie sich vorerst nicht bei Reza. Lassen Sie ein wenig Ruhe einkehren. Die Perser haben eine spezielle Beziehung zu ihrem Stolz. Ich erzähle Ihnen eine Sache: Wir haben nie verstanden, warum eine Frau im Orient bis zur Hochzeitsnacht Jungfrau bleiben muss. Ihre Ehre bedeutet den ganzen Stolz ihrer Familie. Für sie ist der Stolz das Wichtigste. Stolz und Ehre sind also wie Jungfräulichkeit. Sie sagen, dass die Ehre der Frau sich nur einmal entzündet wie ein Streichholz. Aber eigentlich geht es dabei um ihren Stolz, denn sie haben die Ehre aufbewahrt. Das ist der Konflikt. Sie haben seinen Stolz verletzt.«

Ich ging mit gesenkten Schultern zur Tür. »In Ordnung, Herr Doktor.«

Er hielt mich noch einmal auf, als ich fast außer Sichtweite kam. »Aber seien sie getrost: Die meisten Dinge lösen sich von allein, wenn Sie sie einfach nur lassen. In der Zwischenzeit mache ich mich daran, das persische Kriegsfeuer ausbrennen zu lassen. Glauben Sie mir, Schweden gibt Reza viel Raum zum Nachdenken und um ruhig zu werden. Und ich erledige den Rest. Schließlich müssen wir von dort aus ein Kleid für Sie aussuchen. Sie beide haben keine Wahl, als Freunde zu bleiben. Denn Sie sind die Brautjungfer.«

Auf einmal gerührt verließ ich das Büro des Doktors.

Als ich Nemea passierte, war sie gerade mit einem Patienten beschäftigt, aber sie zwinkerte mir noch einmal zu und hob einen Daumen. Auch Gabriel schien mich nicht mehr allzu streng anzusehen.

Das war die totale Gefühlsachterbahn. Sie machte mich müde. Ich nahm mir fest vor, mein Verhalten ordentlich zu überdenken. Ich wollte mich nicht bis zum Schafott analysieren, aber wenn ich die Praxis leiten sollte, dann war das eine gute Gelegenheit zu zeigen, wie sehr ich zu Professionalität und Bedächtigkeit aufblühen konnte. Ich wollte den Doktor keinesfalls enttäuschen, wollte folgsam sein und Ruhe zwischen Reza und mir wachsen lassen, um wieder vollkommen normal mit ihm umgehen zu können.

Manches im Leben benötigt Zeit – das ist nichts Neues. Nur fällt es einigen von uns manchmal schwer, uns selbst Zeit zu geben. Es gilt die alte Weisheit »Gut Ding will Weile haben«.

Der Schlüssel dazu lag in des Doktors Worten: »Manche Dinge lösten sich von allein. Man muss sie einfach nur (in Ruhe) lassen.«


Diese neu erworbene oder besser aufgefrischte und verstandene Erkenntnis konnte ich gut auf meinen Alt-Klienten Hilmar anwenden. Er ist mein Muskelmann, der früher an einer erektilen Dysfunktion gelitten hatte. Irgendwann einmal hatte ein Mensch, mit dem ich lieber nichts mehr zu tun haben wollte, ihm unfreiwillig von seinem Problem befreit. In der Dusche, bei der unverschnörkelten Frage nach ein wenig Duschgel. Tatsächlich hatte ich lange nichts von Hilmar gehört. An diesem Abend aber rief er mich an.

»Hallo, hier ist Hilmar. Milva? Bist du es? Kennst du mich noch?«

»Natürlich erinnere ich mich an dich, Hilmar. Wir haben lange nichts voneinander gehört. Geht es dir gut? Wie ist es dir ergangen? Was kann ich für dich tun?«

Ein ungewöhnlich langes Schweigen trat ein. Jenes, das

mit einem langen, leisen Luftholen ankündigte, dass Hilmar im Begriff war, etwas vorzutragen. Also wartete ich geduldig.

»Ich ... Also, mein ... Ich bin ... Milva, ich glaube ich bin heterosexuell.«

»Okay. Warum glaubst du das?« Tatsächlich wollte ich mich gar nicht mehr um dergleichen Fragen kümmern. Die Identitätskrise, speziell die von Männern, wenn es um ihre sexuellen Präferenzen ging, tat ich mir seit geraumer Zeit nicht mehr an. Hilmar aber war ein Bestandskunde – und wie oft beklagen sich Bestandskunden darüber, dass sie von neuen Konzepten nicht partizipieren können, weil sie nur dazu gedacht sind, neue Kundschaft aufzutun. Nun gut, das musste in diesem Fall nicht zum Tragen kommen und außerdem hatte ich ja gar kein Neukundenangebot. Er wollte einfach nur Hilfe – ganz so wie früher.

Ein paar mehr Informationen waren notwendig, um zu verstehen, ob er verstand, was er da sagte. Auch ganz so wie früher.

»Ich hatte einen Freund, glaube ich. Also, wir waren so ein bisschen wie Kumpels, die manchmal auch andere Sachen gemacht haben, als Sport oder Kino und so.«

Er meinte Sex. Nur war es notwendig, Hilmar mit Bedacht auszuhorchen und ihn nicht zu überraschen, bevor er die Tür zu seinem Anliegen von allein geöffnet hatte. »Was für Sachen?«

»Na ja, Milva, du weißt schon. Wenn man jemanden mag und beim Fernsehen zusammen auf einer Couch sitzt statt auf zwei Sesseln.«

»Du meinst, sich nahe zu sein?«

»Ja ... zum Beispiel.«

Ich holte seine mittlerweile digitale Karteikarte hervor:

HILMAR KÜMMERLING, * 03.03.1971 / TIEFBAU
FITNESS, SCHWERPUNKT: MUSKELAUFBAU

Fränkischer Herkunft, Familie in Süd-deutschland

- Wenig soziale Kontakte, starken Drang, »unerreichbare« Frauen zu verehren
- autoaggressive Tendenzen ohne Ausführungen, unbedenklich, Machoallüren
- sensitiver Kern, stark ausgeprägtes Harmoniebedürfnis, hört heimlich Boygroups
- erektile Dysfunktion - erledigt
- homoerotische Duscherlebnisse im Fitness-Studio -> Coming-out Unterstützung (schwul!)
- Hoppla! - Ist gut gelaufen

»Was ist aus deinem Freund geworden?«, fragte ich.

»Na ja, er, also, wir waren ja gar nicht so richtig zusammen. Man muss ja nicht immer gleich einen auf verlobt machen. Ich hab ihm auch gesagt, ich bin nicht so der Typ dafür. Bei der Arbeit gibt es auch einen, glaube ich. Der findet mich gut. Ich gehe immer woanders bauen. Nachher gibt's ne Blamage.«

Er redete um die Dinge herum. »Darf ich noch einmal die Kernfrage stellen, Hilmar?« Ohne eine Antwort abzuwarten, stellte ich sie ihm. »Du bist mit jemandem zusammen gewesen, zumindest irgendwie so, dass du annehmen kannst, er sei dein Partner gewesen, richtig?«

»Ja.«

»Was ist aus ihm geworden?«

»Ich weiß es nicht. Er hat sich einfach nicht mehr gemeldet. Ganz plötzlich.«

»Und jetzt vermutest du, mit Jungs, das ist doch nicht so

deins? Du bist wieder an Frauen interessiert?«

»Ja und nein.«

»Jungs sind nicht deins: ja? Und Frauen: nein?«

»Ja.«

»Dann erzähl mir von dem Part dazwischen. Weshalb meinst du denn, wieder heterosexuell zu sein, wenn Frauen dich nicht interessieren?«

»Hm ...« Er schien zu überlegen.

»Funktioniert denn noch alles? Ich meine, du weißt schon. Es gab doch unterwärts dieses Problem.«

»Ja, Milva, du meinst da unten? Alles funktioniert. Sehr gut sogar. Aber nur bei Männern. Es ist ja nicht schlimm, schwul zu sein, oder Milva?«

»Nein, Hilmar, das ist in Ordnung. Aber du scheinst dich nicht so ganz wohlzufühlen, hab ich recht?«

Er atmete einmal schwer aus, bevor er antwortete. »Ehrlich gesagt, Frauen finde ich kompliziert. Aber mit Männern ist es genau so schwer.«

»Du meinst schwierig?«

»Ja, schwerig.«

»Was macht es dir schwer?«

»Sie bleiben nicht lang.«

»Wie lang sollen sie denn bleiben? Bis zum Frühstück? Eine Woche? Für immer?«

»Manchmal bleiben sie nicht einmal bis zum Frühstück. Sie kommen und gehen. Ich mag mich schon gar nicht mehr so richtig verabreden. Ich weiß auch gar nicht zu was? Ins Kino zu gehen finden sie langweilig. In Clubs ist es laut und dunkel, da versteht man kein Wort. Kaffee trinken kommt auch nicht so an. Bei Tee komme ich mir vor wie ein Onko.«

»Ein was?«

»Ein Onkologe.«

»Du meinst einen Öko. Das kommt von Ökologie.«

»Ach so, ja dann. Also, das meinte ich ja. Jedenfalls: Die

meisten wollen sich auf ein Bier oder ein Glas Wein treffen. Oder sie sagen, sie wollen DVDs sehen. Meistens bei mir. Bisher habe ich keinen dieser Filme je zu Ende gesehen. Und keiner von ihnen trinkt aus. Sie setzen an und dann wollen sie Fummeln.«

Ich verkniff mir einen kurzen Lacher, der in mir aufstrebte. Das Wort Fummeln hat etwas Hektisches, finde ich. Und es schien so, als wolle Hilmar dem entgegenstehend jemanden ganz in Ruhe kennenlernen und später zur Sache kommen.

»Also wollen sie im Grunde gar nicht den Wein oder das Bier? Sie wollen auf etwas anderes hinaus?«

»Ja, wie du das immer erkennst«, sagte er voll Bewunderung. »In Wirklichkeit wollen sie nur meinen Körper. Den Verdacht hab ich schon lange. Sie glotzen mich an. Sie schauen mir nicht einmal in die Augen, sondern auf den Bizeps. Dann wollen sie rummachen und gleich danach gehen sie.«

»Nach allem, was du mir gesagt hast, hast du einen gut trainierten Körper. Bist du noch im Training?«

»Ja.«

»Ein muskulöser Mann steht auf den Beliebtheitslisten wahrscheinlich ganz oben. Wenn du dazu noch gut aussehend bist, was ich natürlich nicht sicher weiß ...«

»Na ja, normal. Ich sehe ganz normal aus.«

»Das zusammen erregt natürlich Aufmerksamkeit. Aber sag mir mal, an deiner Haustür steht doch wohl keine Leuchtreklame, die sagt: 'Schöner Körper für Schwule, hier!', oder?«

»Natürlich nicht, Milva. Die Nachbarn.«

Ach, ich hatte Hilmars einfache und von Grund auf anständige Weise vermisst. Man musste zwar ein wenig an ihm herumfragen, aber dennoch war er herrlich klar. Und er hatte Wertvorstellungen, die er bloß nicht richtig auszudrücken wusste.

»Woher kommen also die fummelnden Kurzzeit-Romeos? Doch nicht etwa aus dem *Hoppla!?*«

»Aus dem Internet. Also, aus dem Chat.«

*Aha.* Ich hatte so eine Ahnung gehabt. Natürlich war diese Möglichkeit auch an Hilmar nicht vorbeigerutscht. Wahrscheinlich hatte er ein paar Muskelfotos hochgeladen, die Männer hatten darauf reagiert, Hilmar hatte sie der Reihe nach zu sich nach Hause eingeladen und war nun enttäuscht. Wenn ich mir vorstellte, den Torero der Liebe eingeladen zu haben, konnte ich mir vorstellen, wie es Hilmar ergangen war. Doof-schüchtern, wie er mir zu sein schien, hatte er sich sicher etwas anderes darunter vorgestellt. So war es mir ja auch ergangen, sogar ganz ohne doof zu sein und ohne persönlichen Kontakt. Armer Kerl.

An Hilmars Beispiel mache ich exemplarisch fest, dass Chat-Romanzen einiges an Hürden überwinden müssen, bevor sie zu Wirklichen werden dürfen.

Während ich ein wenig mit Hilmar über die erloschenen Verabredungen plauderte, gingen meine Gedanken zu Rezas übertragenen Chatverlauf, der sich in meiner App befand.

Dieser Schriftwechsel hatte bereits jede Menge Hallos, Pausen, Meinungsaustausch und sogar kleine Geheimnisse auf seiner Saldenliste. Das war bei Hilmars Bekanntschaften ganz und gar anders.

Den Chatkontakt zu H3N am Abend wieder aufleben zu lassen beschließend, widmete ich mich nun einer Hilfestellung für den armen Tropf am Telefon.

»Mein Lieber, wenn ich dies alles so höre, dann wird mir eines klar: du bist nicht wieder heterosexuell. Es gab diese Schwierigkeiten damals nur nicht. Möglicherweise denkst du also, schwul zu sein wäre nun unsinnig und anstrengend und an mancher Stelle vielleicht sogar erniedrigend.«

»Ja. Alles.«

»Dann bist du nicht heterosexuell. Man kann es nicht an und ausschalten wie einen Lichtschalter. Du vermisst die

Zeit, in der das Kennenlernen keine persönlichen Enttäuschungen hervorgebracht hat.«

»Das war auch enttäuschend. Ich habe nie die bekommen, die ich wollte. Erinnerst du dich an Rebecca aus dem Spinning-Kurs?«

»Damals hattest du Vorstellungen und Träume. Sie haben es zwar nicht bis zur Umsetzung geschafft, dafür aber sind sie unberührt geblieben und ließen sich weiterträumen. Du bist ein Romantiker, Hilmar. Wahrscheinlich einer von der Sorte, der Blumen zum Rendezvous mitbringt, habe ich recht?«

Etwas verlegen antwortete er: »Na und? Das ist doch schön.«

»Ist es auch. So. Und dazu kommt es bei den Internet-Dates dann aber gar nicht. Sie werden schnell beschlossen und durchgeführt und offenbar zerbricht jedes Mal eine Hoffnung in dir. Und deshalb magst du dich jetzt nicht mehr verabreden.«

»Was du alles weißt«, staunte er. «Du hast bestimmt viele Bücher gelesen und bist im echten Leben Tzüchologin.«

Mein rechter Mundwinkel ging hoch. Er war süß! »Wie stellst du dir also ein gelungenes Kennenlernen vor? Was sind die Voraussetzungen? Und was soll dabei herauskommen?«

»Ich weiß nicht.«

»Dann stelle ich die Frage um. Stell dir vor, es geschieht etwas, dass du dir wünschst. Über Nacht. Egal, was es ist. Es wird Wirklichkeit. Nennen wir es ein Wunder. Woran erkennst du am nächsten Tag, das ein Wunder geschehen ist?« Ich zog meine Unterlippe nach unten und hoffte, dass dieses Beispiel nicht zu abstrakt für ihn war. War es nicht, denn er antwortete.

»Dann wache ich neben dem Typen auf, er dreht sich zu mir herum und möchte mit mir frühstücken gehen. Oder einfach Butterbrot mit Zucker. Das mag ich. Und er möchte mich wiedersehen und schaut mich nicht komisch oder ausweichend an und sagt auch nicht ‚mal sehen'. Das bedeutet immer ‚Nein'. Das habe ich schon herausgefunden. Und dann treffen wir uns wieder. Im Park vielleicht. Wir liegen in der Sonne oder gehen schwimmen und schauen einen Film zu Ende. Ich habe ja eine Menge Filme, die ich noch nicht ganz kenne. Da können wir viele Filme sehen. Ich mag Filme.«

Ich tippte alles in meine Kartei:

- WÜNSCHT SICH ROMANTISCHE VERABREDUNG MIT PERSPEKTIVE
- MAG ZUCKERBROT UND FILME

»Welche Filme magst du?«

»Welche mit Action.«

*Hilmar, das ist jetzt echt unromantisch. Ballernde Leute und Fluchten von Hochhaussimsen mit Nervenkitzel sind nicht romantisch.*

»Und solche, bei denen Familien traurige Sachen erleben.«

*Na bitte.* »Das ist romantisch!«, bestätigte ich erleichtert.

Er quittierte mit einem verlegenen Laut.

»Magst du mir verraten, was in deinem Chatprofil steht, Hilmar? Vielleicht spricht es die falschen Leute an. Oder du solltest noch einmal ins *Hoppla?!* gehen.«

»Nein, dort gehe ich nicht mehr hin. Das ist doof, wenn man schon weiter ist. Das ist nur am Anfang gut. Die sind so etwas wie eine Startbahn.«

»Eine, die dich in einen hoffnungslosen Chat geführt hat.«

»Na, das hab ich ja selbst herausgefunden. Und Clubs sind eben zu laut.«

»Was ist mit Bars? Wie wäre es mit Irish Pubs? Dort gibt es witzige Quiz-Duelle. Dort lernt man Leute kennen. Neue Leute müssen her. Und auch ein überarbeiteter Profiltext.«

»Also da hab ich geschrieben 'Normaler Mann sucht anderen Mann'. Ist das nicht gut?«

»Hm, ... das sagt, dass du ein Mann bist und einen Mann suchst. Aber bloß irgendeinen. Ändere den Text. Schreib, dass du jemanden mit Sinn für Zweisamkeit bevorzugst und dass du gern eine Weile chatten würdest, bevor es zu einem Treffen kommt, weil dir schnelle Nummern nicht gefallen. Das ist zwar noch nicht optimal, aber es sagt aus, dass du jemanden suchst, der sich mit dir befasst und nicht bloß mit deinen Muskeln. Und dann ist es wichtig, dass du gut aussortierst. Verlass dich auf dein Bauchgefühl. Schreibe nur denen, die sich gut anhören und auch dabei bleiben. Und dann gehst du außerdem ins Pub. Das macht eine Menge Spaß und man lernt ganz normale Leute kennen, so wie dich. Menschen eben.«

Ich hörte ihn Dinge wiederholen, die ich gesagt hatte, und nahm an, er mache sich eine stichwortartige Liste. Am liebsten hätte ich ihn dafür gelobt.

Als er fertig war, fragte er mich nach einem Abschlusssatz.

Ich überlegte nicht lang: »Nimm die Dinge in die Hand und lass von denen, die dir kein gutes Gefühl geben, gepflegt die Finger. Und gib der Sache etwas Zeit. Du wirst sehen, manche Dinge lösen sich von allein. Du musst sie nur lassen.« Das hatte ich sehr weise weitergetragen und Hilmar staunte nicht schlecht: »Mensch Milva, das ist wie beim Sport. Man muss aufpassen und warten, dann wachsen die Muskelgruppen irgendwann von allein, solange man sich um sie kümmert. Und die Übungen, die wehtun, die macht man nicht, weil sonst der Körper kaputtgeht. Du kannst das alles immer so gut erklären, dass ich es verstehe.«

»Das freut mich. Du bist ein guter Kerl. Du hast einen guten Kerl verdient.«

»Danke. Ich überweise dir siebzig Euro. Ist das okay?«

»Dieses Mal ist die Beratung kostenlos«, bot ich ihm an.

»Nein, ich überweise. Natürlich. Wobei ich finde, dein Wissen ist unbezahlbar.«

Innerlich seufzte ich, denn mein Wissen nützte meist nur anderen etwas. Diesen emotionalen Schluckauf ließ ich mir jedoch nicht anmerken: »Danke sehr. Ich freue mich immer darüber, deine Nachricht im Verwendungszweck zu lesen. Das finde ich sehr charmant.«

Leise lachend legte er auf.

Noch am selben Abend wurde eine Onlinebuchung auf mein Konto gestellt, mit dem Verwendungszweck: Profil ergibt ganz neue Typen. Allerdings sah ich das erst am nächsten Tag in der Mittagspause, nachdem der Doktor mir alle wichtigen Dinge erklärt hatte, die ich beachten musste. Darunter die Kasse, dass er die Hilfskräfte immer mit einem Teil der Einnahmen in den Lohnabrechnungen berücksichtigte und dass ich einen neuen Lieferanten für Papierhandtücher suchen sollte. Außerdem sagte er mir, dass Nemea alles andere wisse, was der Praxispolitik entsprach. Zuletzt bat er mich noch, mich anhand meiner Unterlagen zu legitimieren und mich der Haftungsfreiheit wegen bei der Krankenversicherung anzumelden. »Wenn Sie eine Scheiße machen, dann ist nicht unsere Schuld«, sagte er schmunzelnd. Gleich darauf lenkte er um und bat mich am Abend zu einem Abendessen zu sich nach Hause.

Ich erschrak ein wenig und schluckte. Schweren Herzens nahm ich die Einladung jedoch an und dachte darüber nach, wie ich Reza begegnen sollte.

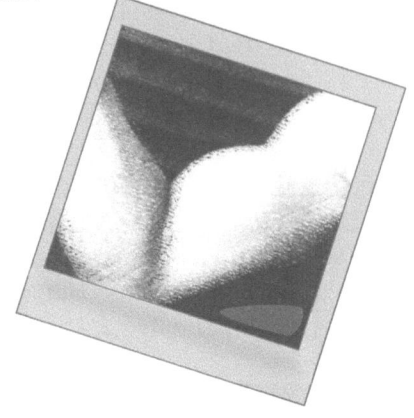

# Kapitel Zwölf
## Unantastbar

»Der wievielte Piccolo-Wein war das?«

Katarzyna sieht auf ihren fast geleerten Plastikbecher. »Ich weiß es gar nicht. Ich glaube, wir hatten jeder drei?«

»Ach, das geht dann ja noch«, winke ich beruhigt ab. Dennoch kann ich mit Sicherheit sagen, dass der Wein mir in der Druckkabine des Flugzeugs zu Kopf steigt.

»Oder waren es vier? Ich weiß es nicht. Als Sie Reza eine gescheuert haben, habe ich doch mein Glas fallen lassen.« Sie deutet mit ihrer kleinen Nasenspitze auf ihr noch feuchtes Kleid mit einem protzigen Rotweinfleck. »Da haben wir noch einen bestellt. Ja, ich glaube dann waren es vier.«

»Wie viel ist denn da drin? Sind wir schon jeder bei einer ganzen Flasche?«

»Nein. Das sicher nicht. Es sind ja bloß ein paar Tropfen in den Piccolos.«

»Na dann.« Ich setze zu meinem letzten Schluck aus dem bereits vierten Fläschchen an.

»Und wie ging es weiter? Sie haben die Praxis geführt und jetzt sind der Doktor und Reza zurück, glücklich verheiratet und Sie haben Urlaub?«

»Nicht direkt. Also sie sind wieder im Land. Und sie sind auch verheiratet. Aber ich bin nicht auf einer Urlaubsreise.«

»Ach?«

»Da kommt die Flugbegleitung. Wie wäre es mit etwas Wasser zwischendurch?«

»Ja. Das ist eine gute Idee.« Ich winke die Stewardess heran, die uns jedem eine kleine Flasche Wasser gibt, zusammen mit neuen Bechern und jeweils einem Zitronenscheibenviertel.

»Sehr freundlich von Ihnen«, bedanke ich mich höflich. »Wie lang fliegen wir noch?«

»Etwa vier Stunden.«

Meine Kehle wird abrupt trocken. Nur vier Stunden. Eigentlich hatten sich dreizehn zu Beginn besser angehört und sie hätten sich jetzt auch besser angefühlt. Viel Zeit ist das nicht.

»Haben sie schon das Kino-Programm ausprobiert? Einen Spielfilm schaffen sie sicher noch bis zur Landung.«

»Nein, bloß nicht! Ich muss noch wissen, wie es ausgeht«, grätscht Katarzyna hinein.

»Wie es ausgeht?« Die Flugbegleiterin scheint mit diesem Satz wenig anfangen zu können.

»Ja, die Geschichte. Entschuldigen Sie bitte, wir sind ganz vertieft.«

Ich drehe mich zu Katarzyna hin und werde sofort von ihren großen, fragenden Augen festgenagelt. »Waren die beiden denn wirklich zwei Monate lang in Schweden? Wie war es plötzlich ohne besten Freund?«

»Eingangs habe ich es gar nicht gemerkt. Ich bin es gewohnt, Reza zwischendurch für ein paar Tage nicht zu sehen. Der Doktor hat mir viel eher gefehlt.«

»Verständlich«, nickt sie. »Er ist ja normalerweise auch jeden Tag um Sie herum.« Katarzyna lüftet ihr Kleid und wedelt ein wenig damit herum, damit es schneller trocknet. Dann gehen ihre Hände an die Seiten ihrer Perrücke und sie lehnt sich in ihrem Flugzeugsitz zurück, sicher, dass das Haar korrekt sitzt. »Was mich interessiert, ist, was ist aus dem Chatpartner von Reza geworden. Das ist ja schon eine sehr spezielle Situation gewesen, die sich zugunsten dieses H3N gelöst hat. Also, auf einmal hatte er wirklich eine Frau am Wickel. Haben Sie den Kontakt fortgeführt?«

»Ja, habe ich. Mein Nachrichteneingang war mit drei Fragen gefüllt.« Ich beginne aufzuzählen: »Wo ich bin. Warum ich nicht antworte. Ob er sich Sorgen machen muss.«

»Das ist aber lieb. Dabei kannte er Sie gar nicht.«

»Nun, besser als ich dachte, also, dem Chatverlauf geschuldet.«

»Was stand darin? Gab es Fotos?« Katarzyna dreht ihren Kopf, leider so schnell, dass er sich unter der Perrücke bewegt und sie mich nun unter ihrem Seitenhaar durch ansieht. Ein Mann in der Reihe neben uns am Gang verschluckt sich darauf hin abrupt an einem Eiswürfel.

Sie richtet es mit entschuldigendem Blick. »Entschuldigen Sie, die Befestigung ist locker, seit ich sie mir vorhin runtergerissen hab. Vielleicht richte ich es besser auf der Toilette?«

»Stört mich nicht.« Ich drehe mich zu dem Hustenden herum und frage ihn: »Sie etwa?«

Er hält die Luft an, wird puterrot und schüttelt, den Hustenreiz unterdrückend, seinen Kopf.

»Sehen Sie? Befestigen Sie es bei der nächsten Gelegenheit«, sage ich beruhigend zu Katarzyna. »Oder wollen Sie jetzt?« Ich ziehe meine Beine zur Seite, um ihr den Weg zum Gang freizumachen.

Kichernd verneint sie. »Ich möchte lieber wissen, was im Chat geschah. Was haben Sie in diesem Chatverlauf gefunden?«

»Der Anfang bestand aus Hallos und Komplimenten. Und natürlich aus einfachen Kennenlernfragen wie: Was machst du beruflich? Wo lebst du? Lebst du allein? Dann wieder ein paar Komplimente. Es drohte beinahe langweilig zu werden, als H3N die Kurve nahm, die Reza ihm vorlegte. Der nämlich schrieb, ihn würde interessieren, was für ein Mensch H3N im Leben sei, wie seine Freunde ihn beschreiben würden.«

»Das klingt ein bisschen wie in diesen Meine-Freunde-Büchern von früher, das moderne Poesiealbum aus den 1980ern. Kennen Sie die noch?«

»Ja, na klar, darin sind schlimme Kinderfotos von Klassenkameraden, die man eher gesammelt als gemocht hat. Bei mir jedenfalls.«

Katarzyna lachte. »Bei mir auch. Aber bei mir waren hauptsächlich Streber und Nerds und diejenigen drin, die sich am Rand der Schulklassen aufgehalten haben. Wegen der Glatze war ich den anderen Kindern eher suspekt. Also sammelte ich in dem Album alle, die froh darüber waren überhaupt in eines hineinschreiben zu dürfen.«

Ich gehe in Gedanken durch, wen ich in mein Büchlein hatte schreiben lassen und komme zu der Erkenntnis, dass ich auch eher am Rand der Schulklasse gespielt hatte, weil ich bissig gewesen war.

»Und? Was hat er geantwortet? Wie beschreiben ihn seine Freunde?«

Ein wenig grübelnd komme ich auf die Passage: »Gutherzig, großzügig, beherrscht, sonnig, intelligent und single.«

»Klingt beinahe tugendhaft, finden sie nicht?«

»Ja, und bis auf den äußeren Umstand des Singledaseins sind die Aufzählungen mit innerlichen Dingen verknüpft. Tatsächlich fände ich die Frage schwierig zu beantworten. Man gibt ja ein Profil von sich vor, das es dann einzuhalten gilt. Wenn ich schriebe, ich sei witzig, dann stünde ich ja auch in der Pflicht, spätestens beim ersten Treffen witzig zu sein. Aber um sonnig zu sein braucht es nur ein Lächeln mehr als bei jenen, die ringsherum sind.«

»Stimmt, aber wie bemisst man nun Großzügigkeit? In der Höhe eines Trinkgeldes? In der Geduld mit einem Freund, der über die Stränge schlägt? Daran, wie weit die Spendierhosen sind?«

»Ich denke, es ist in kleinen Gesten messbar, die für den Empfänger von großer Bedeutung sind. Es ist ein Unterschied, ob ich einem Obdachlosen 20 Cent oder zwei Euro gebe. Und die Geduldsfrage finde ich interessant. Man kann sie sicher auch auf Vertrauen ausweiten.«

»Hat er eine Gegenfrage gestellt?«

»Ja. Jessie hat geantwortet, sie sei ebenfalls Single. Außerdem seien ihre wenigen Freunde der Meinung, sie sei aufgeschlossen, chaotisch, manchmal starrsinnig, viel beschäftigt, nachdenklich und gesellschaftsfähig.«

»Oh man. Keine gute Mixtur. Nicht besonders beliebte Wesenszüge. Die Guten klingen irgendwie dahingesagt.«

»Ja, Reza war nicht besonders kreativ. Ich würde eine solche Frau nicht kennenlernen wollen. Während chaotisch zu sein mitunter charmant sein kann, ist Starrsinn doch das totale Eigentor.«

»Andererseits klang es nicht so, als hätte Jessie etwas zu verbergen. Und sie konnte sich zu jeder Zeit hinter ihrem Beschäftigt-sein verstecken. Eigentlich schlau.«

»H3N hat es dann auf den Punkt gebracht: arbeitend und manchmal zickig, eine Frau eben.«

Katarzyna lachte bitter. »Ja, leider ist das die Wahrheit. Aber keine Frau würde das von sich behaupten. Da muss ihm doch ein Licht aufgegangen sein.«

Mit ernst werdendem Blick enthüllte ich die unglaubliche Wahrheit: »Im Gegenteil. Er fand es interessant. Vielleicht, weil es aufrichtig geklungen hat. Nach dem Motto: 'Ich bin eine Frau und stehe dazu und ich mache auch kein Hehl daraus'. Die Wenigsten würden sich auf diese Weise offenlegen. Mit Kanten. Das erscheint uns riskant, aber H3 wollte danach den Kontakt massiv vertiefen. Er stellte Jessie auf die Probe, antwortete häufig indirekt und stellte geschickte Fragen, die Jessies Starrsinn und auch ihre Gesellschaftsfähigkeit aufdeckten. Also hatte er es vermeintlich mit einer echten Frau zu tun, die selten aufrichtig war. Intelligent und beherrscht.«

»Also, ich kenne Sie zwar kaum, aber es klingt ein wenig nach Ihnen, um ehrlich zu sein.«

»Das stimmt. Reza hat viele meiner Phrasen eingebaut und oft so geantwortet, wie ich geantwortet hätte.«

»Dann kennt er Sie gut.«

Meine Aufmerksamkeit bleibt kurz an den Sonneneinstrahlungen hängen, die über die Sitze und Gesichter streicht. »Ja. Ein echter Freund eben.« Ich fasse mich und gebe Katarzyna einen kurzen Abriss des weiteren Chatverlaufes: »H3 und Jessie begannen eine Stufe tiefer zu gehen. Sie erzählten sich gegenseitig ihre Ansichten und vermengten sie mit täglichen Ereignissen. Sie sprachen niemals über ihre Arbeit und auch niemals über Liebschaften. Sie waren beide single und beschäftigten sich miteinander. Und zwar so, dass sie irgendwann wissen wollten, wie es dem anderen ging, was er machte, was er zu dem einen oder zu dem anderen sagte. Nur immer dann, wenn es auf ein Treffen zuging, brach Jessie geschickt ab. Reza hielt ihn also am langen Arm, suchte aber dann wieder Kontakt. Und als H3's bester Freund sehr krank wurde, suchte er Trost bei Jessie. Ich denke, die Anonymität tut manchmal gut, wenn es um tief greifende Dinge geht. Im Alltag sind wir den Dingen immer sehr stark ausgesetzt. Hier war es nun eine Verbindung, die davon lebte, dass man einander nicht genau kannte, sondern nur das, was man vorher eingesteuert oder gezeigt hatte. Nur Worte und Meinungen. Keine körperlichen Attraktionen. So ist es auch bei meinen Klienten. Sie fühlen sich an einem abrufbaren Seelenmülleimer gut aufgehoben, um sich ungeniert auszukotzen und versprechen sich eine möglichst objektive Meinung.«

»Ich muss schon sagen, ich würde Sie auch anrufen. Sie klingen sehr erfahren. Aber das geht ja jetzt nicht mehr, weil wir einander kennengelernt haben. Schade irgendwie. Ich glaube, es wäre aufregend gewesen, Ihre Nummer auf einem Bierdeckel überreicht zu bekommen und als Notfallnummer im Schreibtisch liegen zu haben. Oder in der Handtasche.«

Das rührte mich. »Ich gebe Ihnen trotzdem gern meine Nummer, Katarzyna. Vielleicht auf dieser Serviette?« Ich hole einen Kugelschreiber aus der Klemme am Vordersitz und schreibe ihr meine Nummer auf die Flugzeugserviette. Man darf ja das Geschäft nicht vergessen. Als ich fertig bin, drehe ich ihr das Stück Papier zu und überlasse es ihr, es von meinem Klapptisch zu nehmen. »Vielleicht geben Sie sie ja auch einmal weiter. Wie aufregend. Meine zweite Live-

Kundin. Mein erster Kunde war mein Scheidungsanwalt.«

Sie lacht leise und sieht die Serviette an. Ich glaube, sie versteht die Geste ebenso, wie sie gemeint ist. Als freundschaftliche Geste.

»Nun, Jessie fütterte ihren H3 immer wieder mit Fotos von derselben Frau, die ihre Outfits online präsentiert. Das ließ ihn auch weiterhin glauben, er habe es mit einer Frau zu tun. Mit einer, die halbanomym blieb, weil sie immer nur halbe Gesichter oder nicht mehr als einen Mund oder Hals zeigte.«

»Auch nicht schlecht. Aber sagen Sie, wollte er sich niemals mit ihr treffen?«

»Nein.«

»Unglaublich. Jeder Mann will doch jede Frau treffen, mit der er sich eine Weile beschäftigt hat. Oder studiert er einfach Charakter? Ist er schwul? Was ist denn da nur los? Das ist so ungewöhnlich.«

»Richtig. Das haben beide immer wieder betont. Ich glaube, das machte diese Verbindung irgendwie unantastbar. Und dann kam der Wechsel auf mein Handy. Reza war es los und ich hatte einen Verbündeten im Telefon, den ich nicht kannte.«

»Hat er einen Unterschied bemerkt?«

»Ja.«

»Ich werde sofort noch einen Piccolo bestellen. Für Sie auch.« Katarzyna drückte auf den Knopf, um die Flugbegleiterin zu rufen. Diese kommt bereits mit zwei Fläschchen an den Platz und stellt sie uns nett lächelnd hin.

Ich besehe die kleine Freude skeptisch. »Wirklich noch einen?«

»Ja, gleich kommt noch ein Air-Snack, bevor wir landen. Los jetzt.«

»Na gut.«

Katarzyna öffnet einen der beiden Piccolos, stellt ihn mir neben die Serviette mit meiner Telefonnummer und nimmt sie auf, um sie sich auf ihren Tisch zu legen. Dann bleibt ihr Mund offen stehen. »Haben Sie das bemerkt?«

»Was denn?«, frage ich, während ich meinen Becher sparsam mit Wein fülle.

»Der Typ dort hat Ihnen im Vorbeigehen ganz leicht auf die Schulter gefasst.« Sie deutet mit der kleinen Nase zu einem hochgewachsenen Passagier in einem dunklen Sakko, der soeben hinter mir vorübergegangen war und die Toilette in unserer Sektion ansteuert.

»Welcher? Der da?«

»Ja.«

»Das habe ich gar nicht bemerkt.«

Katarzyna prustet beim Öffnen ihres Fläschchens. »Der sah gut aus!«

»Ehrlich? Endlich mal einer, hm?«

»Wo wir gerade dabei sind, haben Sie denn den Anwalt auch noch einmal getroffen in der Zwischenzeit?«

Ich recke meinen Hals, um des Mannes Profil zu erhaschen, wenn er in die Toilette geht. Leider sehe ich es nicht.

»Ach, Mist. Jetzt ist er so hineingegangen. Na ja, er muss ja auch irgendwann zurückkommen. Oder er ist vielleicht eine dieser Personen, die man nicht sehen darf. Vielleicht durften Sie ihn nicht sehen.«

»Wer bestimmt denn das?«

»Na, das Universum. Kennen Sie das nicht? Menschen, die Sie auf der Straße sehen, die Sie interessant finden, deren Gesicht Sie aber nicht zu sehen bekommen? Das passiert total oft. Sitzt man im Auto, biegen sie in die andere Richtung ab. Oder sie sehen sich zur anderen Seite um. Oder ein Bus kommt und verdeckt sie, wenn sie sich einem zudrehen, sodass es wieder nicht klappt. Oder sie verschwinden in einem Geschäft und so weiter und so fort. Das geschieht so oft, dass ich manchmal vermute, jemand steuert sie von mir fort. Und das müsste dann schon eine höhere Macht sein.«

»Nun, in diesem Fall ist die höhere Macht die Natur, die

ruft. Und er wird ja sicher zu seinem Platz zurückgehen. Unwahrscheinlich, dass er rückwärts geht und sich dann zum Fenster dreht. Im Übrigen würde ich ihn dann auch manuell anhalten und sagen: Hey, das Universum ist auf meiner Seite.«

Katarzyna blinzelt mir verschmitzt zu. »Ich würde meine Perrücke auch für Sie auf den Gang werfen. Dann wird er gucken! Und so können Sie ihn sehen. »

»Guter Plan!«

## Kapitel Dreizehn
## Eine Schüssel Reis

Mein Blick tastete die weißen Nelken ab, die der Doktor auf dem flachen Tisch drapiert haben musste. »Eigentlich hätte ich lieber einen Kaffee.«

Zu Reza hinzusehen, traute ich mich nicht recht. Schon bei der stillen Begrüßung hatte ich mir eingebildet, meinen Handabdruck auf seiner Wange zu sehen. Das stimmte natürlich nicht. Zumindest nicht physisch. Mein Vergehen an ihm war mir mit doppelter Wucht in das eigene Gesicht geschossen. Jedes Mal, wenn ich ihn ansah, knallte es in meinem eigenen. Eine andere Wahl hatte ich nicht gehabt. Abzusagen wäre einer Kriegserklärung an Reza gleichgekommen, überlegte ich. Jetzt herrschte zivilisierte Waffenruhe. Dabei würde es auch bleiben, sofern ich keinen falschen Schritt machte. Nur deswegen hatte ich um Kaffee gebeten, auch wenn es bereits Abend war. Alkohol benebelt mich. Da verliere ich die Kontrolle. Insgesamt war die Situation wirklich nur schwer zu ertragen. Deshalb vermied ich es, ihn anzusehen.

Meinen Blick also zwischen den Nelken parkend, stellte ich den Cocktail ab.

Reza machte »Mmh«, stand auf und schien erleichtert zu sein, dass ich ihm eine Gelegenheit geschaffen hatte, zum Doktor in die Küche zu gehen. Er verschwand lautlos über den blanken Bohlenfußboden im hinteren Bereich der Wohnung. Von dort aus hörte ich ihn mit dem Gastgeber sprechen. Es klang flüsternd und zischend, blieb unverständlich.

Wie nach dem Erhalt einer schlechten Nachricht ausatmend, lehnte ich mich auf der ausladenden Couch zurück.

Nur Momente später kam der Doktor mit einem dampfenden Kaffeebecher ins Wohnzimmer. »Hier, ein Kaffee mit Milch«, sagte er freundlich und stellte ihn neben meinen angenippten Cocktail. Als er diesen sah, hielt er in seiner

Beugung inne und blickt mich mit den Zügen eines Dorfältesten an, dem man nicht widerspricht. Es fehlten ihm nur ein Federschmuck und Talismane. Talismane haben im Übrigen etwas Unheimliches an sich. Ich glaube nicht an Zauberei, aber an Objekte, die Kraft mit sich bringen, weil ein gewisser Glaube an sie gebunden wurde. Das funktioniert so ähnlich wie Placebos, nur ohne Pille. Also so wie Zaubergegenstände, nur ohne Zauber.

Wie auch immer: Einen Versuch, den Cocktail abzulehnen, war es wert. Ich hob die Hände wie zu einer Erklärung, doch ich konnte nichts herausbringen.

Er stellte sich vor mir auf und befahl gütig: »Trinken Sie! Das lockert die Zunge. Ihre klebt am Gaumen fest. Rezas auch. Sollen wir still essen? Das macht keinen Spaß.«

Flüsternd beugte ich mich zu ihm vor: »Sie haben gesagt, ich solle Ruhe einkehren lassen und Sie würden mit ihm reden.«

»Nein«, widersprach er mit gehobenem Finger, »ich habe gesagt, Sie mögen mir den Rest überlassen. Gesprochen habe ich mit ihm. Jetzt reden Sie. Los trinken!« Er reichte mir den Cocktail, von dem Kondenswasser tropfte. Er schmeckte frisch und gut, aber Gin konnte ich wirklich nicht riskieren.

»Ansetzen, trinken, schlucken. Sie sind aber wirklich schwierig, wenn es um Freude geht.«

Das traf mich. Normalerweise hätte ich verbal ausgeholt und mich gewehrt. Das war hier ausgeschlossen. Also setzte ich an, nahm einen angespannten Schluck und sah ihn an, wie ein Kind, das seine Mutter mit einem Blick für die bittere Medizin abstrafte.

Er schien am Doktor abzuperlen wie das Schwitzwasser von meinem Glas.

»Gut. Noch einen.«

Gehorsam tat ich, was er mir sagte. Diesmal nahm ich einen tiefen Schluck, den ich mit einem gemimten Grinsen besiegelte.

Da lachte mein Gastgeber laut und ging zurück in die Küche. Im Gehen sagte er: »Sie lernen. Das ist gut.«

Ich fand das alles andere als witzig. Der Gin bescherte mir ein wohlig warmes Gefühl in Kehle und Bauch, das vortäuschte, ich hätte etwas Gutes getan. Dann kam in der Regel ein gutes Gefühl über das Trinken und eine Stunde später merkte man dann, dass man etwas Hochprozentiges zu sich genommen hatte.

Um einem weiteren Befehl vorzubeugen, nahm ich noch einen Schluck aus dem Glas, sodass es zu drei Vierteln geleert war und nicht mehr jungfräulich aussah. Der Safran-Gin wirkte schnell. Ich fühlte mich schon bald sehr viel lockerer, so als hätte mir jemand ein zu enges Mieder gelöst. Deshalb fand ich mich mutig genug, um die schöne Einöde des Wohnzimmers zu verlassen und zu den anderen in die Küche zu gehen.

Mit strahlenden Augen sah der Doktor von seiner Pfanne zu mir auf und präsentierte Kalbsmedaillons, die er mit Rosmarin und Limettenvierteln auf dem Herd schwenkte.

Reza suchte sich eine klappernde Beschäftigung in einem der kopfhohen Küchenschränke. Er schien Geschirr umzuräumen oder Eierbecher zu sortieren. Seinen Kopf holte er jedoch nicht hinter der Tür hervor. Er blieb hinter der lasierten Pressholzbarrikade.

»Haben sie Ihren Kaffee getrunken? Er hält ihre Sinne wach, bevor der Gin die Überhand ergreift.« Mit einer Hand deutete der Doktor auf einen orientalischen Kaffeekocher.

»Ach, Mensch, der Kaffee.« Ich machte auf dem Absatz kehrt und ging den weiten Weg ins Wohnzimmer zurück. Der Kaffee war besonders stark, so wie ich ihn aus dem Kocher erwartet hatte. Er schmeckte nussig und gut. Die Milch machte ihn weich. Mit dem Becher in der Hand ging ich wieder zur Küche und stellte mich in den Türrahmen.

»Kann ich bei etwas behilflich sein?«

Reza, der schnell zurück hinter seine Schranktür verschwunden war, als ich erneut erschien, stellte drei große, flache Teller auf den Schrank und schob sie in meine Richtung.

»Sie könnten die Teller ins Esszimmer bringen. Die fehlen nämlich noch. Alles andere ist bereits eingedeckt«, flötete der Doktor mit einer Fleischgabel in der Hand, die viel zu mächtig für die kleinen Kalbsstücke war.

Die Teller zum Tisch zu bringen und aufzudecken war schnell erledigt.

»Was ist mit Ihrem Drink?«, rief der Doktor mir aus der Küche zu.

Mein Blick traf auf das schwitzende Glas im Wohnzimmer. »Der ist noch in Arbeit«, warf ich laut über die Schulter und erschrak, weil jemand mit einer Ginflasche hinter mir stand. Reza. Er ließ seinen Kopf ebenso erschrocken zurückschnellen. »Schrei doch nicht so. Immer schreien«, mahnte er mich ab.

Ich hatte wirklich nicht mit ihm gerechnet. Er tat mir Unrecht. Und er tat noch etwas, das nicht ganz richtig war. Er ging ins Wohnzimmer und schenkte mir nach. Wehrlos musste ich zusehen, wie die Eiswürfel klirrend auf ihre schmelzenden Geschwister trafen und von aprikosenfarbenem Gin übergossen wurden. Dann schenkte er noch etwas Wasser aus einer Karaffe mit hinein und tat etwas Sirup hinzu, den er in seiner Gesäßtasche mit sich geführt hatte. Das Fläschchen ließ er auf dem Tisch zurück und brachte mir das aufgefüllte Glas.

Im selben Moment kam der Doktor hinzu. »Oh, Sie nehmen noch einen? Gut. Das ist der Aperitif. Ich werde auch noch einen nehmen. Reza?«

Nickend ging dieser zur Küche, während Dr. Rolig eine Platte mit Kalb und einen üppig gefüllten Teller mit Kartoffelspalten auf den Tisch stellte.

»Trinken Sie.«

»Wirklich, Herr Doktor ...«, versuchte ich einzuwenden.

»Meinen Sie, das ist Deko? Einen Aperitif lässt man nicht

aus.«

»Aber ich hatte doch bereits ...«

»Das war der Empfangsdrink.«

Zähneknirschend setzte ich mich an den Tisch und ließ mich auf eine kleine Plauderei ein, die schnell anwuchs.

Als Reza zurück war und neben dem Getränk für den Gastgeber eine Schüssel mit hochgetürmtem Reis in die Mitte des Tisches stellte, aßen wir. Im Hauptteil sprach der Doktor. Rezas und meine Blicke streiften einander bloß vorsichtig. Das Essen war exzellent und unser Gastgeber erzählte aus den Küchen der Welt, die er als Kind gesehen hatte und wie er sich dort seine Lieblingsspeisen zu kochen hatte erklären lassen.

Ich war eloquent und so gesellig wie möglich und bemerkte nach meinem zweiten Glas, dass mein Freund mich musterte. Er sah sich alle meine Bewegungen an, während ich mich überwiegend mit dem Doktor unterhielt. Als ich dann von meiner Scheidung sprach und davon, wie es dazu gekommen war, stimmte Reza manchmal mit Bestätigungslauten ein, während der Doktor uns nachschenkte und lachte.

Zum Glück war sein Lachen ansteckend, aber immer wieder kamen wir dabei an den Punkt, da Reza und ich einander lachend ansahen und dann abrupt verstummten. Es war ganz so als wäre es uns verboten und als hätten wir das Verbot für kurze Zeit vergessen, um uns dann erwischt zu fühlen. Es kam jedes Mal unvermittelt und brannte wie ein Schnitt mit Papier in den Finger.

Als es das vierte Mal geschah und sowohl Reza als auch ich verlegen an unseren halb geleerten Gläsern herumdrehten oder an den Tisch-Sets nestelten, machte der Doktor eine stöhnende Bemerkung über hart zu knackende Nüsse. Und beim fünften Mal sprang er wie ein Fuchs über einer Maus vom Tisch und sah uns mit düsterem Blick an. »Also, was ist das für ein Horror?«, fragte er mit leicht schriller Stimme. »Hat der Alkohol euch noch nicht geschlagen?« Er meinte wohl, ob die Drinks noch nicht anschlugen. Also, was meinen Teil anbelangte, so war der Alkohol trotz nachgeholter Grundlage bereits tüchtig. Bei Reza wusste ich es nicht genau. Er saß einfach da mit seinen großen, schwarz gesäumten Augen. Geheimnisvoll und schön wie der Orient. Unbewegt und kontrolliert wie ein Shah.

»Ehrlich! Das ist vielleicht ein Hokus Pokus mit euch. Ok, sie hat dir ins Herz gekackt, Reza. Na und? Sie wusste nicht, dass es einen Plan gab. Ein Mensch greift nur an, wenn er sich in die Enge getrieben fühlt. Und das hat sie offenbar. Aber warum? Nur wegen der Hochzeit?«

Wir erstarrten. Die Wahrheit konnte ich nicht auspacken. Es lag jetzt an mir, eine Geste des Vertrauens zu schenken. Ich öffnete den Mund zur Antwort, während ein Löffel in einer Schüssel umkippte und mit seinem Geräusch die Stille durchschnitt wie ein Warnschuss.

Rezas Züge blieben kontrolliert. Nur seine Augen baten mich, dem Doktor nichts von seiner Chatterei zu sagen.

»Ich hatte einen schweren Tag und war recht angespannt und dann einfach enttäuscht und traurig.«

»Wütend?«

»Ja. Wütend.«

»Und dann haben Sie ...?« Des Doktors Hand flog wie zu einer Ohrfeige ins Leere. Er begann mit leuchtenden Augen zu kichern. »Ein runter gehauen.«

»Ja. Und das tut mir leid«, sagte ich in den Raum hinein, ohne es an Reza zu adressieren.

Der Doktor klatschte in die Hände. »Na bitte. Das ist Passion. So ist Freundschaft. Wir trinken alle noch ein Glas!«

Um ehrlich zu sein, dieses dritte Getränk begann, mich zu lösen. Vor allem nach der Entschuldigung, die unschlüssig um Rezas Mauern schwirrte.

Ich schaute ihn daraufhin manchmal länger an, als ich es wollte, musterte all seine Züge und Vorzüge, auf der Suche nach einer Lücke in seinem Stolz.

Er musste bemerken, dass ich meine Blicke über ihn laufen

ließ wie Vanillesoße und ihn dabei ansah wie jemand, der seit langer Zeit keine Vanillesoße gegessen hatte.

Doktor Rolig plauderte einfach heiter weiter. Er nahm die Ohrfeige zum Anlass, uns von seinem Schmiss an der Wange zu erzählen und wie es dazu gekommen war. Bei seiner Anekdote trafen sich Rezas und meine Blicke über der Reisschüssel.

... und wir unterdrückten ein Lachen, bis es endlich aus uns herausbrach. Wir lachten herzlich. Alle gemeinsam. Das Eis schien gebrochen.

Diesmal war es der Doktor, der mittendrin aufhörte und sich entschuldigte. Er nahm die große Schüssel, die wie eine Barrikade zwischen mir und Reza auf dem Tisch gestanden hatte, mit in die Küche und ließ uns allein.

Unser beider Gesichter verzogen sich bei den letzten verebbenden Wellen unseres Lachens. Wir fuhren beide mit den Zungenspitzen über unsere Lippen. Bei Hunden ist das eine Geste der Beschwichtigung. Ich glaube bei uns ist das anders. Wir befeuchten die Lippen, wenn wir verlegen sind oder etwas sagen wollen. Hier war beides der Fall. Zumindest meinerseits. Trotzdem brachte ich nichts heraus und ließ meinen Blick, wie auf der akribischen Suche nach etwas in meinem Kopf, umhergehen.

Reza tat dasselbe.

Es blieb still. So still, dass man Wollmäuse unter den Kommoden hätte randalieren hören können.

Plötzlich fuhren wir beide zusammen, weil Schimpfe aus der Küche zu uns drangen: »Harte Nüsse! Hokus Pokus!« - der Doktor.

Daraufhin seufzten wir still und ich fasste mir ein Herz. »Reza, ich weiß einfach nicht, was ich dazu sagen soll. Es tut mir wirklich leid. Meine Sicherungen sind einfach durchgebrannt. Du bist mir auf die Schliche gekommen mit dem Chat. Ich sehe ein, das war nicht besonders fein. Dennoch gereichte es dir nicht zum Schaden. Und dann war dieser Typ da. Plötzlich habe ich seinen gesamten Chatverlauf im Telefon gehabt. Wie hast du das nur gemacht? Kann man denn ein Profil einfach umschlüsseln?«

Zu meiner Erleichterung schmunzelte Reza. »Nein, das ist nicht ganz so einfach. Aber es genügt eine Zeitspanne von zehn Minuten. Und man braucht dazu zwei Telefone.«

»Wer ist dieser H3N? Das ist doch die Romantikbombe, oder? Der Mann der dich, also, nun ja mich, für eine Frau hält, oder?«

»Du bist eine Frau.« Sein Tonfall wurde trocken.

Ich hatte den Pfad verlassen und musste zu ihm zurück. Ich atmete aus und schloss kurz die Augen, um mich zu sammeln. »Gut. Das kann warten. Was nicht warten kann, ist eine Nachricht wie jene über die Verlobung. Ich freue mich für dich. Wirklich. Nur bitte versteh, dass ich schockiert war, als Nemea sich verplappert hat. Und nachdem der Doktor mich morgens aus der Praxis geworfen hatte, um mich dann zurückzuholen«, meine Hände gingen unterstützend zu meinen Locken hoch, »und er so ernst über Veränderungen gesprochen hatte, da habe ich Angst bekommen.«

»Angst wovor?«

Ich beantwortete es auf den Punkt: »Angst, dich zu verlieren. Eifersucht. Und Angst, dass ich mit dir auch meine Arbeit verliere. Ich mag sie, weißt du? Und ich bin dankbar, dass ich dort sein kann. Dort sind Nemea und der Doktor. Es sind nur zwei, aber es sind soziale Kontakte, die ich bisher so nicht kannte, die mir gefehlt haben, ohne dass ich sie vermisst hatte. Es ist seltsam, aber dort bin ich nicht allein. Wer kann schon sagen, dass er gern zur Arbeit geht?«

»Vielleicht doch einige mehr, als du denkst.«

»Möglich. Ich weiß es nicht. Ich habe lang allein vor mich hingearbeitet. Und in der ganzen Zeit warst du immer da.«

Endlich kam die Absolution: »Milva, ich werde nicht daran sterben. Im Gegenteil. Ich glaube, wir sind in gewisser Weise in Gewohnheiten versunken. Das hier hat uns wachgerüttelt. Man denkt viel zu selten darüber nach, wer wichtig ist und weshalb. Wir werden es also beide überleben.«

»Da bin ich froh«, gab ich bescheiden zu.

»Trotzdem ist eine Grenze überschritten. Wenn Menschen einander anflunkern oder sogar betrügen, weil sie nicht das tun, was du glaubst, dass sie tun, bitte, dann ist das so. Sie finden in der Regel wieder zusammen. Weil sie für ihr Zusammensein eigene Regeln haben. Aber wer dich verletzt, körperlich wird, der ist entweder verzweifelt allein oder respektlos. Du weißt, wie ich es mit Respekt halte.«

Oh ja, das wusste ich. Eigentlich hätte er sagen sollen »wie ich es mit meinem Stolz halte«, aber ich ergänzte ihn nicht.

»Wir waren im Ungleichgewicht. Du hast mich ständig verbessert. Das hat irgendwie dazugehört, aber es bedeutet auch, dass du mich anders haben willst, als ich eigentlich bin.«

»Da irrst du dich.«

Seine dunklen Augen blitzten und warnten mich vor einem Sandsturm. »Denn ich war verzweifelt allein, nicht respektlos. Das sind die zwei Optionen, die du aufgetan hast. Ich glaube, jene, die man am meisten liebt, bekommen mehr ab von allem. Von Freude, von Geheimnissen aber eben auch von Leid und Schmerz. Ich respektiere dich. Sehr sogar. Es tut mir leid.«

Reza führte sich meine Worte sichtbar zu Gemüte, während ich jeder Träne in mir verbot, sich nach außen aufzumachen. Jetzt zu weinen, wäre das Aus gewesen. Es hätte emotionalen Druck auf ihn ausgeübt, dem er sich sofort entzogen hätte. Ich musste ihm die Stirn und auch die Kehle bieten, mutig sein, sonst nahm er mich niemals wieder ernst. Ein Perser erwartet offene Aufrichtigkeit und auch, ernst genommen zu werden. Schlichtungsgespräche kommen politischen Verhandlungen gleich. Das verlangt ihre ausgeprägte Vernunft, wenn es um Positionierungen ging.

Man durfte alles gemeinsam tun, aber an Positionen wurde nicht gerüttelt. Das ist Rezas Verständnis nach respektlos und entwürdigend. Und Fundamente wurden nicht mit Tränen aufgeweicht.

Er regte sich und sprach die zu verhandelnde Bedingung aus. Danach konnte alles wieder zusammenwachsen. »Wenn du das nächste Mal auf jemanden losgehst, informiere dich vorher über die Fakten. Du musst lernen, geduldig zu sein, vor allem mit denen, die dir nahe stehen. Sie sind nicht deine Feinde.«

Ich schluckte kräftig. Dagegen gab es nichts zu sagen.

Er wartete mit unbewegtem Gesicht und weise glänzenden Onyxperlen im Kopf, ob ich bereit war, ihm seine Position zu lassen. Das war ich. Und ehrlich gesagt war es mir zwar fremd, mich nicht schlauer oder stärker als er zu fühlen, doch es fühlte sich auch nicht bedrohlich an.

Erleichtert nahm ich den letzten Schluck aus dem dritten Glas und spürte nur einen kleinen Augenblick später, dass ich mein Limit erreicht hatte. Wenn das geschieht, bekomme ich Gänsehaut und muss mich leicht schütteln. Ich dachte dabei an Hilmar, denn wie er immer betonte, gab der Körper ein Zeichen.

Dessen ungeachtet reichte der Doktor den Digestif. »Zum Aufräumen«, sagte er mit deutendem Finger Richtung Magen.

*Abräumen*, dachte ich. *Mein Verstand wird abgeräumt. Na ja, was soll's?*

Von Höflichkeit getrieben, hoben wir die Gläser und begaben uns danach ins Wohnzimmer. Dort plauderten wir eine Weile, lachten und youtubten auf dem großen Fernsehgerät des Doktors. Wir probierten seine 3D-Brillen aus und gaben uns den Dingen und Gesprächen hin, die der Abend mit sich brachte, während Dr. Rolig uns immer wieder einen Drink unterjubelte. Als angespanntes Abendessen hatte es begonnen und ist ein herrlich leichter Besuch geworden.

Kaum weiß man wie. Wir schlugen Wellen der Zusammengehörigkeit und später ließ sich der Doktor die Karten von mir legen. Sie waren in Ordnung, wiesen auf die Reise hin und darauf, dass etwas mit seiner Mutter geschah. Eine vertragliche / gerichtliche Angelegenheit. Da lag das Pik Ass. Vielleicht ging es um eine Erbschaft. Die Hochzeit lag auch dort. Sogar Reza als Pik König lag neben der Karte für den Doktor. Sie sahen einander an, umringt von roten Karten, was Sicherheit und Stabilität versprach.

Ein Stückchen weiter, etwas ab vom Geschehen, lag die Karo Dame auf Rezas Seite. Das konnte ich sein. Sie sah aus dem Kartenblatt hinaus. Über ihr lag eine Scheidung und unter ihr Traurigkeit und Verzweiflung und auch die Warnung vor einer Sache oder Person. Wenn das ich war, dann gab das Blatt bloß wieder, was geschehen war. Und die Warnung vor der Person war sicher der Anwalt. Oder es waren die unfreiwilligen Gesichtsbagatellen. Aber wo sah ich hin? Einfach hinaus? Das machte insofern Sinn, als dass die Zwei im Begriff waren zu verreisen.

Sah ich mit Sehnsucht hinaus, so wie aus einem Fenster? Noch traurig? Ich fühlte mich gar nicht so sehr von der Vergangenheit verletzt, wie die Karten es wiedergaben.

Wie auch immer, weil alles um die Verlobten gut stand, stießen wir erneut an. Und der Rest des Abends ist wie eine Lücke in meiner Erinnerung. Der Alkohol hatte mich geschlagen. Denn als ich aufwachte, lag ich über einem lehnenlosen Zweisitzer, so wie ein Mantel, den man darauf abgelegt hatte. Neben mir ein Zettel mit einer Nachricht:

Schlaf dich aus,
Kater-Cocktail liegt in der Küche.
Alle Tabletten, mit einem großen Glas Wasser nehmen, dann bist du frisch.
Bitte zieh die Tür einfach zu, wenn du gehst. Wir sind losgefahren.

*Nächster Termin mit einem Drink deiner Wahl via Skype.*
*Bis bald – Reza*

Ich schlurfte wankend in die Küche und fand eine kleine Reihe von Pillen, die ich nicht kannte. Da ich in einem Medizinerhaushalt war, nahm ich alle nach Anleitung zu mir und sah mich um. Wann hatten wir denn alles blitzeblank gemacht? Die Küche sah unberührt aus. Ein Blick auf die Uhr verriet mir, dass es 9:30 Uhr war.

Ich musste längst in der Praxis sein. So ein Käse. Sofort suchte ich nach meinem Telefon um Nemea anzurufen und räusperte mich ein paar Mal, bevor sie ranging. Meine Stimme klang trotzdem wie die von Barry White.

Nemea begrüßte mich und fragte, ob es etwas Wichtiges gäbe. Heute seien bloß Kosmetiktermine. »Machen Sie sich keine Gedanken, Frau Doktor. Heute sind Sie doch gar nicht geplant. Der Doktor hat diese Termine extra so eingerichtet, weil Sie Abschied feiern wollten. Es war bestimmt schön, oder?«

Ich zögerte zunächst, antwortete dann jedoch: »Ein rauschendes Fest.«

Sie lachte. »Das kann ich mir vorstellen. Ich war einmal zum Abendessen dort. Danach brauchte ich zwei Tage frei. Also, wir sehen uns dann Morgen?«

»Ja, natürlich.«

»Gut, dann einen schönen Tag für Sie, Frau Doktor.«

*Frau Doktor? Warum so förmlich?*

Nemea legte auf.

*Frau Doktor?*

Ich ging zurück ins Wohnzimmer und wunderte mich auch dort über die ausstellungsgleiche Ordnung. Jedes Kissen war an seinem Platz. Die Überwürfe waren glatt gestrichen und ich ließ mich in einen Sessel fallen. Frau Doktor war geplättet. Frau Doktor schlief ein.

## Kapitel Vierzehn
## Sommereis

Mein erster Tag ohne den Doktor begann so wie jeder andere auch. Ich war etwa fünfunddreißig Minuten vor der Sprechzeit in der Praxis zum angenehmen Morgenplausch mit Nemea.

Sie hatte eine griechische Gewürzmischung für den Frappé dabei, die ihren würzigen Duft den ganzen Vormittag über durch die Räumlichkeiten wabern ließ.

Es verlief alles wie sonst auch, nur eben ohne Doktor.

Bis zum Mittag waren dreiundvierzig Patienten da gewesen. Vor der Mittagspause flaute es etwas ab, sodass ich ein wenig Zeit fand, mich mit meinem Handy zu beschäftigen.

Ich öffnete die Dating App. Dort waren keine neuen Männer. Bloß einer mit drei Fragen, im Vierundzwanzigstundentakt verschickt:

»Wo bist du?«
»Geht es dir gut?«
»Muss ich mir Sorgen machen?«

Ich antwortete H3N schmunzelnd, dass es mir gut ginge, er sich nicht sorgen musste und ich bloß viel um die Ohren gehabt hätte. Es war seltsam, dass diese kleine Geste mich berührte, denn wir kannten uns eigentlich gar nicht. Dass jemand da draußen war, der an mich dachte und sich erkundigte, war neu für mich, selbst wenn die Nachrichten eigentlich nicht für mich gedacht gewesen waren. Der Umstand allein brachte etwas Schmeichelndes mit sich, vor allem, da ich allein im Behandlungszimmer saß. Darüber hinaus war ich temporär ohne besten Freund, ebenso ohne Mentor und um ehrlich zu sein: Wäre Nemea nicht da gewesen, hätte ich auch behaupten müssen, ich sei ohne Freunde. Eine Erkenntnis so voll Bitterkeit, dass die drei Fragen wie drei kleine Tropfen Balsam in mich hinein fielen.

»Wo bist du?«
»Geht es dir gut?«
»Muss ich mir Sorgen machen?«

Sie sahen auf den zweiten Blick noch immer schön und warm aus. Dann sah ich noch einmal auf meine Antwort an ihn. Sie war im Gegensatz zu seinen bloß so etwas wie ein Nachrichtenblock. Kühl und sachlich. Vor allem aber sagte sie: »Ich brauche dich nicht, mein Leben ist aufregend genug. Du bist bloß Beiwerk.« Ich ließ sie trotzdem stehen und schickte ein schmuckloses »Danke« hinterher.

Als es versandt war und sich in der Darstellung auf dem Bildschirm unter meiner vorherigen Nachricht eingereiht hatte, sah das *Danke*, das eigentlich so freundlich wie möglich gemeint gewesen war, einsam und verlassen und damit verkümmernd aus. In Kombination wirkten die beiden Antworten nun wie ein ausdrückliches »Ich komme allein zurecht«. Auf den dritten Blick bildete ich mir ein, Eisblumen auf dem Danke wachsen zu sehen.
Sie wuchsen auch auf meinen Fingerkuppen, knisterten und knackten, alles einfrierend.
Das Handy landete in meiner Handtasche. Ich zog den Reißverschluss schnell zu und ging zum Waschbecken, um mir den Frost mit warmem Wasser von den Händen zu waschen. Doch es kam bloß kaltes aus der Leitung. Also wartete ich mit den Händen im Wasserstrahl, auf dass es warm wurde.

Wo bist du?
Geht es dir gut?
Muss ich mir Sorgen machen?

Meine Hände wurden zu Eisklumpen. Sie schmerzten sogar. Es war fürchterlich, denn das Eis drohte nun bis zu meinen

Ellenbögen hinauf zu wachsen. Vielleicht wurde ich krank?
Da kam Nemea herein.

Die eingebildete Erfrierung stoppte sofort in ihrem Wachstum.

Die gute Fee der Praxis kündigte drei Termine für den Nachmittag an, legte mir die Patientenakten auf den Tisch und schloss die Tür beim Verlassen des Behandlungszimmers wieder.

Ich stand noch immer neben dem Waschbecken. Starr. Ich spürte meine Hände nicht mehr. Bei dem Versuch, mich zu bewegen, knackte das Eis warnend, wie eine aufgebrochene Eierschale. Ich musste sofort nach vorn.

Trotz der mahnenden Geräusche, die mich dazu bringen wollten, mich der Kälte hinzugeben, schüttelte ich meine Arme aus und verließ das Behandlungszimmer, um zu Nemea zu gehen.

Bei ihr angekommen, sah sie mich freundlich an und wartete wahrscheinlich darauf, dass ich ihr eine Aufgabe zuzutragen hätte. Hatte ich aber gar nicht. Ich wollte bloß in ihrer Nähe sein. Es wuchs nichts nach.

Weil ich ein wenig Wärme brauchte, fasste ich Nemea auf die Schulter und fragte sie, ob wir die Mittagspause gemeinsam verbringen wollten.

Sie wollte irgendetwas in einem Kaufhaus umtauschen. Etwas, das mit ihren Kindern zu tun hatte. Mir war es egal, wohin sie ging, und wäre es zur Pediküre gewesen. Ich hörte nicht richtig zu. Ich wollte bloß mit.

Also folgte ich ihr aus der Praxis die Straße hinunter zum Bus.

Ihre fünfundvierzig Minuten Pause waren auf beeindruckende Weise durchgetaktet. Jede einzelne Bewegung wirkte geplant und zügig und dabei leicht und sicher.

In jedem Moment lief ich oder stand staunend lächelnd neben ihr.

Es war unfassbar, mit welcher Leichtigkeit sie alles erledigte, um verrichteter Dinge mit mir zurück in die Praxis zu gehen. Ich hätte bedeutend länger dafür gebraucht.

Als die Sprechstunde wieder begann, waren meine Hände durch Nemeas Anwesenheit wieder aufgetaut. Nur fühlten sie sich an wie ein Suppenhuhn. Klamm, weich, schwer und kalt.

Nun ist man als Hautärztin natürlich mit viel nackter Haut befasst. Ich zog zwar Handschuh an, aber Temperaturen schirmt Latex nun einmal nicht ab. Als die Patientinnen aufgieksten, weil sie überrascht waren von meinen eiskalten Händchen - die Erste mit einem erträglichen Geräusch der Überraschung bei einer Berührung am Hals, die Zweite deutlich lauter an der Oberschenkelinnenseite und die Dritte schrill erschreckend am Busen - legte ich eine Pause ein.

Kathrin hatte sich für den Nachmittag angekündigt.

Nie zuvor war ich so froh und erleichtert, die Kosmetikerin zu sehen. Ich setzte sie an den Empfang und band Nemea im Sprechzimmer mit ein.

Es wurde mir im Laufe des Nachmittags unangenehm. Ich musste sie auf mindestens drei Metern in meiner Nähe haben, sonst kamen die Eisblumen wieder. Nicht einmal zur Toilette ließ ich sie allein gehen. Ich schlich ihr unbemerkt hinterher und lungerte dann vor dem Klo herum, wie ein Hund um einen Leckerbissen, der auf dem Tisch lag.

Mir graute bereits vor dem Tagesende, das natürlich unaufhaltsam auf uns zu kam. Während Kathrin sich, die Anstrengungen vom Empfang wegstöhnend, verabschiedete und Nemea die Akten sortierte, überlegte ich, ob ich sie zum Essen einladen sollte.

Zugeggeben, das war albern, denn nach dem Abendessen war ich wieder allein und ich konnte sie schlecht darum bitten, in meinem Bett zu schlafen.

Ganz ehrlich: Hätte sie keine Kinder zu versorgen gehabt, hätte ich den letzten Gedanken nicht verworfen.

Demnach verabschiedete sie sich bald und ließ mich allein in der Praxis zurück.

Als die Tür zufiel, herrschte Stille. Ein paar Orchideenblüten wippten zu einem nicht spürbaren Luftzug.

Diesmal kam der Frost von der Seite, denn dort lag meine Tasche. In ihr mein Mobiltelefon. Und darauf befand sich die Quelle der Eiszeit. Eine dahingeschriebene Antwort auf drei einfache Fragen, die ich mir selbst stellen musste:

Wo bin ich?
Geht es mir gut?
Muss ich mir Sorgen um mich machen?

Kalter Schweiß trat mir auf die Stirn. Beinahe wie eine gebrochene Frau, schleppte ich mich mit verlangsamenden Gedanken und steif werdenden Gliedmaßen zu Nemeas Stuhl. Ein bisschen Restwärme war noch im Polster und rettete mich für Sekunden. Dann drehte ich mich den weißen Orchideen im Fenster zu und hörte die Fragen von H3 in meinem Kopf umherlungern, schleichend und alles zu konservieren drohend.

Wo war ich?
Ich war bei der Arbeit. Aber ich war allein dort. Ich war auch allein in Hamburg. Denn Reza war nicht da. Ich war sogar global betrachtet allein. Da gab es keinen italienischen Lover aus dem letzten Urlaub. Denken wir an einen süßen Sizilianer, vielleicht mit dem Namen Dario Di Dino. Keine sehnsuchtsvolle Nachricht war da, um in meinem Leben Platz zu nehmen. Vielleicht war ich deshalb sogar im Leben allein. Im Herzen war ich es. Mein Atem wurde flach. Ich atmete Wolken aus, so als wäre ich in einem Kühlraum.

Ging es mir gut?
Von Außen betrachtet und beurteilt vielleicht. Innerlich gesehen: ganz und gar nicht. Mein Inneres war gefroren. Schon seit geraumer Zeit. Und nun weitete es sich aus.

Muss ich mir Sorgen um mich machen?
Ja. Mein Herz erfror. Es hatte vor langer Zeit begonnen,

schwächer zu schlagen. Gleich, nachdem es Tempo gewonnen hatte. Das war ihm nicht gut bekommen. Denn es war einen langsamen Trott gewohnt gewesen in meiner Ehe.

... *in meiner Ehe*. Ich wusste gar nicht mehr, was Ehe bedeutet hatte. Sie war einfach eingeschlafen, verloren gegangen. Dann hatte mein Herz Feuer gefangen und ich hatte mich verbrannt. Den Löschzug, den ich zusammen mit meinem Scheidungsanwalt angeführt hatte, war der Scheidung - so wie es typisch für mich ist - mit Eiskanonen, statt mit Flammenwerfern entgegengetreten. Flammen verzehrten mit züngelndem Zorn. Sie nahmen Leben mit Getose und brachten neues Leben hervor, weil sie verbrannte Erde, fruchtbaren Boden hinterließen. Eis hingegen brachte alles einfach nur zum Stillstand. Und ich hatte mich erst hinter meine Waffen gestellt und dann direkt in mein eigenes Visier genommen.

Ralph hatte ich bloß freigegeben. Mich aber hatte ich eingefroren. Ganz gemächlich. Erst mit ein wenig Raureif in der Verhandlung, dann eine Schneewehe aus Alleinsein und letztlich wuchsen Eiskristalle aus mir heraus. Aus meinem Mund durch Worte und aus meinen Fingerspitzen durch Berührungen. Und jetzt - erst da ein Fremder mir schmelzenden Balsam gebracht hatte - merkte ich, wie kalt ich war.

Zu guter Letzt hatte mich das Selbstmitleid gepackt. Ich hatte mich selbst verraten. Alleinsein war schrecklich, aber ich war daran gewöhnt. Ich vertraute der Einsamkeit und war offenbar dazu bereit, sie zu verteidigen. Mit einer Ohrfeige und mit einem »Mir geht es gut. Du brauchst dich nicht um mich sorgen. Ich hatte viel um die Ohren.« Und einem »Danke.«

Ich war zur Eisprinzessin von Hamburg geworden.

Nein, ich war im Begriff zur Eiskönigin von Hamburg gekrönt zu werden. Ich hatte nur vorgegeben, glühend heiß sein zu können mit heißem Draht für Sorgenfälle und kecken Sprüchen. Was mich als Kind bereits an den Rand der

Schulklasse getrieben hatte, hatte ich als Erwachsene gut zu vertuschen gelernt. Aber genau deswegen war ich nun allein mit Orchideen, die an meiner Anwesenheit zu zerbrechen drohten und ohne Freunde.

Der Eispanzer umfasste nun mein Herz und presste es zusammen. Ich hatte Schmerzen aber ich konnte nicht schreien. Meine Kiefer ließen sich nicht öffnen. Sie öffneten sich sonst zu Gegenangriffen. Hier war nur niemand, der mich angegriffen hatte. Bloß ich war hier. Und meine Angst.

Sie war es, die mich lähmte. Denn zum ersten Mal in meinem Leben konnte ich sie nicht austragen. Sie richtete sich folgerichtig nach innen und forderte ihren Platz, um meinem Herzen die Eiskrone der Einsamkeit aufzusetzen. Eine traurige Feierlichkeit, diese Krönung. Ohne Fanfaren. Ohne Pauken. Ohne Trompeten. Nur mit Eisblumen und ihrem feinen Winterwispern mitten im August. Sommereis.

Jemand sprach mich an. Das kam plötzlich und erschreckte mich, denn ich hatte ihn nicht hereinkommen gehört.

Er musste die provisorisch, vor dem Zuschnappen verriegelte Tür zur Praxis, aufgezogen haben.

Wahrscheinlich, weil ich reglos dagesessen hatte, war er an den Tresen gekommen und hatte mich mit verträumtem Blick vorgefunden.

»Milva? Sind Sie es?«

*Henri*. Ich verstand ihn. Doch ich war eingefroren. Was machte er hier? Ich war allein und wollte allein bleiben beim Alleinsein.

»Milva?«

Seine Stimme war wie Sommerregen. Und sie klang irgendwie besorgt.

»Wo sind Sie? Geht es Ihnen gut?«

Diese Fragen. Ich blieb starr.

Dann beugte er sich über den Tresen und versuchte mich anzutippen, das erkannte ich aus den Augenwinkeln.

Wahrscheinlich, weil er mich nicht erreichte, kam er um den Tresen herum und legte mir die Hände von hinten auf die Schultern. »Muss ich mir Sorgen um Sie machen?«

Mit seiner Berührung brach der Eispanzer.

Ich glaube, ich hatte seit zehn Minuten nicht mehr geatmet. Meine Lungen forderten nun, ihrer Aufgabe nachzukommen. Also atmete ich tief durch die Nase ein und spürte Henris Wärme durch meinen Körper gleiten. Alles Eis wurde zu Wasser, das seinen Weg an mir und dem Stuhl herab nahm und augenblicklich unter mir im Holzfußboden versickerte. Nur mein Herz erreichte nichts. Es behielt die Krone auf. Zum Schutz vor der verhassten Hitze bildete es tödliche Dornen. Als sie in mein Inneres stachen, konnte ich mich wieder regen.

Ich drehte mich zu Henri herum.

Er sah mich mit großen Augen an und fragte mich, ob es mir gut ginge.

»Sie sind ja eiskalt.«

Er warf seine Jacke um meine Schultern. Sie roch gut, nach Lakritz und Zimt.

Ein wenig benommen wollte ich *Affengesicht* zu ihm sagen, zumindest im Kopf. Aber das ging nicht mehr. Alles, was mir einfiel, waren sein Name und heiße Schokolade. Ich war weder erfreut ihn zu sehen, noch verängstigt von der Situation, ich war nicht wütend, ohne Rachegelüste - in mir rührte sich nichts.

Bloß mein Körper bewegte sich wieder. Mit einer kontrollierten Bewegung drehte ich mich aus seinem Klammergriff, der an meinen Schultern haftete. Dann stand ich auf und sagte: »Henri, was für eine Überraschung, Sie wiederzusehen.« Mit dieser Begrüßung schwang ich seine Jacke von mir hinunter, fing sie mit der Hand und reichte sie ihm an meinem Finger baumelnd zurück. Dann gebot ich ihm, ein wenig Abstand zu nehmen. »Die Praxis hat bereits geschlossen. Es ist niemand mehr hier.«

»Ist der Doktor auch nicht mehr im Haus?«

»Nein. Und er wird eine ganze Weile nicht da sein. Er hat mir die Verantwortung für die Praxis übertragen in seiner Abwesenheit.«

»Interessant«, sagte er lächelnd. »Sie sind demnach Ärztin?«

»Ja. Und ich bin die Einzige in dieser Praxis. Und Sie kommen als Patient?«, quittierte ich und bat ihn mit einer Geste um den Tresen herumzugehen, dorthin wo Patienten stehen sollten.

Sein Lächeln wurde verschmitzt. Er schien ziemlich locker zu sein. »Wissen sie, ich habe so eine Art Ausschlag und hatte gehofft, der Doktor hätte etwas Wundercreme für mich.«

»Wundercreme?«

»Vor einiger Zeit einmal habe ich eine Creme von ihm erhalten. Sie riecht ein wenig nach Fisch. Aber sie wirkt sozusagen Wunder. Er sagte, man könne sie auf alles draufschmieren, außer auf offene Wunden.«

»Haben Sie den Namen der Creme? Dann kann ich Ihnen ein Rezept ...«

»Nein, er hat einen Topf im Schrank. Aus dem hat er mir eine kleine Menge abgefüllt.«

»Es gibt keinen Wundertopf im Schrank.«

»Wetten wir?«

»Sie sind ganz schön frech.«

»Und Sie sind heute ausgesprochen kühl. So kenne ich Sie gar nicht.«

»Genau genommen kennen wir uns überhaupt nicht. Und jegliche Erinnerung an Sie ist mit Unfällen verknüpft.«

Er schwieg einen Moment betreten und bat mich dann höflich, ob die Möglichkeit bestünde, nach der Creme zu suchen; er habe einen Notfall allergischer Art.

Es lag nahe, dass er das Bleichen nicht vertragen hatte und das seine Haut stark reagierte.

»Soll ich es mir anschauen? Die Praxis ist zwar geschlossen, aber ich bin ja noch hier. Und da ich Hautärztin bin, kann ich einen Blick darauf werfen.«

»Nein, die Creme als solche würde mir schon helfen.«

»Sie wissen doch gar nicht, wogegen sie hilft. Wir sind eine schulmedizinische Praxis. Und der Doktor ist zwar großartig unkonventionell, aber auch er ist kein Quacksalber.«

Herumdrucksend steckte er seine Hände in die Hosentaschen. »Also ... Wissen Sie, ich habe ... Nun ja, also ich würde es gern im Behandlungszimmer sagen, was genau ich habe.«

»Wir sind doch unter uns. Nun sagen sie es schon.«

Henri drehte sich mit abschätzendem Blick herum und räusperte sich. Dann ging seine Hand verlegen hinauf zu seinem Kopf. Er fuhr sich durch das dunkle Haar und ließ die Hand auf seinem Hinterkopf liegen. »Schauen Sie, ich habe eine medikamentöse Behandlung zur Probe mitgemacht. Es war eine Creme.«

Still wartete ich auf den Rest, obgleich er mir bekannt war.

»Die Sache ist, nach zwei Tagen habe ich eine leichte Irritation auf der Haut wahrgenommen.«

»Das geht sicher von allein wieder weg.«

»Im Gegenteil. Es wird schlimmer. Es breitet sich aus und beginnt ein wenig zu jucken.«

»Dann lassen sie die Haut in Ruhe. Sie ist irritiert. Das meiste kann sie von selbst beheben. Sie ist ein Heilorgan.« Klar war, er brauchte Hilfe. Die Haut um den After herum ist sehr sensibel, die Nebenwirkungen sind daher individuell verschieden und können von Rötungen bis hin zu Brennen und Juckreiz führen. Allerdings nicht wenig Juckreiz, wie Henri angab. Enthielt die Creme zudem Hydrochinon, dann standen sie im Verdacht, krebserregend zu sein. Etwas sich Ausweitendes konnte ich mir auf Anhieb nicht erklären. Es sei denn, er war der Typ für Gürtelrose, überlegte ich still. Da er jedoch nicht von Schmerzen berichtete, war es nicht besonders wahrscheinlich.

»Haben sie Schmerzen? Was für eine Creme haben sie denn um Himmels willen angewandt?«

Er druckste wieder.

»Nein, keine Schmerzen. Nun, es gibt an dieser Stelle zwei Möglichkeiten. Entweder Sie spucken es aus und ich kann in etwa sagen, was Ihnen hilft oder ich sehe es mir an. Bei allem anderen würde ich sonst gern in den Feierabend gehen, wenn's gestattet ist.«

Meine Tasche lag im Behandlungszimmer, also drehte ich mich um, um sie zu holen.

Henri folgte mir unbemerkt. Als ich die vor Schneekälte sprühende Tasche genommen hatte und mich wieder herumdrehte, lief ich gegen ihn.

Ich stieß mit meiner Brust an seine. Die Berührung ließ mich schaudern. Unsere Gesichter waren sich für einen Moment sehr nah. Mein Körper schmolz und mein Herz stach protestierend mit seinen Eisspeeren zu. Alles in allem tat es mir also weh.

Beinahe so, als wäre er auch getroffen worden, wich er einen Schritt zurück. Ich hingegen sprang förmlich. Berührungen konnte ich zu jenem Zeitpunkt ganz und gar nicht ertragen.

»Der Topf mit der Wundercreme befindet sich in dem Schrank dort.« Er wies mit dem Arm zu den Hängeschränken.

»Dann schaue ich doch am besten einmal nach. Wenn ich sie finde, gebe ich Ihnen etwas von der Creme. Allerdings muss ich erst nachsehen, ob die Zutaten darauf vermerkt sind. Am Ende gebe ich Ihnen sonst eine Creme zum Bleichen mit. Die ist ja gerade so im Trend. Und damit würden wir die Haut nur noch mehr reizen.«

Henris Gesicht verlor auch ohne Bleichcreme seine Farbe. Er nickte still.

Im Schrank befand sich tatsächlich ein großer Topf mit fein

säuberlich aufgeführten Zutaten. Hauptsächlich war es eine angereicherte Zinksalbe mit Kortison und Antimykotikum. Eine intelligente Mischung, die sich wie ein Schutzpanzer auf die Haut auftragen ließ.

»Gut, Sie hatten recht. Dies hier wird die besagte Creme sein. Ich kann Ihnen etwas davon mitgeben. Sie ist nur zur äußerlichen Anwendung, nicht für offene Wunden und auf Halbschleimhäuten bitte nur ganz vorsichtig in kleinen Mengen verwenden. Halbschleimhäute sind zum Beispiel unsere Lippen, Haut im Genitalbereich und am After.«

Wieder nickte er - fast brav - und sah mir dabei zu, wie ich eine kleine Menge davon in ein Pillengefäß abfüllte. Zugedreht gab ich es ihm, doch ich hielt es noch einen Moment lang fest. »Sie sind sicher, dass ich nicht nachschauen soll? Wenn es schlimmer wird, dann tragen Sie die Verantwortung. Es gibt keinen Behandlungsbericht und keine Registratur über dies Ersuchen, Sie zu behandeln.«

Er ließ das Döschen mit dankbarem Blick in der Jackentasche verschwinden. »Vielen Dank. Ich bin sicher, dies wird mir helfen.«

Bei diesen Worten kam er auf mich zu, als wollte er mich umarmen. Ich wich aus, indem ich mich nach meiner Handtasche bückte, und bat ihn dann aus dem Behandlungszimmer.

Wir verließen die Praxis gemeinsam schweigend. Auf der Straße verabschiedete ich mich kurzerhand von ihm. Er schien zwar in dieselbe Richtung gehen zu wollen wie ich, aber ich zog es vor, nicht neben ihm zu gehen. Stattdessen wollte ich etwas gegen den Frost unternehmen. Auf gewisse Weise fühlte ich mich, als schuldete ich meinem Chatpartner H3 etwas. Er war durch das Telefon weit genug von mir entfernt, als dass mein Herz beginnen konnte zu stechen. Also ging ich links herum, während Henri, mit der gefüllten Pillendose winkend, zur anderen Seite ging.

»Danke noch einmal«, sagte er aufrichtig lächelnd und

schob mit gehobenen Augenbrauen nach: »Frau Doktor.«

»Kommen Sie wieder, wenn die Beschwerden sich nicht innerhalb 48 Stunden lindern lassen.«

»Auf Wiedersehen.«

Statt des Abschiedsgrußes nickte ich still und ging. Bis zur nächsten Seitenstraße waren es etwa zweihundert Meter.

Einerseits war ich froh, dass er endlich weg war und auch darüber, dass ich dieses Mal nichts ins Gesicht bekommen hatte. Andererseits war meine Handtasche so gewichtig wie ein Eisklumpen. Der Riemen drückte sich schwer in meine Schulter, und als ich sie nach dem Abbiegen schließlich absetzte, fühlte ich mich, als hätte ich bei einem Umzug mitgemacht.

Da stand sie nun zu meinen Füßen. Ein mulmiges Gefühl lag mir in der Magengegend, als ich in die Hocke ging, um sie zu öffnen. Wider Erwarten war kein Schnee in ihr. Mein Handy war schwarz, elegant und unscheinbar schlank.

Ich schaltete es ein, in dem ich mit dem Finger über das Berührfeld fuhr.

Die Applikationen leuchteten mich neutral an. Ich tippte mit flacher Atmung auf das bunte Herz.

Das Menü zeigte mir niemanden an, der seit heute Mittag auf meinem Jessie-Profil gewesen war, noch hatte ich Neuigkeiten in meinem Nachrichteneingang. Auch H3N hatte nicht geantwortet. War das nun schlimm? Musste ich den Nachmittag ohne Nachricht bewerten?

Versucht, meine Finger über die Buchstaben zu legen, starrte ich auf das Textfeld.

Was sollte ich schreiben? Wollte ich schreiben? Und wenn nein, warum hatte ich dann das Telefon in der Hand? Ich hatte etwas auf dem Herzen gehabt, etwas, das mit »schön, dass du« hatte beginnen sollen. In Anbetracht der Abfuhr, und H3 musste meine Antworten definitiv als Abfuhr verstanden haben, denn sonst hätte er sicher schon geschrieben, deshalb fand ich meinen Satz jetzt blöd. Zurechtgelegt. Ein lahmer Versuch einer Versöhnung mit einem Fremden.

Schreien hätte ich können, denn auf einmal war Tippen kompliziert geworden. Worte waren das Einzige, was wir im Chat hatten. Und meine Worte waren unterkühlt gewesen. Da konnte ich jetzt nicht plötzlich mit etwas Lauwarmem antreten. *Wie anstrengend.*

Das war mir entschieden zu blöd. Von einem resignierten Schnaufen begleitet warf ich das Telefon zurück in meine Tasche.

Zu Hause angekommen überlegte ich mir, meine Frosterfahrung mit heißer Schokolade fortzuschmelzen. Ein Bad kam nicht infrage. Man sagt ja, wenn man ausgekühlt wird, solle man erst etwas Heißes trinken, um die Kälte durch das heiße Bad nicht in sich zu isolieren. Etwas Heißes in mich hineinzuschütten, erschien mir daher durchaus logischer. Demnach schnappte ich mir eine Tasse und Kakao.

Sicherheitshalber ließ ich eine kleine Menge Wasser in den Milchtopf, damit die Milch nicht anbrannte. Warmer Geruch floss mir um die Nase, als der Kakao im Topf zu dampfen begann.

Zum Ende rundete ich das Getränk mit Sprühsahne und einer Prise Zimt ab. Eigentlich ein Wintergetränk, nur wusste ich mir nicht anders zu helfen.

Als sich der Geschmack von Zimt und Schokolade beim ersten Schluck in meinem Mund verteilte, dachte ich an Henri. Sehr viel wärmer, als ich es wollte. Dabei stach mein Herz.

Das Gefühl, fremdgesteuert zu sein, schmeckte mir nicht. Von dem mir innewohnenden Hang zur Auflehnung getrieben, setzte ich den Becher noch einmal an die Lippen und sah dabei aus dem Küchenfenster. Mein Inneres reagierte auf meine Gedanken um Henri mit niederzwingenden Nadelschüssen wie aus dem Magazin einer Nähmaschine.

Vom Schmerz gepeinigt beugte ich mich über die Spüle

und spuckte den Kakao schließlich aus.

Bisher hatte mich mein Kopf gesteuert. Dass nun ein kaltes Herz die Herrschaft übernahm, war fatal. Andere oder mich selbst in üppige Manschetten aus Argumenten zu verpacken oder mit einem Sinnstempel zu versehen - je nach Güteklasse - das war einfach gewesen und hatte sich erhaben angefühlt. Unter der Kontrolle eines Emotionsblizzards zu stehen, war hingegen weder logisch, noch war es angenehm. Ich durchblickte die Machart dieser Misere. Es sperrte mich und verriegelte sogar einfache Handlungen, wie Kakao trinken.

Schwer atmend hing ich über der Spüle und dachte an die Konsequenzen. Herz war irrational. Ich musste achtgeben, denn irrationale Ursprünge führen zu ebenso nicht nachzuvollziehbaren Handlungen. Das bedeutete, im Affekt musste ich Herzstiche ertragen und Situationen, nein, Gefühle vermeiden.

Da stellte sich mir die Frage, wie das vonstatten gehen sollte. Emotionalität war der Grundstein des Gefühlslebens, meiner Affektsteuerung und des Umgangs mit Gemütsbewegungen.

Jetzt war nicht klar, ob ich überhaupt noch eine Wahl hatte. Wenn ich heiße Schokolade ausspuckte, nur weil ich Gedanken an einen Mann dabei hegte, was geschah dann zum Beispiel, wenn ich Grütze aß und jemanden ansah, der mir gefiel? Oder wenn ich Auto fuhr, und über etwas nachdachte, vielleicht über schöne Erinnerungen? Fuhr ich dann gegen die Leitplanke? Oder gar schnurstracks in die Alster?

Im Konstrukt schien es so, als träfe genau das ein, was niemand an bösen Königinnen verstand. Sie waren nicht immer so gewesen, wahrscheinlich waren ihre Herzen auch vereist. Sie hatten keine andere Wahl als schlimme, abschreckende Dinge zu tun, damit ihnen niemand zu nahe kam, weil sie sonst Schmerzen litten. Also fügten sie anderen Schmerzen zu, was sie wiederum in mehr Kälte hüllte.

Sie taten mir leid. Genau so tat ich mir selbst nun leid.

Das Schlimmste daran war, ich wusste um meine missliche Lage. Es erschloss sich mir das Prinzip von Schreckensherrschaften, Machtmissbrauch und Gnadenlosigkeit.

Mein Herz puckerte zufrieden.

*Unfassbar!* Ich durfte nichts mehr fühlen.

## Kapitel Fünfzehn
## Die elektronische Beziehung

Es ist schon seltsam, was die Technik so hervorbringt. Wir können mit Menschen auf der anderen Seite der Welt sprechen, wenn wir es wollen. Wir können sie sehen, ihnen bei Entscheidungen helfen und sie bei Bedarf ausschimpfen, wir können sogar gemeinsam spazieren gehen. Das Ganze mit zwei Telefonen, die über Kameras verfügen und mit nur wenigen Sekunden Verzögerung. Oder einfach chatten. Eine Art Unterhaltung losgelöst von Zeitzonen. Das ist ebenso seltsam wie wunderbar.

Mein einziger Einwand: tückisch. Wie schnell sind wir versucht, Meinungsverschiedenheiten via Chat auszutragen? Dabei ist es egal, ob die virtuelle Unterhaltung aus der Hochbahn heraus nach Stellingen geht oder nach Los Angeles.

Ganz ähnlich sieht es aus beim Aufbauen virtueller Beziehungen.

Die Tücke: Mittels kleiner Gesichtsbildchen, die Stimmungen wiedergeben sollen, färben wir die Nachrichten emotional, ohne dass sie es wirklich sein können. Ein Text ist nur ein Text und sei er auch aus schönen Worten zusammengestellt.

Es kommt durchaus vor, dass ich mit jemandem Nachrichten über witzige Ereignisse austausche und gleichzeitig mit jemand anderem über etwas Trauriges schreibe. Entsprechend sehen dann die Smileys aus. Und alles innerhalb derselben Minute.

Genau genommen grenzt das an Schizophrenie. Man könnte es auch positiv sehen und bestimmen, dass man in der Lage ist, schnell umzuschalten, weil verschiedene Emotionen zur selben Zeit bedient werden können.

Nun stellt sich doch die Frage: Wie tief kann eine solche

Emotion sein, wenn sie mit dem Klick auf ein Bedienfeld mit dem Titel Absenden und dem Schließen der Nachricht vorüber ist? Vor allem, weil man gleich darauf in eine andere einsteigen kann, mit einem anderen Chatpartner, der vielleicht etwas Hochtragisches mitteilt.

Wann stößt eine elektronische Nachricht an ihre Grenzen als Träger für Emotion? Wissenschaftler arbeiten daran, uns mehr Nähe im Chat zu bereiten, aber Menschen nutzen dieses Verfahren schon jetzt. So auch ich.

Und weil es so herrlich anonym, kurz und knackig erscheint, das Gegenüber kein Gegenüber mehr ist, sondern bloß eine Wortblase in einem Nachrichtenverlauf, jemand, der die Nachricht nur eventuell sofort liest und reagiert, weil es so wunderbar weit weg ist und uns Nähe vorgaukelt, weil wir das Display mit gesenktem Kopf vor unserer Brust haltend betrachten. Deshalb ist es so tückisch.

Leider ist es unvollkommen in seiner Form, aber vollkommen fesselnd – ob in der Bahn, in der Warteschlange beim Einkauf oder zwischendurch bei der Arbeit – wir schauen immerzu, ob die Welt da draußen uns etwas mitgeteilt hat. Sekundennähe, die in passenden Momenten auch wachsen kann. Das Dumme dabei ist: Beide Nutzer befinden sich in Lebenskontexten, die die Unterhaltung unterbrechen. Demnach sind unsere Unterhaltungen ständig auf Stand-by. Besonders schlimm ist das nur, wenn man auf eine Antwort wartet.

Ich wartete auf eine Antwort von H3N. Doch er schrieb nicht. Nicht am Abend, nicht am nächsten Tag und auch nicht am Folgetag. So ging es eine Weile, in der ich unentwegt auf mein Telefon schielte, ohne dass es *Pling* machte. Zwischendurch kehrte ich zu dem Chatverlauf zwischen H3N und Reza zurück. Zu seinem Beginn, zur gekonnten Biege, weiter im Text durch ein paar Hinfälligkeiten und Alltagsberichte bis hin zu einigen Passagen, aus denen sichtbar wurde, dass beide sich zueinander hingezogen fühlten. Halbneutrale Zuneigungsbekundungen in versteckten Komplimenten, wie eine kleine Karte in einem üppigen Blumenstrauß.

Ab einem unbestimmten Zeitpunkt kannte ich jeden Winkel der Unterhaltung. H3N gab ein ausgefeiltes Bild von einem Mann wieder, der sich gern in abschaltbarer Nähe zu wähnen schien. Und ich war oft ganz so, wie ich gewesen wäre, wenn ich an diesem Chat teilgenommen hätte. Da ich es nun tat, nahm ich Jessies Fragen, Mitteilungen und Antworten für meine. Deshalb hatte ich auch immer wieder arg mit meinem Herzen zu kämpfen, wenn ich an das bisherige Ende kam, an dem er drei Fragen gestellt und ich zwei verfrorene Antworten gegeben hatte.

Eineinhalb Wochen hatte ich Zeit, mich weiter daran aufzuhängen. Nach dieser Zeitspanne war H3N ein Drückeberger für mich, jemand der einfach getürmt war. Hätte ich noch Gefühle gehabt, hätte es mich derbe getroffen.

Ich dankte dem Universum, dass es mich mit der Krönung vor den Auswirkungen dieses feigen Weges mit mir Schluss zu machen bewahrt hatte. Eigentlich war dies die perfekte Lösung für Frauen, die nie wieder unter Männern und ihren Anwandlungen leiden wollen. Denn es trifft uns. Es trifft uns immer, auch wenn wir es nicht zugeben.

Sobald unser Beziehungsareal im Gehirn aktiviert ist, das irgendwo im Hypothalamus sitzt, sind wir auf Bindung aus. Das muss nicht die Liebesbeziehung sein. Aber Sozialverbindlichkeit ist bei Frauen einfach angeboren. Immerhin müssen in der Mehrheit oft wir die Kinder großziehen und Familien zusammenhalten. Und Beziehungen sind vielschichtig. Sie hängen von vielen Komponenten ab, vor allem in den Feinheiten unterscheidet sich jede von jeder. Deshalb sind Streitanteile auch immer auf Gesamtsituationen und gemeinsame Dinge gemünzt. Wir lassen uns deshalb nicht von einfältigen Antworten abspeisen, weil sie immer etwas mit gemeinsamen Dingen zu tun haben. Und Dinge bricht man nicht einfach so ab.

Die Lösung: mit uns darüber zu sprechen. Wir sind sprechdenkend. Eine Lösung findet sich immer während des Durchkauens im Gespräch.

Männergehirne sind dagegen eher eine einsame Werkstatt, in der sie herumbasteln, um dann mit dem fertigen Produkt aufzutauchen, sei es auch eine vollendete Tatsache.

Unabhängig davon war es nun auch wirklich keine Art, einfach zu verstummen.

Doch eine klitzekleine Sache beschäftigte mich weiter. Meine Nachrichten galten als zugestellt und gelesen.

Na, sollte er doch zum Abschluss noch etwas zu lesen bekommen. Ich tippte also:

»Nach einem solchen Chat, und vor allem nach derlei Fragen, verstummt man nicht für ungefähr zwei Wochen. Bisher hatte ich den Eindruck, du seiest zumindest gut erzogen. Nun, dann sei es, wie es ist. Mach's gut.«

Gleich nachdem ich die Nachricht verschickt hatte, gelüstete es mich, eiskalt noch etwas hinterher zu jagen:
»Im Übrigen ist mein Name in Wirklichkeit gar nicht Jessie. Auch nicht Jessica. Wir haben nie über unsere wirklichen Namen gesprochen. Nun kommt es auch nicht mehr dazu.«

Und gleich darauf, ich war gerade im Fluss:
»Wenn dein Name Heinz ist oder Heini, dann ist es mir ganz recht, dass wir nie darüber gesprochen haben. Und tschüss!«

Zwei Minuten später machte es *Pling*:
»Dass unsere Nicknamen nicht unseren wirklichen Namen entsprechen, war von Anfang an klar.«

Dreißig Sekunden später:

»Ich heiße weder Heinz noch Heini. Und dass du
nicht Jessica heißt, finde ich umso besser.«

Eine Minute später:
»Ach was, das verloren gegangene Anhängsel. Ich habe zwar
schon mit dir abgeschlossen, aber mich interessiert, weshalb
du jetzt dazu kommst, mir zu schreiben. Davor war Stille. Ein
Mann wie du ist sonst nicht so. Es muss also etwas Ausgefeiltes passiert sein. Welcher Gemütssturm hat dich bewogen,
nichts zu schreiben? Oder war es eine Gefühlswelle? Wenn ja,
dann wohl von außen. Mit anderen Worten ...«

Ich wurde beim Schreiben unterbrochen:
»Frauen mit französischen Namen haben einen Riss in
der Schüssel, zumindest ist das meine Erfahrung.«

Ich fuhr fort:
»... Es muss also etwas Ausgefeiltes passiert sein. Welcher
Gemütssturm hat dich bewogen, nichts zu schreiben? Oder
war es eine Gefühlswelle? Wenn ja, dann wohl von außen.
Mit anderen Worten: wie heißt sie?«

Drei Minuten später:
»Was weißt du denn noch über Männer wie mich? Tatsächlich waren weder Stürme noch Wellen in irgendeiner Weise daran beteiligt. Wenn du es aber genau wissen
willst: Ihr Name ist Barbara Bröhan. Warum interessiert
dich das? Und noch mehr: Warum gehst du von einer
Frau aus, die mich abgehalten haben könnte, dir zu schreiben? Ein Anhängsel bin ich also. So, so. Das sind ganz
neue Töne. Hier also die Gegenfrage: Welche Stürme
und Wellen bewegen dich zu solchen Annahmen?«

Zwei Minuten später:
»Waren wir schon beim Du?«

Eine Minute später:
»Waren wir jemals beim Sie?«

Eine Minute später:
»Normalerweise ist es ja anders herum. Erst Sie, dann du. Da werde ich dir nichts Neues erzählen. Ich bin, ob der Situation, für die Wiedereinführung. Außerdem sind Beschimpfungen, ein böses Wort oder Worte der Mahnung oder Entrüstung in der formellen Anrede immer noch als höflich zu betrachten. Eigentlich doch viel besser.«

Zehn Minuten später:
»Welche Beschimpfung, böses Wort oder Worte der Mahnung / Entrüstung in der formellen Anrede kribbelt denn in den Fingerspitzen?«

Eine Minute später:
»Gekonnt umschifft, die Anrede. Dafür verdient es zumindest Anerkennung. Wir könnten also auch ganz ohne auskommen, wie es aussieht?«

Drei Minuten später:
»Ich erhalte Anerkennung, wenn ich etwas gut kann, gerate aber in geradezu hysterisch wirkende Ungnade, wenn ich nichts schreibe?«

Zwei Minuten später:
»Ich sag nur Barbara. Nein, ich sage es nicht bloß, ich schreibe es sogar. B-A-R-B-A-R-A. Sie sind ein Lümmel!«

Fünf Minuten später:
»Lümmel klingt selbst gesiezt irgendwie ...
... doof. Und nach Kind.«

Sechs Minuten später:

»Zu dem Vorherigen: natürlich, wenn eine Frau etwas verweigert oder sich in sich zurückzieht, gilt sie als starrsinnig. Merkt sie aber etwas ein wenig nachdrücklich an, ist sie hysterisch. Das kann ich nicht leiden. Sie hingegen waren durch eine Frau verhindert und geben es sogar auch noch zu. Und dann setzen Sie dem Ganzen die Krone auf, in dem Sie darüber sprechen, als würden Sie mir erzählen, was Sie gestern gegessen haben. Mal ganz erwachsen ausgedrückt: Sie sind nicht bloß ein Lümmel, sondern obendrein romantisch ignorant.«

Drei Minuten später:
»Was haben Sie nur neuerdings mit dem Sie?«

Zwei Minuten später:
»Was haben Sie mit Barbara?«

Eine Minute später:
»Wenn Sie es genau wissen wollen, sie ist meine Chefin und hat mich auf Reisen geschickt. Ich bin im Saarland gewesen und gleich danach in Marokko. Datenroaming ist nicht so meins. Immer noch eifersüchtig?«

Drei Minuten später:
»Bestenfalls auf Marokko. Saarland und Marokko sind eine seltene Kombination. Es muss dort sehr heiß sein zu dieser Jahreszeit.«

Vier Minuten später:
»Geht so. Die nahegelegenen Berge bringen Marrakesch ein allgemein milderes Klima als dem Rest Nordafrikas. Wollen wir jetzt wirklich über das Wetter reden? Ich finde Wetterberichte im Chat befremdlich. Dafür gibt es schließlich eine App. Es gibt für fast alles eine App.«

Zwei Minuten später:
»Für Barbara und Abwesenheitsnotizen gibt es wohl keine, hm?«

Zwei Minuten später:
»Ist das ein als unterschwelliger Angriff getarntes Friedensangebot?«

Eine Minute später:
»Nein, das war bloß ein unterschwelliger Angriff.«

Zehn Minuten später:
»Hallo? Herr Lümmel?«

Fünf Minuten später:
»Sind Sie wieder nach Marokko verschwunden, oder hat etwa Barbara angerufen? Muss ich denn einer Frau eigentlich weichen?«

Zehn Minuten später:
»Sie müssen gar niemandem weichen. Sie bleiben einfach, wo sie sind, nämlich in dieser App und in meinen Gedanken. Eigentlich habe ich beim Duschen darüber nachgedacht, ob ich mich über die formelle Anrede beschweren möchte. Das Ergebnis verblüfft vielleicht: möchte ich nicht. Es ist irgendwie angenehm. Also bleiben Sie ruhig dabei. Mir gefällt's. Das gibt dem Ganzen eine neue Schattierung. Oder schöner: neuen Glanz.«

Sieben Minuten später:
»Beim Duschen? Ich hoffe, Sie sind mittlerweile angezogen.«

Eine Minute später:
»Nein, Sie lesen mich nackt.«

301

Zwei Minuten später:
»Also, ich habe durchaus schon unbekleidet gelesen.
Aber ich habe noch nie jemanden nackt gelesen. Zumindest nicht bewusst. Würden wir uns nicht siezen,
würde ich das Stichwort Kodak Moment ausrufen und
sie auffordern, mir ein Foto zu schicken. Ich halte zwar
bisher nicht viel von Sexting, aber in dem Fall ... Ich
meine, wenn ich schon mal einen alten Vertrauten nackt
lese, beginne ich auf eine Ausnahme zu spekulieren.«

Vier Minuten später:
»Die zwei Wochen, die im Übrigen eineinhalb Wochen waren, haben mich zum Nachdenken angeregt.«

Drei Minuten später:
»Worüber haben Sie nachgedacht?«

Vier Minuten später:
»Über Sie.«

Dreißig Sekunden später:
»Mit welchem Ergebnis?«

Eine Minute später:
»Ohne Ergebnis. Zumindest ohne ein konkretes.«

Zwei Minuten später:
»Sie denken über mich nach und kommen zu keinem Ergebnis? Das finde ich... Also, das ... Ich weiß
gar nicht, ob ich das überhaupt finden möchte.«

Sieben Minuten später:
»Nun, eigentlich war ich zu einem Ergebnis gelangt,
aber da wir uns nun eher dem Wetter und Chefinnen-

Eifersüchteleien hingeben, wir uns dazu siezen und Sie, wie Sie es selbst schreiben, offenbar abgeschlossen haben mit der, ich nenne es mal elektronische Beziehung, habe ich das Ergebnis vor etwa einer Stunde wieder verworfen. Das werden Sie mir nachsehen.«

Zwei Minuten später:
»Ich bin ja noch da.«

Fünf Minuten später:
»Ich kann mit niemandem über so intime Dinge schreiben, den ich sieze. Daher bitte ich weiterhin um Nachsicht.«

Eine Minute später:
»Ich widerspreche: Ein rasantes Foto live von der Couch, oder wo immer Sie gerade sind, wäre intim. Ich denke, das steht dann auch nicht mehr zur Debatte. Nun, mir soll es Recht sein. So spontan hätte ich Sie auch nicht eingeschätzt. Ich kann nackte Männer auf Sofas zuhauf googeln.«

Drei Minuten später:
»Sie haben noch einen Fotoversand aus unserer letzten Unterhaltung offen. Da gehe ich nicht in Vorleistung, sei der Kodak Moment noch so geeignet. Und das ist er, glauben Sie mir. - ich bitte daher also erneut um Verständnis.«

Zwei Minuten später:
»Um Verständnis haben Sie mich jetzt erstmalig gebeten. Davor zwei Mal um Nachsicht. Aber gut, kleinlich zu sein ist wahrscheinlich jetzt nicht angebracht. Ja, ich erinnere mich. Ich wollte Fotos senden. Dann kam Mission Barbara dazwischen, oder um es glimpflicher, weniger eifersüchtig klingend und unhysterisch zu schreiben: Mission Marokko. Ich dachte in dieser Zeit, es wäre aus mit der elektronischen Beziehung, die ich übrigens sehr interessant finde. Aber mit

der vermeintlichen Beendigung heben sich alle Verbindlichkeiten auf. Der Kodak Moment ist eine neue Verbindlichkeit Ihrerseits, zumal Sie ihn hoch angepriesen haben. (…) sei der Kodak Moment noch so geeignet. Und das ist er, glauben Sie mir (…).«

Acht Minuten später:
»Ich sage Ihnen etwas. Ich mache genau in diesem Moment ein Foto, dem Kodak Moment entsprechend, und ich sende Ihnen einen Ausschnitt davon. Das Original erhalten Sie, wenn wir uns nicht mehr siezen und Sie mir Ihre Telefonnummer geben. Ich hoffe Sie nutzen Whatsapp? Wenn nicht, entgeht Ihnen das Original.«

Zwei Minuten später kam eine Bilddatei, die etwas Blaues und ein wenig Haut zeigte. Zusammen mit der Zeile:

»Sie sind am Zug.«

Meine Telefonnummer wollte ich nicht so einfach auswerfen. Dann konnte er mein echtes Profil sehen. Das kam nicht infrage. Was, wenn er mich anrief?

Rein vorsorglich ging ich in die Whatsapp-Profileinstellungen um meinen Namen, mein Foto und auch meinen Status zu kontrollieren. Letzteren tauschte ich prompt aus in: »Die Wortwahl macht den Unterschied.«

Zufrieden lächelnd überlegte ich, ob mein Foto überholungsbedürftig war. Ein Blick aus dem Fenster regte mich an, den Rhododendron zu fotografieren. Mit ein paar Klicks auf verschiedene Fotofilter sah er gut aus. Ein Blumenbild ist sowieso sehr viel freundlicher als ein Selfie.

Nun, meinen Profilnamen frischte ich auch auf, indem ich mich Miss M nannte. Gleich danach löschte ich die Begrüßung in meiner Mailbox und nahm eine neue mit verstellter Stimme auf: »Bitte versuchen Sie es später erneut oder hinterlassen Sie eine Nachricht.«

Beim Anhören stellte ich fest, ich klang wie ein sprechender Kartoffelsack. Also nahm ich es noch einmal auf.

»Bitte verzuchen ... Nein.«

Abbruch. Wenn man sich auf eine kurze Aufreihung von Worten konzentriert, legt es einem die Lippen lahm.

»Bidde versuchen Sie es späder ernoit oder hinterlassen Se eine Nachricht.«

Das klang blöd.

»Bitt-he ver-such-en Sie es speeter - Bitte versuhen - bitte verbuchen...« Es war wie verhext.

Der Text sollte professionell bis neutral klingen, nicht wie ein Apache oder eine Hafenbraut.

Mit aufsteigender Ungeduld im Nacken sprang ich auf und lief zu meinem Eckschränkchen im Wohnzimmer. Daraus brachte ich eine kleine Flasche Rum zum Vorschein. Ich nahm sie und ein Schwenkglas mit in die Küche, wusch das Glas mit heißem Wasser aus, trocknete es flink ab, goss etwas Südseerum hinein, entzündete ein Streichholz und damit den Rum.

Während der Alkohol mit hauchdünner Flamme brannte, ging ich den Spruch noch einmal in Gedanken durch. Dann löschte ich das Feuer und wartete ein paar Sekunden. Ich trinke zwar so gut wie nie, aber ich weiß sehr wohl mit Rum umzugehen.

Der erste Schluck war etwas scharf. Und der Zweite entfaltete sein warmes Aroma phänomenal in meinem Mund. Ich ließ ihm eine Weile Zeit, schluckte dann und ließ ihn nachwirken.

»Bitte versuchen Sie es erneut oder hinterlassen Sie eine Nachricht für mich.« - klare, ausgewogene Worte hatte ich mir vorgestellt, frisch geölt. Der Rum aber bewirkte eher ein pfeifendes, stimmloses Geräusch wie bei einer gepressten Lache.

Nach zwei Mal räuspern und hüsteln gab ich es auf. Den

Rum stellte ich wieder zurück, damit er auf Besucher wartete, für die er eigentlich gedacht war, nahm mein Telefon bedient zur Hand und sagte rau wie Bonnie Tyler: »Achtung Mailbox«

*So! Das war erledigt.*

Danach tippte ich: »+49160973555084 - aber nicht anrufen, hören Sie! Ich bin noch nicht bereit für die nächste Stufe.«

Es wäre ja geradezu schön gewesen, wenn H3N sofort reagiert hätte. Nach dreißig Minuten bereits googelte ich, ob ich eine gesendete Nachricht wieder zurückholen konnte. Leider fand ich keine Hinweise, die dafür sprachen. Das geht bei Whatsapp übrigens auch nicht. Nachrichten, die man löscht, verschwinden nur aus dem eigenen Verlauf. *Mist.*

Nach einer Stunde schlug ich meinen Kopf gegen meinen Bettpfosten und sagte mir, wie blöd ich war.

Eine weitere Stunde später dachte ich darüber nach, einen Kurs zur Selbstkasteiung zu besuchen. Und mir wurde klar, warum Neugier mehr mit Gier zu tun hatte als mit neu und dass das nichts Neues war - jedenfalls nicht bei mir.

Begleitet von einem schalen Gefühl schlief ich schließlich ein.

Der Morgen darauf bescherte mir ein noch schlimmeres Gefühl. Meine Bettdecke hatte ich im Schlaf an das Fußende getreten und mein Kissen lag verwaist auf dem Boden.

Ich kam mir mangels Nachricht vorgeführt vor, und sobald mein Herz mir auf die Schliche kam, dass ich mich wirklich veräppelt fühlte, brach es in Schmerzen aus.

Ich zog meinen Körper so fest zusammen, wie ich konnte, und lag etwa eine viertel Stunde in Embryonalhaltung auf meinem blanken Laken.

*Himmel, da wird einem wirklich schwach.* Magendruck

oder Sodbrennen sind dagegen mickrig bis angenehm.

*Der ganze Trubel...* Mir schwirrte der Kopf. Ich musste schießen.

»Gefällt es Ihnen, mich in Fallen zu locken und auflaufen zu lassen? Da ich die Telefonnummer nicht zurücknehmen kann, nehme ich jetzt das romantisch zurück. Sie sind ignorant! Ehrlich unter aller Kanone ...«

Sechs Minuten später:
»Hallo Frau Urteil. Ist ihr echter Name vielleicht auch Barbara oder Ruth? Sie klingen ein wenig wie die Richterinnen Salesch und Herz. Anklage abgelehnt, Euer Ehren.«

Eine Minute später:
»Es macht Ihnen Spaß. Unfassbar! War allerdings zu erwarten.«

Drei Minuten später:
»Mit Verlaub, aber Sie sind es, die ignorant ist, meine Gute.«

Dreißig Sekunden später:
»Grrr... Und: Ach, diesmal nicht hysterisch?«

Zwei Minuten später:
»Ich würde mich gern einem Streitchat mit Ihnen hingeben. Das macht erfahrungsgemäß tatsächlich Spaß. Weil Sie nicht dumm sind, dafür vergesslich. Ich gehe jetzt zur Arbeit. Barbara ruft. Also dann, denken sie darüber nach.«

Ich war kurz davor zu explodieren. Dieses starke Gefühl sorgte dafür, dass mein Brusteis bereits schräg zu mir hochsah und bibbernd seine Stacheln spreizen wollte. Demnach war ein tiefer Schmerz in der Brust im Anmarsch, der mich das Leben kosten konnte. So atmete ich tief durch und sagte laut: »Es kommt mir nur so vor, als würde ich gleich platzen. Die Wahrheit ist, es kommt mir nur so vor. Es kommt mir nur so vor.«

Gleich darauf lachte ich hysterisch los und warf mich spontan seitwärts vom Bett, weil ich mich beobachtet fand. Wie peinlich, mein geöffnetes Fenster hatte meinem Nachbarn vom Eck-Balkon gegenüber freie Sicht auf mich gewährt. Nicht der Nackte, sondern der Eklige, der Raucher. Allein, mit wirrem Haar und Knitterfalten vom Schlafen im Gesicht auf dem Bett sitzend gesehen zu werden, ist schon grenzwertig. Als diese Gestalt jedoch mir nichts dir nichts laut ins Leere loslachend gesehen zu werden, ist gelinde gesagt peinlich!

»Sie sind ein Spanner!«, schrie ich aus meiner Deckung heraus aus dem Fenster und kroch bauchlängs aus dem Zimmer zum Bad. Wenn ich das Schlafzimmerfenster jemals wieder schließen sollte, dann trat ich aufgedonnert und kühl wie eine Business-Bitch vor den Nachbarn, soviel stand fest.

Glücklicherweise hatte er einen anderen Hauseingang um die Ecke.

Duschen, zur Praxis, nach Hause, meinen Hamster Gérôme füttern, warten, bis es Nacht wurde, um das Schlafzimmerfenster zu schließen, schlafen. Aufstehen, duschen, zur Praxis, Wärmen bei Nemea, nach Hause, schlafen. Aufstehen, nachdenken, duschen, mit Singen vom Nachdenken ablenken, weil Wut aufstieg, Praxis, nachdenken, immer noch wütend, Herz stach, summen auf Klo, aufwärmen bei Nemea, nach Hause, nachdenken, ins Kissen beißen, schlafen, im Traum nachdenken, mit Schmerzen aufwachen, kalte Dusche, um meine neue natürliche Körpertemperatur wieder herzustellen, weiterschlafen. ... Nach zirka einer solchen Woche sah ich aus wie ein Zombie. Eiskalt zu sein bedarf einiger Anstrengung, das lässt sich mit Bestimmtheit sagen.

Zwei Wochen nach dem letzten Kontakt trudelte diese fluffige Nachricht über die App ein:

>»Guten Tag, Frau Vergesslich. Und? Schon zu einem Ergebnis gekommen? Da ich sehen kann, dass Sie im Schnitt vier Mal täglich auf mein Profil schauen, bezweifle ich, dass Sie den Chatverlauf gelöscht haben. Wie geht's denn immer so?«

Ich hatte gerade den letzten Schluck von Nemeas Frappé hinuntergeschluckt und war ins Behandlungszimmer gegangen.

»Negativ« war meine Antwort.

Ich wollte schreien und fertigte die erste Patientin etwas einsilbig ab. Gleich, nachdem sie das Behandlungszimmer wieder verließ, schickte ich H3N eine Nachricht, die sich gewaschen hatte:

>»So, jetzt hören Sie mir mal zu, lieber Streitchat-Ex-Partner. Ich finde es unfassbar mit welcher Leichtigkeit Sie mir schreiben und mit was für einer Beharrlichkeit Sie es ebenso unterlassen. Wie Sie mir dadurch gegenübertreten, ist unter aller Sau, ehrlich! Was soll das werden, wenn es fertig ist? Ich versuchte lediglich, mit Ihnen in Kontakt zu sein, mittlerweile ist es eine reine Tortur. Ich verstehe Sie und ihr Verhalten nicht. Das Spiel mit dem Foto hat mich gereizt, aber ich werde wirklich sauer, wenn ich bedenke, dass Sie nur vorgetäuscht haben. Denn meine Telefonnummer liegt unberührt in diesem Chat herum. Im Tausch dafür habe ich ein Stück blauen Stoff und ein Anschnitt von einem Knie erhalten. Die Suchergebnisse für *Knie* sind bei Google entsprechend plastischer und vor allem reich in ihrer Anzahl.

Der Unterschied, lieber Heini, ist, dass sie da sind. Sie aber sind verschwunden. Ich wage zu bezweifeln, dass Sie erneut nach Marrakesch aufgebrochen sind. Und im Saarland sind Sie keinen Roamingkosten ausgesetzt. Was soll das also? Warum kommen Sie dem Spiel nicht nach? Das macht es zu einem miesen Spiel - zu einem Scheißspiel, um es auf Französisch zu sagen. Denn ich sitze allein in der Arena. Kommen Sie dazu oder beenden Sie das Ganze mit klaren Worten der Auflösung. Und hören Sie auf mich Frau Barbara oder Richterin oder Frau Vergesslich zu nennen. Das kann ich nicht leiden. Ich bin jetzt wirklich an der Schwelle zum Wütend.«

Vier Minuten später:
»Aber Sie sind ja vergesslich. Ich halte mich an das Spiel. Sie sind es, die noch nicht in der Arena sitzt, weil Sie die Eintrittsbedingungen nicht erfüllt haben oder sie nicht erfüllen wollen. Also, wann kann ich mit Ihnen rechnen? Oder lassen Sie mich versauern? So ganz one Ihre Bedingung einzulösen.«

*Will der mich verarschen?* In diesem Moment ging die Tür auf und Nemea führte einen Patienten ins Behandlungszimmer.

Mit kurzem Blick nickte ich sie herein. Sie ließ den Patienten Platz nehmen.

Er sagte »Hallo.«

»Moment bitte«, entgegnete ich ins Handy versunken und tippte: »Geht's noch? Mann, du Arschloch!«

*Abgeschickt! Abgefertigt! Adios Muchacho!*

Dann sah ich auf und erkannte Henri.

Er saß erwartungsvoll lächelnd auf der Untersuchungsliege.

Möglicherweise sollte mich das zu Sympathie hinleiten, aber gerade ihn konnte ich jetzt gerade nicht anlächeln. Der war genauso schlimm wie H3N. Na ja, wenigstens war er anwesend und tauchte immer mal wieder auf.

Ich atmete tief durch und begrüßte ihn flach: »Ist die Creme alle?«

Da bimmelte es in seiner Tasche.

Er hob einen Finger und entschuldigte sich, als er sein Mobiltelefon zum Vorschein brachte und es betrachtete. Ein Lachen floss durch sein Gesicht und er schob grinsend Luft durch die Nase. Dann hob er noch einmal seinen Finger zu einer entschuldigenden Geste. Er tippte flink etwas und steckte sein Telefon dann wieder weg.

Es war empörend, dass er sein Telefon hier bediente, also schimpfte ich Henri aus: »Das hier ist eine Hautarztpraxis, kein Chatroom.«

Gleich im Anschluss an meine Worte vibrierte mein Telefon auf dem Schreibtisch.

Henri sah erst mich an, zog dann die Augenbrauen hoch und lehnte sich zur Seite, um an mir vorbei zum Schreibtisch zu sehen. »Ach so?«

Ich malte mir erbost aus, mit welcher Frechheit mir H3N diesmal gekommen sein mochte. Doch nachsehen konnte ich jetzt nicht. Und Henri durfte in meiner Praxis nicht chatten. Weder mit Mandanten, noch mit einer vermeintlichen Barbara und auch nicht mit seiner Sekretärin.

»Arztpraxis«, sagte ich und ließ meine Finger durch die Luft kreisen. Dann zeigte ich auf mich, sagte »Ärztin« und ließ meine Hände danach im Kittel verschwinden, um möglichst medizinisch auszusehen.

»Verstehe«, nickte er. »Sie sind die Chefin.«

»Derzeit schon.«

»Ach so?«

Ihm nähere Umstände zu erläutern, hatte ich wenig Lust. »Was gibt es also? Etwas Neues oder noch immer Ihr Hintern?«

*Oh, oh.* Das hätte ich gar nicht sagen sollen. Ich wusste ja offiziell gar nichts Näheres um sein Gesäß.

Auch Henri schien darüber zu stolpern. Sein Blick wandelte sich zu einem Erstaunten, dann verengten sich seine Augen zu analysierenden Sehschlitzen.

Bevor es peinlich wurde, floh ich nach vorn: »Nun, es ist keine sichtbare Stelle, das ist sonnenklar, sonst würden wir sie ja beide sehen. Und Sie haben beim letzten Besuch auf ihr Hinterteil gezeigt, als Sie den Ausschlag erwähnten. Vielleicht unbewusst. Ich bin lang genug im Geschäft, um meine Patienten genau zu beobachten. Sie rücken nicht so einfach heraus mit den meisten Dingen. Da ist man auf Körpersprache angewiesen.«

»Hab ich das?« Er schien eher sich selbst als mich zu fragen. »Na, sei es drum. Mit meinem Hintern, wie sie ihn nennen, ist alles bestens.«

Auf den Rest wartend sah ich ihn an. Aber da kam nichts.

»Und weiter?«

Räuspernd sagte er: »Ich wollte nach Ihnen sehen. Beim letzten Mal waren Sie so anders. Und da habe ich mir gedacht, ich ...«

Nickend und von einem süffisanten Lächeln begleitet unterbrach ich ihn: »Haben Sie sich gedacht? Ich gehe nicht mit Patienten aus.«

Er zog das Kinn zurück, als hätte ich ihm eine verpasst. »Ach so, erhalten Sie oft solche Anfragen? Zum Ausgehen?«

»Ja. Eigentlich ständig«, log ich. »Ich kann es schon kaum noch hören. Aber ich weiß Ihr Interesse natürlich zu schätzen. Also machen Sie sich nichts daraus. Nichts für ungut.«

»Tu ich nicht.«

»Tun Sie nicht?« *Tat er nicht? Wieso nicht? War ich nicht gut genug, dass er wenigstens ein wenig über einen Korb geknickt war?* »Wieso nicht?«

»Weil ich Sie gar nicht fragen wollte, ob Sie mit mir ausgehen.«

*Wie bitte?! Was?* »Wie schön!«

Mein Herz war getroffen und ging mächtig auf sich selbst los. Deshalb hielt ich den Atem an.

»Nein. Sie sind mir zu wechselhaft, als das ich mir das ein ganzes Abendessen lang antun würde.«

*Ganz reizend.* »Na, wie passend. Dann wollen wir einander ja beide nicht.«

»Nein.«

*Affengesicht!*

»Ich wollte stattdessen einfach nur nach Ihnen sehen, weil sie das eine Mal so frisch und munter, schlagfertig und lebhaft gewesen sind und beim letzten Mal so verloren wirkten. Und jetzt haben Sie spürbar arrogante Züge angenommen. Na ja, Göttin in Weiß, schätze ich.«

Er hatte Göttin gesagt. Dass er Interesse an mir hatte, war klar wie Kloßbrühe.

»Und dafür kommen Sie nun den ganzen Weg hier her zur Praxis. Um mir so etwas zu sagen?«

»Wieder falsch.«

»Na, dann klären Sie mich doch auf. Die kurze Version eben.«

»Nachbar.«

»Was?«

»Ich wohne in der Straße. Wir sind also sozusagen Nachbarn. Und Nachbarn kümmern sich umeinander, es sei denn, sie hassen sich gegenseitig. Aber soweit wird es mit uns ja nicht sein.«

»Hören Sie, Henri, Sie sind jetzt etwa sechs Minuten hier. Ich bin mir ziemlich sicher, dass Sie das in den vier, die Ihnen bleiben, bevor ich Sie hinauswerfe, auch ganz allein schaffen könnten.«

»Dass Sie mich anhören oder das wir einander hassen?«

»Drei Minuten. Ich habe Patienten.«

»Und ich eine Frage.«

»Na, dann los.«

»Ich habe eine Orchidee, die einfach nicht mehr wachsen will. Sie ist großblättrig und gesund, aber sie blüht nicht mehr.«

»Sehe ich aus wie eine Baumdoktorin?« Dabei zeigte ich auf eine menschliche Korpuspuppe zum Auseinandernehmen.

»Das nicht gerade. Aber Sie haben die schönsten Orchideen der Stadt in der Praxis. Und da dachte ich, bevor ich meine nun verstoße, wollen Sie sie vielleicht haben?«

»Dann sehe ich wohl aus, wie ein Tierheim für Blumen? Ihre Orchidee? Ist das Ihr Ernst?«

»Ja.«

Er blinzelte mich mit aufrichtigen, klaren, braunen Augen an. Ehrlich gesagt war ich so perplex, dass ich beinahe amüsiert war, über das, was er gesagt hatte. Deshalb stimmte ich zu: »Also gut. Die Orchideen gehören dem Doktor. Er ist daher der Pflanzenflüsterer. Aber ich habe einen unschlagbaren Trick, mit dem Sie die Orchidee wieder zum Austreiben bringen.«

Ein verunsichert aussehendes Lächeln flog über Henris Gesicht. »Wirklich? Das wird sie freuen. Was brauchen wir dazu?«

Bisher hatte ich bloß das Treppenhaus und die Praxis von diesem Haus gesehen. Nun, und die grauen Herrschaften von nebenan natürlich. Sicher konnte mir Nemea sagen, wo wir die Orchidee wieder zum Leben erwecken konnten. Im Zweifelsfall taten wir es in der Küche.

»Kommen Sie nach Praxisschluss zum Hauseingang. Das ist um 19:00 Uhr.«

Er sprang von der Liege, deutete eine Verbeugung an, sagte dann: »Wir haben es in zwei Minuten geschafft, aber ich verzichte auf die Letzte und freue mich auf heute Abend, 19:00 Uhr.« Danach verabschiedete er sich mit einem »In Ordnung?«

Wie verabredet stand Henri pünktlich zum Praxisschluss vor dem Hauseingang. In seiner Hand hielt er tatsächlich eine Orchidee mit großen, breiten Blättern. Nur vollkommen ohne Strunke, dafür aber mit schönen saftig grünen Luftwurzeln.

»Ah, Sie haben Sie mitgebracht. Kommen Sie mit, wir bringen die Gute in den Hinterhof und dann heizen wir ihr ein.«

Nemea hatte mir gesagt, welchen Weg ich gehen musste.

Er folgte mir in den Hinterhof. Dort angekommen steuerte ich auf einen Metallkäfig zu, an dem sich Hopfen hochgerankt hatte. Ich suchte die Tür, schloss sie mit einem kleinen Schlüssel von Nemea auf und ging hinein. Das Licht kam nur gestreut durch das grüne Blätterdach zu uns herein. Es stank ein wenig. Kein Wunder im Sommer. Dann klappte ich die Biotonne auf.

»Bitte schön.«

Seine Augen wurden rund. »Sie wollen sie doch wegwerfen?«

»Im Gegenteil. Manchmal hilft reine Motivation nicht. Dann muss man zu härteren Mitteln greifen. Geben Sie mal her.« Ich griff nach dem Topf und versenkte die Orchidee in der Tonne. Es roch wirklich sehr nach Katzenklo und Verfaultem, aber das machte mir nicht so viel aus. Faule Haut riecht schlimmer als Pflanzenabfälle.

»Sehen Sie? Hier geht es um das Auftun von Konsequenzen. Man muss ihr zeigen, wo sie landet, wenn sie nicht mitmacht. Das wird sie abschrecken und ganz sicher zum Austreiben bewegen.«

Mit leicht benebeltem Blick rümpfte Henri die Nase. »Also ich weiß nicht!«

»Doch. Versprochen. Aber Sie müssen es ihr sagen. Mich kennt sie noch nicht.«

Ein Anflug von Lachen überkam ihn. »Also gut.« Er beugte sich über die Tonne und sprach zur Pflanze: »Wenn du das nicht möchtest, treib bald ein wenig aus, ja?«

»Also Henri, Sie müssen schon nachdrücklicher mit ihr sprechen. So zieht sie es ja nicht einmal in Erwägung. Orchideen sind eingebildet. Lassen Sie ihr keine Wahl. Greifen Sie durch.«

Er atmete ob des Biotonnengeruchs schwer und ihm war Schweiß auf die Stirn getreten.

»Und beeilen Sie sich, sonst ersticken Sie.«

»Okay. Also, du eingebildete Pflanze. Entweder du treibst aus, oder ich werf dich in die Tonne!« Dann wandte er sich zu mir, rang nach Luft und vergewisserte sich, ob diese Ansprache meinen Vorstellungen entsprach.

Zur Antwort erhielt er ermunternd zusammengezogene Augenbrauen und eine Geste, die ihn anfeuern sollte. Dieser Folge leistend holte er tief Luft und schlug einen deutlichen Tonfall an. »Hast du gehört?« Er klopfte mit der Hand gegen die Tonne, sodass ein paar Fliegen das Weite suchten. »Schau dich gut um. Hm? Willst du das? Kannst du haben. Ich hab jetzt genug von deinen Zickereien. Wir haben genau so eine Tonne zu Hause. Also überleg es dir gut. Austreiben oder sterben. Hörst du?« Jetzt trat er gegen die Tonne.

Ich glaube, er wollte zum ultimativen, verbalen Vernichtungsschlag ausholen, weshalb er vorgebeugt tief einatmete. Aber da hatte er sich zu viel vorgenommen.

Eine Biotonne im Sommer ist schon eine Plage. Den Kopf in der Biotonne im Sommer ist sicherlich gleichzusetzen mit einem Buttersäureangriff.

Henri hörte auf, tief einzuatmen, hielt die Luft an, wurde rot, würgte einmal und kotzte dann einmal mächtig in die Tonne hinein. Zum Glück an meiner Hand vorbei. Also, wäre ich die Orchidee gewesen, hätte ich auf der Stelle die schönsten Blüten der nördlichen Hemisphäre aufpoppen lassen, keine Frage.

Als er fertig war, hielt ich ihm bereits ein Taschentuch hin. »Hier, bitte.«

Sichtlich dankbar nahm er es entgegen und wischte sich den Mund ab.

»Entschuldigen Sie«, würgte er mit tränengefüllten Augen.

»Ach, schon gut. Ist nicht das erste Mal, das ein Magen neben mir auschecken möchte. Ich bin Kummer gewohnt. Vor allem mit Ihnen.«

Auf sein entschuldigendes Lächeln hin kam ich nicht um einen Gesichtsausdruck herum, der Sympathie und Verständnis bekundete. Dann wechselte die verschreckte Pflanze ihren Besitzer. »So, der haben Sie es aber gezeigt. Wenn Sie wider Erwarten nicht austreibt, einfach wiederholen. Aber nehmen Sie einen Mundschutz mit. Die Temperaturen bringen eine kräftige Blume aus diesen Dingern hervor. Die Orchidee inbegriffen.« Ich klopfte auf den geschlossenen Deckel.

»Blume? Das ist ein ganzer Blumenstrauß. Ein ganzes Bouquet.« Henri versuchte zu lachen und schluckte dann ein paar Mal kräftig, wahrscheinlich den Brechreiz unterdrückend.

An seiner statt lachte ich nun ein wenig. »Ja, das stimmt.« Und dann: »Also, machen Sie es gut.«

Wir gingen gemeinsam aus dem Müllhäuschen hinaus, allerdings ließ er mich dann gehen, er wolle erst einmal zu Luft kommen, sagte er mir. So ließ ich ihn nach Luft schnappend im Hinterhof stehen.

Seltsam, mein Herz hatte selbst bei Mitgefühl und Verständnis nicht protestiert, fiel mir auf. Auch nicht beim Lachen. Normalerweise hatte ich bei solchen Anwandlungen neuerdings mit dem Kältetod zu rechnen. Ich dachte eingehender darüber nach und kam darauf, dass es vielleicht nur dann böse um mich stand, wenn ich mich unterlegen fühlte, dieses Gefühl also die Grundlage für Reaktionen bildete.

An der Mülltonne war ich klar überlegen gewesen. Eine angenehme Erkenntnis, die den böse Königinnen-Klischees nachkam. Je höher sie sich erheben konnten, desto weiter waren Sie von Angriffen und damit auch vom Gefühl der Unterlegenheit entfernt. *Praktisch.*

Zu einer echten bösen Königin wollte ich natürlich nicht mutieren. Niemand ist gern unbeliebt. Der Gedanke an die Unverwundbarkeit hatte jedoch meine Aufmerksamkeit erhalten. Ebenso die damit einhergehende Macht. Welche genau das war und worüber, das konnte ich noch nicht sagen. Aber sie schmeckte. Ich kam mir unabhängig und frei vor.

Von diesen Gedanken begleitet schlenderte ich um die Ecke, um an der Alster entlang nach Hause zu gehen. Mein Auto bewegte ich bereits seit einiger Zeit nur noch wenig. Es lohnte einfach nicht, diese kurzen Strecken bei dem schönen Wetter mit dem Auto zurückzulegen. Dafür fuhr ich lieber am Wochenende die A7 Richtung Dänemark rauf und runter, oder die A24 Richtung Berlin.

Von ›Autobahn‹ kam ich nun gedanklich auf ›Geschwindigkeit‹. Von ›Geschwindigkeit‹ auf ›schnelles Internet‹. Von ›Internet‹ kam ich auf *Whatsapp* und damit darauf, dass ich noch einen unausgefochtenen Online-Kampf hatte. Beherzt griff ich also in meine Tasche und holte mein Mobiltelefon heraus.

In der Dating-App waren keine neuen Nachrichten von H3N. Dafür war mein *Whatsapp*-Eingang zugebombt worden von meiner Freundin Ulli. Sie dachte, dass die Texte bei *Whatsapp* so wie früher bei SMS auf 160 Zeichen begrenzt waren. Zudem glaubte sie, dass *Whatsapp* seit der Übernahme von Mr. Zuckerberg mit der NSA unter einer Decke steckte, weshalb sie also ihre Nachrichten selbst unterbrach, mit dem Hinweis »...weiter in SMS« so streue Sie Kernaussagen und sie glaubte, sie sei damit zumindest ein wenig vor dem Lauschangriff geschützt, sagte sie. Nun erzählte sie mir also zerhackstückelt, dass bei ihr eingebrochen worden war. Sie war empört darüber, denn immerhin habe sie einen Röhrenfernseher, bei ihr sei also nichts zu holen. Man habe ihr Sparschwein und etwas Schmuck geklaut, den Fernseher allerdings verschmäht, was dem Ganzen die Krone aufsetze. Und mitten in ihrem Nachrichtenmarathon las ich dann:

»Na Bitte. Endlich wieder beim Du. Wenngleich etwas unflätig. Aber so haben wir es endlich von der Chatplattform geschafft. - H«

*Das war es!* Ich hatte vergessen zum Du zu wechseln ... Und ich traute meinen Augen kaum. Der Teilnehmername lautete **Mister H**.
*Schlaue Retoure.* Das war H3N.
Gleich darunter erkannte ich das geschuldete Foto. Ein blauer Frottee-Bademantel und wirklich ansehnliche, kräftige Männerbeine. Ein Teil seines Fußes war auch zu sehen. Wohlgeformt. Form und Pflegegrad von Körperteilen, insbesondere der Hände und Füße, können maßgeblich sein, ähnlich wie ein Kuss. Oben hui unten pfui konnte ich H3N augenscheinlich nicht andichten.
Der Rest von Ullis Tirade interessierte mich auf einmal nicht mehr.

»Wow! Nette Oberschenkel. Wenn Sie jetzt noch ... Wenn DU jetzt noch schöne Hände hast, dann haben wir einen Deal.«

Drei Minuten später:
»Danke. Schon wieder ein Deal? Erfahrungsgemäß funktionieren die nicht so gut zwischen dir und mir. Lass es uns einfach locker lassen.«

Drei Minuten später:
»Wahrscheinlich hast du recht. Dann also spontan. Alles Brillante ist erlaubt.«

Eine Minute später:
»Schimpfen auch.«

Dreißig Sekunden später:
»Wieso? Willst du schimpfen?«

Eine Minute später:
»Nein. Die Option ist für dich gedacht. Falls
du mal wieder schimpfen möchtest.«

Ich schmunzelte. Tatsächlich hatte ich die Arena erst jetzt betreten. Mit einem »du Arschloch«. Es war ungewöhnlich, das ein Schimpfwort eine Tür öffnete. Und noch skurriler, dass es danach so friedlich zuging.

An der Bushaltestelle fotografierte ich meine Beine. Ich erntete einige Blicke dafür, denn ich versuchte es mehrere Male. Letztlich beobachteten mich zwei Teenager. Sie sahen gebannt dabei zu, wie ich Fotoakrobatik vollführte. Die Strumpfhose sah sehr sexy aus, das fanden offenbar auch die Jungs. Denn einer holte sein Handy heraus und machte ebenso ein Foto. Andere hätten sich vielleicht darüber aufgeregt, aber es schmeichelte mir. Und auch H3N schrieb etwas Schmeichelndes dazu. Gleich darunter reihte sich eine Nachricht ein, die mich stutzen lies:

»Es freut mich, dass wir wieder alte Form angenommen haben. Sozusagen. Ich wäre beinahe zu der Annahme übergegangen, dass (nimm es mir nicht übel) Dinge in deiner Gegenwart eingehen oder verwelken oder erfrieren. Blumen zum Beispiel. Irgendetwas ist/war anders, aber du scheinst wieder normal zu sein, so wie früher.«

*Moment mal.* Ich stutzte und starrte auf eine Offenbarung im Straßenverkehr. Vor mir prangte ein Werbeplakat auf dem stand:

# »VI3L H3RZ«.

Es begann in mir zu arbeiten ... *Viel Herz* ...
*Blumen? Eingehende Blumen und Einfrieren? Kälte.*
Meine Analyseregister liefen heiß.
*Mister H = H3N*
3 als Synonym für E
*H3N=HEN + Blumen*
Und da machte es Klick.
Das durfte nicht wahr sein. Es war so einfach.

»Schick mir ein Bild mit Gesicht. -M«

Drei Minuten später kam der Bus. Ich stieg ein und erhielt
eine Retoure:
> »Das ist neu. Bisher haben wir doch nur Halbsilhou-
> etten geschickt und sind damit ausgekommen. Warum
> die Anonymität zerbrechen. Schick du mir eines.«

Zehn Sekunden später:
»Wie kommst du auf Blumen?«

> Dreißig Sekunden später:
> »Ich hatte gerade eine in der Hand. Eine Topf-
> pflanze. Sie brauchte eine Spezialbehandlung.«

Fünf Sekunden später:
»Was für eine Pflanze?«

Mein Herz erhielt einen Stromschlag. Mein Puls stieg.

> Eine Minute später:
> »Eine Orchidee.«

Der Blitz schlug ein.
*H3NRI*

# Wie alles begann...

Milva Lotti ist eine Koryphäe auf ihrem Gebiet. Niemand sonst kennt die Großstadtgemüter Hamburgs besser als sie, ohne jemals ihre Gesichter gesehen zu haben. Denn Milvas Sorgentelefon ist der Geheimtipp unter den Verzweifelten der Stadt.

Als ihre Klienten der Reihe nach beginnen, sich am „anderen Ufer" zu tummeln, ist die Verwunderung groß. Ganz unverhofft findet sie die Ursache dafür. Kurzerhand beschließt sie, alle Distanz und Objektivität umzuwerfen und sich in ein Abenteuer zu begeben. Der Preis dafür scheint verlockend: wild flatternde Schmetterlinge, die im Laufe ihrer Ehejahre verloren gegangen sind.

Taschenbuch:
156 Seiten

Verlag:
Books on Demand
(Neuauflage 2015)

Sprache: Deutsch

ISBN-10:
3735721583
ISBN-13:
978-3735721587

## auch als eBook

## online, wo's Bücher gibt

# Wie es weitergeht...

Dank ihres besten Freundes hat Milva eine Online-Bekanntschaft, auf die sie sich lieber nicht eingelassen hätte. Schriftlich gesehen ist der Mann, um den es sich dabei handelt, ein Traummann. Wäre da nur nicht die Tatsache, dass Milva ihn als den unsäglichen Unglücksraben Henri entlarvt hat.

Da ihr Herz seit kurzem eingefroren ist, schmiedet sie einen unterkühlten Plan, um Henri aufs Glatteis zu führen. Bald im Online - Bücherregal.

## Milva ist auch bei facebook

Erfahre News, Veröffentlichungsdaten, die Meinung anderer Leser, Aktionen und Termine rund um die Milva Bücher immer vor allen anderen.

Milva Lotti bei facebook besuchen, mit „Gefällt mir" markieren und immer auf dem Laufenden sein.

# ROMAN / FANTASTISCHE LITERATUR

## *Märchenhaft*

Victor steht vor einem Rätsel: Zu seinem 21. Geburtstag erhält er Geschenke, mit denen er seine Umwelt beeinflussen kann. Das macht eine Menge Spaß - doch schon nach kurzer Zeit vergeht es ihm gründlich. Hinter ihm tut sich eine rätselhafte Vergangenheit auf, während seine Zukunft immer ungewisser wird. Misstrauen, schmerzliche Enthüllungen und schwere Entscheidungen warten auf ihn. Denn in Wirklichkeit stecken viel größere Mächte hinter alldem, deren Hüter nun kommen, um Victor alles zu nehmen, was er liebt.

Taschenbuch:
548 Seiten
(September 2015)

Sprache: Deutsch

ISBN-13:
978-1517250003

## exklusiv
## auch für
## k i n d l

**ADEPT**

THOROLF GORSKI

ROMAN
FANTASTISCHE LITERATUR

**„Wie 1001 Nacht modern erzählt."**
Leserin aus Leipzig

# Dein Seelentagebuch

Warum haben wir von innen gehärtete Panzer? Sind wir überhaupt noch am Leben? Wissen wir, wer wir sind und wie wir unsere Entscheidungen treffen sollen? Manchmal verlieren wir die Orientierung, ganz ohne es zu wollen. Da kommt die Frage auf: Ist das Leben eigentlich schön? Auf dieser Lesereise an ganz unterschiedliche Schauplätze lehrt das Buch ein Prinzip der Selbstfindung. Zücken Sie einen Stift und begeben Sie sich auf den Weg zu Ihrer Mitte.

Taschenbuch:
212 Seiten

Verlag:
Books on Demand
(November 2014)

Sprache: Deutsch

ISBN-10:
 3738601538
ISBN-13:
 978-3738601534

**auch als
eBook**